COLLECTION FOLIO CLASSIQUE

Prosper Mérimée

Théâtre de Clara Gazul

Edition présentée,
établie et annotée
par Patrick Berthier
Professeur à l'Université de Nantes

Gallimard

PRÉFACE

Avant de définir la nouveauté en son temps du Théâtre de Clara Gazul, *et sa modernité pour le nôtre, il n'est pas superflu de tenter un bref portrait du véritable auteur, ce jeune homme de vingt ans soudain saisi — pourquoi ? — du double démon du théâtre et de l'Espagne.*

Disons d'abord la chance qu'eut Prosper Mérimée de naître et de grandir dans un milieu favorable à l'épanouissement de l'intelligence. Son père, Léonor Mérimée, peintre honorablement réputé sous la Révolution, devenu sous l'Empire professeur de dessin à la toute jeune École polytechnique, est un amateur intelligent, théoricien curieux de tout, modérément autoritaire quoique attaché à l'ordre, et peu sensible aux agitations de la politique. Sa mère peint aussi ; incroyante comme son mari, mais plus agressivement anticléricale, elle ne fait pas, autant qu'on sache, baptiser son fils : manifestation d'indépendance notable au moment même où le Premier Consul, appuyé par le Génie du christianisme *de Chateaubriand, cherche à relancer la religion catholique comme ferment de stabilisation sociale. Le jeune garçon, futé et chahuteur au dire de sa mère elle-même, est à la fois précoce, doué et choyé. Dans le milieu modérément artiste où il grandit, parcourant d'un déménagement paternel à l'autre tout le Quartier latin, Prosper Mérimée ajoute à ses études d'écolier honorable sans plus l'acqui-*

sition spontanée d'une riche culture personnelle. Ses parents, anglophiles tous les deux — Pierre Josserand parle même, dans le Catalogue *de l'exposition Mérimée de 1953 à la Bibliothèque nationale, de « l'anglomanie qui sévissait au foyer familial » —, accueillent chez eux pour leur donner des leçons de dessin de jeunes Britanniques auprès desquels l'enfant apprend tôt et bien l'anglais ; Byron et Shakespeare suivent naturellement. (Deux de ces élèves apprenties peintres, les demoiselles Lagden, furent d'ailleurs, cinquante ans plus tard, les gardes-malades attentives de sa décrépitude.) Tout ce qu'on peut lire au sujet de l'adolescent Mérimée laisse l'impression d'un esprit vorace, déchiffrant et retenant tout, et assez maître de sa capacité de travail pour obéir, d'une part, au désir de son père de le voir se garantir un métier sûr par des études de droit (menées jusqu'à leur terme avec succès), et pour ajouter, d'autre part, à ce qu'il sait déjà l'étude de nouvelles langues — le grec, l'espagnol — et de nouvelles disciplines — les sciences occultes, la magie. Chez ce très jeune homme au regard insolent, qui vit rentré en lui-même et ricanant déjà du monde qu'il observe de loin, bouillonne une bibliothèque entière.*

C'est par les relations paternelles que Mérimée peut brusquement franchir, vers le printemps de 1822, la barrière qui le retient encore dans le giron familial où il rumine ses premiers essais littéraires. Léonor Mérimée est en effet lié avec le fameux ministre de Louis XVIII, le duc Decazes, par lequel il a pu introduire son fils auprès d'un journaliste tenant salon, Joseph Lingay. C'est chez cet homme, qu'il prend un temps comme maître intellectuel, que le jeune Prosper rencontre Stendhal tout fraîchement rentré de Milan. Bien que l'impertinence méprisante de Mérimée n'ait pas d'abord fait bonne impression sur lui, l'auteur de De l'Amour *(le livre sort cette année-là, 1822) se laisse bientôt envahir par l'amitié impérieuse d'un jeune homme qui est pourtant son cadet* de vingt ans. Stendhal l'emmène ainsi chez Étienne Delécluze, ancien élève de David, ancien peintre devenu critique la quarantaine venue, et qui occupe le poste envié de critique d'art du *Journal des débats*. Cet homme intelligent et cultivé est un cas curieux : modéré, voire moraliste par goût, il est amené, notamment par son estime intellectuelle pour les positions libérales, à abriter dans son salon de la rue Chabanais les débats proromantiques d'un cénacle de critiques qu'il est très loin, intimement, de suivre dans leurs audaces novatrices et iconoclastes. Mais la qualité même des propos tenus et ce que l'on pourrait appeler, en bonne part, l'échauffement mutuel des esprits expliquent fort bien qu'un cerveau comme celui de Mérimée, déjà si bien ameubli par le milieu favorable de son enfance, s'y soit immédiatement adapté ; le succès remporté par la lecture publique et répétée de ses petites pièces provocantes n'est pas étonnant non plus, puisque le terrain était celui même qui pouvait le mieux les comprendre ou, en tout cas, les accueillir.

Rien, toutefois, dans ce que nous venons de dire n'indique ni n'explique pourquoi, se décidant enfin pour sa première « œuvre », après un *Cromwell* perdu et des ébauches abandonnées, Prosper Mérimée choisit à la fois le théâtre et l'Espagne — double choix renforcé par un troisième, celui, pour pseudonyme, du nom imaginaire d'une « comédienne espagnole ». Il est malaisé de doser les éléments de la réponse ; du moins sont-ils fort divers.

L'Espagne, avant *Les Orientales*, avant Musset, avant le *Voyage* de Gautier, est déjà « à la mode ». Une première fureur de mantilles agite Paris, pas au degré que la seconde crise atteindra, entre 1837 et 1839 notamment, mais selon, déjà, les mêmes poncifs. Le vaudeville connaît déjà les rapsodies de Mélesville, *Abenhamet ou Les Deux Héros de Grenade* et *L'Aventurier espagnol*, créées à l'Ambigu-Comique en septembre 1815 et mars

Clara Gazul = Mérimée (pseudo)

1820. En 1823 est publié avec succès un recueil imitant une célèbre lignée d'almanachs, et signé « Le petit Diable boiteux de la Vieille-Castille » ; cet opuscule, intitulé Mes réminiscences de l'Espagne, *vante et répertorie tous les aspects les plus convenus de la couleur locale. Des compilations d'historiens contribuent à familiariser le public cultivé avec la littérature péninsulaire : c'est le cas des volumes* De la littérature du midi de l'Europe, *publiés par Sismonde de Sismondi en 1813, ou de la traduction, que Mérimée a connue et consultée, de l'*Histoire du théâtre espagnol *de Bouterwek. Les textes légendaires du* Romancero general *(nom donné à l'ensemble des recueils préclassiques de romances populaires) sont peu à peu abordables en français, notamment grâce à Abel Hugo, le frère de Victor, bon hispanisant qui propose en 1822 des traductions de* Romances historiques *traitant notamment du Cid. Le Maure Gazul lui-même, autre héros semi-légendaire du* Romancero, *apparaît dans des travaux d'historiens espagnols que Mérimée a pu consulter, comme l'*Histoire chevaleresque des Maures de Grenade, *de Pérez de Hita, traduite en 1809.*

Mérimée a une seconde raison de prendre l'Espagne comme terrain d'essai, et d'essai théâtral : c'est l'intérêt qu'il porte, à partir de la fin décembre 1821, aux livraisons bimensuelles du libraire Ladvocat, qui propose pendant deux pleines années une moisson de traductions de Chefs-d'œuvre des théâtres étrangers : *en tout vingt-cinq volumes édités à mesure, et dont six sont consacrés aux auteurs espagnols. Le jeune homme, qui connaît la langue à fond, lit à la fois ces traductions et d'autres œuvres du théâtre ibérique ancien et récent non traduites en français, par exemple celles de Cienfuegos et de Moratín, dont il parle en novembre 1824 au cours d'une série de quatre articles sur le théâtre espagnol publiés dans le journal* Le Globe.

A cette époque de l'année 1824 Mérimée a déjà écrit,

* lit théâtre espagnol

sans doute, l'essentiel des six pièces du Théâtre de Clara Gazul *; il en tient, en tout cas, les sujets. La plus importante d'entre elles, significativement placée en tête lors de l'édition (alors qu'elle ne fut vraisemblablement pas la première achevée, comme l'indique la date tardive de publication de certaines des sources documentaires utilisées par Mérimée), nous fournit la troisième raison importante qui a pu pousser le jeune écrivain à privilégier l'Espagne comme cadre de son expérience. Politiquement, Mérimée n'est pas favorable aux Bourbons régnants ; la restauration du dyptique « trône-autel » ne peut convenir à son athéisme moqueur, et l'avènement du dévot Charles X, en septembre 1824, n'améliore pas les choses ; et puis l'absolutisme en politique lui convient mal, du moins à cette époque de sa jeunesse. N'étant point ultra, il apparaît comme libéral : c'est une carte de visite pour écrire dans* Le Globe, *pour plaire à Stendhal, pour accéder chez Delécluze. Mérimée ne fait rien pour démentir cette image, et même il la favorise, par exemple en figurant, fin novembre 1825, parmi les porteurs du cercueil du général Foy. Et il semble qu'au fond cet homme, dès sa jeunesse à la fois dilettante et homme de conscience, n'ait pu dans ces années-là ne pas intervenir dans la querelle qui agitait l'élite sur le gouvernement de la France. C'était chez lui une attitude moins politique que viscérale, un attachement d'artiste et de jeune homme à certaines formes de la liberté. Or un événement grave, et bien entendu très exploité par l'opposition libérale, venait d'avoir lieu en Espagne à l'extrême fin de l'été 1823. Le roi Ferdinand VII, contraint en 1820 par le* pronunciamiento *de Riego d'admettre l'application dans son pays de la Constitution modérée de 1812, attendait impatiemment une occasion de rétablir son autorité. Louis XVIII était de son côté désireux d'affermir intérieurement son pouvoir en donnant à la Restauration militairement inactive la gloire d'une victoire facile au-dehors (en janvier 1830, la même motivation*

Mérimée = libéral ⇒ contre pouvoir Roi
d'où penchant pour 1 Espagne
populaire -

poussera Charles X à lancer Bourmont sur Alger). En septembre 1823, les troupes françaises étaient donc entrées brutalement en Espagne, traversant la Péninsule en un éclair jusqu'à Cadix et semant la terreur chez les civils ; à la fin du mois Ferdinand VII était redevenu le seul maître, et la potence attendait Riego. Les libéraux français, outrés par cette boucherie d'inspiration politicienne, et bien indifférents à la prise, logistiquement brillante, de la presqu'île fortifiée du Trocadéro, firent de Riego vaincu leur grand homme, contre le pouvoir qu'ils voulaient ébranler. Pour Mérimée — on le voit dans ses lettres à Lingay — le régime de Louis XVIII n'a rien à retirer de glorieux de cet écrasement d'une Espagne populaire, que déjà Napoléon avait violée en vain. Aussi la découverte qu'il fit, dans ses lectures, de l'épisode original dont le général La Romana avait été le héros, dut-elle immédiatement provoquer en lui le désir d'exalter, contre l'absolutisme français, le libéralisme et le courage espagnols. Subordonné de Bernadotte en 1808, le général La Romana commandait au Danemark une partie des troupes que Napoléon, l'année précédente, avait forcé l'Espagne à mettre à son service ; apprenant l'invasion de son pays par ledit Napoléon, La Romana s'était enfui du Danemark, à l'insu de Bernadotte, et était rentré chez lui combattre les Français ! Exaltante aventure, à laquelle tout ce qu'il y avait chez Mérimée, non seulement de « libéralisme », mais d'attachement à la violence, à l'inattendu, au risque et au bizarre, ne pouvait que s'attacher avec enthousiasme. Ne nous étonnons plus, dès lors, de l'image défavorable donnée des Français dans *Les Espagnols en Danemarck*...

Quant à l'Espagne des autres pièces, elle peut encore avoir fourni au jeune Mérimée une autre commodité : elle lui permettait, via la satire de l'Inquisition, de combiner une attaque sans danger politique contre les excès du fanatisme religieux, et la caricature qu'il voulait proposer des poncifs de la jalousie et de la passion. Ainsi, phénomène de mode, lectures récentes de textes de théâtre, occasion politique et données historiques, tout convergeait pour favoriser le choix par le jeune Mérimée de l'Espagne comme cadre dominant de sa première entreprise de librairie.

Il reste à se rendre compte que l'apparition, vers le 1er juin 1825, de cette première œuvre d'un jeune homme de vingt et un ans constitue dans l'histoire littéraire de la France un événement objectivement remarquable. Les six pièces de l'édition originale proposent en effet l'application concrète de plusieurs principes de la Préface de « Cromwell », deux ans avant la Préface de « Cromwell ». Le rédacteur du journal La Pandore, généralement favorable aux tenants du classicisme, estime par exemple dans sa critique du 7 juin 1825 que les « six compositions dramatiques, que l'auteur appelle comédies », mériteraient mieux « le nom de drames, car on y rencontre des situations trop fortes et trop pathétiques pour qu'elles puissent être du domaine de Thalie, des scènes trop comiques et des mots trop plaisants pour la sévère dignité de Melpomène » ; c'est déjà la terminologie hugolienne. De même, dès 1825 aussi, le critique du Mercure du XIXe siècle (t. IX, p. 494) loue Mérimée de ce qu' « il ne se met point l'esprit à la torture pour amener tous ses personnages dans la même chambre, pour les y faire rester plus ou moins de temps, mais [...] va jusqu'au bout d'une action et change de lieu dès que l'action l'exige » : on croit déjà lire les moqueries de la Préface de « Cromwell » sur l'unique vestibule de Cinna artificiellement exigé par le respect des conventions classiques.

Ces innovations, toutefois, le très jeune Mérimée n'en est pas l'unique inventeur : l'air du temps les véhicule. C'est en 1823 que paraît la première version de Racine et Shakespeare, pamphlet dans lequel Stendhal, non dramaturge lui-même (bien qu'il eût longtemps désiré découvrir les ressorts d'une comédie moderne par laquelle peindre les travers de son siècle), réclame déjà des changements fondamentaux dans le choix et le traitement des sujets dramatiques. Mérimée reprend de très près ses idées dans le « Prologue » des Espagnols en Danemarck, et apporte à ses proclamations théoriques l'appui précieux d'une réalisation concrète. Les partisans de la nouveauté expriment à cet égard un soulagement sensible, et notamment les jeunes rédacteurs du journal libéral Le Globe, où Mérimée écrivait lui-même, et où son ami Jean-Jacques Ampère avoue le 4 juin 1825 : « C'est une situation difficile pour la critique d'avoir à proclamer les principes avant qu'ils aient été appliqués. Quels sont, demande-t-on aux partisans d'une nouvelle littérature [...], les ouvrages composés selon vos idées ? [...] il est certain que la production, qui dans les arts est le but unique, est aussi le seul moyen complet de démonstration. Il y a d'excellents arguments contre tous les systèmes, il n'y en a point contre un bon ouvrage [...]. » L'article, moins suspect de connivence, du Mercure du XIXe siècle déjà cité, fait également remarquer que « jusqu'ici la querelle s'était réduite à un échange de théories et de sarcasmes ; et, tandis que les classiques persistaient à imiter Euripide et Racine, leurs adversaires se contentaient de discuter sans produire. Enfin, voici que, sous le nom de Clara Gazul, un esprit original et indépendant vient, par des exemples, combattre en faveur du système nouveau ; et nous ne craignons pas de dire que depuis le Pinto de M. Lemercier il n'avait rien paru d'aussi remarquable [...] ».

Quelques mots sur ce fameux Pinto. Ce n'est pas une nouveauté. Cette grande comédie historique de Népomucène Lemercier date de 1799 et, sous la Restauration, l'auteur, vieilli, ne connaît plus guère que des échecs. Mais, si peu novateur qu'il soit dans son ensemble, ce récit de la révolution portugaise de 1640 présente aux yeux de la jeune école le mérite d'un sujet historique récent, traité en prose à l'aide d'une documentation

Théâtre de Clara Gazul = tendance nouvelle du théâtre au XIXe

*relativement rigoureuse; et Mérimée ne situe pas par hasard sa double pièce d'*Inès Mendo *dans le contexte historique même du drame de Lemercier. C'est pour lui une manière de contenter les désirs de Stendhal; de même lorsqu'il choisit de raconter l'épisode danois de 1808 — sujet plus contemporain encore —, ou lorsqu'un peu plus tard il met en scène une anecdote péruvienne des années 1760.*

De plus, par la variété des matériaux historiques retenus, Mérimée reflète et accentue la tendance théâtrale des années 1825 elles-mêmes. Trois mois avant que ne parût le Théâtre de Clara Gazul, *avait eu lieu la création houleuse d'un drame de Lebrun,* Le Cid d'Andalousie *(1er mars 1825). Succès mitigé, mais soutenu par l'équipe du* Globe *et notamment par le jeune Ludovic Vitet, ami de Mérimée et futur premier titulaire, en 1830, du poste d'Inspecteur des Monuments historiques créé par Louis-Philippe. Vitet, né en 1802, s'est lancé dans une grande fresque théâtrale sur les guerres de religion, qui ne prendra tournure définitive qu'en 1844 sous le titre de* La Ligue, *mais dont le premier épisode,* Les Barricades, *est achevé en 1826. De même, entre 1824 et 1830, le jeune comte de Rémusat (1797-1875) accumule les manuscrits :* Les Croisés ou Le Fief, La Saint-Barthélemy... *Reste à savoir, bien qu'on le devine, pourquoi personne ne lit Rémusat ni Vitet (ni même, avouons-le, Lemercier), et de quels atours a su se parer Clara Gazul pour nous séduire encore.*

Jean-Jacques Ampère a proposé, dès l'origine, une réponse : les six comédies de Mérimée « ont un grand mérite, assez rare aujourd'hui, celui d'une composition naïve; elles amusent, parce qu'on sent que l'auteur s'est amusé en les écrivant, qu'il n'a point songé à une école, à un système, mais au naturel et à la vérité [...] *Ce n'est pas au profit d'un certain ordre d'idées et de sentiments que ces comédies sont écrites; on n'y veut rien prouver, rien établir, rien combattre : on se borne à peindre d'une*

=> M. s'écarte du théâtre "classique" réglé

manière piquante, rapide, quelquefois profonde, des sentiments, des passions, des ridicules ». Que Mérimée n'ait point songé à un système est bien douteux, et Ampère se contredit quelque peu lui-même en voulant insister sur le naturel de la peinture ; mais cela ne gêne point l' « abonné » qui fait publier dans Le Globe du 18 juin 1825 une réponse où il affirme : « Pour la première fois, j'ai vu les hommes de notre temps parler comme ils parlent et agir comme ils agissent. » Et plus loin, sous la même plume, Clara Gazul est comparée à la grande référence de l'heure, Walter Scott. « L'apparition de Waverley fit, il y a quelques années, une révolution dans toute la partie épique de notre littérature, en nous montrant une vérité jusque-là inconnue dans les mœurs et les caractères. L'auteur du Théâtre de Clara Gazul complète cette révolution, en portant cette même vérité dans les passions et, par contrecoup, dans le drame. » Lors de la réédition augmentée de 1830, Jean-Jacques Ampère, emporté par la camaraderie, va même jusqu'à dire de Mérimée : « Il invente les événements comme ils arrivent, il les raconte comme on les voit. Le lire, c'est continuer à observer le spectacle de la réalité, et cette réalité est toujours frappante pour l'imagination, inattendue ou saillante pour l'esprit ; il est impossible d'être plus piquant et plus simple, plus amusant et plus vrai, plus passionné par instants et toujours plus pur de toute exagération » (Le National, 23 octobre 1830).

Toutes ces affirmations sont doublement intéressantes pour le lecteur moderne. S'il cherche à ne réagir qu'instinctivement, il s'étonne de voir présenté comme « pur de toute exagération » un auteur qui met au nombre des accessoires scéniques courants le bûcher, le poison et la dague, la profanation et le blasphème, le suicide et l'assassinat. Si « naturel » et « vérité » s'expriment en ces pages (et ce lecteur naïf éprouve bien, en effet, la conviction encore confuse qu'ils s'y expriment), ce ne peut être que malgré les ingrédients de mélodrame dont

⚠ liste des "plagiats"

elles sont surchargées. Et si, par ailleurs, ce même lecteur moderne interroge l'érudition, il découvre un autre paradoxe : c'est qu'on peut, à la limite, dénier au Théâtre de Clara Gazul *la moindre existence littéraire spécifique. Tout y est « chipé » ailleurs : sujets, thèmes, situations, répliques même, parfois. Non seulement Mérimée, pour ses pièces historiques, a démarqué de fort près ses sources ; ainsi, pour* Les Espagnols en Danemarck, *a-t-il utilisé le journal des opérations militaires de La Romana qu'Alphonse de Beauchamp venait de publier au tome* II *de sa* Collection des mémoires relatifs aux révolutions d'Espagne *(1824). Non seulement, pour* L'Amour africain *par exemple, il a emprunté sans modifications des anecdotes rapportées dans les récits de voyage qu'il avait pu lire. Cela se comprend, et même est parfois indispensable. Mais tout, dans ce* Théâtre, *et c'est apparemment plus grave, n'est au fond que paraphrase. Les deux* Inès Mendo *délayent en quatre actes une page de* Don Quichotte *sur le danger des mésalliances ; dans* Une femme est un diable, *Mérimée s'amuse à pasticher systématiquement* Le Moine *de Lewis (le célèbre roman noir, paru en 1795 et déjà très souvent traduit) ;* Le Carrosse du Saint-Sacrement *ne cesse d'évoquer d'une part Molière, jusqu'à la parodie de répliques célèbres d'Harpagon, du* Bourgeois Gentilhomme, *du* Misanthrope *ou de* Tartuffe, *et d'autre part le* Gil Blas *de Lesage, dont Mérimée a lu de très près les six derniers livres. Nombreux sont les échos plus ponctuels : une page de* Jean Sbogar *de Nodier dans* L'Occasion, *une strophe du* Don Juan *de Byron dans la description du naufrage de Juan Diaz... Partout, enfin, règne l'influence du théâtre espagnol. L'édition magistrale du* Théâtre de Clara Gazul *par Pierre Trahard relève par* centaines *les emprunts à Lope de Vega, Tirso de Molina et surtout, infatigablement, à Calderón ; tous les poncifs espagnols sur le point d'honneur, la tauromachie, la beauté de Séville, la jalousie, les scènes d'amour dans les jardins au clair de lune semblent avoir été assemblés en bouquets par ce fécond dramaturge uniquement pour que Mérimée n'ait plus qu'à les cueillir. Et le même lecteur naïf, qui a voulu s'instruire, de s'émerveiller qu'un tel ramassis rapsodique puisse être érigé en parangon du « naturel » et de la « vérité » : faut-il alors invoquer le miracle de la transsubstantiation narquoise et ardente opérée par un jeune homme* très *doué ?*

Ou, pour poser la question autrement, Le Mercure du XIXe siècle *se trompe-t-il lorsqu'il salue admirativement la perspicacité de l'auteur du* Théâtre de Clara Gazul : *« Quoique jeune, les passions, les mœurs lui sont déjà connues ; et ce n'est point dans les livres qu'il les a étudiées, mais dans la nature »* (loc. cit.) *? D'où vient que nous aussi, à qui l'érudition universitaire fournit à foison la preuve que c'est pourtant bien dans les livres des autres qu'il a puisé toute la matière du sien, nous sommes pareillement tentés de parler de « naturel » et de « vérité » ?*

*Il est indubitable que nous mettons au crédit de l'auteur l'abandon d'un certain nombre d'artifices magnifiés par Racine et mécanisés par Boileau. La représentation de la violence sur scène et, surtout, le mélange des genres ne nous apparaissent plus comme des nouveautés ; nous trouvons normal, avec Loeve-Veimars, que Mérimée « essaie de montrer, comme l'a fait Shakespeare, le ridicule qui se mêle, dans la vie, aux sentiments sublimes et aux faits héroïques » (*Revue encyclopédique, *juin 1825, p. 871). Mais peut-être, en outre, deux traits propres à Mérimée rapprochent-ils plus de nous son théâtre que celui, par exemple (mais l'exemple s'impose), de Victor Hugo : la brièveté et l'humour. Ce n'est que tard, dans son réjouissant* Théâtre en liberté, *qu'Hugo a osé faire ce qu'il avait envie de faire, et qui est vif et drôle au goût de notre siècle ;* Hernani, Ruy Blas *conservent au contraire et les dimensions, et l'alexandrin, et le sérieux (intrinsèquement* nécessaire) hérités du siècle classique. Mérimée, en coupant court, ne lasse jamais. Même ceux qui, en 1825, reprochèrent à son allure d'être « par moments trop brusque et trop hâtée », ne pouvaient dissimuler leur plaisir : « Nous sommes si las des développements excessifs, des lourdes déclamations de tant de personnages dramatiques que nous ne pouvons nous plaindre d'un auteur original, varié, naturel, qui nous donne toujours une esquisse parfaite, sinon un tableau fini [...] (Jean-Jacques Ampère, Le Globe, 4 juin 1825). Peut-être « pourrait-on lui reprocher d'être trop économe de développements et de détails », mais au moins « n'a-t-on pas à craindre avec lui ces scènes de liaison, ces conversations interminables qui ne semblent destinées qu'à occuper le théâtre jusqu'à la fin de l'acte » (Le Mercure du XIXe siècle, loc. cit.). On arrive au dénouement si vite, dans les pièces les plus brèves, qu'on est comme agressé par sa brusquerie (le bras coupé de Mendo, le stylet de doña Urraca) : mais cette agression fait partie du frisson nécessaire. Par ailleurs, en ironisant de façon visible, Mérimée s'offre le recours d'une émotion réelle parce qu'elle n'est point abusive. Même si nous ignorons que l'interminable monologue de Mme de Coulanges (p. 84-85 de cette édition) est un calque moqueur de tirades de Calderón, nous pouvons y savourer la parodie haletante du ton mélodramatique et, du coup, lorsque ladite Mme de Coulanges se hausse un peu vite, dans sa grande scène avec don Juan Diaz, jusqu'au pathétique, nous acceptons très bien le thème (typiquement romantique !) de la courtisane sauvée par l'amour, parce qu'il apparaît comme un souffle d'air frais au sein de la satire.

Peu importe que nous ne puissions pas lire le Théâtre de Clara Gazul comme l'ont lu les contemporains. Pour eux, Mme de Tourville et sa fille, avant d'être d'excellents personnages théâtraux, évoquaient la femme de lettres Sophie Gay, ancien membre de la police impériale, et qui *cherchait alors à marier sa fille Delphine par tous les moyens ; le Résident n'était pas un fantoche réussi, c'était Pastoret, un diplomate ridicule du temps. Nous ne pouvons être directement sensibles aux raisons politiques qui ont poussé Mérimée à écrire* Les Espagnols en Danemarck *que si nous connaissons les faits que j'ai rappelés plus haut. Nous ne ressentons sans doute pas non plus de la même manière les audaces morales de l'œuvre. Il y a soixante ans, Pierre Trahard était encore choqué par la « peinture criarde de la religion et de l'amour » (*La Jeunesse de Prosper Mérimée, *p. 209). Ces « amours sataniques où la dépravation remplace le sentiment » (*id., *p. 207) excitaient sa désapprobation. Mais pour nous, est-il vrai que « la passion antireligieuse* [...] *fausse le* Théâtre de Clara Gazul » *(*id., *p. 215) ? Notre point de vue a changé ; ce qui avait été accentué pour choquer les classiques, et par exemple la satire de l'Inquisition, nous arrive aujourd'hui amorti par l'évolution des mœurs et intégré aux autres éléments du plaisir littéraire. Nous n'avons plus rien à craindre de l'absolutisme bigot de Charles X, ni des menées délatrices de la Congrégation ; nous n'irions pas davantage prendre parti dans la querelle du* Tartuffe, *et* Tartuffe *n'est pas mort pour autant.*

Ainsi l'affaiblissement et même la disparition, dans notre lecture, de ces éléments d'actualité ne peuvent-ils gêner qu'un moment notre contact avec la modernité fondamentale des textes ; modernité de ton, de style, que l'on peut aussi bien appeler plus traditionnellement leur accent « éternel ». L' « abonné » du Globe *n'a pas tort de choisir exprès une des plus outrancières des pièces du* Théâtre de Clara Gazul, Le Ciel et l'enfer, *pour affirmer que « ces scènes, quoique très espagnoles, ne* [lui] *paraissent pourtant pas* [...] *uniquement espagnoles. Ces grandes contradictions du cœur humain sont de tous les pays* [...] » *(*Le Globe, *18 juin 1825). On s'est tant gaussé, dans une certaine atrophie récente de la* critique, de ce pauvre « cœur humain », on a tant dit que tout en littérature ne devait plus être que texte, textualité, voire intertextualité, que j'ai plaisir à saluer chez le « caustique » Mérimée les traces parfaitement reconnaissables de l'émotion littéraire.

Son œuvre est-elle, pour autant, du bon théâtre ? C'est une autre question. Le Théâtre de Clara Gazul, qui n'a pas été écrit pour être joué, n'a guère connu de succès décisifs à la scène, et pourtant c'est Pitoëff qui a monté L'Amour africain (1918, puis 1926), Dullin Une femme est un diable, L'Occasion (1922) et Le Ciel et l'enfer (1940). Les Espagnols en Danemarck, créés seulement en 1948, ont heurté les spectateurs de la Comédie-Française par leur anti-bonapartisme, et il fallut le talent de la jeune Jeanne Moreau qui jouait, au même programme, doña Maria dans une reprise de L'Occasion, pour éviter le four. Seul, Le Carrosse du Saint-Sacrement a connu un sort plus glorieux.

Sort posthume, toutefois. Mérimée lui-même avait mis en garde Augustine Brohan, qui lui demandait le rôle, contre le danger de « remettre en lumière quelque chose de si léger ». Dans la lettre qu'il lui envoie le 16 septembre 1848, il estime que « les scènes sont cousues à la diable les unes au bout des autres et [que] mille défauts qui passent à la lecture deviendraient énormes à la représentation » (Correspondance générale, éd. M. Parturier, t. v, p. 393). Conseillée par Arsène Houssaye, alors administrateur de la Comédie-Française et qui n'aimait guère Mérimée, la comédienne passa outre. La création, le 13 mars 1850, fut sifflée, et la pièce tomba au bout de six représentations : peut-être parce que le public bourgeois d'une IIe République très peu républicaine n'aima pas voir Mérimée « se moquer des vice-rois et des évêques » (lettre citée) ; sans doute, aussi, parce que le drame romantique avait vécu et que, bercé entre Scribe et les débuts d'Émile Augier, le théâtre d'alors était mal disposé à la fantaisie colorée du Carrosse. Mérimée,

Pièce de Mérimée = pas faite pour être jouée
→ seul Carrosse du St Sacrement a été joué plusieurs fois.

toujours dans sa lettre à Augustine Brohan, pense lui-même que sa pièce « ne ressemble aucunement à une comédie » ; la préparer pour la scène nécessiterait « bien des broderies pour en cacher la grossièreté » (ibid.). *Dieu merci, rien ne fut abîmé de cette esquisse jubilante, et c'est bien le texte tel qu'en lui-même (devenu définitif dans l'édition de 1857) qui reçut, en 1920, la consécration, ou en tout cas un grand succès de curiosité, grâce à l'équipe du Vieux-Colombier : Jacques Copeau en vice-roi et Marcel Herrand en Martinez, Valentine Tessier en Perichole et Jouvet dans le rôle final de l'évêque : on rêve... Reprise en 1926 à la Comédie des Champs-Élysées, inscrite depuis plus de trente ans au répertoire de la Comédie-Française où elle est revenue un siècle après son échec, montée dans les années cinquante au T.N.P. par Wilson et Maria Casarès, cette pièce est la plus jouée du* Théâtre de Clara Cazul. *Cet avantage, qui lui vient sans doute — quoi qu'en pensât Mérimée — de son relatif classicisme de ton, et de sa plus grande finesse dans l'analyse psychologique, s'est trouvé souligné par deux illustres paraphrases (au sens lisztien du terme) : la musique d'Offenbach, d'abord, sur un livret des inévitables Meilhac et Halévy (*La Périchole, *1868) ; et la caméra de Jean Renoir, qui a tiré du* Carrosse du Saint-Sacrement *une variation merveilleuse sur le thème pourtant éculé du théâtre dans le théâtre. Quiconque a vu — et revu, car cela s'impose — Anna Magnani dans* Le Carrosse d'or *(1952) a du mal à lire Mérimée sans la voir ; comme pour d'autres, je suppose, la seule Périchole possible est, irrésistiblement, Régine Crespin.*

Ces avatars modernes d'un divertissement écrit au siècle passé se poursuivent : Jérôme Savary, après avoir magnifié Cyrano, *monte à son tour* La Périchole. *Même déformé par un livret superficiel, le message du* Théâtre de Clara Gazul *ne cesse, au fond, de nous parvenir dans sa paradoxale originalité. Nourri jusqu'à l'excès des livres qu'il aimait, Mérimée, estompant l'érudition morte par ce qu'il fallait de parodie, n'a cessé de voir se rapprocher de lui une société toujours plus avide de piments sensoriels et sensuels. Nous voici probablement dans un temps propice à la juste appréciation du dosage subtil, constamment changeant, entre la frivolité et le sérieux des plaisanteries profondes d'un humaniste ironique. Nous pouvons nuancer, mais non infirmer cette opinion de Jean-Jacques Ampère découvrant la réédition du* Théâtre *de son ami (*Le National, *23 octobre 1830) : « M. Mérimée, resté en dehors de tout système par l'indépendance de son esprit, n'a point vieilli avec ceux qui ont vieilli, n'a point passé avec ceux qui ont passé. Il est là tout aussi jeune, tout aussi frais que le premier jour, et nous, qui avons marché, [...] nous sommes plus en état de comprendre l'auteur qui nous avait devancés. »*

Patrick Berthier.

par ce seul [illegible] [illegible], à [illegible] [illegible] [illegible] de [illegible] [illegible] [illegible] [illegible] de [illegible] [illegible] [illegible] [illegible] [illegible] dans un temps [illegible] [illegible] [illegible] [illegible] [illegible] [illegible] [illegible] [illegible] [illegible] [illegible] [illegible] [illegible] [illegible]. Nous pouvons [illegible] [illegible] [illegible] [illegible] de [illegible] [illegible] [illegible] [illegible] [illegible] Théâtre de la [illegible] [illegible] [illegible] [illegible] Allemagne [illegible] [illegible] [illegible] [illegible] de [illegible].

Pierre Daix

THÉÂTRE
DE CLARA GAZUL

COMÉDIENNE ESPAGNOLE

Pensarán vuestras mercedes ahora que es poco trabajo hinchar un perro.

Miguel de Cervantes [1].

NOTICE SUR CLARA GAZUL

C'est à Gibraltar, où j'étais en garnison avec le régiment suisse de Watteville[1], que je vis pour la première fois mademoiselle Gazul. Elle avait alors quatorze ans (1813). Son oncle, le licencié Gil Vargas de Castañeda, commandant d'une guérilla andalouse, venait d'être pendu par les Français, en laissant doña Clara confiée à la tutelle du père Fray Roque Medrano, son parent, et inquisiteur au tribunal de Grenade.

Ce vénérable personnage avait défendu à sa pupille de lire d'autres livres que ses Heures ; et, pour rendre sa défense plus efficace, il avait fait brûler tous les volumes que le pauvre licencié Gil Vargas avait légués à sa nièce. De là vient, je crois, la haine de l'auteur pour ces membres d'un ordre religieux que la sagesse du roi d'Espagne vient de supprimer[2]. J'avais dans mon petit bagage trois ou quatre volumes dépareillés ; je les donnai à Clara, et ce cadeau, qui lui parut fort précieux, commença notre connaissance. Je l'ai cultivée toujours avec soin pendant le long séjour que je fis en Espagne, après la guerre de l'indépendance[3], et plus qu'un autre je suis en état de démêler la vérité d'une foule de mensonges que l'on débite dans son pays sur le compte de cette femme singulière.

On ne sait presque rien de ses premières années.

Voici cependant ce que je tiens d'elle-même. Un soir que nous fumions, serrés autour de son *brasero*, un curé qui se trouvait parmi nous lui demanda où et de qui elle était née ; sur quoi Clara, qui était en humeur conteuse, nous conta l'histoire suivante, que je suis loin de garantir.

« Je suis née, dit-elle, sous un oranger sur le bord d'un chemin, non loin de Motril, dans le royaume de Grenade. Ma mère faisait profession de dire la bonne aventure. Je l'ai suivie, ou plutôt elle m'a portée sur son dos jusqu'à l'âge de cinq ans. Alors elle me mena chez un chanoine de Grenade (le licencié Gil Vargas), lequel nous reçut avec de grandes démonstrations de joie. Ma mère me dit : " Saluez votre oncle. " Je le saluai. Elle m'embrassa, et partit à l'instant. Je ne l'ai jamais vue depuis. »

Et, pour arrêter nos questions, doña Clara prit sa guitare et nous chanta la chanson de la bohémienne[4] : *Cuando me pariò mi madre la gitana.*

Quant à sa généalogie, elle s'en est fabriqué une à sa manière. Bien loin de se prétendre issue de vieux chrétiens, elle se dit de sang moresque, et arrière-petite-fille du tendre Maure Gazul[5], si fameux dans les vieilles romances espagnoles. Quoi qu'il en soit, l'expression un peu sauvage de ses yeux, ses cheveux longs et d'un noir de jais, sa taille élancée, ses dents blanches et bien rangées, et son teint légèrement olivâtre, ne démentent pas son origine.

Quand la tranquillité fut rétablie dans le sud de l'Espagne, doña Clara et son tuteur revinrent habiter Grenade. Ce tuteur était une espèce de cerbère, grand ennemi des sérénades. A peine un barbier faisait-il résonner sa mandoline fêlée, que Fray Roque, voyant partout des amants, grimpait à la chambre de sa pupille, lui reprochait amèrement le scandale que causait sa coquetterie, et l'exhortait à faire son salut en entrant au couvent (probablement il l'engageait aussi à renoncer en sa faveur à la succession du licencié Gil Vargas). Enfin il ne la quittait qu'après s'être assuré que les verrous et les barres de sa fenêtre lui répondaient de sa sagesse.

Un jour il monta si doucement dans la chambre de Clara, qu'il la surprit écrivant, non une comédie, elle n'en faisait pas encore, mais le plus passionné des billets doux. La colère du révérend père fut proportionnée au délit : la coupable fut enfermée dans un couvent.

Quinze jours après son entrée au cloître, elle en disparut en escalant les murs, et pendant trois mois elle échappa à toutes les recherches.

Au bout de ce temps, Fray Roque apprit avec horreur que la timide colombe confiée à ses soins venait de débuter avec succès au Grand Théâtre *(Teatro Mayor)* de Cadiz, dans le rôle de doña Clara, de la *Mojigata*[6].

Il quitta Grenade, se disposant à venir l'arracher de l'asile singulier qu'elle avait choisi. Les amateurs de scandale se réjouissaient en pensant au procès futur entre un inquisiteur et un directeur de théâtre, quand un accès de goutte remontée priva le Saint-Office d'un membre zélé, et Clara d'un tuteur incommode.

On a supposé bien des motifs pour son entrée au théâtre. Les uns l'attribuent à un goût naturel pour la profession d'acteur ; d'autres à une inclination pour le *joven galán* * du Grand Théâtre ; d'autres enfin veulent que la pauvreté ait décidé Clara à se faire comédienne.

Quelque temps avant l'insurrection des troupes cantonnées dans l'île de León[7], doña Clara avait recueilli l'héritage de son oncle, et sa maison était le rendez-vous de tous les beaux esprits et de tous les constitutionnels de Cadiz[8]. Sa réputation d'exaltée pensa lui coûter cher lors du massacre du 10 mars. Un

* Jeune premier

des *leales de Fernando Septimo*[9], la rencontrant dans la rue, avait levé son sabre pour lui fendre la tête, lorsqu'un de ses camarades l'arrêta en lui disant : « Ne vois-tu pas, imbécile, que c'est la Clarita, qui nous a fait tant rire dans la *saynète*[10] de la *Gitana ?* — Oui, dit l'autre, mais c'est une ennemie de Dieu et du roi. — N'importe, répondit son camarade, je veux la voir encore jouer la *Gitana.* » Et il la sauva ainsi.

Les jours suivants, Clara parut sur la scène avec la cocarde nationale, et chanta des hymnes patriotiques avec tant de grâce qu'elle fit tourner la tête aux *serviles* eux-mêmes. Tous les officiers du corps de Quiroga[11] en avaient fait la dame de leurs pensées.

Deux jeunes officiers du bataillon d'Amérique[12] se prirent de querelle à son sujet. Elle avait donné à l'un d'eux une cocarde de rubans verts faite de ses propres mains, et l'autre, disait-on, avait voulu l'enlever à son camarade. Les deux rivaux sortirent pour se battre. Clara l'apprit, et se rendit aussitôt sur le champ de bataille. On n'a jamais su de quel moyen elle s'est servie pour calmer leur fureur. Ce qu'il y a de certain, c'est qu'elle rentra le soir dans Cadiz donnant le bras aux deux militaires réconciliés, qu'elle les mena souper chez elle, et que jamais querelle ne vint depuis troubler leur amitié.

Sa réputation littéraire commença par la petite pièce intitulée : *Une femme est un diable.* Le public ignorait complètement le sujet de la comédie, et l'on peut juger de la surprise d'un parterre espagnol qui voyait pour la première fois sur les planches des inquisiteurs en grand costume. Cette bluette eut un succès fou ; c'étaient des écoliers qui voyaient fesser leur régent.

Cependant les cagots qui commençaient à se rallier crièrent au scandale. Trois ou quatre duchesses ou marquises, désespérées de voir leurs salons désertés pour celui de doña Clara, obligèrent leurs maris à faire des plaintes au gouvernement. Mais Clara avait aussi des protections puissantes. La comédie ne fut point défendue, et l'on se contenta d'y ajouter, pour la morale, le prologue que nous donnons en tête de la traduction. Clara se proposait de faire représenter la seconde partie d'*Une femme est un diable;* mais son confesseur, aumônier du régiment de la Constitution, en fut tellement choqué, qu'il obtint d'elle que ce petit ouvrage serait jeté au feu.

Depuis ce moment sa réputation ne fit qu'augmenter, et ses comédies se succédèrent rapidement jusqu'à sa fuite en Angleterre, lors de la Restauration[13]. Cependant, comme elles n'ont été imprimées qu'en 1822, et qu'elles ne furent jouées qu'assez tard sur le théâtre de Madrid, on n'en connaissait presque rien à Paris, où depuis quelque temps on semble rechercher les ouvrages étrangers.

On avait fait à Cadiz une édition de ses Œuvres complètes en deux volumes petit in-quarto; mais, aussitôt après la déconfiture des constitutionnels, les juntes royalistes se hâtèrent de la mettre à l'index. Aussi l'original est-il extrêmement rare. La traduction que nous donnons aujourd'hui peut être considérée comme très fidèle, ayant été faite en Angleterre sous les yeux de doña Clara, qui a même eu la bonté de me donner une de ses pièces inédites pour joindre à son recueil. C'est la dernière du volume, *Le Ciel et l'enfer,* qui n'a été représentée qu'à Londres et sur un théâtre de société.

JOSEPH L'ESTRANGE.

1825.

Les Espagnols en Danemarck

COMÉDIE EN TROIS JOURNÉES

Que el orbe se admire,
Y en nosotros mire
Los hijos del Cid[1].

Biographie du gal La Romana

AVERTISSEMENT[2]

« Le marquis de La Romana, général espagnol, naquit dans l'île de Majorque, d'une famille illustre, et était neveu du célèbre général Ventura Caro.

» Son éducation fut très soignée. Il possédait plusieurs langues, et montrait pour les sciences une passion et une aptitude dont les armes changèrent bientôt la direction. Il fit, avec son oncle, la campagne de 1793 contre les Français, et se distingua dans plusieurs occasions, entre autres à la défense du poste de Biriatou[3]; plus tard il fut blessé. En 1795, il concourut à la défense de la Catalogne. La paix lui permettant de voyager, il vint d'abord en France, et parcourut ensuite les principales villes de l'Europe.

» En 1807, l'empereur Napoléon ayant obtenu du roi Charles IV 15000 hommes pour seconder dans le nord les opérations de son armée, le marquis de La Romana en prit le commandement. Aussitôt après l'arrivée de ces troupes à leur destination, plusieurs corps entrèrent en ligne, et rendirent d'importants services. La cavalerie surtout eut des engagements très brillants avec l'ennemi.

» Le marquis de La Romana était encore sous les drapeaux français de l'île de Fionie[4], lorsqu'il apprit les événements de Madrid du 2 mai 1808[5], et en même temps que les projets de Napoléon sur le trône d'Espagne avaient cessé d'être un mystère. Le marquis de La Romana résolut de rentrer dans sa patrie, et de se réunir aux défenseurs de l'indépendance nationale ; mais il fallait négocier avec les envoyés espagnols à Londres et avec le gouvernement anglais à l'insu du prince de Ponte-Corvo, aujourd'hui roi de Suède, commandant en chef de l'armée française [6]. Il y parvint au moyen du capitaine de vaisseau don Rafael Lobo [7], qui faisait partie de l'escadre anglaise dans la Baltique, et il fit embarquer secrètement toutes ses troupes, ne laissant que quelques centaines d'hommes en Zélande et en Jutland, lesquels furent bientôt entourés et désarmés par les troupes danoises.

» De retour en Espagne, le marquis de La Romana se joignit aux insurgés. Ses talents et son courage ne purent éviter à son parti de nombreuses défaites. Celle d'Espinosa [8] fut des plus désastreuses. Néanmoins il ne perdit pas courage. Vers la fin de 1808, il rallia les corps dispersés dans le royaume de León, et en forma l'*armée de gauche.* Au commencement de 1809, il eut une affaire très vive avec un des corps français qui poursuivaient l'armée anglaise, alors en pleine retraite. Il disputa le terrain avec la plus grande valeur, mais il perdit ses meilleures troupes. Les Anglais parvinrent enfin à se rembarquer ; le marquis de La Romana se replia sur la province d'Orense, où il prit position, ce qui lui permit d'entraver les opérations de l'armée française en la harcelant journellement dans sa marche. C'est en suivant ce système qu'il s'empara de Villafranca [9] et passa dans les Asturies, où il continua le même genre d'attaques. La province de Valence le nomma membre de la junte de Séville [10]. Il quitta alors son commandement militaire, et se rendit à sa nouvelle destination. Son expérience et ses lumières furent justement appréciées par ses collègues, et il contribua puissamment à toutes les mesures importantes qui furent prises à cette époque. En 1810, par suite de l'entrée des Français en Andalousie et du départ de Séville de la junte, il alla prendre le commandement de l'armée stationnée sur les bords de la Guadiana, puis fit sa jonction avec le duc de Wellington, lorsque ce général se retira dans les lignes de Torres-Vedras [11].

» La Romana défendit ensuite avec le général Hill [12] la rive gauche du Tage, dont le maréchal Masséna, malgré ses habiles manœuvres, ne put s'emparer. Sa santé s'était beaucoup affaiblie par les fatigues de la guerre, et il mourut à Cartaxo, en Portugal, le 28 janvier 1811.

» Ses compatriotes et les Français eux-mêmes rendaient justice à sa bravoure, à ses talents et à sa loyauté. Les premiers l'ont placé au rang de leurs généraux modernes les plus distingués. »

(Biographie nouvelle des Contemporains.)

PROLOGUE

PERSONNAGES DU PROLOGUE

UN GRAND. UN CAPITAINE. UN POÈTE. CLARA GAZUL.

La loge de Clara Gazul.

UN GRAND, UN CAPITAINE, UN POÈTE, CLARA

LE GRAND : Enfin vous êtes habillée !

LE POÈTE : Et toujours jolie comme un ange.

LE CAPITAINE : Eh quoi ! sans basquina et sans mantilla[a] ?

CLARA : C'est que je n'ai pas à jouer un rôle espagnol.

LE CAPITAINE : Tant pis !

LE GRAND : Qu'est-ce que l'auteur ?

CLARA : Je ne sais.

LE POÈTE : Toujours discrète ! Ah ! que nous vous avons d'obligations, nous autres pauvres auteurs !

Ils s'asseyent tous.

CLARA : Voilà qui est bien, messieurs ! Vous vous

a. La basquina est un jupon étroit et court, et la mantilla un voile noir sans lequel les dames espagnoles sortent rarement.

ANTONIO : Tout à l'heure. Mais montre-moi que tu m'aimes auparavant.

MARIQUITA : Eh bien ! vite. — Vous êtes bien innocent !...

ANTONIO : Innocent ! innocent ! moi le plus grand pécheur ! un réprouvé ! un damné ! un damné ! mais je t'aime, et je renonce au paradis pour contempler tes yeux.

MARIQUITA : Partons, partons, et puis nous ferons l'amour ensuite comme deux tourtereaux. Tiens. *(Elle l'embrasse.)*

ANTONIO, *criant :* Qu'est-ce que l'enfer quand on est heureux comme moi !

RAFAEL, *entrant et se signant :* Vive Jésus ! que vois-je ?

ANTONIO : Rafael !

RAFAEL : Scélérat ! c'est donc ainsi que tu profanes la croix que tu portes ?

ANTONIO : Seigneur Rafael, je ne suis plus prêtre, je suis l'époux de Mariquita... Bénissez notre mariage... mariez-nous. *(Il se met à genoux.)*

RAFAEL : La malédiction de Dieu sur ta tête !

ANTONIO, *le prenant au collet :* Marie-moi, ou je te tue ! *(Ils luttent quelque temps. Antonio renverse Rafael ; celui-ci tire un poignard.)*

MARIQUITA : Prends garde à toi, l'innocent !

ANTONIO, *lui arrache le poignard :* Tiens, maudit ! *(Il le frappe.)*

RAFAEL : Ha !... je suis mort ! et le diable m'attend !... Antonio, tu es plus fin... que moi... Qui l'eût dit !... Va, je te pardonne pour la ruse, et puis... parce que je ne puis pas... me venger... Adieu... je vais commander la chaudière... En attendant... jouis de ton reste... Domingo... je l'ai enfermé... j'ai écarté les surveillants... mais tu m'as prévenu... Tu n'es pas si bête... que je l'avais...

ANTONIO, *atterré :* Tu ne dis pas tes prières ?

RAFAEL, *riant :* Mes prières !... ha, ha, ha !... m'y voilà. *(Il meurt.)*

MARIQUITA : Je vais prendre sa robe, et nous passerons sans être reconnus.

ANTONIO : En une heure, je suis devenu fornicateur, parjure, assassin.

MARIQUITA : En voyant cette fin tragique, vous direz, je crois, avec nous qu'UNE FEMME EST UN DIABLE.

ANTONIO : C'est ainsi que finit la première partie de la TENTATION DE SAINT ANTOINE[9]. Excusez les fautes de l'auteur.

L'Amour africain

COMÉDIE

Amor loco
A dos hidalgos disparó la flecha.

LOPE DE VEGA,
El guante de doña Blanca[1].

PERSONNAGES

HADJI NOUMAN[a].

ZEIN-BEN-HUMEIDA.

BABA MUSTAFA.

MOJANA.

La scène est à Cordoue.

a. Le mot Hadji, devant un nom propre, désigne un musulman qui a fait le pèlerinage de la Mecque.

Un kiosque dans les jardins de Hadji Nouman.

HADJI NOUMAN, BABA MUSTAFA

H. NOUMAN : Eh bien ! qu'est devenu Zeïn ?

B. MUSTAFA : Omar, le garde du kalife, vient à l'instant de m'en donner des nouvelles.

H. NOUMAN : Parle.

B. MUSTAFA : Il l'a vu hier au marché des esclaves. Ton ami a parlé à l'un des marchands ; puis, tout d'un coup, il s'est élancé sur son cheval, et est sorti au galop par la porte de Djem-Djem [2].

H. NOUMAN : Et ce marchand d'esclaves, quel est-il ?

B. MUSTAFA : Seigneur, je crois que c'est le vieux Abou-Taher, celui qui t'a vendu hier la belle Mojana.

H. NOUMAN : Tu lui as parlé ?

B. MUSTAFA : Je n'ai pu le trouver ; il était chez le cadi.

H. NOUMAN : D'où vient cette fuite soudaine ? Que peut-il être arrivé à Zeïn ?

B. MUSTAFA : Comme il est sorti par la porte de Djem-Djem, je crois qu'il est allé aux tentes de Semelalia [3], à l'armée du vizir.

H. NOUMAN : Eh quoi ! aurait-il été combattre les infidèles sans avoir embrassé son ami ?

B. MUSTAFA : Si tu le veux, je retournerai chez Abou-Taher.

H. NOUMAN : Tout à l'heure. — Écoute. As-tu porté à Mojana les présents que j'ai achetés pour elle ?

B. MUSTAFA : Oui, seigneur, et je l'ai revêtue moi-même de sa nouvelle parure. Allah ! qu'elle était belle ! Certes, j'ai vu dans ma vie beaucoup de belles femmes, mais jamais je n'ai trouvé l'égale de Mojana. Ah ! si tu voulais la revendre, bien qu'elle ait perdu hier cette qualité que vous estimez tant, tu en retirerais encore les dix mille dinars[b] qu'elle t'a coûté.

H. NOUMAN : Jamais je ne la vendrai, Mustafa ; et, si le kalife mon seigneur me la faisait demander, je la lui refuserais, dussé-je fuir chez les Bédouins de Zeïn, et vivre en excommunié[c]. — A-t-elle paru satisfaite de mes présents ?

B. MUSTAFA : Elle a dit qu'elle se réjouissait de posséder tant de belles choses, si elle en paraissait plus aimable à tes yeux.

H. NOUMAN : Charmante créature !

B. MUSTAFA : Quelle différence entre nos femmes et celles des infidèles ! Quand j'étais prisonnier à León, j'ai vu leurs femmes et leurs mœurs. Chez nous, toutes sont soumises ; elles s'efforcent à l'envi de plaire à leur seigneur ; avec deux eunuques on gouverne vingt femmes... mais allez chez les Espagnols, une femme gouverne vingt hommes...

H. NOUMAN : Apporte ici du sorbet et des fruits, je veux que Mojana vienne dans ce pavillon me tenir compagnie.

B. MUSTAFA : Entendre, c'est obéir.

b. Je laisse aux savants à déterminer la valeur du dinar.

c. Les kalifes réunissaient la puissance temporelle à la spirituelle. Ceux qui leur désobéissaient étaient retranchés du *djemeat*, ou excommuniés.

Il sort.

H. NOUMAN : Zeïn, tu seras toujours un Bédouin. — Toujours occupé de l'idée du moment, il oublie ses amis et leurs invitations pour courir où son caprice l'appelle... Je pense que la fantaisie l'aura pris d'aller rompre une lance avec quelque chevalier nazaréen. Puisse Allah le protéger !

B. MUSTAFA, *rentrant :* Seigneur, seigneur, ton ami Zeïn descend de cheval à ta porte... Par Allah ! je crains bien qu'il ne lui soit arrivé quelque malheur, car Abjer n'a plus sa belle selle brodée... peut-être...

Entre Zeïn habillé très simplement.

H. NOUMAN : Zeïn-ben-Humeïda, que Dieu soit avec toi !

ZEÏN : Hadji Nouman, que Dieu soit avec toi ! As-tu cinq mille dinars à me donner ?

H. NOUMAN : Oui. Te les faut-il tout de suite ?

ZEÏN : Le plus vite possible.

H. NOUMAN, *donnant une clef à Mustafa*[d] : Mustafa !

B. MUSTAFA : Dans l'instant.

Il sort.

H. NOUMAN : Tu as vu les tentes du vizir ? Le Bédouin est déjà las de la vie de Cordoue ?...

ZEÏN : Je suis retourné à l'armée pour affaires pressantes. J'ai trafiqué, Hadji Nouman ; mais peut-être ai-je trafiqué en Bédouin.

H. NOUMAN : Aurais-tu attaqué une caravane ?

ZEÏN : Depuis que je sers Abdérame[4], j'ai oublié ces exploits du désert. Je suis allé vendre mes chevaux, mes bijoux, pour faire de l'argent.

H. NOUMAN : Eh ! pourquoi ne pas t'adresser à moi ?

ZEÏN : J'y ai bien pensé, mais trop tard.

d. On connaît la confiance que les Orientaux ont en leurs esclaves.

H. NOUMAN : Si je ne me trompe, tu as vendu jusqu'aux pierreries de ton khandjar[e] ?

ZEÏN : Oui, et tous mes chevaux, excepté Abjer, qui, tant que je vivrai, partagera jusqu'à mon dernier morceau de pain. — Mais dis-moi si l'on m'a trompé. Combien valait la monture de ce poignard que m'a donné notre glorieux kalife ?

H. NOUMAN : Neuf à dix mille dinars. Peut-être plus.

ZEÏN : Dix mille coups de bâton à mon juif ! Puisse Nékir[f] le couper de dix mille coups de faux ! Je fais vœu, par la sainte Caaba[g] la prohibée, par les tombeaux des prophètes, de couper la tête à douze juifs dans la première ville espagnole où j'entrerai...

H. NOUMAN : À cette colère, on voit que tu as fait un mauvais marché.

ZEÏN : Il m'a donné quinze cents dinars.

H. NOUMAN : Es-tu fou, Bédouin, de faire des affaires avec un juif ?

ZEÏN : Il me fallait à toute force de l'argent. — En passant dans le Bézestein[h], j'ai vu ce vieux coquin d'Abou-Taher qui faisait crier des esclaves à vendre. Une d'entre elles m'a frappé, et il en voulait neuf mille dinars... Hadji Nouman, jusqu'alors j'aurais appelé fou celui qui paie une femme plus qu'un cheval de bataille ; mais que la vue de cette femme m'a fait changer d'idée ! J'aurais presque troqué Abjer contre cette créature, cette houri[5] échappée du paradis. Mais j'ai mieux aimé courir à Sémélalia ; j'ai vendu tout ce que je possédais, excepté mes armes et Abjer, et avec tout cela je n'ai pu faire que quatre mille dinars. Je compte sur toi pour le reste.

H. NOUMAN, *riant* : Ah, ah, ah ! fils du désert, te voilà

e. Poignard.

f. Un des anges de la mort.

g. Lieu vers lequel les musulmans adressent leurs prières. C'est une maison carrée qu'ils disent bâtie par Abraham.

h. Marché.

pris à la fin. — Et que je reconnais bien là mon Bédouin, qui agit avant de penser ! Malheureux, tu vas acheter une esclave, et il ne te reste plus de quoi vivre ! Comment feras-tu pour l'entretenir, elle et Abjer ?

ZEÏN : N'ai-je pas un ami ?

H. NOUMAN : Oui, qui pensera pour toi. Il te faut dix mille dinars au lieu de cinq mille, tu vas les avoir.

ZEÏN : Je te remercie, frère. Tu ne te lasseras jamais de me combler de biens ?

H. NOUMAN : Ah ! Zeïn, je serai toujours en reste avec toi ! Te rappelles-tu comment nous fîmes connaissance ?

ZEÏN : Il m'en souvient assez.

H. NOUMAN : Je me trouvais assez embarrassé de poursuivre mon pèlerinage à La Mecque ; tu versas sur moi ton outre tout entière[i], sans en garder une goutte pour toi. Combien tu as dû souffrir !

ZEÏN : Nous autres Arabes, nous savons souffrir mieux que vous autres seigneurs des villes. Et puis tu étais étendu sur le sable, abandonné, noir comme un scorpion desséché... quel musulman n'aurait fait ce que je fis alors ?

B. MUSTAFA, *rentrant :* Seigneur, les cinq mille dinars sont en sacs sous le vestibule. Si tu veux les compter...

ZEÏN : Non, non. Prépare-moi un âne pour les porter, et aie soin d'en compter encore autant. Il y aura cent dinars pour toi.

Il sort.

H. NOUMAN : Mustafa !

B. MUSTAFA : Seigneur !

H. NOUMAN : Un autre esclave fera ce que veut Zeïn. Toi, va me chercher Mojana. *(Mustafa sort.)* Le pauvre Zeïn ! son nouvel amour lui a fait perdre la tête. Il voulait troquer Abjer contre cette femme ! Il faut

i. On se sert de ce moyen pour rappeler à la vie les voyageurs qui sont étouffés par la chaleur du désert. (Voir *Voyages d'Ali Bey*[6].)

qu'elle ait fait une grande impression sur lui ! Malheur à qui enchérira sur l'esclave ! Zeïn a vendu les pierreries de son khandjar, mais il lui reste encore la lame.

Entre Mojana, conduite par B. Mustafa.

Approche, reine de beauté. Ôte ce voile trop épais. Il n'y a ici que ton seigneur pour contempler tes attraits.

MOJANA, *après avoir ôté son voile :* Que veut mon lion ?

H. NOUMAN : Viens, Mojana, assieds-toi à côté de moi sur ce sofa. — Esclave, apporte la collation. Eh bien ! Mojana, es-tu contente des parures que je t'ai envoyées ?

MOJANA : Seigneur, tu as comblé de tes dons ton humble esclave, qui ne sait comment t'en témoigner sa reconnaissance.

H. NOUMAN : Dans peu tu auras quelque chose de mieux que ces bagatelles.

MOJANA : Ah ! Seigneur, tant que j'aurai ton amour, je me croirai assez heureuse.

H. NOUMAN : Aimable enfant, je suis riche et puissant. Ma richesse et ma puissance t'appartiennent. Souhaite, et tes souhaits seront exaucés.

MOJANA : Ah mon lion ! oserai-je te demander une grâce avant de l'avoir méritée ?

H. NOUMAN : Demande, et tu auras. Ne me demande pas cependant le cheval Abjer de mon ami Zeïn.

MOJANA : Seigneur, ton esclave est si heureuse avec son lion, qu'elle n'a plus qu'un seul souhait à former. Je suis née dans un pays que je crois fort éloigné d'ici, près d'une ville que l'on nomme Damas. Mon père était un marchand ; mais, parce qu'il avait manqué d'aller à La Mecque, ainsi qu'il en avait fait vœu, Allah lui a retiré sa faveur. En une année il perdit tout son bien. Mon frère fut tué par les Kurdes ; ma mère mourut de maladie. Mon père, pour vivre et faire vivre mes trois sœurs, fut obligé de me vendre[j]. Ô mon seigneur ! permets que je leur envoie une petite partie des dons que tu m'as faits, que je partage avec eux le bonheur que tu me fais goûter auprès de toi.

H. NOUMAN : Bon cœur ! n'est-ce que cela que tu demandes ? Ton père et tes sœurs viendront en cette ville, et je marierai richement tes sœurs, n'eussent-elles qu'une faible partie de ta beauté.

MOJANA : Je me prosterne à tes pieds.

ZEÏN, *derrière la scène :* Esclave, retire-toi, ou je te tue.

H. NOUMAN : Qui ose pénétrer ici ? — Mojana, mets ton voile.

Entre Zeïn le poignard à la main ; Mojana se cache derrière le sofa.

Est-ce Zeïn qui entre ainsi quand son ami est avec son esclave ?

ZEÏN : Nouman, quand je t'ai donné l'hospitalité dans ma tente de feutre, ai-je sauvé un crocodile qui devait un jour me mordre et rire de sa morsure[k] ?

H. NOUMAN : Que veux-tu dire, Zeïn ?

ZEÏN : Qui t'a donné la hardiesse d'insulter Zeïn, le fils d'Amrou, le scheick[l] des Humeïdas ?

H. NOUMAN : Eh ! qui de nous deux est insulté ?

ZEÏN : Maure rusé, pourquoi m'offrais-tu ton argent, quand tu m'avais enlevé celle que j'estimais plus que le trésor du kalife ?

H. NOUMAN : Moi !

ZEÏN : N'as-tu pas acheté l'esclave d'Abou-Taher ?

H. NOUMAN : Eh ! quels droits avais-tu sur elle ?

ZEÏN, *levant son poignard :* Tu vas les voir.

MOJANA, *se jetant entre eux deux : (Son voile tombe.)* Arrête, méchant ! Tu me tueras avant lui.

j. Voir *Voyage au mont Liban* de M. Otter[7].
k. Allusion à une croyance arabe.
l. Chef d'une tribu.

H. NOUMAN : Tu as donc perdu la raison, Zeïn ? toi lever le poignard sur Hadji Nouman ! Que t'ai-je fait ? N'avais-je pas les mêmes droits que toi sur cette esclave ? Ne l'ai-je pas achetée de mon argent ? Est-ce ma faute si tu as été si lent à conclure ton marché ?

ZEÏN, *regardant fixement Mojana, d'un air égaré :* Tu as raison.

H. NOUMAN : Voilà donc tes folies. Et si cette femme ne se fût jetée entre nous deux, tu aurais tué ton frère !

ZEÏN : Moi, je ne pourrais jamais te tuer ; Gabriel te couvre de son bouclier. Tu es son favori, et moi je suis voué à Éblis [m].

H. NOUMAN : Je te pardonne, Zeïn, mais...

ZEÏN : Fou que tu es ! dis donc à cette femme de remettre son voile, ou je ne réponds pas de moi. Nouman, je te prie de me pardonner. Mais le simoun [n] n'est pas plus brûlant et plus impétueux que l'amour d'un Arabe.

H. NOUMAN : Tu es bien agité...

ZEÏN : Écoute, quand je te sauvai la vie, tu me dis de te demander quelque chose, que tu me l'accorderais. T'ai-je demandé encore quelque chose ? dis.

H. NOUMAN : Non.

ZEÏN : Donne-moi cette femme.

H. NOUMAN : Sais-tu combien je l'aime ?

ZEÏN : L'aimes-tu comme moi ? Ferais-tu cela pour elle ? *(Il se perce le bras de son poignard [o].)*

H. NOUMAN : Tigre féroce, que feras-tu de cette timide gazelle ?

ZEÏN : Allons !

H. NOUMAN : Je ne puis !

ZEÏN : Dans le désert on respecte ses serments.

H. NOUMAN : Prends tous mes biens. Je te donne tout...

m. Le diable.
n. Vent du sud dans le désert. (Voir *Voyages d'Ali Bey.*)
o. Voir Lettres de lady Montague [8].

ZEÏN : Plaisant échange !... c'est à Zeïn que tu le proposes, à Zeïn qui donna au vieux El-Faradje tout le butin de la tribu des Zinebis pour le seul cheval Abjer ! Eh bien ! moi, Zeïn, je t'offre Abjer et le khandjar d'Amrou, si tu veux me donner cette esclave.

H. NOUMAN, *d'un ton suppliant :* Zeïn !

ZEÏN : N'as-tu pas juré par la Caaba la prohibée, par les tombeaux des prophètes, par ton sabre, de m'accorder ma première demande ?

H. NOUMAN : Que ferais-tu à ma place ?

ZEÏN, *hésitant :* Ce que je ferais ?...

H. NOUMAN : Oui, toi, Zeïn ?

ZEÏN : Je... je te tuerais ! tire ton khandjar !

H. NOUMAN : Non, je ne puis me battre contre celui qui m'a sauvé la vie dans le désert. — Écoute, Bédouin. Il est un moyen de nous arranger. Que Mojana choisisse son maître. Si elle te préfère, elle est à toi.

ZEÏN : Est-ce là remplir ta parole ?

H. NOUMAN : Mojana, choisis.

MOJANA : Hésiterai-je entre mon bien-aimé et ce sauvage farouche ! Ô mon seigneur ! ton esclave t'aimera toujours. *(Elle se jette dans les bras de Hadji Nouman.)*

H. NOUMAN : Ô Mojana ! — Zeïn, tu m'ôterais une esclave qui m'aime tant !

ZEÏN, *accablé :* Vous êtes faits l'un pour l'autre... et moi que je suis malheureux ! En naissant j'ai donné la mort à ma mère. A douze ans, j'ai crevé un œil à mon frère d'un coup de flèche... et voilà qu'aujourd'hui j'ai voulu tuer mon ami. Je lui ai reproché un bienfait... Oh ! cela est indigne d'un Arabe. — Adieu, Hadji Nouman.

H. NOUMAN : Zeïn, demande-moi quelque chose que je puisse te donner.

ZEÏN : Je n'ai besoin de rien. Je retourne à mes tentes du désert.

H. NOUMAN : Reste auprès de ton ami.

ZEÏN : Je ne puis.

H. NOUMAN : Pourquoi me fuis-tu ?

ZEÏN : Un jour peut-être je te tuerais. Je me connais bien.

H. NOUMAN : Tu as le droit de me tuer, je mérite toute ta colère...

ZEÏN : Quoi ! c'est une femme qui l'a rendu parjure, qui m'a presque rendu assassin ! Mais moi, pour posséder quelques chameaux, n'ai-je pas rendu plus d'une épouse veuve, et plus d'un enfant orphelin !

H. NOUMAN : Reste avec moi, ou je te suivrai au désert.

ZEÏN : Et cette esclave, y viendra-t-elle ?

H. NOUMAN : J'ai une sœur qui est belle, Zeïn. Je te la donnerai...

ZEÏN : Frère, dis à ton esclave d'ôter son voile, que je la voie encore une fois avant de partir.

H. NOUMAN : Mojana, fais ce qu'il souhaite. Jette un regard d'amour sur Zeïn, car il est mon ami...

ZEÏN : Hadji Nouman, qu'Allah !... *(Avec fureur.)* Tiens, battons-nous, et que le sabre en décide !

H. NOUMAN : Voilà ta frénésie qui te reprend ! Mojana, retire-toi.

ZEÏN. *Il se met devant la porte :* Non, arrête, Mojana ! *(A Hadji Nouman.)* Parjure ! lâche ! traître ! infâme parjure, tu ne m'échapperas pas !...

H. NOUMAN : Malheureux Zeïn, que fais-tu ?

ZEÏN : Cette femme est à moi. Que m'importe qu'elle m'aime ou me déteste ? N'ai-je pas dompté plus d'un étalon farouche ? je saurai bien réduire cette pouliche. Mojana, suis ton maître, ou je te coupe la tête.

MOJANA, *se jetant dans les bras de Hadji Nouman :* Seigneur, mon lion, défends-moi !

H. NOUMAN : Arrête.

ZEÏN : Tire ton sabre.

H. NOUMAN : Tu ne peux te défendre... ta main tremble...

ZEÏN, *le blessant :* Que dis-tu de ce coup-là ?

H. NOUMAN, *le frappant :* Et toi de celui-ci...

ZEÏN, *renversé :* Réjouis-toi, Cordouan, tu as renversé le héros de l'Yémen.

H. NOUMAN : Malheureux ! j'ai tué celui qui m'a sauvé la vie !

ZEÏN : Et moi, j'ai combattu contre mon hôte ! moi, scheick des Humeïdas les hospitaliers ! Allah ! Allah ! tu es juste !

H. NOUMAN : Et moi, quels tourments ne mérité-je pas ! je me suis parjuré par la Caaba la prohibée, et j'ai tué mon ami.

MOJANA : Seigneur !...

H. NOUMAN : Misérable ! c'est toi qui l'as tué. Tu n'es pas une femme, tu es quelque Afrite[p]... Éblis lui-même.

ZEÏN : Éblis... il m'attend !... Adieu, frère... Abjer... ne l'oublie pas... Il y a une négresse de Dongola[9] qui est grosse de moi... *(Il meurt.)*

H. NOUMAN : Mon frère ! Zeïn, Zeïn !

MOJANA : Seigneur, permets à ton esclave...

H. NOUMAN, *lui donnant un coup de poignard :* Tiens, malheureuse ! c'est le sang de Zeïn qui se mêle au tien... Allons, Zeïn, nous restons amis. Cette femme est morte... Zeïn ? Zeïn ?... Tu ne réponds pas, frère ?

B. MUSTAFA, *entrant :* Seigneur, le souper est prêt et la pièce finie.

H. NOUMAN : Ah ! cela est différent. *(Tous se relèvent.)*

p. Mauvais génie, espèce de méduse ou de lamie.

MOJANA

Mesdames et messieurs,

C'est ainsi que finit l'AMOUR AFRICAIN, COMÉDIE, ou, si vous voulez, TRAGÉDIE, comme l'on dit maintenant. Vous allez vous écrier que voilà deux cavaliers bien peu galants. J'en conviens, et notre auteur a eu tort de ne pas donner à son Bédouin des sentiments plus espagnols. A cela, il ose répondre en prétendant que les Bédouins ne sont pas dans l'usage d'aller apprendre leur monde à Madrid, et que leur amour se ressent de la chaleur du Sahara. — Que pensez-vous de l'argument ? — Pensez-en ce que vous voudrez, mais excusez les fautes de l'auteur.

Inès Mendo
OU
Le préjugé vaincu

Sease ella senoria, y venga lo que viniere.

Don Quixote[1], IIª parte, cap. V.

AVERTISSEMENT

Cette comédie étrange fut composée par Clara Gazul à la requête d'une dame de ses amies, passionnée pour les romans larmoyants et improbables.

L'auteur, qui s'est étudié à imiter les anciens comiques espagnols, n'a nullement cherché à éviter leurs défauts ordinaires, tels que le trop de rapidité dans l'action, le manque de développements, etc. Il faut lui savoir gré de n'avoir pas copié aussi le style *culto*[2], si fatigant pour les lecteurs de ce siècle.

Au reste, l'intention de Clara Gazul, en composant cette comédie, n'a été que d'en faire une espèce de prologue pour la seconde partie, OU LE TRIOMPHE DU PRÉJUGÉ.

PERSONNAGES

LE ROI.
DON LUIS DE MENDOZA.
DON ESTEBAN, *son fils.*
DON CARLOS.
LE CURÉ DE MONCLAR.
JUAN MENDO.
UN NOTAIRE.
UN GREFFIER.
PAYSANS, ALGUAZILS.
INÉS MENDO[a].

La scène est à Monclar en Galice (1640)[b].

a. Clara Gazul a donné un patois galicien à Inès ; on sent qu'il est impossible de rendre dans une traduction les légères différences de langage qui distinguent les habitants de plusieurs provinces de l'Espagne. Nous remarquerons seulement que, dans la seconde partie d'*Inès Mendo*, le langage d'Inès est beaucoup plus châtié, et l'on n'y retrouve que de temps en temps des locutions vulgaires et des mots de patois.

b. Quelques mois avant la révolution de Portugal[3].

SCÈNE I

MENDO, LE CURÉ

MENDO : Quand j'entends parler d'un vol ou d'un assassinat, je ne puis m'empêcher de pâlir, comme si j'étais le coupable. Jusqu'ici mes mains sont pures de sang... mais un jour si...

LE CURÉ : Grâce au ciel, ce village est peuplé d'hommes simples et bons. Il y a plus de dix ans que l'on n'a entendu parler d'un crime commis dans Monclar.

MENDO : N'importe; cette horrible idée se présente sans cesse à mon esprit. Toutes les nuits, le même rêve me réveille en sursaut. Je me vois au milieu de la place du marché, à mes pieds est un jeune homme, les yeux bandés, les mains jointes, en prière. L'alcade me présente la hache et me dit : Frappe !...

LE CURÉ : La prière, Mendo, te délivrera de ces visions. Quand j'entrai dans les ordres, je voyais la nuit, dans mes rêves, l'image de ma cousine qui me disait de jeter mon froc, et de m'enfuir avec elle en Amérique. Le jeûne et la prière ont éloigné de moi pour toujours ces fantômes incommodes.

MENDO : Ah ! toujours ils m'assiégeront !

LE CURÉ : Pense, Mendo, que tu pourrais encore être plus malheureux. Un inquisiteur qui condamne un homme sur des preuves assez faibles, crois-tu qu'il soit plus tranquille que toi ? Un juge qui vient de signer la sentence de mort, crois-tu que sa conscience le laisse en repos ? Et cependant, ils n'ont rien négligé pour s'instruire. — Mais il est si difficile de reconnaître la vérité !... Quel autre que Dieu peut se vanter de connaître un coupable ? L'opinion des hommes te tourmente... mais, vivant loin des hommes, tu es peu connu d'eux. Pas un habitant de ce village n'est assez vieux pour avoir connu la profession de ton père...

MENDO : Oh ! monsieur le curé ! mon père !

LE CURÉ : L'alcade et moi savons seuls, je pense, qu'une loi injuste te force à prendre le métier de ton père. Mais, quand même on eût imprimé sur ton front le signe d'une profession que les hommes ont déclarée infâme, alors même, Mendo, tu devrais offrir tes souffrances à Dieu, glorifier son nom, et attendre patiemment qu'il daigne te retirer à lui. Excommunié maintenant sur cette terre[4], un jour tu seras associé aux élus. — Crois-tu qu'il y ait des distinctions de rang dans le ciel ?

MENDO : Mon unique espoir est en Dieu !

LE CURÉ : Tu n'as pas de fils, ainsi tu ne laisseras pas de malheureux après toi. Tu dois encore en remercier le ciel.

MENDO : Mais, ma fille, ma pauvre Inès !... l'ignominie de mon nom la suivra !... Hélas ! elle ne sait pas encore cet affreux secret !... Je ne sais si je pourrai jamais le lui avouer... Je devrais la placer dans un couvent... mais pourrait-elle y trouver un asile ?

LE CURÉ : Je le crois, Mendo. — Elle y trouvera un époux qui fait plus de cas d'un cœur pur que d'armoiries sans barres[5]. Adieu. Il faut que j'aille porter à un pauvre malade des secours que m'a remis le comte de Mendoza.

MENDO : Ah ! c'est le plus noble, le meilleur des hommes. — Vous le savez, tout grand seigneur qu'il est, il daigne me visiter, et il n'accorde pas cette faveur à l'alcade. — Hélas ! s'il venait à connaître !...

LE CURÉ : Sois sans inquiétude. — Cependant, par prudence, je t'engage à éviter trop de familiarité avec lui. — Adieu.

Il sort.

MENDO : Je vous baise les pieds. — *(Seul.)* Honni, chassé de la société des hommes !... Personne ne dira, en voyant mon nom sur ma tombe, un REQUIESCAT IN PACE. Un assassin obtiendrait cette prière !... Et qu'ai-je fait pour mériter mon sort ?... L'Écriture a dit cependant : « Le fils ne portera point l'iniquité du père[c]. »

INÈS, *entrant :* Bonjour, mon papa.

MENDO : Bonjour, ma fille. Tu as l'air embarrassée, comme si tu avais quelque chose à me demander.

INÈS : Mais, mon papa...

MENDO : Allons, parle.

INÈS : C'est... mon papa... que, comme j'ai tout rangé dans la maison... je voudrais bien aller me promener à la butte du Morisque[6]... si vous me le permettez...

MENDO : Est-ce pour t'y promener seule ?

INÈS : Mais, mon papa... Don Esteban...

MENDO : Écoute, Inès. — Vas-y si tu le veux. Je ne te parlerai que comme un ami. — Je pourrais parler en père. Nous sommes pauvres et de bas lieu... Celui que tu vas voir est riche et noble. Rappelle-toi la fable du pot de terre et du pot de fer[7].

INÈS : Mais pourtant, le père d'Esteban... *(Se reprenant.)* de don Esteban... don Luis, est si bon pour tout le monde !... Il vient vous voir souvent... Vous savez combien il vous aime.

MENDO : Don Luis, établi depuis trois mois dans ce pays, et vivant comme nous éloigné du village, ne trouve près de lui d'autre figure humaine que la mienne. Il est bien obligé de venir nous voir. — Pour

c. Ezéchiel, XVIII, 20.

don Esteban, tu es la seule femme des environs qui ne soit pas absolument noire, et il n'est pas extraordinaire qu'il montre quelque goût pour toi. Mais, prends-y garde, quand il n'y aurait entre nous que la différence de rang, Inès Mendo ne serait jamais la femme d'Esteban de Mendoza. Tu ne voudrais pas être sa maîtresse... Évite donc toute liaison, autre que la politesse, avec les Mendoza.

INÈS : Cependant don Luis dit toujours comme cela, que, tout comte qu'il est, il ne tient pas du tout à la noblesse, et qu'il estime autant un paysan, fils d'honnêtes gens, qu'un grand d'Espagne.

MENDO : Tout cela est bon à dire ; mais, quand on en vient à la pratique, on oublie bien vite ces beaux paradoxes.

INÈS : Et don Esteban... il est baron et officier aux gardes... Eh bien ! il dit qu'un noble peut bien épouser une roturière, parce qu'il l'anoblit, et que cela ne fait pas de tort au sang. Il le sait bien, lui. D'ailleurs, nous descendons tous d'Adam, comme dit monsieur le curé. Il n'y a que les professions qui font de la différence. Son grand-père était chevalier, et le mien... qu'est-ce que faisait mon grand-papa ?

MENDO, *troublé :* Mon père !... lui !... il avait la même profession que moi.

INÈS : Vous êtes affligé, je le vois, de ce que je vous ai dit. Si vous le voulez bien fort, je ne verrai plus Esteban... Mais, mon cher petit papa... je vous en prie, laissez-moi vous l'amener aujourd'hui seulement ; il vous dira quelque chose.

MENDO : Moi, c'est pour ton bien que je te parle ; il faut cesser de le voir.

INÈS : Il m'aime tant cependant.

MENDO : Tu le crois, pauvre Inès !

INÈS : J'en suis sûre. Mon papa ?...

MENDO : Quoi ?

INÈS : S'il voulait m'épouser ?

MENDO, *haussant les épaules :* Ah !

INÈS : S'il vous le disait ?

MENDO : Laisse-moi.

INÈS : Voici don Luis.

DON LUIS DE MENDOZA, *entrant :* Bonjour, voisin... bonjour, chère enfant. Laissez-nous seuls un instant, et allez au jardin, vous y trouverez de la compagnie.

MENDO : Inès !

DON LUIS : Taisez-vous ; c'est moi qui lui ordonne de sortir. Vous, restez ; j'ai à vous parler de quelque chose dont vous ne vous doutez sûrement pas. *(Inès sort.)* Mais, d'abord, que je vous gronde. Vous êtes un singulier homme, Mendo. J'ai des reproches à vous faire. Vous êtes le seul ami que nous ayons dans ce pays, et vous ne venez jamais nous voir !...

MENDO : Excusez-moi, monseigneur. Un pauvre paysan comme moi ne peut pas faire compagnie à un seigneur de votre qualité.

DON LUIS : Chansons que cela ! Tout comte que je suis, je ne me soucie pas plus de la noblesse que de mes vieilles bottes. Si j'aime mieux votre compagnie que celle d'un grand, qu'avez-vous à dire à cela ? — Et puis, ne vous avons-nous pas une petite obligation ? Quand nos mules allaient nous jeter dans un précipice, n'est-ce pas vous qui leur avez sauté à la bride, et les avez arrêtées ?

MENDO : Tout autre à ma place en eût fait autant.

DON LUIS : À la bonne heure. — Mais écoutez-moi. — Je ne suis pas fier. Je suis philosophe, moi. J'ai lu les anciens. — Tenez, mon ami, les hommes sont bien sots avec leurs préjugés sur la noblesse. La maison des Mendoza est une des plus anciennes des Espagnes ; et je suis de la branche aînée, s'il vous plaît. Eh bien ! cela me serait égal de m'appeler Juan Mendo, au lieu de don Luis de Mendoza.

MENDO, *vivement :* Quoi ! d'être Juan Mendo ?

DON LUIS : Dans le fait, Mendo sonne mal à l'oreille,

en comparaison de Mendoza. — Mendo... Mendoza... Ah ! ce ZA a bien son mérite. — Mais laissons là nos noms, et parlons d'affaires. Vous connaissez mon fils, c'est un charmant garçon, n'est-ce pas ? plein de courage, d'esprit, de talent. Il est officier aux gardes, et dans la plus belle passe pour avoir un emploi brillant. Dix duchesses lui ont fait des avances... s'il avait voulu, il aurait épousé la fille du duc de Bivar... le duc de Bivar !... entendez-vous bien ? Ce n'est pas une famille d'hier que celle du duc de Bivar[8].

MENDO : Il faudrait être aveugle pour ne pas admirer le mérite du baron de Mendoza.

DON LUIS : Mais je suis philosophe, moi. Qu'est-ce que la naissance, me suis-je dit ? Qu'ai-je fait à la Providence pour qu'elle me fît comte de Mendoza, grand de première classe[9], commandeur d'Alcantara ? Je ne m'en estime pas davantage. Et c'est dans les anciens que j'ai pris ces sentiments-là. — ... Ah ! Sénèque !

MENDO : Je ne vois pas...

DON LUIS : Pour en venir au fait, je vous apprends... Devinez... Mon fils aime et veut épouser... votre fille...

MENDO : Ma fille !

DON LUIS : Je m'y suis d'abord opposé... mais il avait perdu la tête... et, comme la mésalliance du côté de l'homme ne tire pas beaucoup à conséquence, et que les Mendoza, grâce à Dieu, ont de la noblesse pour illustrer deux familles... j'ai donné mon consentement, et je viens prendre jour avec vous pour la noce... Hein ? qu'en dites-vous ?

MENDO : Eh quoi ! monseigneur... de quelle tache voulez-vous ternir vos armoiries !

DON LUIS : Bagatelles ! Le mâle n'anoblit-il pas ? et puis, voyez-vous, j'ai du faible pour vous... D'ailleurs, j'ai bien d'autres raisons. D'abord je suis philosophe... Et puis, le duc de Médina Sidonia[10], disputant un jour avec moi, m'a défié de donner mon fils à une roturière... Je veux lui montrer que je suis philosophe pratique... Ensuite le roi a donné tout dernièrement encore un gouvernement à don Rodrigo Pacheco, qui avait fait la même chose que mon fils.

MENDO : Monseigneur... cela ne se peut... Savez-vous bien qui je suis ?

DON LUIS : L'homme le plus entêté de la terre, vive Dieu !

MENDO : Un Mendoza s'allier à...

DON LUIS : Un paysan ? C'est nous que cela regarde, n'est-il pas vrai ? — Qu'avez-vous à répondre ?

MENDO : Don Luis, je vous respecte... j'ose même vous aimer... mais nous ne pouvons plus nous voir...

DON LUIS : Il est fou !

MENDO : Je ne puis vous dire mes motifs, mais croyez qu'ils sont justes.

DON LUIS : Va-t'en à tous les diables, vilain ! Comment ! mon fils aime votre fille ; votre fille l'aime ; Esteban veut bien l'épouser, j'y consens ; et vous, au lieu de me remercier de tant d'honneur, vous battez la campagne... Peut-être que monsieur nous trouve trop pauvres ou trop peu nobles pour lui ?

MENDO : Inès sent bien elle-même...

DON LUIS : Eh bien ! c'est à elle que je m'en rapporte. Si elle dit oui, vous consentez, n'est-ce pas ? A-t-on jamais vu un vilain faire tant de difficultés pour se laisser savonner !

MENDO, *après un silence :* Oui ! je lui dirai ce qu'il faut qu'elle sache. Elle est ma fille, et plus qu'un étranger elle a le droit de connaître mes secrets.

DON LUIS : Ah ! vos secrets ! Vous avez des secrets ? Quelque terrible secret, sans doute ? Êtes-vous juif ? Combien d'hommes avez-vous assassinés ?

MENDO : Moi !

DON LUIS · Pardon, mon cher ami ; ne vous fâchez pas. Je sais que vous êtes un brave et digne homme, un bon père de famille. Vous exercez une profession que j'honore : ce sont les laboureurs qui nous font vivre, nous autres gentilshommes... Et puis, ne sommes-nous pas tous enfants d'Adam, comme dit Sénèque [11] ?

MENDO : Monseigneur, il est impossible...

DON LUIS : Allons ! vous avez mal dormi. Je vous quitte. Je reviendrai bientôt ; mais souvenez-vous que vous m'avez promis de laisser votre fille entièrement libre.

MENDO : Elle prononcera elle-même.

DON LUIS : Vous voilà pris. Adieu. *(Il fait un mouvement pour s'en aller, et revient.)* Ah çà ! pas de menaces ! n'allez pas lui faire peur, à cette pauvre petite... dites-lui... Au reste, je la préviendrai moi-même. Vous êtes à mettre à l'hôpital des fous, pour vos idées. *(Il va pour sortir.)*

MENDO : Elle n'hésitera pas.

DON LUIS : Nous verrons. Adieu, Juan Mendo. Je n'ai jamais vu ton pareil !

MENDO : Monseigneur, je vous baise les pieds [d].

DON LUIS, *revenant :* Mendo, ne dites pas : Je vous baise les pieds. Cela est trop servile. Dites comme les anciens : Je vous baise les mains. Cela suffit. — Ah ! dites donc, peut-être qu'il y aurait moyen, Mendo, de vous faire avoir une savonnette à vilain [12].

MENDO : Ah ! puis-je jamais me laver ?...

DON LUIS : Encore ? Je me sauve !

Il sort.

MENDO : Qui jamais l'aurait pu penser ?

Il sort.

d. Façon de parler fort en usage, mais surtout avec les dames.

SCÈNE II

Un vallon.

DON ESTEBAN, DON CARLOS, *se rencontrant.*

DON ESTEBAN : Don Carlos, vous ici, cher capitaine ?

DON CARLOS : Me trompé-je ? Dans ce désert le baron de Mendoza !

DON ESTEBAN : Que diable faites-vous ici ? Je croyais que vous n'auriez jamais pu vous résoudre à quitter les plaisirs de Madrid.

DON CARLOS : Je chasse. Je suis en semestre chez mon père, qui est alcade[13] de ce vilain trou qu'on appelle Monclar. — Et vous, que faites-vous ici ?

DON ESTEBAN : Je vous en présente autant. Mon père vient d'acheter une terre dans ces environs. — Avez-vous tué quelque chose ?

DON CARLOS : Non ; je n'ai rien tiré. Je viens de renvoyer mon cheval et mes lévriers... *(D'un air de mystère.)* J'étais bien aise de me promener un peu de ce côté.

DON ESTEBAN, *avec inquiétude :* Ah !... Pourquoi donc ?

DON CARLOS, *de même :* Je guette un autre gibier... dont vous êtes grand chasseur, cher baron. Gageons que c'est une petite amourette qui vous conduit dans votre terre nouvellement achetée ?

DON ESTEBAN : Non, en vérité... quelle étrange supposition !

DON CARLOS : Écoutez donc. Depuis trois jours que je suis dans ce trou exécrable, j'ai remarqué une charmante petite paysanne, qui demeure dans ces environs. Tenez ! voyez-vous cette maison là-bas... c'est là qu'elle demeure.

DON ESTEBAN, *à part :* La maison de Mendo !

DON CARLOS : Une fille délicieuse, cher baron. Quoique fille d'un laboureur, à ce qu'il paraît... elle est faite au tour... des cheveux, des yeux d'un noir !... des mains... passables... cependant c'est là le côté faible. Tout bien considéré, je veux m'en passer la fantaisie.

DON ESTEBAN, *aigrement :* Monsieur le capitaine, la personne dont vous parlez n'est pas du nombre de celles dont vous puissiez vous passer la fantaisie.

DON CARLOS : Une paysanne !

DON ESTEBAN : Paysanne, ou autre, je vous prie de diriger votre chasse d'un autre côté.

DON CARLOS : Ah ! ah ! c'est qu'apparemment vous avez la priorité ? Soit ! mais deux chasseurs peuvent bien courre le même lièvre.

DON ESTEBAN : Trêve à vos plaisanteries ! Sachez, monsieur, que cette paysanne, sur le compte de qui vous vous égayez, sera demain ma femme.

DON CARLOS : À vous ?

DON ESTEBAN : Oui, monsieur, à moi.

DON CARLOS : Ah ! ah ! ah ! La plaisanterie est excellente ! mais en vérité, j'admire votre sérieux. Ah çà ! vous savez qu'entre amis on se passe ses conquêtes après quinze jours de possession ?

DON ESTEBAN : Monsieur, encore une fois, je parle très sérieusement. Je vous prie de regarder dès à présent Inès Mendo comme la baronne de Mendoza.

DON CARLOS : Une paysanne la baronne de Mendoza ! fort bien ! très bien joué ! Appuyez ! voyez un peu cet air hypocrite !

DON ESTEBAN, *frappant du pied :* Vous ne finirez pas !

DON CARLOS : Après la lune de miel, vous serez plus traitable, vous me permettrez de la prendre pour épouse ! ah ! ah ! ah !

DON ESTEBAN, *lui donnant un soufflet :* Voilà qui vous prouvera que je parle sérieusement.

DON CARLOS, *l'épée à la main :* Et voilà pour châtier ton insolence.

Ils se battent. Don Esteban le tue.

DON ESTEBAN : Tiens, tu ne plaisanteras plus ! — Maintenant, songeons à nous... dans la province on est sévère en diable pour ces sortes d'affaires... je me sauve à Madrid... mais d'abord il faut dire adieu à Inès ; mon père l'amènera à Madrid... et mon mariage ne sera retardé que de quelques jours.

Il sort. Entrent deux paysans.

PREMIER PAYSAN : C'est comme une vermine dans ce temps-ci ; tous les soldats licenciés s'en mêlent ; mais moi je ne les crains pas. L'autre jour, j'en ai fait détaler deux que je rencontrai à la brune du côté de Navaja ; j'allais couper du bois, quand voilà qu'un de ces coquins, qui s'était couché à plat ventre... *(Il bute contre le cadavre et tombe par terre.)* Hai ! messieurs, prenez mon argent, mais ne me tuez pas.

SECOND PAYSAN : Imbécile ! c'est un homme qui n'en tuera pas d'autres. Vive Jésus ! c'est le capitaine, le fils de notre alcade !

PREMIER PAYSAN : Oh ! quel trou il a au milieu de l'estomac !

SECOND PAYSAN : Tiens, tiens ! vois-tu là-bas, un homme qui se sauve ? C'est celui qui l'a assassiné, il n'y a pas de doute. Si nous le ramenons, nous aurons une bonne récompense de l'alcade.

PREMIER PAYSAN : Je vais chercher main-forte au village.

SECOND PAYSAN : Non, reste auprès du cadavre ; moi, je vais faire poursuivre le meurtrier.

PREMIER PAYSAN : Dépêche-toi, je n'aime pas à rester longtemps auprès d'un mort.

SCÈNE III

La maison de Mendo.

MENDO, *seul.*

Cette promenade m'était nécessaire, pour me rafraîchir le sang... et me préparer à ce dernier sacrifice... Il faut parler enfin... Insensé que j'étais!... j'ai cru pouvoir lui cacher sa position... sa tête s'est remplie d'idées chimériques qui la rendront malheureuse à jamais... C'est ma faute... L'éducation que je lui ai donnée a nourri ses illusions... J'aurais dû, dès son enfance, la mettre dans un couvent. Elle ne m'aurait pas connu. Elle aurait embrassé la vie religieuse, sans penser qu'il existât une situation plus douce au monde... Aujourd'hui elle s'est livrée à une passion folle, que je ne pourrai chasser de son cœur, sans le déchirer... Ah! j'ai bien des reproches à me faire! — Mais ma fille,... c'était le seul ami que je pouvais avoir au monde... Je n'avais pas le courage de m'en séparer... Pauvre enfant! il faut qu'elle sache enfin la vérité... je vais briser son cœur... mais attendre plus longtemps serait trop dangereux... Elle sentira qu'elle n'a plus d'asile qu'au fond d'un cloître. La voici : rappelons tout notre courage.

INÈS, *entrant :* Mon papa, j'ai été bien désobéissante. J'ai vu tout à l'heure Esteban, et nous avons été nous promener ensemble; et puis, don Luis est venu, et il m'a dit des choses si aimables, que je ne m'en sentais pas de joie. Esteban a dit qu'il voulait que je fusse sa femme, don Luis a dit que vous aviez dit que je ferais ce qui me plairait. Est-ce vrai, mon papa? ou ne l'avez-vous dit que pour rire? Oh! mon papa, je l'aime tant! Vous l'avouerai-je? il m'a forcée d'accepter un anneau de fiancée... Je n'en voulais pas d'abord, parce qu'il est trop beau... mais don Luis l'a voulu absolument... Tenez, le voici... comme il brille.

MENDO : Inès, écoute-moi, c'est peut-être pour la dernière fois que je te parle.

INÈS, *souriant :* Bah !

MENDO : Inès... un homme qui tuerait son prochain serait un être détestable ; tous les hommes doivent le haïr.

INÈS : Oui, mon papa.

MENDO : Mais si cet homme était forcé par les autres à tuer son prochain ?...

INÈS : Comment pourrait-on l'y forcer ? On a toujours la ressource de mourir, au lieu de tuer son prochain. Mais que voulez-vous dire ?

MENDO, *après un silence :* Ainsi tu as consenti à épouser don Esteban ?... Tu sais que sa famille est une des plus illustres de l'Espagne. L'origine de sa race remonte au temps du saint roi Pélage. Il a pour alliés toute la noblesse de Castille ; pour amis tous les grands... Crois-tu qu'il ne souffrira pas quand ses parents et ses amis le railleront d'un mariage si mal assorti ? Tu l'aimes... voudrais-tu qu'il eût dans le monde à souffrir des avanies continuelles à cause de sa femme ?

INÈS : C'était à lui à y penser d'abord... Je descends d'honnêtes laboureurs et de vieux chrétiens... Il y a bien des duchesses, m'a dit Esteban, qui, il y a cent ans, étaient de pauvres morisques... et puis, quand il a commencé à me faire la cour, je lui ai dit qu'il allât en conter aux grandes dames, et qu'il nous laissât en paix nous autres paysannes... mais il m'a montré tant d'amour... tant d'amour ! que je suis persuadée qu'il sera plus heureux avec moi qu'avec une infante d'Aragon.

MENDO : Ce mariage lui fait manquer sa fortune : y as-tu songé, Inès ?

INÈS : Il est riche, et puis il pense, comme moi, qu'un peu d'amour vaut beaucoup d'or.

MENDO : Une Inès Mendo épouser un Mendoza ! La fille d'un laboureur et un grand d'Espagne !

INÈS : L'infant don Pédro a bien épousé la fille d'un laboureur [14], qui s'appelait Inès aussi [e]. La romance le dit bien.

MENDO : Et tu sais comme cette union fut heureuse. D'ailleurs, Inès était la fille d'un laboureur... Sais-tu si don Pédro... Sais-tu si je suis même un laboureur ?

INÈS, *souriant :* Je vois bien qui vous êtes.

MENDO : Non, Inès, tu ne le sais pas !

INÈS : Qu'avez-vous, mon père ? Quels yeux vous me faites !... Je vous afflige. Peut-être voulez-vous dire qu'il y a quelque tache dans notre famille... Peut-être qu'un de nos grands-pères a fait quelque chose de mal.

MENDO : Et si c'était ton père ?

INÈS, *effrayée :* Cela n'est pas vrai !

MENDO, *hors de lui :* Je te le dis !

INÈS : Jésus, Marie !... Mais cela n'est pas vrai... vous ne dites cela que pour m'effrayer... pour me faire renoncer à ce mariage ; et quand même, quel crime si grand avez-vous commis qu'il ne soit expié par la vie de pénitent que vous menez dans cette maison ? Vous êtes plus sévère que pour vous-même qu'un moine.

MENDO : Pauvre Inès ! la souillure qui est en moi ne te quittera qu'à la mort... Pardonne-moi de te l'avoir transmise ! Inès... je ne suis coupable d'aucun crime, et cependant pas un homme ne voudrait être mon ami... Ma pauvre Inès !... ils m'ont imposé l'horrible profession de mon père... Je suis le bourreau de Monclar.

Il sort, et ferme la porte sur lui.

INÈS, *seule :* J'ai perdu Esteban ! *(Elle reste quelque temps dans l'accablement.)* Mais vous, mon pauvre

e. La fameuse Inès de Castro.

père ! que je vous plains !... Où est-il ? il était ici tout à l'heure... car ce n'est point un rêve... il m'a parlé : comment aurais-je pu imaginer cela ? Mais cette porte est fermée. Ah ! je me souviens... *(Courant à la porte.)* Mon père ! mon père ! revenez ! je suis toujours votre fille ; venez m'embrasser ! Venez, je veux passer ma vie à vous consoler... Il ne m'entend pas ! *(Elle frappe à la porte.)* Mon père ! mon père ! vous me mettez au désespoir. Faut-il que vous aussi, vous m'abandonniez !... Ah ! Esteban, Esteban ! je t'ai perdu... Tout à l'heure j'étais si heureuse ! En un instant voilà que je suis devenue la plus malheureuse des femmes ! Hélas ! au lieu de me marier, je n'ai plus qu'à me cacher dans quelque trou !... Il faudra tout lui dire... car ce serait mal de lui cacher une chose comme celle-là... Encore, s'il ne m'avait pas demandée, j'en aurais moins de regret. Il faut tout lui avouer... Mais comment lui dirai-je en face : « Esteban, je suis la fille... » Oh ! jamais je n'oserai. Pourtant il faut bien qu'il le sache... Autrement... il reviendrait ici, et cela me ferait encore plus de peine... Eh bien ! je lui écrirai... Il ne me reverra plus... je me ferai religieuse, et je penserai toujours à lui... je prierai le bon Dieu pour lui... et je ne déshonorerai pas son noble sang : il le faut.

Rappelons tout notre courage... Je crois que mes larmes m'ont soulagée. Oui, je crois que maintenant je pourrai lui écrire cette lettre... Oh ! que n'ai-je su plus tôt de qui j'étais la fille !

Entre Mendo un sac d'argent à la main.

INÈS : Mon père !

MENDO : Inès, voici qui vous appartient. Cet argent est à vous ; il vient de votre mère. — Il servira pour vous établir dans la retraite que vous choisirez.

INÈS : Ô mon père ! ne me dites pas de m'en aller J'ai perdu mon Esteban, ne m'ôtez pas mon père.

Laissez-moi passer ma vie à vous consoler, à vous tenir lieu d'ami.

MENDO, *pleurant dans les bras d'Inès :* Seigneur! pourquoi ne lui avez-vous pas donné un autre père!

INÈS : Seigneur! fais que je le conserve longtemps!

MENDO : Tu vois qu'il faut renoncer à celui que tu aimes. Auras-tu le courage de lui écrire pour lui rendre sa promesse?

INÈS : Oui, mon père... je sens que je le dois.

MENDO : Tôt ou tard ils sauront la vérité, de l'alcade ou d'un autre. Don Esteban est un noble jeune homme. — Parle avec franchise, et dis-lui... qui tu es.

INÈS : Que je lui dise!...

MENDO : Dis-lui qu'en t'élevant dans l'ignorance de ta naissance, je fus le seul coupable. Il vaut mieux qu'il l'apprenne de nous que d'un autre.

INÈS : Eh bien! s'il le faut, je le ferai.

MENDO : Écris-lui sur-le-champ. Je te laisse.

Il sort.

INÈS, *seule :* Comment m'y prendre?... Oui, dire la vérité sans préambule... Hélas! c'est encore lui qui m'a donné cet encrier. *(Elle écrit.)* Peut-être aura-t-il quelque pitié de moi... « Adieu, Inès... » Et toi, mon cher anneau, j'espérais te conserver toute ma vie. Et il faut si tôt nous séparer... Je ne suis plus digne de te porter... Adieu! adieu! *(Elle le baise à plusieurs reprises.)*

Entre don Esteban.

DON ESTEBAN : Ma chère Inès, laissez-moi vous rendre vos baisers.

INÈS, *se sauvant à l'autre bout du théâtre :* Ah!

DON ESTEBAN : Ma chère Inésille, je vous ai fait peur? Rassurez-vous, c'est moi.

INÈS, *de même :* Quoi!... c'est vous?...

DON ESTEBAN : Oui, c'est ton amant qui vient...

INÈS : Je n'ai plus d'amant !... Je suis une malheureuse qu'il faut laisser !...

DON ESTEBAN : Te laisser, Inès !... Ne me reconnais-tu pas ?

INÈS : Seigneur !... au nom du ciel ! laissez-moi ! laissez-moi ! il le faut.

DON ESTEBAN, *s'avançant vers elle :* Qu'avez-vous ? vous me désespérez ! Pourquoi cette frayeur ?

INÈS : Ne me touchez pas ! vous allez vous souiller !

DON ESTEBAN : Ce malheureux Mendo lui aura troublé l'esprit ! Il ne me manquait plus que cela. Inès, pas d'enfantillages... est-ce que vous ne m'aimez plus ?

INÈS : Oh si !... c'est plus fort que moi... mais... tenez, prenez ce papier sur cette table, et laissez-moi.

DON ESTEBAN : Allons donc ! pourquoi cette peur de moi !

INÈS : Je ne puis plus vous aimer.

DON ESTEBAN : Encore vos scrupules ! vous vous plaisez à me faire enrager. Voilà pour vous punir. *(Il l'embrasse de force.)*

INÈS : Ce n'est pas ma faute : vous m'avez embrassée de force ; je n'ai pu vous avertir plus tôt... tenez, voilà qui va vous instruire... *(Elle lui donne la lettre. Don Esteban lit ; sa figure s'altère rapidement ; Inès se jette à ses genoux en pleurant. Don Esteban reste quelque temps comme accablé. Tout d'un coup il déchire la lettre, et, se débarrassant avec violence des bras d'Inès, il la fait tomber.)*

INÈS : Ah !

DON ESTEBAN, *la relevant :* Inès ? t'ai-je fait mal ?

INÈS : Oh ! vous m'appelez encore Inès ! laissez-moi vous baiser les pieds.

DON ESTEBAN : Malheureuse enfant ! quel crime as-tu donc commis pour te prosterner à mes pieds !

INÈS : Je ne l'ai su que tout à l'heure ; et, si je l'avais su plus tôt... je ne vous aurais pas laissé m'aimer.

DON ESTEBAN : Pauvre Inès ! Et je cesserais de t'aimer ! N'es-tu donc plus la même Inès qui m'a tant charmé !

INÈS : Je ne pourrai jamais m'empêcher de vous aimer.

DON ESTEBAN : Sots préjugés ! dois-je vous sacrifier mon bonheur ? Ombres de mes ancêtres ! je briserai mes armoiries plutôt que de renoncer à cette fille !

INÈS : Vous ne me méprisez donc pas ! vous me ferez mourir de joie.

DON ESTEBAN : Je t'aime, je t'aime comme auparavant.

INÈS, *pleurant :* Esteban... non, vous ne pouvez m'aimer, vous êtes un Mendoza.

DON ESTEBAN : Je suis ton amant... j'aime mieux être ton amant qu'un gentilhomme.

INÈS : Oh ! je voudrais mourir maintenant ! Je ne déshonorerais pas celui que j'aime.

DON ESTEBAN : Hé ! que m'importe l'opinion des hommes ? vaut-elle ton amour ? *(Voyant qu'Inès saigne.)* Tu saignes, mon amie, et c'est ma violence, qui t'a fait tant de mal. Ma bonne Inès, laisse-moi te guérir à force de baisers.

INÈS : Ah ! je suis trop heureuse ! *(Elle se jette dans ses bras.)*

Entre le greffier avec les paysans armés.

LE GREFFIER, *touchant don Esteban avec sa vare*[f] *:* De par le roi, respect à la justice. Seigneur Mendoza, vous êtes mon prisonnier. Rendez-moi votre épée.

DON ESTEBAN : Canaille, attendez-moi.

LE GREFFIER : À moi, mes amis !

INÈS : Au secours ! mon père, au secours !

Don Esteban est désarmé.

DON ESTEBAN : Adieu, chère Inès ! n'aie pas peur, cela ne sera rien.

f. Bâton des gens de justice. C'est l'insigne de leur profession.

On l'emmène.

INÈS : Au secours ! au secours ! *(Elle s'évanouit.)*

MENDO *entrant l'épée à la main :* Qu'est-ce ? qu'y a-t-il ?

LE GREFFIER : Rien qu'un homme qui en a tué un autre, et que je fais prendre.

MENDO : Ma fille !

LE GREFFIER : Mademoiselle était sur les genoux de ce monsieur quand je suis entré... il est bien naturel...

MENDO, *le menaçant :* Coquin !

LE GREFFIER : Si vous me frappez, j'en ferai mon rapport à l'alcade. — A propos, Mendo, vous nous aviez caché que...

MENDO : Sors d'ici !

LE GREFFIER : Vous aurez de l'occupation bientôt, Juan Mendo. Aiguisez vos coutelas ; songez qu'il ne s'agit pas de le manquer, c'est un gentilhomme.

Il sort en riant.

MENDO : Holà ! Marie ! *(Une femme entre et aide à emporter Inès.)*

Ils sortent.

SCÈNE IV

Intérieur de la prison de Monclar.

DON ESTEBAN, *seul.*

Il est assis devant une table, et lit d'un air pensif son arrêt de mort.

Voilà qui est fini ! *(Il jette l'arrêt sur la table.)* Toute réflexion faite, je suis bien aise de n'avoir pas vu Inès. Ses larmes auraient ébranlé mon courage. Aujourd'hui j'en ai bon besoin. Souvent j'ai entendu les balles ennemies siffler à mes oreilles... et je suis resté calme ; mais le billot et la hache ont quelque chose de plus effrayant. — Je voudrais bien dans ce moment trouver la fermeté de ce soldat que j'ai vu marcher à la potence en sifflant. *(Il siffle.)* Non, point de fanfaronnades. De la fermeté, de la résignation ; et puis... pour sa réputation, il serait désagréable de siffler une fausse note dans un pareil moment. — Mon Dieu ! accordez-moi de mourir en gentilhomme, en soldat ! — Ah ! qui entre ici ?

Entrent un notaire et deux témoins.

LE NOTAIRE : Seigneur baron, je suis le notaire que vous avez demandé, et voici deux témoins possédant les qualités requises.

DON ESTEBAN : Fort bien, je vous remercie. Point de nouvelles de mon père ?

LE NOTAIRE : Non, monseigneur. Cependant j'espère qu'il pourra joindre le roi assez à temps. Sa Majesté ne doit pas être loin de Monclar.

DON ESTEBAN : Advienne que pourra ! — Préparez-vous, monsieur, à écrire mon testament. Il ne sera pas long.

LE NOTAIRE, *écrivant :* J'espère que ce sera une précaution inutile. Votre nom ?

DON ESTEBAN : Esteban Sandoval, baron de Mendoza, capitaine aux gardes.

LE NOTAIRE : ... Aux gardes, donne et lègue mon âme à Dieu.

DON ESTEBAN : C'est la forme ?

LE NOTAIRE : Oui ; c'est le protocole voulu par la loi.

DON ESTEBAN : Observez la forme le plus exactement que vous pourrez ; je ne voudrais pas qu'un jour ce testament pût être cassé.

LE NOTAIRE : Oh ! pour cela, vous n'avez rien à craindre avec un praticien comme moi. Ce n'est pas un homme qui exerce depuis trente ans la profession de notaire, qui laissera des nullités dans un acte authentique.

DON ESTEBAN : Tant mieux, poursuivons ; je lègue tous mes biens...

LE NOTAIRE : Meubles et immeubles ?

DON ESTEBAN : Oui ;... à Inès Mendoza...

LE NOTAIRE, *écrivant :* Pas si vite, laissez-moi détailler un peu quelles sortes de biens.

DON ESTEBAN : Avez-vous mis ?

LE NOTAIRE : Un peu de patience. N'oublions rien. À qui léguez-vous vos biens ?

DON ESTEBAN : À Inès Mendoza, ci-devant Inès Mendo...

LE NOTAIRE : Dites-moi ses qualités.

DON ESTEBAN : Ma femme, fille de Juan Mendo, bourreau de Monclar.

LE NOTAIRE : Vive Dieu ! est-ce qu'il faut écrire cela ?

DON ESTEBAN : Je l'exige.

LE NOTAIRE : Légitime épouse ?

DON ESTEBAN : Oui, bien que notre mariage ait été secret. *(À part.)* Je n'irai pas en enfer pour ce mensonge-là.

LE NOTAIRE : Si, comme vous le dites, ce mariage a été secret, à votre place, et pour éviter les procès, je ferais un acte recognitif d'icelui.

DON ESTEBAN : Faites-le comme vous l'entendrez.

LE NOTAIRE : Je l'insère au testament.

DON ESTEBAN : Avez-vous mis ? Je veux, de plus, que l'on fasse graver sur mon tombeau, que l'on élèvera dans le cimetière de ce village, qu'un Mendoza, au mépris des préjugés, a épousé la fille d'un bourreau.

LE NOTAIRE : Diable ! à votre place, je ne me soucierais pas trop de faire graver cela.

DON ESTEBAN : Je le veux.

LE NOTAIRE : À la bonne heure. C'est un legs que les Romains appelaient [15] : PŒNAE NOMINE LEGATUM...

DON ESTEBAN : J'institue mon père mon exécuteur testamentaire.

LE NOTAIRE : Il se nomme ?

DON ESTEBAN : Don Luis, comte de Mendoza.

LE NOTAIRE : Rien de plus naturel. Si c'est tout ce que vous avez à me dicter, oyez-en lecture et signez. *(Lisant.)*

« Je soussigné, don Esteban Sandoval, baron de Mendoza, dans la prévoyance de notre décès, voulant faire testament, avons appelé le soussigné, Melchior de la Ronda, notaire royal à Monclar, et les soussignés, Jayme Ximenez, et Gil Boyajal, tous deux habitants dudit Monclar, lesquels se sont transportés dans la prison dudit lieu, à l'effet d'ouïr et certifier mes dernières volontés. En présence desquels ai déclaré et déclare que je donne et lègue mon âme à Dieu.

« Et quant à mes biens, meubles et immeubles, dettes actives, titres, loyers, fermages, droits d'usufruit, servitudes et autres que j'ai et puis avoir, je les donne et lègue à Inès Mendoza, ci-devant Inès Mendo, ma légitime épouse, fille de Juan Mendo, bourreau dudit Monclar, laquelle je reconnais par ce même acte mon épouse légitime, voulant qu'au moyen d'icelui soient déboutés de leurs prétentions tous niant le mariage avoir été célébré entre moi soussigné et ladite Inès Mendo ; et je l'institue mon héritière universelle, avec les émoluments et charges que d'usage, et singulièrement celle de faire graver sur mon tombeau : QU'UN MENDOZA, AU MÉPRIS DES PRÉJUGÉS, A ÉPOUSÉ LA FILLE D'UN BOURREAU. Je veux également que monsieur mon père, don Luis, comte de Mendoza, soit notre exécuteur testamentaire, et veille à la fidèle exécution de nos dernières volontés. Amen. Fait à Monclar, le 25e de mai 1640. En foi de quoi avons signé. » *(Don Esteban signe ainsi que le notaire et les témoins.)*

DON ESTEBAN : Monsieur, je vous remercie. Mon

père vous paiera vos honoraires ; mais veuillez cependant prendre cette bourse que vous distribuerez aux pauvres pour qu'ils me recommandent à Dieu dans leurs prières, et cette bague que je vous prie d'accepter comme un souvenir du malheureux don Esteban.

LE NOTAIRE : Ah ! monseigneur ! que je voudrais !...

Entrent le greffier et des alguazils.

LE GREFFIER : Monseigneur... c'est avec regret...

DON ESTEBAN : Je vous entends. — Adieu, messieurs, je me recommande à vos prières.

LE NOTAIRE : Doucement, seigneur greffier. Il est contraire à tous les usages de faire procéder à l'exécution sitôt après la sentence rendue. Il n'y a pas urgence, et le père de ce gentilhomme s'est pourvu en grâce auprès de Sa Majesté. Le roi sera ici dans quelques heures, attendez sa décision.

LE GREFFIER : L'alcade a ordonné que l'exécution eût lieu sur-le-champ.

DON ESTEBAN, *souriant :* Il me semble qu'il n'est pas autant que vous, seigneur Melchior, attaché aux formes.

LE NOTAIRE : Cela est illégal. Je proteste.

LE GREFFIER : Monseigneur ?

Tous sortent.

SCÈNE V

La place du marché à Monclar.
Un échafaud est dressé au milieu.

Entrent don Esteban, alguazils, Mendo, un valet portant sa hache, le curé, le greffier, habitants de Monclar.

LE CURÉ, *à don Esteban :* Adieu, mon fils. Dieu aura pitié de vous. Dans peu vous échapperez aux peines de ce monde.

(Il l'embrasse.)

LE GREFFIER : Seigneur, veuillez souffrir qu'on vous bande les yeux.

DON ESTEBAN : Je saurai voir venir la mort. — Et toi, Mendo... fais ton métier... bien si tu peux. *(Il s'agenouille.)* Suis-je bien comme cela ?

LE VALET : Oui, monseigneur. Dieu vous fasse miséricorde !

TOUS, *excepté Mendo :* Amen !

DON ESTEBAN, *au curé :* Adieu, mon père !

LE VALET, *à Mendo :* Vous prenez la hache de la main gauche ?

MENDO : Je ne suis plus bourreau ! *(Il se coupe la main droite. Grand tumulte.)*

INÈS, *entrant :* Arrêtez ! *(Montant sur l'échafaud.)* Nous mourrons ensemble ! Vous tuerez votre fille avec lui !

MENDO, *lui montrant son bras mutilé :* Puis-je lui faire du mal maintenant ?

INÈS : Mon père ! — Esteban !

LE GREFFIER : Qu'est-ce que cela veut dire ?

LE CURÉ : Qu'on attende le roi !

PAYSANS DE MONCLAR : Mendo, tu es un brave homme, et ce gentilhomme aussi. N'ayez pas peur, nous empêcherons que l'alcade ne vous fasse mourir.

Ils montent sur l'échafaud ; les uns en chassent les alguazils, pendant que les autres s'empressent autour de Mendo.

DON LUIS, *entrant à cheval :* Grâce ! grâce ! arrêtez ! Dieu soit loué ! il en est temps encore. *(Il descend de cheval et embrasse son fils.)*

DON ESTEBAN : Embrassez mon sauveur. Il s'est coupé la main plutôt que de me frapper.

DON LUIS, *embrassant Mendo :* Ah ! Mendo, que sont mes titres de noblesse devant une action comme la vôtre ? Vous êtes un Romain, comme Sénèque.

Bruit de tambours. Le roi entre avec ses gardes[g].

TOUS : Vive le roi !

LE ROI : D'où vient ce tumulte ? Où est l'alcade ? Don Luis, expliquez-moi cela. Je ne puis rien entendre dans ce bruit confus de voix, qui toutes me disent la même chose.

Don Luis parle bas, tandis que

LA FOULE *crie :* Grâce ! grâce !

LE ROI : Il est impossible de ne pas admirer tant de générosité. Juan Mendo, mettez-vous à genoux. Relevez-vous, don Juan Mendo. Vous êtes gentilhomme.

MENDO : Sire, je vous baise les pieds... mais...

LE ROI : Don Esteban, je vous pardonne, mais à condition que vous épouserez la fille de Mendo.

DON ESTEBAN : C'est ma plus chère envie !

INÈS, *à Esteban :* Enfin, je puis t'aimer !

LE ROI : Je veux signer le contrat. Qu'on fasse venir un chirurgien. Fasse le ciel qu'ainsi LES PRÉJUGÉS SOIENT VAINCUS dans toute l'Espagne !

INÈS : Ainsi finit la comédie d'INÈS MENDO. Excusez les fautes de l'auteur. Si cette première partie a su vous plaire, l'auteur espère que vous accueillerez avec bienveillance la seconde partie, sous le titre de TRIOMPHE DU PRÉJUGÉ.

g. La brusque intervention du roi, qui termine la comédie, n'est pas rare dans les anciens drames espagnols. (Voir l'*Alcade de Zalaméa*, et cent autres pièces[16].)

Inès Mendo
ou
Le triomphe du préjugé

COMÉDIE EN TROIS JOURNÉES

Que si de los zuecos la sacais a chapines, no se ha de hallar la mochacha, y a cada paso ha de caer en mil faltas.

Don Quixote, II^a^ parte, cap. V[1].

PERSONNAGES DE LA COMÉDIE

DON ESTEBAN DE MENDOZA.

JUAN MENDO.

DON CÉSAR BELMONTE, *cavalier portugais.*

LE CORRÉGIDOR DE BADAJOZ.

PEDRO, *domestique de don Esteban.*

UN AUBERGISTE PORTUGAIS.

DOÑA INÈS DE MENDOZA.

DOÑA SERAPHINE, *duchesse de Montalvan.*

L'ABBESSE DES URSULINES DE BADAJOZ.

La scène est dans le château de Mendoza
en Estramadure,
— puis à Elvas, — et enfin à Badajoz[2].

PREMIÈRE JOURNÉE

SCÈNE I

Un appartement du château de Mendoza.

DON ESTEBAN, INÈS

DON ESTEBAN : Hé quoi ! vous ne vous corrigerez jamais ! Me répéterez-vous donc toujours les mots de votre village ?

INÈS : Que veux-tu ? le vin de la Rioja[3] sent toujours la peau de chèvre[a].

DON ESTEBAN : Pouah ! le joli proverbe dans la bouche de la baronne de Mendoza ! *(A part.)* J'enrage !

INÈS : Tu ne fais que me tarabuster pour des prunes. On n'a pas un instant de repos avec toi.

DON ESTEBAN, *se promenant à grands pas :* Ah !

INÈS : Est-ce ma faute à moi, si tu es de mauvaise humeur ? Parce que nos voisins nous donnent des tracasseries, c'est moi qui dois en souffrir !

DON ESTEBAN : Les insolents ! oh ! je m'en vengerai !

INÈS : Aussi, pourquoi les aller déterrer dans leurs gentilhommières, les inviter ici ? Gueux comme des

a. Allusion à l'usage espagnol de renfermer le vin dans des outres. Ce proverbe répond au nôtre : « *La caque sent toujours le hareng.* »

rats d'église, et vains comme des paons, ils se croiraient déshonorés s'ils nous témoignaient des égards. Et tout cela à cause de mon pauvre père ! Lui, il a acheté sa noblesse assez cher. Tu dois t'en souvenir, Esteban ?

DON ESTEBAN, *lui serrant la main :* Chère Inès, je ne l'oublierai jamais ! Mais, dis-moi, le plus froid des hommes ne se mettrait-il pas en fureur à voir ces petits hidalgos, à mille réaux de rente, arrivant les uns après les autres avec la même histoire[4] ? « Mon épouse, madame la comtesse une telle, est indisposée. — Doña une telle est incommodée... » Et leur insolence méditée pour ton père, et cette affectation de ne jamais t'appeler doña Inès, de ne jamais t'adresser la parole !... Oh ! j'étais hors de moi !...

INÈS : Bon ! il fallait en rire !

DON ESTEBAN : Je ne vois rien de risible là-dedans. Et à propos, tu leur donnais de ton côté ample sujet de rire, avec tes naïvetés et tes mots galiciens ! Et puis, pourquoi dire que tu avais préparé toi-même les pois chiches ? Est-ce que tu devrais savoir faire la cuisine ?

INÈS : Dame ! tu disais autrefois que je les accommodais si bien...

DON ESTEBAN : Ils en riront pendant un mois ! Madame la baronne qui épluche des pois chiches !

INÈS : Pois chiches ou autres, ils en ont mangé comme gens qui jeûnent souvent chez eux.

DON ESTEBAN : En outre, malgré mille et mille avertissements, tu n'as jamais manqué de m'appeler mon cœur. Y a-t-il rien de plus ridicule ? Cela sent le village d'une lieue.

INÈS : Méchant ! qui croirait qu'autrefois tu me grondais quand je t'appelais monsieur le baron ? Dans la lune de miel, tu m'embrassais toujours quand je t'appelais mon cœur.

DON ESTEBAN, *l'embrassant :* Tu ne peux me donner un nom qui me rappelle de plus doux souvenirs. Mais vois-tu, mon Inès, pour le monde, pour ces hidalgos pelés et impertinents, il nous faut prendre nos grands airs.

INÈS : Allons, j'y ferai mon possible, mon... mon ami. Mais ne fronce plus tes sourcils, embrassons-nous encore une fois, et que la paix soit faite !

DON ESTEBAN : Ma chère Inésille, pourrais-je jamais te garder rancune ? C'est pour toi, pour toi seule, que j'ai souffert hier, Dieu ! quand j'y pense, ma colère se rallume. Ces bégueules, qui ne veulent pas venir dîner chez toï !

INÈS : Moquons-nous de leurs caquets. Leur société est-elle si agréable qu'il faille la regretter ?

Entre un domestique.

LE DOMESTIQUE : Monseigneur, voici deux lettres.

Il sort.

DON ESTEBAN : Quelle est cette écriture ? je ne la connais pas. *(Lisant.)* « Don Gil Lampurdo, y Mello de la Porra, etc., baise les mains à don Esteban Sandoval, baron de Mendoza, et l'invite à honorer de sa présence la fête qu'il donne dans son château de la Porra, mardi prochain, aux dames et aux seigneurs des environs. » Et il ne t'invite pas ! corps du Christ ! *(Il déchire la lettre.)* Il me paiera cher son insolence ! Vive Dieu ! j'en ferai un exemple qui apprendra la politesse à tous les Porra à venir[b] !

INÈS : La, la ! mon cher Esteban, tu me fais tant de peine quand tu te mets en colère. Calme-toi, je t'en prie, pour l'amour de moi.

DON ESTEBAN : Tu ne sais pas ce que souffre un gentilhomme outragé.

INÈS : Mon cœur !

DON ESTEBAN : Don Gil ou don diable, je te ferai bien voir !...

b. Ici est un jeu de mots intraduisible. *Porra* signifie en espagnol orgueil ridicule.

INÈS : Il est trop au-dessous de toi... Mais tiens, lis donc l'autre lettre. C'est amusant de lire des lettres.

DON ESTEBAN : Je veux que le misérable ! *(Lisant l'adresse de la lettre.)* Ah !

INÈS : D'où te vient cette surprise ?

DON ESTEBAN : Cette lettre est de la duchesse de Montalvan.

INÈS : Et tu connais si bien son écriture, que rien qu'en lisant l'adresse tu devines de qui est le billet ?

DON ESTEBAN : Oh ! c'est que... oui, je l'ai beaucoup connue... autrefois.

INÈS : Une ancienne passion ?

DON ESTEBAN : Hé ! quelque chose comme cela, avant que je te visse... Mais tiens, lis toi-même. *(Il lui donne la lettre.)*

INÈS : Voilà de la générosité. *(Elle ouvre la lettre et la lui rend sans la lire.)* Et voici comment j'y réponds.

DON ESTEBAN, *lisant haut :* « Cher baron... »

INÈS, *riant :* « Cher baron... » lis tout bas.

DON ESTEBAN, *haut :* « Cher baron, je quitte Madrid, ou plutôt je m'enfuis. Je vais passer en Portugal pour des raison que je vous détaillerai, si vous ne craignez pas de vous compromettre en recevant pour quelques heures seulement une proscrite dans votre château de l'Estramadure. — Vous avez donc fait la folie de vous marier, et si le bruit public... » *(Il lit bas.)*

INÈS : Pour le coup, lisez haut, cher baron.

DON ESTEBAN, *feignant de lire :* Brr... brr... « et si le bruit public est vrai, vous vous êtes marié. Adieu. Sérafine ».

INÈS : Oh ! tu n'es pas encore assez fin, Esteban. « Vous avez fait la folie de vous marier, et si le bruit public est vrai, vous vous êtes marié. » Est-ce là du style de duchesse ? Ma foi, il me semble que moi, j'écrirais une lettre mieux que cela.

DON ESTEBAN, *mettant la lettre dans sa poche :* C'est une folle. Mais, Inès, elle arrive aujourd'hui, je le suppose ; peut-être tout à l'heure. Allez vous habiller. Je ne serais pas fâché que vous parussiez dans tout votre éclat devant elle. C'est une vieille coquette, et il faut la faire enrager. Tenez, vous êtes pâle aujourd'hui ; un peu de rouge ne vous irait pas mal.

INÈS : Pourquoi veux-tu me faire mentir ? C'est te tromper toi-même. Si tu m'aimes pâle comme je suis, qu'ai-je besoin de chercher à plaire à d'autres ?

DON ESTEBAN : Chère Inès ! — Mais je serais bien aise qu'elle admirât le choix que j'ai fait.

INÈS : Eh bien ! je mettrai du rouge pour te plaire, mon cœur. Mais s'il faut me parer... je suis si gauche avec ces affiquets[5] !...

DON ESTEBAN, *avec impatience :* N'allez pas dire affiquets devant la duchesse ! Mon ange, habillez-vous, je vous en prie. Vous ne pourriez avoir l'air gauche, faite comme vous êtes.

Il l'embrasse.

INÈS : Le moyen de résister à vos compliments ? Adieu, je vais dire à ma camériste de me faire bien belle.

Elle sort.

DON ESTEBAN, *seul :* La duchesse de Montalvan vient ici... — Que je suis bon d'être ému !... — Oui, je l'ai aimée... comme tant d'autres... ni plus ni moins. Que m'importe après tout ce qu'elle dira de mon mariage ? J'aime Inès... ses critiques pourront-elles m'empêcher de l'aimer ? Je ne serai pas même sensible à ses railleries, j'en suis sûr... Cette femme est maligne et je m'en suis aperçu déjà... Ce qui me fâche, c'est qu'elle choisisse justement ce moment-ci pour venir... Inès n'est pas bien aujourd'hui... elle est pâle... un peu jaune... elle a les yeux battus... diable ! et l'autre qui va s'en moquer !... Pauvre Inès !... Oui, qu'elle me persifle, si elle ose, sur mon mariage !... Ah ! vive Dieu ! elle verra comme je recevrai ses plaisanteries... — Elle était bien belle autrefois... cette duchesse. Autrefois, c'est-à-dire il y a cinq ans. C'est elle qui me mit en réputation parmi le beau sexe... c'est pour elle que j'eus mon premier duel... je fus blessé à ce bras, il m'en souvient, et j'allai chez elle tout fier, et tout saignant, me faire panser. Elle attacha les bandes elle-même... et ne voulut souffrir que personne autre prît soin de moi. En posant l'appareil, elle baisa la plaie à plusieurs reprises.. elle suça le sang... J'étais jeune alors, et ses baisers me faisaient l'effet d'un fer chaud... Jamais je ne me rappellerai ce moment sans un serrement de cœur!... Ah! don Juan Ramirez, que je vous eus d'obligations pour le coup d'épée que vous me donnâtes!

Entre Mendo, manchot.

MENDO : Dieu vous garde, don Esteban! Je suis charmé de vous trouver si gai aujourd'hui.

DON ESTEBAN : Appelez-moi votre fils, si vous ne voulez pas me faire de la peine.

MENDO, *avec embarras :* Je suis venu... pour vous faire mes adieux. Je pars...

DON ESTEBAN : Vous partez? où donc allez-vous?

MENDO : En Galice... au Ferrol[6]... chez un de mes parents... un frère, que je n'ai pas vu depuis bien des années.

DON ESTEBAN : Ah! voilà un frère qui vous est venu depuis bien peu de temps. D'où vient que vous ne nous en avez jamais parlé?

MENDO : Mais... je ne sais...

DON ESTEBAN : Quelque chose vous déplaît ici, et vous détermine à nous quitter.

MENDO : Rien, cher don Esteban... mais il faut que je parte... il le faut...

DON ESTEBAN : Mais encore, la raison?

MENDO : J'ai des affaires en Galice...

DON ESTEBAN : Vous êtes l'homme aux secrets. Mais je crois avoir deviné celui-ci. Vous avez été piqué de l'impertinence de nos gentillâtres d'hier... vous voulez quitter un pays où vous êtes exposé à de semblables désagréments. Mais restez, mon père, restez, et vous serez satisfait de la vengeance que je prétends en tirer. Je veux les vexer de toutes les manières. Presque tout le pays m'appartient ; je les empêcherai de pêcher, de chasser ; je leur ferai des procès. Comme gouverneur d'Avis[7] et commandant militaire de la province, je leur enverrai des soldats en logement, quand nos troupes marcheront vers le Portugal[c], enfin...

MENDO : Et pourquoi vous rendre ainsi malheureux vous-même pour une pure bagatelle ? Laissez ces gens avec leurs préjugés ; je les excuse, et je leur cède. Je leur abandonne le champ de bataille ; la victoire doit rester au plus grand nombre.

DON ESTEBAN : Non, de par le diable ! vous ne nous quitterez pas, maintenant que je sais vos véritables motifs. Jamais on ne dira qu'un Mendoza se soit soumis aux caprices de qui que ce soit. Vous resterez avec moi, dussé-je voir toute l'Estramadure en armes marcher contre ce château pour vous en chasser.

MENDO : Écoutez-moi, don Esteban ; vous avez vu combien j'étais d'abord éloigné de ce mariage. Quand bien même je n'aurais pas été souillé de l'horrible tache dont la bonté du roi notre seigneur a daigné me laver, j'aurais pensé, cependant, qu'en fait de mariage il faut toujours chercher l'égalité des conditions ; non que je sois entiché des préjugés, ou plutôt des opinions communes sur la noblesse et la roture ; mais, quand le sort nous a fait naître dans une classe d'hommes, c'est dans cette classe que se trouvent nos liaisons, nos amitiés. Elles se fondent sur mêmes goûts, mêmes mœurs, mêmes idées. Il faut rester là où le bon Dieu nous a placés. Mais, dans notre famille, le ciel en a

c. Il faut se rappeler que l'action se passe fort peu de temps après la révolution qui plaça Joan de Braganza sur le trône de Portugal.[8].

ordonné autrement. Vous vous êtes allié à un pauvre homme, dont le nom, malgré les grâces de Sa Majesté, sonne mal encore à l'oreille d'un gentilhomme. Vous auriez trop à souffrir pour le faire respecter. Un homme... un vieillard qui, par lui-même, n'est pas bien amusant, qui ne vous est utile à rien, et qui n'a rien à faire ici, ne doit pas, de gaieté de cœur, condamner à des avanies perpétuelles un galant homme, à qui il est déjà tellement redevable...

DON ESTEBAN : Et moi ?...

MENDO : Non, Esteban, laissez-moi partir... Quant à ma fille, en vous épousant elle a perdu mon nom. Elle est devenue une Mendoza, et ce nom peut effacer toutes les taches héréditaires. D'ailleurs, si vous éprouviez quelques insultes à cause d'elle, vous êtes son mari, et vous avez pris l'engagement de la défendre et de la venger, du moment que vous l'avez menée à l'autel. — Mais moi, tant que je resterai auprès de vous, je serai comme un lépreux qui rendra votre maison déserte, et qui vous privera de tous les plaisirs, de toutes les prérogatives auxquelles votre rang dans le monde vous a donné des droits.

DON ESTEBAN : Tout ce beau discours est inutile, Mendo ; vous resterez. Croyez-vous que votre compagnie ne me soit pas mille fois plus agréable que celle de tous les petits hidalgos de l'Estramadure ? Et pour satisfaire leur sot orgueil, je me séparerais d'un ami, d'un père ! Qu'ils aillent tous au diable mille fois !

MENDO : Seigneur, vous me confondez. Je suis tellement habitué à recevoir des grâces des Mendoza, que je ne sais comment les refuser. Mais je crains bien que vous n'ayez lieu de vous repentir un jour d'avoir conservé auprès de vous un paysan ignorant, infirme...

DON ESTEBAN, *le serrant dans ses bras :* Ah ! cette infirmité me rappelle tout ce que vous avez fait pour moi, mon père ! Pourrai-je jamais m'acquitter de ma dette ?

MENDO : Ce que j'ai fait...

DON ESTEBAN : Nous nous vengerons, soyez-en sûr. — A propos, il nous arrive aujourd'hui une belle dame, la duchesse Sérafine de Montalvan. Elle vient de Madrid. Nous nous endimanchons tous pour la recevoir... C'est une folie de ma part... mais, de grâce, quittez cet habit brun, et prenez-en un plus galant.

MENDO : Vous avez tort de me retenir.

Il sort.

DON ESTEBAN, *seul :* Allons, allons ! j'ai fait une bonne action, j'en aurai plus de force pour résister aux séductions de Sérafine... — Séductions ! vive la modestie !... que l'on se persuade aisément, quand on a fait une pauvre petite conquête, que toutes les femmes ambitionnent l'honneur de vous subjuguer !... — Mais ne serait-il pas plus convenable que j'allasse au-devant de la duchesse ?... Mais peut-être que cela ferait de la peine à Inès. — Après tout, ce n'est qu'une attention due à toute femme... Pourquoi serais-je moins galant pour une duchesse que pour une bourgeoise ? Je cours au-devant d'elle ; mais la porte s'ouvre.

UN DOMESTIQUE, *entrant :* Monseigneur, une dame dans une voiture à six mules entre en ce moment dans la cour.

Il sort.

DON ESTEBAN : Je descends la recevoir. — Que je suis bon d'être ému ! comme s'il n'y avait pas cinq ans que je ne l'ai vue, et cinq ans changent bien une jolie femme.

Il sort. Entre Inès avec du rouge très mal mis et beaucoup de diamants.

INÈS, *seule :* Comme il a couru avec joie au-devant d'elle !... et quand il a reçu sa lettre, il a paru enchanté !... il n'a pas voulu me la lire tout entière... —

Je n'ose lui montrer que cela m'afflige, car, bien sûr, il ne le fait pas exprès. Il m'aime, et je serais ingrate si j'étais jalouse. Cependant, je ne suis qu'une villageoise bien simple et sans belles manières ; peut-être se dégoûtera-t-il de moi, quand il me comparera à une dame de Madrid, pleine d'esprit et de grâces. Mais non, Esteban est trop bon pour cesser de m'aimer. *(Voyant entrer la duchesse.)* Ah !... Dieu ! qu'elle est belle !

Entre don Esteban donnant la main à la duchesse.

DON ESTEBAN : Chère Inès, la duchesse Sérafine de Montalvan. — Madame, permettez-moi de vous présenter la baronne de Mendoza.

LA DUCHESSE : Je serai charmée de faire sa connaissance.

INÈS, *balbutiant :* Et moi... aussi.

LA DUCHESSE : Quels chemins affreux ! Je suis accablée de fatigue. — Ah !

INÈS : Pourtant, vous avez été en voiture.

LA DUCHESSE, *souriant :* C'est pour cela même.

DON ESTEBAN, *à la duchesse :* Madame, daignez vous asseoir. *(Bas à Inès.)* Inès, qu'avez-vous donc ? — Asseyez-vous.

LA DUCHESSE : La baronne a l'air souffrante... Seriez-vous incommodée, madame ?

INÈS : Moi... madame ?

DON ESTEBAN : Elle s'est fatiguée hier. C'est ce qui vous la fait trouver pâle ; ordinairement elle a plus de couleurs.

LA DUCHESSE : Avec une aussi belle peau que celle de la baronne, la pâleur n'est pas un défaut.

DON ESTEBAN, *s'inclinant :* Oh !

INÈS : Oh !

LA DUCHESSE : Cela est plus distingué.

INÈS : Madame est bien honnête... mais...

LA DUCHESSE : Madame la baronne est extrêmement jeune. Elle n'a pas plus de vingt-quatre ou vingt-cinq ans ?

INÈS : J'aurai cinq ans... qu'est-ce que je dis donc ?... j'aurai vingt ans, vienne la Saint-Jean d'été.

LA DUCHESSE : Vous n'êtes que depuis peu de temps dans ce château ?

DON ESTEBAN : Depuis fort peu de temps. Je l'ai pris pour ma résidence à cause du voisinage d'Avis, dont je suis gouverneur titulaire. Je m'attendais peu à l'honneur de vous y recevoir. — Mais dites-moi donc, madame, quelle est cette proscription, comme vous l'appelez, qui vous a conduite aussi loin de la cour ? J'espère que ce n'est point une cause trop sérieuse qui vous amène en Estramadure ?

LA DUCHESSE : Comment, sérieuse ! savez-vous bien, don Esteban, que je suis fugitive dans toute l'acception du mot ? Voici mon histoire. Vous le savez, j'avais quelque influence à la cour. Le duc de Lerma me consultait quelquefois. Le feu roi m'honorait de ses bontés. Tout à coup, Olivarès tombe comme une bombe je ne sais d'où, supplante Lerma auprès du jeune Philippe, et détruit en un instant presque tout mon crédit [9]. Je ne hais rien tant que les tracasseries de cour. Aussi, j'offris généreusement mon amitié au comte-duc ; il la refusa avec dédain. Il fallut bien faire la guerre. J'essayai de culbuter le ministère en donnant au roi un confesseur de ma façon. Olivarès lui donna une maîtresse ; la maîtresse réussit. Le roi accorda toute sa confiance au ministre Mercure.

INÈS : Le duc d'Olivarès s'appelle Mercure !... quel drôle de nom [10] !...

LA DUCHESSE : Quoi qu'il en soit, Olivarès voulut se venger : il était tout-puissant. Il m'accuse d'avoir trempé dans je ne sais quelle conspiration portugaise. Cette malheureuse histoire de Joan de Braganza !... cela n'a pas le sens commun ! C'est moi, dit-on, qui viens d'enlever le Portugal à Sa Majesté Catholique. On voulait m'envoyer dans quelque couvent, peut-être même à Ségovie[d]. Je l'ai su à temps ; et, sans attendre l'ordre, je me suis sauvée ; j'ai fait tant de diligence, qu'à peine sait-on maintenant mon départ à Madrid. Je vais passer en Portugal... où je serai conspiratrice... puisqu'on veut absolument que je le sois.

DON ESTEBAN : Quelle lâcheté ! envoyer une dame à la tour de Ségovie !

INÈS : Mais... ce confesseur ?...

DON ESTEBAN : Inès, la duchesse a besoin de prendre quelques rafraîchissements, va donner un coup d'œil.

Il lui parle bas. — Inès sort. — Silence.

DON ESTEBAN : Je ne vous ai pas demandé si vous aviez fait un bon voyage.

LA DUCHESSE : Très heureux... A propos, le gouverneur d'Avis est votre major ?

DON ESTEBAN : Oui, madame. Il tient toujours à ce qu'il m'écrit. Mais il y a si peu de soldats dans la province, que je ne puis lui envoyer des secours. — Pourquoi me demandez-vous cela ?

LA DUCHESSE : Pour rien.

DON ESTEBAN, *après un silence :* Le temps a été...

LA DUCHESSE : Pourquoi cet air embarrassé ? avez-vous quelque chose à me dire ?

DON ESTEBAN, *affectant de l'indifférence :* Non. — Trouvez-vous ma femme jolie ?

LA DUCHESSE : Très jolie.

DON ESTEBAN : Elle est malheureusement extrêmement timide, c'est ce qui vous la fait paraître gauche. Vous l'avez déconcertée tout à fait. — C'est à Madrid que vous avez appris mon mariage ?

LA DUCHESSE : Oui.

DON ESTEBAN : Et voulez-vous me dire franchement ce que l'on pense ?

d. Prison d'État. (Voir *Gil Blas*.)

LA DUCHESSE : Franchement ?

DON ESTEBAN : Oui.

LA DUCHESSE : On le critique généralement, puisque vous voulez savoir la vérité. Cependant nos philosophes de la cour disent que cela est d'un bon exemple. On a fait des chansons, des sonnets, des pointes... que vous dirai-je ? Enfin, on pense que vous avez fait une sottise... Mais tout s'oublie si vite à Madrid ! il y a déjà quelques mois qu'on n'en parle plus.

DON ESTEBAN : Et vous, madame ?... oserai-je vous demander votre opinion, à vous ?

LA DUCHESSE, *avec dignité :* Don Esteban, il est assez singulier que vous vous adressiez à moi... surtout quand mes conseils vous seraient aussi inutiles qu'ils seraient tardifs.

DON ESTEBAN : Madame, pardonnez, je plaisantais. Ce qui est fait est fait. Je ne m'en repens pas.

LA DUCHESSE, *après un silence :* Don Esteban, je n'ai rien perdu de... de l'amitié que j'avais pour vous. Nous avons été longtemps séparés ; mais, si l'un de nous a eu des torts, certes, ce n'est pas moi. — Depuis votre départ pour l'armée, je n'ai plus entendu parler de vous.

DON ESTEBAN : Ah ! madame, vous m'accablez de honte par vos trop justes reproches.

LA DUCHESSE : Moi, don Esteban, j'ai conservé la mémoire de notre ancienne amitié ; et, dans ma disgrâce, c'est à vous que j'ai voulu demander un asile. Peut-être...

DON ESTEBAN : J'apprécie avec orgueil cette flatteuse marque de confiance...

LA DUCHESSE : Comme votre amie, j'ai été affligée de votre mariage. Comme votre... mais je n'ose prononcer maintenant un nom plus doux que vous me donniez autrefois... j'ai souffert, oui, j'ai beaucoup souffert, de voir mon Esteban entraîné par sa générosité à une extravagance... — pardonnez ce mot à une amie. Un jour, sûrement, il s'en repentira. Je ne considère pas la mésalliance. Une âme comme la vôtre est au-dessus des préjugés vulgaires. — Je ne parle pas de ce qu'il peut y avoir de repoussant dans le père... c'est au contraire le côté romanesque et séduisant de l'affaire... mais, hélas ! je vous vois appareillé pour la vie avec une paysanne sans éducation. A son premier enfant sa beauté disparaît, et c'est alors que l'on sent le prix de l'éducation dans une femme... Toutefois j'espère encore me tromper. Je n'ai fait qu'entrevoir doña Inès... peut-être avec prévention... avec jalousie... car je parle en femme jalouse, pensez-vous. Oui, je suis jalouse, Esteban, je vous aimais... je vous... Si je vous avais vu uni à une femme pleine de grâces, d'esprit, à une femme, enfin, faite pour vous, — alors, j'aurais souffert sans doute de perdre un cœur que j'ai possédé... mais du moins j'aurais eu quelque consolation à vous savoir heureux, et par votre intérieur et par l'opinion publique. J'aurais dit : Il ne pouvait être à moi, mais il a trouvé une compagne digne de lui. *(Elle se détourne en pleurant.)*

DON ESTEBAN : Madame... je sens comme je le dois..., tout ce qu'il y a de flatteur...

Entrent Inès et un maître d'hôtel.

LE MAÎTRE D'HÔTEL : Monseigneur est servi.

INÈS, *à don Esteban :* Il y a un *puchero*[e] comme tu l'aimes.

LA DUCHESSE : Hélas !

Tous sortent.

e. Pot-au-feu avec des pois chiches. Ce mets est un peu vulgaire.

DEUXIÈME JOURNÉE[f]

SCÈNE I

Décoration de la scène précédente.

DON ESTEBAN, INÈS

INÈS : Mon ami ?...

DON ESTEBAN, *avec distraction. :* Hum ?

INÈS : Tu es bien fâché contre moi ?

DON ESTEBAN : Moi ! pourquoi cela ?

INÈS : J'ai dit tant de bêtises devant cette belle dame ; plus je m'appliquais... et plus cela allait mal.

DON ESTEBAN : Baste !... — Elle est toujours dans sa chambre ?

INÈS : Oui. — C'est drôle comme devant certaines personnes on se trouve mal à son aise. Jamais je n'ai vu une femme si imposante.

DON ESTEBAN : Elle fait la sieste longuement.

INÈS : Dis-moi, as-tu remarqué comme elle a de

f. J'ai traduit par *journée* le mot espagnol *jornada,* Clara Gazul se servant par préférence de ce terme déjà ancien, auquel les classiques espagnols ont substitué depuis longtemps la dénomination d'*acte.* Au reste, *journée* n'indique pas ici, comme on le voit, le temps qui s'écoule entre le lever et le coucher du soleil. (Voir *L'alcade de Zalaméa,* et *Dar Tiempo al Tiempo* de Calderón.)

belles mains ? J'ai envie de lui demander avec quoi elle se les lave, pour les avoir si blanches ?

DON ESTEBAN, *souriant :* De blanches mains, Inès, ne sont pas données à tout le monde. Il faut naître duchesse pour avoir de belles mains[g].

INÈS : Cependant...

DON ESTEBAN : Il y a déjà longtemps qu'elle est montée dans sa chambre...

INÈS : Mon père est aujourd'hui tout je ne sais comment. Comme il roulait les yeux à dîner en regardant la duchesse !

DON ESTEBAN : Tu as vu avec quelle grâce, quelle affabilité elle... doña Sérafine, a parlé à ton père ?...

INÈS : Oui, et il avait néanmoins l'air soucieux...

DON ESTEBAN : C'est sa mine ordinaire. — Mais elle est levée maintenant. Inès, monte chez elle... va... on ne saurait avoir trop d'attentions pour ses hôtes...

INÈS, *bas, tristement :* Et surtout pour les belles dames.

Elle sort.

DON ESTEBAN, *seul :* Sottes idées d'enfance ! sots préjugés ! on les chasse, on s'en croit délivré, et voilà qu'ils reviennent aussi forts, aussi dangereux que jamais ! Moi, j'ai secoué leur joug ; je les ai foulés aux pieds... pourtant que ma victoire me coûte...! j'ai presque du repentir... non... mais je souffre, pour avoir dompté ces ennemis que je méprise... Ils m'attaquent encore... Depuis que la duchesse est chez moi, ma femme, ma bonne Inès... me semble avoir perdu de sa beauté... — Sa naïveté a cessé de me plaire... Autrefois !... Je suis tout honteux de n'être pas à la hauteur des modes dans ce manoir éloigné... Le démon musqué voudrait m'enchaîner au char de Sérafine... mais je saurai résister à cette faible épreuve, puisque déjà

g. Cette idée me semble empruntée à lord Byron[11]. (Voir *Don Juan.*)

j'ai reconnu les pièges de l'ennemi. Et d'ailleurs ne suis-je pas sorti vainqueur de plus rudes combats ? On se souviendra longtemps en Espagne de l'exemple que j'ai donné, et je suis en droit après cela, ce me semble, de compter sur ma force.

Elle a pris ses grands airs. Moi aussi, je veux la tourmenter. Après ce qui s'est passé entre nous, je ne m'attendais pas à être traité par elle en étourneau sorti de l'université. Elle a l'air d'avoir pitié de moi !... la coquette !... Elle est encore jolie comme un ange... Ah ! fidélité conjugale !... heureusement tu n'es obligatoire que pour les dames.

UN DOMESTIQUE, *entrant :* Monseigneur !...

DON ESTEBAN : Qu'y a-t-il ? Pourquoi cet air effaré ?

UN DOMESTIQUE : Monseigneur... c'est monsieur le corrégidor[12] de Badajoz.

DON ESTEBAN : Le corrégidor ?...

UN DOMESTIQUE : Il a son monde avec lui... Il veut vous parler.

DON ESTEBAN : Eh bien ! qu'il entre !

LE CORRÉGIDOR, *entrant :* Je baise les mains de Votre Excellence.

DON ESTEBAN : Qui me procure l'honneur de votre visite ?

LE CORRÉGIDOR : Monseigneur, c'est avec un vif regret que j'exécute un ordre qui vient de m'être transmis de la cour ; mais la duchesse de Montalvan est dans ce château, se préparant à passer en Portugal...

DON ESTEBAN : Qui vous a dit que la duchesse fût chez moi ?

LE CORRÉGIDOR : Doucement, s'il vous plaît ; parlons sans nous fâcher. J'ai reconnu sa voiture sous votre remise.

DON ESTEBAN : Vous êtes bien homme à reconnaître les armoiries d'une voiture ?

LE CORRÉGIDOR : Tout comme un autre, monseigneur. Cependant, n'en déplaise à Votre Excellence, la voiture de la duchesse n'a point d'armoiries... mais les domestiques ont tout avoué.

DON ESTEBAN : A voir votre barbe, je vous aurais cru trop de sens pour écouter sérieusement les propos d'un domestique.

LE CORRÉGIDOR : Je sens combien il vous est pénible de livrer votre hôte ; mais, avant tout, vous ne voudriez pas donner asile à un ennemi du roi.

DON ESTEBAN : Monsieur, je ne loge ni duchesse ni ennemi de Sa Majesté. Allez-vous-en au diable et laissez-nous en paix, ou je vous ferai punir pour votre impertinence.

LE CORRÉGIDOR : Pas d'injures, monseigneur, s'il vous plaît. Vous ne me ferez pas punir, car vous n'êtes plus gouverneur de la province, et cependant...

DON ESTEBAN : Que dit cet insolent ?...

LE CORRÉGIDOR : Je serais au désespoir de faire à Votre Excellence l'affront d'une visite judiciaire dans sa maison.

DON ESTEBAN : Si vous aviez cette insolence, vive Dieu ! vous verriez ce que gagne un vilain anobli depuis quelques jours à insulter un grand d'Espagne.

LE CORRÉGIDOR : Et vous, monseigneur, vous pourriez apprendre à traiter la justice avec plus de respect. Encore une fois, pour la dernière, dites-moi où est la duchesse ?

DON ESTEBAN : Sortez, ou mes gens vont vous mettre à la porte à coups de bâton.

LE CORRÉGIDOR : Vous m'y forcez. Entrez, vous autres.

Entrent des alguazils[13] *armés.*

DON ESTEBAN, *sonnant :* Ah ! canaille ! c'est ainsi que vous traitez un Mendoza ! Toi, coquin, tu paieras cher ton audace !

Entrent les domestiques.

LE CORRÉGIDOR : De par le roi ! don Esteban de Mendoza, je vous arrête. *(Il le touche de sa vare*[14]*.)*

DON ESTEBAN : Qu'on me chasse ces gredins ! Eh quoi ! la vare de ce maroufle vous a tous pétrifiés. Tenez, je vais vous apprendre votre devoir. *(Il tire son épée.)* Ah ! faquins, c'est donc ainsi qu'il faut vous parler ! Hors d'ici, canaille ! *(Il les chasse.)*

Entrent Inès et la duchesse.

INÈS : Ah ! ils vont le tuer ! Au secours ! au secours !

Rentre don Esteban, remettant son épée dans le fourreau.

LA DUCHESSE : A merveille, seigneur baron. On ne peut mieux donner des coups de plat d'épée[h].

INÈS : Dis-moi, mon cœur, n'es-tu pas blessé ?

DON ESTEBAN : Non.

LA DUCHESSE : Peut-on demander à Votre Seigneurie quel grave sujet la porte à exercer son bras sur le dos de ces pauvres diables en robe noire ?

DON ESTEBAN : Madame, j'aurais quelque chose à vous dire en particulier... Inès, laisse-nous un instant.

INÈS : Moi... mon cœur ?

DON ESTEBAN : Oui.

INÈS : Est-ce pour longtemps ?

DON ESTEBAN : Non, non ; mais laisse-nous.

Inès sort.

LA DUCHESSE : Voilà bien du mystère. Si vous n'étiez pas marié, savez-vous que cela m'effraierait ?

DON ESTEBAN : Madame, il m'est pénible de vous ôter cette humeur charmante. Apprenez que le corrégidor de Badajoz venait en ce moment même pour vous arrêter.

LA DUCHESSE : En vérité ?

DON ESTEBAN, *avec fatuité :* Oui, doña Sérafine. Je

h. En espagnol *cuchilladas.* (Voir pour la signification de ce mot la nouvelle de *Rinconete et Cortadillo*[15] de Michel Cervantès.)

n'ai pas craint le courroux de la justice pour défendre des attraits que l'on veut cacher au monde dans la cour de Ségovie.

LA DUCHESSE : Ô le modèle des chevaliers errants ! Tristan, Lancelot, Amadis... recevez les remerciements d'une infante malheureuse et persécutée. Ah, ah, ah !

DON ESTEBAN, *avec un rire forcé :* Vous êtes toujours la même !

LA DUCHESSE : Hélas ! il faut bien quitter cette gaieté qui ne me convient plus. Cher don Esteban, achevez votre ouvrage. Donnez-moi quatre chevaux vigoureux. Il faut que cette nuit je sois en Portugal.

DON ESTEBAN : Commandez ; tout ici vous appartient.

LA DUCHESSE : Hélas ! faut-il que je vous quitte, à peine arrivée !... Je n'espère plus vous revoir... Mais il le faut !...

DON ESTEBAN : Madame, je...

LA DUCHESSE : Ne perdons point de temps... Avez-vous un homme sûr, brave, déterminé, qui m'accompagne ? Mon écuyer s'est cassé le bras à Caceres.

DON ESTEBAN : Doña Sérafine, n'en connaissez-vous point un ici qui se ferait gloire de vous servir ?

LA DUCHESSE : Que voulez-vous dire ?

DON ESTEBAN : Sérafine !... autrefois vous m'auriez dit de vous accompagner... de protéger votre fuite ! — Pourquoi maintenant ne voulez-vous plus de moi ?

LA DUCHESSE : Ô mon cher Esteban !

DON ESTEBAN : Sérafine !... dites !... dites que vous me choisissez pour votre chevalier.

LA DUCHESSE : Non, Esteban, je ne le puis. C'est déjà trop que, pour moi, vous vous soyez exposé au ressentiment d'un ministre cruel. M'accompagner dans le Portugal insurgé, ce serait vous déclarer mon complice, vous fermer à jamais le chemin de l'Espagne... Non, cher Esteban, je ne puis vous perdre ainsi de gaieté de cœur. Songez que, comme gouverneur de cette province, vos démarches, même les plus indifférentes...

DON ESTEBAN : Que m'importe la colère d'Olivares ! Je voudrais avoir d'autres dangers à braver pour vous. D'ailleurs, en vous accompagnant, je me dérobe aux poursuites de la justice de Badajoz, que j'ai rudement malmenée... Doña Séraphine, ne me refusez pas, je vous en conjure. *(Il lui prend la main.)*

LA DUCHESSE : Impossible !... vous ne pouvez abandonner votre famille... votre chère Inès... Ah ! ce nom doit vous faire oublier la pauvre Séraphine, et les dangers qu'elle va courir. — Adieu, Esteban, pensez quelquefois à votre ancienne amie.

DON ESTEBAN : Non, madame, non ! je ne vous quitterai pas ! Votre liberté, votre vie peut-être, sont menacées ; comment pourrais-je vivre, vous sachant exposée à mille périls. Eh quoi ! moi, cavalier, tranquille dans ma maison, je me bornerais à faire de stériles vœux pour mon... hôte... ma chère Séraphine ! *(Il tombe à ses genoux.)*

LA DUCHESSE : Ah ! ciel ! ne suis-je pas assez malheureuse ! faut-il encore entraîner mon seul ami dans ma ruine !

DON ESTEBAN : Séraphine, dis oui, je t'en conjure par la blessure que j'ai reçue pour toi !

LA DUCHESSE : Cruel, quel temps me rappelez-vous ?

DON ESTEBAN : Tu as consenti ! vive Dieu ! je te suivrai jusque dans les cachots de Ségovie.

LA DUCHESSE, *faiblement :* Et... votre Inès ?

DON ESTEBAN : Je ne pense qu'à toi... qu'aux dangers qui vous environnent... Inès... elle restera pour conjurer l'orage... si toutefois...

LA DUCHESSE : Ah ! si elle savait votre dessein !

DON ESTEBAN : Je trouverai un prétexte...

LA DUCHESSE : Eh bien ! j'y consens. Conduisez-moi seulement jusqu'à...

DON ESTEBAN : Ne dites pas le lieu où nous nous séparerons.

LA DUCHESSE : Cruel Olivares ! auras-tu assez de victimes ?

DON ESTEBAN : Ne craignez rien pour moi, j'ai des amis puissants à la cour ; mais votre générosité vous exagère le faible service que je vous rends.

LA DUCHESSE : Mon Dieu ! faites que je sois la seule victime !

DON ESTEBAN : Je connais les chemins de traverse. Ils seront biens fins s'ils nous rattrapent. Vous ne pouviez prendre un meilleur guide.

LA DUCHESSE : Hélas ! pourquoi suis-je venue ici ?

DON ESTEBAN : Grâces en soient rendues au ciel !

UN DOMESTIQUE, *entrant :* Deux lettres pour monseigneur.

Il sort.

LA DUCHESSE, *regardant une des lettres :* Le cachet du ministre !

DON ESTEBAN : Que me veut-il ? *(Il donne la lettre à la duchesse après l'avoir lue.)* Vous le voyez, et moi aussi je suis mal noté à la cour. Ils me rappellent, ils veulent que je parte sur-le-champ.

LA DUCHESSE : Obéissez, Esteban, ou vous vous perdez. Vous voyez que vous êtes déjà trop compromis.

DON ESTEBAN : Raison de plus pour ne pas aller me jeter dans les griffes du tigre. Je suis proscrit, quel bonheur !

LA DUCHESSE : Hélas !

DON ESTEBAN, *après avoir lu l'autre lettre :* Cette lettre est de mon ami et du vôtre, don Rodrigo de Yriarte. Il me mande que l'on me regarde comme non étranger aux troubles du Portugal. On dit que ce n'est pas sans dessein que je suis allé m'établir si près du foyer de la révolte... Ah ! ah, ah ! fort plaisant, en vérité ! Et c'est eux-mêmes qui m'y ont envoyé !

LA DUCHESSE : Que je suis malheureuse ! Je ne sais quel conseil vous donner...

DON ESTEBAN : Nous y réfléchirons ensemble quand nous serons en sûreté. — Mais, chut ! voici Inès.

INÈS, *entrouvrant la porte :* Peut-on entrer ?

LA DUCHESSE : Mon Dieu, baronne, que je suis fâchée contre le seigneur don Esteban. Les nouvelles de Madrid, qu'il m'a communiquées avec tant de secret, ne valaient pas la peine de vous en faire un mystère... et surtout à vous, madame.

DON ESTEBAN : Ma chère Inès, madame la duchesse veut absolument nous quitter. Je vais faire atteler à l'instant. *(Bas à Inès.)* Je l'accompagnerai jusqu'au petit bois d'orangers.

INÈS, *bas :* Dis-moi, veux-tu que j'aille avec toi !

DON ESTEBAN : Non ; le serein tombe, tu t'enrhumerais.

INÈS : Quoi ! vous voyagez la nuit, madame ? vous n'avez pas peur ?

LA DUCHESSE : Les malheurs qui m'ont accablée sans relâche m'ont un peu aguerrie.

INÈS, *bas à Esteban :* Dis-moi ; pourquoi battais-tu ces alguazils ?

DON ESTEBAN : Des faquins... qui osent... une sotte affaire de chasse... des braconniers, vois-tu... mais tu n'y comprendrais rien.

INÈS : Cependant, les domestiques disent...

DON ESTEBAN : Ce sont des bavards qui ne savent ce qu'ils disent, et tu es une folle de les écouter. Mais il faut que je donne des ordres. — Montre à doña Sérafine les fleurs que tu cultives toi-même.

INÈS : Oh ! madame la duchesse, venez voir mes jasmins d'Arabie.

LA DUCHESSE, *à Esteban :* Le plus tôt possible, n'est-ce pas ?

Ils sortent

SCÈNE II

Une salle basse du château.

MENDO, *seul.*

Il y a toujours quelque chose d'impertinent, même dans la politesse des riches. Cette duchesse s'est moquée de nous, et don Esteban la regardait plus souvent que sa femme. Ah! je le crains, Inès se repentira d'avoir épousé un grand seigneur.

INÈS, *entrant* : Enfin elle est partie, et, à dire le vrai, je ne la regrette pas.

MENDO : Ton mari l'accompagne ?

INÈS : Oui, jusqu'au bois d'orangers. Il n'a pas voulu me laisser venir avec lui, sur ma petite jument blanche. — Savez-vous que je suis bien inquiète ?

MENDO : Pourquoi ?

INÈS : Il a pris ses pistolets... cependant il n'y a pas de voleurs de ces côtés.

MENDO : Peut-être... est-ce pour rassurer la duchesse.

INÈS : Quels dangers y a-t-il sur la route ?

MENDO : Aucun, je l'espère.

INÈS : Si la justice rattrapait doña Sérafine ?...

MENDO : Il faut du temps pour venir de Badajoz ici.

INÈS : Elle lui attirera malheur, cette femme qui veut donner son confesseur au roi. Oui, mon papa, elle voulait que Sa Majesté prît son confesseur. Elle l'a dit elle-même, dans une histoire où je n'ai rien compris du tout. — Mon Dieu! pourquoi mon mari l'a-t-il reçue ?

MENDO : Il ne pouvait faire autrement. N'a-t-elle pas été son amie ?

INÈS : Hélas ! *(On frappe à la porte.)* — Mais j'entends du bruit à la grand-porte. Serait-il déjà de retour ?

Entrent le corrégidor et beaucoup d'alguazils armés.

LE CORRÉGIDOR : *Salutem omnibus* [16]. Nous voici, mais en force cette fois. On ne se rira plus de la justice. Rira bien qui rira le dernier, et nous verrons qui paiera les pots cassés.

INÈS : Que voulez-vous, monsieur ?... Que venez-vous faire ici ?

LE CORRÉGIDOR : Rien, que prendre et appréhender au corps un don Esteban, seigneur de Mendoza, et une doña Sérafine, duchesse de Montalvan. Pas davantage !

MENDO : Que dites-vous, monsieur ? cela ne se peut pas.

LE CORRÉGIDOR : Laissez-moi instrumenter. Je sais mon métier, et surtout pas de rébellion, ou je fais tout mettre à feu et à sang.

INÈS : Monsieur... la duchesse... est partie... et mon mari... est parti aussi...

LE CORRÉGIDOR : Bah ! bah ! on ne nous en donne pas à garder. Personne n'est sorti par la grand-porte. Ainsi la pie est encore au nid. *(A deux alguazils.)* Vous, empêchez que personne ne sorte. *(Aux autres.)* Suivez-moi, vous autres.

Ils entrent dans les appartements intérieurs.

INÈS : Hélas ! je l'avais bien dit ! c'est cette duchesse qui l'a perdu ! la sainte mère de Dieu ait pitié de lui !

MENDO : Rassure-toi. Un homme riche se tire toujours d'affaire.

INÈS : Mais où est-il ? quand me le rendra-t-on ?

MENDO : Ah !... fasse le ciel qu'il soit bientôt de retour !

INÈS : Vous dites cela comme si vous ne l'espériez pas !

MENDO : Moi !... je l'espère... Il reviendra bientôt.

INÈS : Vous avez dans l'esprit quelque chose que vous n'osez me dire. Oui, vous savez ou vous soupçonnez quelque grand malheur.

MENDO : Tu te trompes, mon enfant. Rentre, ma fille. Nous ne pouvons faire autre chose que prier le bon Dieu qu'il te conserve ton mari.

INÈS : Hélas ! vous m'effrayez horriblement ! voilà que mille affreux pressentiments me viennent dans l'esprit.

MENDO : Rentrons. Que faisons-nous ici ?

Ils sortent.

TROISIÈME JOURNÉE

SCÈNE I

Elvas. — Une auberge.

L'HÔTE, SOLDATS ET BOURGEOIS PORTUGAIS, *assis à boire autour d'une table.*

L'HÔTE, *se levant un verre à la main :* A Joan de Braganza, roi du Portugal !

TOUS : A Joan de Braganza !

L'HÔTE : Vive Dieu ! c'est un véritable Portugais ; un bon roi, d'une bonne pâte, tel qu'il nous le faut ; et non pas un Espagnol à face de carême, qui nous pompe nos doublons.

UN SOLDAT : S'ils y reviennent, nous sommes là pour les recevoir.

L'HÔTE : Vous ne savez pas la nouvelle, messieurs ? Quand don Rodrigo de Saa et Fernand Menezes ont jeté Vasconcelhos[17] par la fenêtre du palais, que pensez-vous qu'il soit arrivé ?

UN BOURGEOIS : Il s'est cassé les reins sur le pavé.

L'HÔTE : Un grand fantôme est apparu à tout le peuple, et a crié d'une voix de tonnerre : « Aux armes, Portugais ! le joug de l'Espagne est brisé ! » Qui pensez-vous que ce fût ?

UN SOLDAT : Belle demande ! qui pouvait-ce être, sinon le roi don Sébastien[i] ?

L'HÔTE : Justement... Après avoir dit ces paroles, le fantôme se fondit dans l'air avec un bruit... comme si l'on avait tiré plus de dix mille coups de canon à la fois. Et c'est sûr, car je le tiens de ma sœur qui était à l'église quand Vasconcelhos a sauté par la fenêtre.

UN SOLDAT : Qu'y a-t-il de si extraordinaire là-dedans ? On sait bien que le roi don Sébastien n'est pas mort. Tenez, un jour que j'étais de faction, il faisait noir comme dans un four ; il pleuvait un peu ; je soufflais sur la mèche de mon arquebuse[19], quand voilà une grande figure blanche, armée de pied en cap, la couronne sur la tête, qui passe tout contre moi, en poussant un grand soupir. Moi, qui ne crains aucun homme en chair et en os ; quand je vois un esprit, je perds tout mon courage. Je tombai par terre, et je récitai une litanie que je sais pour les esprits...

L'HÔTE : J'en sais une aussi qui m'a souvent été utile.

UN BOURGEOIS : Hé ! qui nous arrive ici ?

L'HÔTE : Messieurs, c'est un brave jeune homme, un galant Portugais, don César de Belmonte, qui commande le siège d'Avis.

Entre don César. Tous se lèvent.

DON CÉSAR : Bonjour, mes amis, bonjour.

L'HÔTE : Il est bien glorieux pour cette auberge...

DON CÉSAR : Elle va bientôt recevoir un honneur plus grand. J'attends ici une dame qui se sauve de Castille, où elle est persécutée comme amie du Portugal.

i. Allusion à une croyance populaire répandue en Portugal. Bien des gens croient que le roi don Sébastien (qui fut tué en Afrique) n'est pas mort, et qu'il apparaît à ses sujets dans les circonstances extraordinaires. Sa dernière apparition eut lieu, je crois, lors de l'occupation de Lisbonne par les Français en 1808-1809[18].

L'HÔTE : Ce que nous avons de meilleur lui appartient.

DON CÉSAR : Elle ne doit pas tarder.

L'HÔTE : Seigneur, je prendrai la liberté de demander à Votre Excellence comment vont nos affaires.

DON CÉSAR : A merveille, maître Boniface. Les garnisons espagnoles se retirent en toute hâte. Joan de Braganza est partout reconnu aux acclamations de ses sujets.

L'HÔTE : Je m'en réjouis fort.

DON CÉSAR : Ce n'est que sur les tours d'Avis que flotte encore le drapeau espagnol. Mais, avant peu, nous y planterons les quines[j] portugaises.

L'HÔTE : J'irai, s'il le faut, y donner l'assaut ma broche à la main. Si j'embrochais seulement autant d'Espagnols que j'ai embroché de dindons !...

Entrent la duchesse avec une écharpe aux couleurs de Braganza, don Esteban.

LA DUCHESSE : Salut, terre d'asile ! salut, Portugal ! et vive Joan de Braganza ! — Ah ! don César.

DON CÉSAR : Que je suis heureux, doña Sérafine, de vous voir en sûreté sur le sol portugais !

LA DUCHESSE : Enfin je suis sauvée. *(Elle lui parle bas. Don Esteban reste dans le fond de la scène, montrant de l'embarras.) (Haut.)* Don César, je vous présente mon libérateur, don Esteban de Mendoza. Baron, je vous présente don César de Belmonte. *(Don Esteban et don César se saluent d'un air froid.)*

DON ESTEBAN : Vous avez besoin de repos, doña Sérafine ; je ne sais si cette auberge...

LA DUCHESSE : Non. Tout à l'heure j'étais accablée ; maintenant la joie de me voir entourée d'amis... *(Don César s'incline. — Don Esteban fronce le sourcil.)* délivrée des griffes d'Olivares, m'a délassée tout d'un coup. Je crois que je pourrais danser maintenant.

j. Armes de Portugal[20].

DON CÉSAR, *bas :* Sa Majesté vous prépare à Lisbonne l'accueil le plus flatteur.

LA DUCHESSE : Vous croyez ? *(Elle parle tout à fait bas.) (Haut.)* Savez-vous, don César, que je l'ai échappé belle ? Sans le courage du seigneur de Mendoza, j'étais reprise et encagée à Ségovie.

DON CÉSAR : Dieu ! que n'étais-je là !

DON ESTEBAN : L'affaire, monsieur, ne méritait pas votre présence. *(Bas à la duchesse.)* Faites-moi donc sortir cet homme-là.

LA DUCHESSE : Notre voiture s'est brisée sur la route. Pendant qu'on la raccommodait, arrive monsieur le corrégidor et son monde, pif ! paf ! des coups de pistolet... des coups d'épée... j'étais presque morte de peur, et je n'ai ouvert les yeux que lorsque don Esteban est venu m'annoncer que l'ennemi était en pleine déroute.

DON CÉSAR, *bas :* Est-ce qu'il reste ici !

LA DUCHESSE, *bas :* Oui, il faut le ménager, jusqu'à ce que nous en ayons ce que vous savez, pour l'affaire d'Avis.

DON CÉSAR : Doña Sérafine, vous devez avoir besoin de repos après un voyage aussi pénible ; je me retire. — *(À don Esteban.)* Seigneur de Mendoza, si je puis vous être utile en ce pays, veuillez disposer de moi.

DON ESTEBAN : Je vous baise les mains.

DON CÉSAR, *bas à la duchesse. :* Le major veut une lettre... mais vous m'entendez...

Il sort. — Silence.

LA DUCHESSE, *gaiement :* Eh bien ! don Esteban, qu'avez-vous ? vous me boudez ?

DON ESTEBAN : Moi ?

LA DUCHESSE, *le contrefaisant :* Moi ? Vous, monsieur, qu'avez-vous ? Qu'ai-je fait pour mériter cette mauvaise humeur ?

DON ESTEBAN, *froidement :* Madame, vous plaisantez

avec tant de grâce... vous avez toujours une gaiété si... *(La duchesse le regarde tendrement.)* Ah ! tenez, Sérafine, ne me regardez pas comme cela, ou je ne pourrai plus vous gronder.

LA DUCHESSE : Mon cher Esteban, qu'ai-je donc fait pour être grondée ? *(Tendrement.)* Ne dois-je pas plutôt, moi, vous gronder, de m'avoir suivie jusqu'en Portugal ? Mais comment oserais-je vous reprocher une désobéissance qui m'a sauvée ?

DON ESTEBAN : Vous faites mon supplice, Sérafine, avec vos éternelles connaissances. Je reprends mes transports de Madrid... mais, Dieu me sauve ! vous avez partout des bons amis. Comment ! même en Portugal !

LA DUCHESSE : Hé bien, qu'y a-t-il d'étonnant ? Don César était comme moi de la conjuration. — Hélas ! je n'ai qu'un regret ! c'est de vous y avoir engagé trop avant.

DON ESTEBAN : Ah ! Sérafine, vous savez le moyen de m'ôter mes regrets !

LA DUCHESSE, *affectant de l'étonnement. :* Monseigneur de Mendoza ! — Au fait, qu'allez-vous devenir ? À votre place, me voyant compromis, presque proscrit dans mon pays, j'accepterais une place en Portugal.

DON ESTEBAN : Que voulez-vous qu'on fasse de moi ? et d'ailleurs, ne suis-je pas castillan ?

LA DUCHESSE : Eh ! ne suis-je pas espagnole, moi ? mais on m'a proscrite, et je suis du pays qui me donne un asile.

DON ESTEBAN : Laissons cela.

LA DUCHESSE : Non, il faut en parler... autrement vous augmenterez mes regrets de vous avoir fait quitter votre pays... de vous avoir exposé au ressentiment de votre cour, sans vous offrir des dédommagements près de celle de Portugal.

DON ESTEBAN : Est-ce donc pour le Portugal que je

me suis battu ? Les dédommagements qui me seraient...

LA DUCHESSE : Vous ne voudriez pas vous trouver dans les rangs portugais, au moment où la guerre va commencer ?... mais il est tel poste...

DON ESTEBAN : Encore une fois, laissons cela.

LA DUCHESSE : Mais qu'allez-vous devenir ? Vous ne pouvez sans danger rentrer maintenant en Espagne ?

DON ESTEBAN : Vous voulez donc si tôt me chasser de votre présence ?

LA DUCHESSE : Vous me désespérez !

DON ESTEBAN : Est-ce à Joan de Braganza à me récompenser des faibles services que je vous ai rendus ? — Non, doña Sérafine, je suis assez payé par la joie que j'éprouve en vous voyant hors de danger.

LA DUCHESSE : Vous n'êtes plus espagnol ; — pourquoi ne voulez-vous pas devenir portugais ? Écoutez, je puis vous promettre tel emploi qui, sans obliger à porter les armes contre l'Espagne, vous donnera la faveur de Joan de Braganza.

DON ESTEBAN : Étrange obstination !

LA DUCHESSE : Vous pourrez même rendre service à vos compatriotes. Tenez, par exemple, le château d'Avis est serré de près. Demain don César y donne l'assaut. Mais à ma considération il permettra à la garnison de se retirer. Écrivez au commandant, vous êtes gouverneur titulaire d'Avis, il est votre major... vous devez avoir quelque influence sur lui. Dites-lui qu'il cesse une défense inutile, que vous l'autorisez à rendre la place...

DON ESTEBAN, *sévèrement :* Savez-vous ce que vous voulez que je fasse ?

LA DUCHESSE : Rien que de très simple. Vous êtes persuadé, m'avez-vous dit, que le château n'est pas tenable. Épargnez le sang espagnol, voilà tout.

DON ESTEBAN : Mais l'honneur espagnol !...

LA DUCHESSE : Oh ! l'honneur ! l'honneur ! voilà

votre mot ; avec ce mot on fait couler bien du sang. Mais après tout, que Don César donne l'assaut ou non, qu'est-ce que cela me fait, à moi ? Je promets de donner une écharpe à celui qui plantera le premier les quines portugaises sur les tours d'Avis. Je serai ravie que don César la gagne !

DON ESTEBAN : Don César ! toujours don César ! voilà aussi votre mot. Séraphine, depuis que nous sommes en Portugal vous ne me parlez que de don César !

LA DUCHESSE : Et pourquoi n'en parlerais-je point ?

DON ESTEBAN : Je ne veux pas vanter les services que j'ai pu vous rendre ; mais, dites-moi, où trouverez-vous un cœur qui vous aime comme le mien ?

LA DUCHESSE : Oubliez-vous ?...

DON ESTEBAN : Laissez-moi tout oublier à vos pieds. Séraphine, je vous adore ; pourquoi voulez-vous me désespérer par votre légèreté ?

LA DUCHESSE, *à demi-voix :* Le devoir doit l'emporter sur l'amour ! *(Haut.)* Seigneur, vous oubliez que votre foi est engagée ?

DON ESTEBAN, *avec fureur :* Non, je ne l'oublie pas, cruelle ! Mais ce n'était pas assez de ma conscience, il fallait encore vos reproches, vos sarcasmes pour m'achever. — Oui, j'ai tout quitté pour vous ; j'ai voulu sacrifier patrie, épouse, honneur... mais vous... vous, qui m'avez rendu le plus indigne des hommes, vous, Séraphine, vous me repoussez avec dédain, et l'amour de don César, plus que le mien, vous semble mériter votre cœur !

LA DUCHESSE : Homme injuste ! est-ce moi qu'il faut accuser ? Ai-je manqué, moi, à la foi jurée ? Rappelez-vous les orangers d'Aranjuez ? Ne m'avez-vous pas cent fois juré un amour éternel ? Vous me quittez... quelques lettres froides et polies sont les seules consolations que vous m'envoyez. Bientôt elles cessent. Enfin le dernier coup m'est porté, vous vous mariez,

Esteban... et à qui ? quelle rivale ! juste ciel !... Voilà comme vous gardez vos serments ! Allez, parjure, laissez-moi pleurer mes faiblesses passées.

DON JUAN : Sérafine !... je n'ai pas cessé de t'aimer... Oui... je te le jure... j'ai quitté Inès... pour ne plus me séparer de toi... pour vivre ton eslave... Veux-tu donc m'abandonner ?... Non ! je te vois sourire, tu veux bien encore ouvrir tes bras à celui que jadis tu aimas.

LA DUCHESSE : Ô mon Esteban !

DON ESTEBAN : Je suis à toi pour la vie !

LA DUCHESSE : Si tu sais braver l'opinion des hommes, je saurai vivre pour toi, comme tu vivras pour moi.

DON ESTEBAN : Toujours !

LA DUCHESSE : Toujours ! Ô mon bien-aimé, nous vivrons heureux loin des tyrans espagnols, auprès d'un prince adoré. Vive Joan de Braganza !

DON ESTEBAN : Vive Joan de Braganza !

LA DUCHESSE : Nous sommes portugais ! *(Elle lui attache son écharpe aux couleurs de Braganza.)*

DON ESTEBAN : Je veux répandre le bruit de ma mort... Je changerai de nom... et alors, dans la retraite, loin du tumulte des cours, nous vivrons heureux dans les bras l'un de l'autre... Mais si la pauvre...

LA DUCHESSE, *l'embrassant :* Idole de mon cœur !... dis-moi, veux-tu écrire au gouverneur d'Avis ?...

DON ESTEBAN : Je t'en conjure, Sérafine, ne l'exige pas de moi !

LA DUCHESSE : Non, mais je t'en supplie.

DON ESTEBAN : Tu le veux... Oui, je te sacrifierai tout...

LA DUCHESSE : Un baiser pour la peine ?

DON ESTEBAN : Mais que dire ?... Je ne puis écrire...

LA DUCHESSE : Dis-lui qu'il n'a pas de secours à attendre de l'Espagne... Est-ce vrai, oui ou non ?

DON ESTEBAN : Oui... mais...

LA DUCHESSE : Tu ne veux pas que je t'embrasse ?

DON ESTEBAN : Tiens, écris toi-même... je signerai. Es-tu contente ?

LA DUCHESSE, *après avoir écrit :* Ô mon unique bien ! *(Elle l'embrasse.)* Oui, maintenant je crois à ton amour !

Elle sonne. — Entre Pedro.

LA DUCHESSE : Que cette lettre soit promptement remise au gouverneur d'Avis. Vous trouverez en bas une cornette des volontaires du Beira[21] qui se chargera de la porter.

PEDRO : Monseigneur, est-ce que vous êtes pour la mode nouvelle de porter une écharpe aux couleurs du duc de Braganza ?

DON ESTEBAN : Hé bien ?

PEDRO : C'est qu'alors je vous demanderais mon congé. Je n'ai pas envie, moi, de prendre l'écharpe portugaise. Espagnol je suis né, espagnol je mourrai.

DON ESTEBAN : Ah ! ma chère Sérafine, quel sacrifice je t'ai fait !

LA DUCHESSE : Hé bien, vous êtes tout troublé parce qu'un valet vous demande son congé ? *(A Pedro.)* Bonhomme, tenez cette bourse, voilà pour boire à ma santé. Retourner chez vous, et que Notre Dame del Pilar[22] vous soit en aide ! *(Plus bas.)* Si l'on vous demandait ce qu'est devenu le seigneur de Mendoza, vous direz qu'il est mort... qu'il a été tué en duel... entendez-vous ?

PEDRO : Faudra-t-il dire cela à tout le monde, même à madame ?

LA DUCHESSE : A tout le monde. Prenez encore cette bague, vous la donnerez à votre femme si vous en avez une. Mais d'abord donnez la lettre au cavalier d'en bas. *(Pedro sort.)* Esteban, mon seul bien, vois-tu le soleil qui se couche dans cette forêt d'orangers ? la voici revenue, cette douce soirée d'Aranjuez !

DON ESTEBAN : Ah ! pourquoi t'ai-je quittée ?

Ils sortent.

SCÈNE II

Le château de Mendoza.

INÈS, MENDO

MENDO : Il est obligé de se cacher à cause de cette mauvaise affaire... mais dans quelque temps, lorsque la justice sera apaisée, il reviendra.

INÈS : Mais pourquoi ne pas écrire ? J'aurais déjà pu recevoir trois fois de ses nouvelles.

MENDO : Hum !

INÈS : Je ne le vois que trop, vous ne me dites pas ce que vous pensez. Esteban est mort ou infidèle. Plût à Dieu qu'il fût infidèle !

MENDO, *à part :* Oui, car je pourrais te venger.

INÈS : Que dites-vous ?

MENDO : J'espère qu'il est vivant et qu'il t'aime toujours... mais plus d'une raison...

INÈS : Sainte Vierge ! n'est-ce pas Pedro que j'aperçois ?

PEDRO, *entrant :* Madame, je vous baise les pieds.

INÈS : Pedro... qu'as-tu fait de mon mari ?... Parle...

PEDRO : Hélas ! madame.

INÈS : Il est mort !

PEDRO : Le Seigneur ait pitié de lui, et lui remette ses péchés !...

INÈS : Elle me l'a tué ! *(Elle s'évanouit.)*

MENDO : Coquin, tu as tué ma fille !

PEDRO : Madame... madame... revenez à vous ! ne croyez pas un mot de tout ce que j'ai dit... le seigneur de Mendoza n'est pas mort...

INÈS : Mendoza ?

PEDRO : Il vit et se porte bien, mais...

INÈS : Grâce à Dieu, je le reverrai donc !

PEDRO : Je ne sais si vous le reverrez...

INÈS : Pedro, dis-moi tout, ne me cache rien.

PEDRO : Vous voulez savoir la vérité ?... Eh bien ! il est à Elvas, avec cette duchesse qu'il appelle sa chère Sérafine. Je l'ai vu avec l'écharpe portugaise, et l'on en dit bien d'autres sur son compte. Moi, quand j'ai vu cela, j'ai demandé mon congé. La duchesse m'a donné de l'argent pour dire qu'il était mort, et votre mari avait l'air d'y consentir. Mais plût au ciel que ses ducats se fussent fondus dans ma main, et m'eussent brûlé jusqu'aux os !... J'ai manqué par mon mensonge faire mourir ma bonne maîtresse. *(Silence.)*

INÈS, *sanglotant :* Je n'en reviendrai pas !

MENDO, *à part :* Ce que j'avais prévu est arrivé. — *(Haut.)* Inès !

INÈS : Mon père !

MENDO : As-tu encore les habits que tu portais à Monclar ?

INÈS : Oui, mon père.

MENDO : Va les reprendre. — Quitte tout ce que ce parjure t'a donné. Ne garde rien à lui. — Nous ne devons pas rester plus longtemps sous son toit. Tu m'accompagneras à Badajoz. — L'abbesse des Ursulines te donnera un asile.

INÈS : Donnez-moi votre bras... je suis bien faible...

MENDO : Viens... appuie-toi sur mon bras... moi, je suis ferme... allons !

Ils sortent.

SCÈNE III

L'auberge d'Elvas.

DON ESTEBAN, LA DUCHESSE

LA DUCHESSE : Cher ami, pourquoi cette tristesse ? Ta Sérafine ne peut-elle te distraire de ta mélancolie ?

DON ESTEBAN : Avec une conscience comme la mienne... on ne peut être gai.

LA DUCHESSE : Tu devrais aller à la chasse, te distraire un peu.

DON ESTEBAN : Le gouverneur d'Avis est-il rentré en Espagne ?

LA DUCHESSE : Je l'imagine.

DON ESTEBAN : Sais-tu si la capitulation a été religieusement observée ?

LA DUCHESSE : Sans doute.

DON ESTEBAN : J'en suis bien aise. — Sérafine, quittons Elvas. Les souvenirs de cette auberge me tuent. Plût au ciel que nous fussions ensemble dans les déserts de l'Amérique !

LA DUCHESSE : Elvas ne me rappelle que des souvenirs d'amour. Mais au lieu des déserts de l'Amérique, avec votre permission nous ferons mieux d'aller à Lisbonne.

DON ESTEBAN : Nous verrons. — Je vais faire une promenade à cheval. — Tu viendras avec moi ?

LA DUCHESSE : Non, je suis fatiguée... je vais faire la sieste.

DON ESTEBAN : Don César ?... où est-il ?

LA DUCHESSE : Jaloux incorrigible !... à Avis sans doute.

DON ESTEBAN : Moi, te soupçonner, Sérafine !... toi qui m'as donné tant de marques d'amour ! — Je vais galoper un peu. C'est quand le vent siffle à mes oreilles, et m'étourdit en tourbillonnant autour de moi, que je suis le plus tranquille. — Adieu.

Il sort.

LA DUCHESSE, *seule :* Adieu, mon âme. — Pauvre benêt ! Qu'un homme sans caractère est méprisable ! J'ai cru d'abord qu'on en pourrait faire quelque chose ; mais il a les idées trop étroites pour devenir jamais le compagnon de Sérafine. — Parfois il me fait pitié... mais, si l'on faisait attention à ces êtres faibles, on manquerait ses nobles projets.

Olivares ! tu m'as chassée de Madrid. Je vais entrer dans Lisbonne en triomphe. Oh ! maintenant je puis m'abandonner à toute mon ambition. Je ne vois pas encore les bornes de mon pouvoir naissant. — *(L'horloge sonne.)* Si tard !... il devrait être ici !

DON CÉSAR, *entrant :* Le voici.

LA DUCHESSE : Entrez, César, Pompée est éloigné.

DON CÉSAR : Ma reine admire ma ponctualité. J'arrive d'Avis au galop ; et, sans me donner le temps de respirer, j'accours vous enlever.

LA DUCHESSE : Notre homme s'inquiète beaucoup de la garnison espagnole d'Avis.

DON CÉSAR : Il a raison, vive Dieu ! Que je ne sois pas chevalier si les paysans de l'Alentejo[23] et du Beira en laissent rentrer un seul en Espagne !

LA DUCHESSE : Voilà qui est affreux, don César ! — Prenez-moi ce voile. — Les chevaux sont-ils à la voiture ?

DON CÉSAR : Oui, ma toute charmante.

LA DUCHESSE : Eh bien ! partons. Donnez-moi la main.

Ils sortent.

SCÈNE IV

La chambre de Sérafine à Elvas.

Entre DON ESTEBAN *seul.*

La fatigue du corps ne repose pas la tête... — Toujours elle est devant mes yeux... Ah ! qu'elle doit souffrir en ce moment !... Pauvre malheureuse !... qu'avait-elle fait ?... Sérafine ! *(Il appelle.)* Sérafine ! doña

Sérafine ! *(Il sort et rentre d'un air agité.)* Que veut dire ceci ? où peut-elle être allée ? — Ah ! qu'est-ce que cela ? *(Il prend une lettre et lit l'adresse.)* « Aux mains du baron de Mendoza. » C'est son écriture, lisons : « Cher don Esteban, je suis au désespoir de vous quitter... mais il faut absolument que je me rende à Lisbonne. Comme il me semble que vous ne vous plaisez pas beaucoup en Portugal... je vous engage à retourner auprès de votre excellente femme... qui doit être bien en peine de vous. Adieu, vivez heureux auprès d'elle... ne soyez pas en peine de moi... Don César... » Oh !... *(Il jette la lettre. — Silence.)* Je le mérite. *(Il reprend la lettre et la relit.)* Oui, je le mérite... J'ai quitté un ange pour me jeter dans les griffes du démon... Me venger ?... non, je n'ai plus de courage... Que vais-je devenir ?... Comment oserai-je me présenter devant le vieux Mendo ?... car Inès... j'en suis sûr, elle me tendra les bras la première... mais Mendo !... Si ce valet ?... Il a dû lui dire... Ô monstre que je suis !... Je l'ai peut-être tuée ! Inès, Inès ! est-ce toi ou ton cadavre qui m'attend à Mendoza ?... Non, je ne puis plus longtemps supporter cette incertitude ! Il faut en sortir !... Je vais à Mendoza, dussé-je porter ma tête à mes ennemis !

Entre Pedro.

Ah ! Pedro, quelles nouvelles ?

PEDRO : Monseigneur, je suis revenu à vous... je n'ai pu mentir... En voyant la douleur de madame... j'ai tout avoué.

DON ESTEBAN : Hé bien ?

PEDRO : Ils ont quitté Mendoza. M. Mendo la mène aux Ursulines de Badajoz.

DON ESTEBAN : J'y cours. Pedro, t'ont-ils envoyé vers moi ?

PEDRO : Monseigneur... madame m'a donné ce billet pour vous... sans que M. Mendo la vît...

DON ESTEBAN, *après avoir lu :* Pas un reproche !...

Ange du ciel !... comment ai-je pu te tromper ? — Pedro, viens ; crevons des chevaux... il faut être aujourd'hui à Badajoz.

PEDRO : Je ne sais si nous le pourrons. Il faudra prendre des chemins détournés, monseigneur.

DON ESTEBAN : Pourquoi ?

PEDRO : Tout l'Alentejo est en armes... La garnison d'Avis vient d'être massacrée par les paysans insurgés... tout Espagnol qui tombe entre leurs mains est mis à mort sur-le-champ.

DON ESTEBAN : Et cela encore ! — N'importe, Pedro ! si je meurs, tu diras que je suis mort repentant.

PEDRO : Ah ! monseigneur, c'est un ange. Elle ne cessait de vous justifier auprès de M. Mendo.

DON ESTEBAN : Courons, Pedro... — Le major don Gregorio ne s'est point sauvé ?

PEDRO : Non, monseigneur, ils l'ont pendu.

DON ESTEBAN : Encore un meurtre à me reprocher !

Ils sortent.

SCÈNE V

Un parloir d'ursulines à Badajoz.

MENDO, INÈS, LA SUPÉRIEURE

MENDO : Adieu, Inès. Nous nous reverrons un jour.

INÈS : Adieu, mon père, je n'ai que peu de temps à vivre. Le coup a été trop fort. Si jamais il oubliait cette belle Sérafine... s'il revenait à son Inès... hélas ! je n'aurai pas le temps de l'attendre... dites-lui que je lui ai pardonné... et que je suis morte en priant le ciel de lui pardonner. Adieu, mon père ! *(Elle l'embrasse.)*

Inès entre dans le cloître, soutenue par la supérieure.

MENDO, *seul :* Maintenant je puis être tout entier à la vengeance. Grâce au ciel, il me reste encore ma main gauche.

Entre don Esteban pâle et en désordre.

DON ESTEBAN : Inès ! Inès ma bien-aimée !

MENDO : Respecte celle...

DON ESTEBAN : Inès ! Inès !

INÈS, *derrière la scène :* C'est lui ! il revient à moi ! *(Elle rentre et va tomber dans les bras d'Esteban.)* Tu m'aimes donc encore !... oh ! je suis heureuse enfin ! *(Elle s'évanouit.)*

LA SUPÉRIEURE : Asseyez-la sur cette chaise, et faites-lui respirer des sels. Qu'on apporte de l'eau.

DON ESTEBAN : Ma chère Inès !... si mon amour peut réparer mon crime !... Oh ! réponds-moi, de grâce !

LA SUPÉRIEURE : Buvez cette eau, madame.

INÈS : Esteban !... mon père !... donnez-moi votre main chacun. *(Elle essaie de joindre leurs mains, Mendo retire la sienne.)* Esteban, embrasse-moi... adieu. *(Elle se laisse aller dans ses bras et meurt.)*

LA SUPÉRIEURE : Elle est morte !

MENDO : Monseigneur de Mendoza, que dites-vous de ce spectacle ? voilà votre ouvrage... Voyez ce bras mutilé... quels souvenirs vous rappelle-t-il ?... Et vous, qu'avez-vous fait à ma fille pour lui témoigner votre reconnaissance ?... Jusqu'ici je n'ai donné la mort à personne... aujourd'hui je me fais votre juge et votre bourreau... Que le Seigneur vous absolve ! *(Il lui tire un coup de pistolet.)*

LA SUPÉRIEURE : Au secours ! au meurtre ! fermez les portes !

DON ESTEBAN : Laissez-le s'échapper. *(Il pose sa tête sur le sein d'Inès.)*

MENDO : Je ne bougerai pas, attendu que la comédie est finie. Oui, mesdames et messieurs, c'est ainsi que finit la seconde partie d'INÈS MENDO, OU LE TRIOMPHE DU PRÉJUGÉ.

INÈS : L'auteur m'a dit de ressusciter pour solliciter votre indulgence ; et vous pouvez vous en aller avec la satisfaction de penser que vous n'aurez pas de troisième partie.

Le ciel et l'enfer

COMÉDIE

Sin zelos amor
Es estar sin alma un cuerpo

CALDERÓN.

Almas atravesadas[1] *!*

PERSONNAGES

DON PABLO ROMERO.
FRAY BARTOLOMÉ, *inquisiteur.*
DOÑA URRACA DE PIMENTEL.

La scène est à Valence.

SCÈNE I

Un boudoir.

DOÑA URRACA, DON PABLO

DOÑA URRACA : Non ! encore une fois. Vous aurez beau prier. C'est aujourd'hui le mercredi des Cendres.

DON PABLO : Rappelez-vous que le mardi gras nous ne pûmes profiter du carnaval.

DOÑA URRACA : Je suis une grande pécheresse, Dieu m'absolve ! mais il y a tel péché que je ne ferai jamais.

DON PABLO : Au moins un seul petit baiser.

DOÑA URRACA : Je ne le dois pas.

DON PABLO : Le péché, si c'en est un, n'est pas bien gros, et je prends tout sur moi.

DOÑA URRACA : Un mercredi des Cendres !

DON PABLO : Au diable le carême ! Allons, un seul petit baiser.

DOÑA URRACA : Mais... Que vous êtes insupportable !... Voyons, fermez la fenêtre.

DON PABLO : Encore un, vous n'en pécherez pas davantage.

DOÑA URRACA : Non, laissez-moi, de grâce.

DON PABLO : Qu'avez-vous là au cou ?

DOÑA URRACA : C'est un chapelet avec des *Agnus Dei*[2], bénits par notre Saint-Père le pape.

DON PABLO : Mais mon portrait ? ma chaîne ? qu'en avez-vous fait ? Ah ! Urraca, vous avez donné la chaîne, j'en suis sûr, à ce père Bartolomé du *diable*, pour orner le col de quelque madone.

DOÑA URRACA : Non, tout est dans ma cassette, mais j'ai pensé que dans un jour comme celui-ci...

DON PABLO : Un jour comme celui-ci devrait être rayé du calendrier !

DOÑA URRACA : Y pensez-vous, don Pablo ? N'est-ce pas aujourd'hui ?...

DON PABLO : Tenez, parlons d'autre chose. — Vous devriez bien prendre un confesseur plus vieux. On en jase, et moi j'en suis inquiet.

DOÑA URRACA : Épargnez au moins une sainte personne, si vous n'avez pas plus d'égards pour moi.

DON PABLO : Parbleu ! je le traite comme il le mérite, car je suppose qu'il vous dit bien du mal de moi.

DOÑA URRACA : Au contraire, Pablo. Ce pauvre homme ! il espère que vous vous convertirez un jour, par... Il y a longtemps que je pèche pour vous sauver, ingrat.

DON PABLO : Oui, vous savez combien je suis reconnaissant de toutes vos bontés, mais faites-moi encore un dernier sacrifice. Congédiez honnêtement Fray Bartolomé.

DOÑA URRACA : Non, il était le confesseur de mon mari, avant qu'il ne partît pour le Nouveau Monde, et don José s'est toujours bien trouvé de ses conseils.

DON PABLO : Eh ! par cent charretées de diables ! c'est précisément pour cela qu'il faut lui fermer la porte. Comment ? vous avez quitté votre mari pour moi, et vous ne quitteriez pas votre diable de confesseur ?

DOÑA URRACA : Oh ! ne jurez pas, je vous en supplie, Pablo... un mercredi des Cendres !

DON PABLO : Avec vos folies, vous feriez jurer les saints de pierre de vos églises. Voyons, pour la dernière fois, laissez-moi vous dire comment je vous aime.

DOÑA URRACA : Non, revenez demain.

DON PABLO : Eh ! demain je suis de garde, Dieu me damne !

DOÑA URRACA : Mon cher Pablo, si vous ne pouvez vous empêcher de jurer, jurez au moins d'une autre manière. Qu'est-ce que cela vous coûterait de dire : « Maudit soit Satan ! » par exemple, ou bien : « Nom d'une pipe ! » comme beaucoup de militaires le disent quand ils sont en colère[3] ?

DON PABLO : Adieu !

DOÑA URRACA : Adieu, mon âme !

DON PABLO : Urraca ?

DOÑA URRACA : Qu'est-ce ? qu'avez-vous à rire ?

DON PABLO : Ne venez-vous pas de m'appeler votre âme ?

DOÑA URRACA : Oui, pourquoi, cher ?...

DON PABLO : C'est aujourd'hui le mercredi des Cendres.

DOÑA URRACA : Méchant ! pouvez-vous plaisanter sur des choses pareilles ! — Je ne vous parlais pas avec une affection mondaine.

DON PABLO : Eh bien ! pour adieu donnez-moi un baiser tout céleste, et tel que les chérubins...

DOÑA URRACA, *l'embrassant* : Ne blasphème pas !

DON PABLO : Adieu, ma belle amie. A vendredi matin.

DOÑA URRACA : Vendredi ?... mais c'est...

DON PABLO : Eh ! corps de Christ[a] ! c'est le jour de Vénus. A vendredi. Adieu.

Il sort.

[a]. Cuerpo de Cristo.

DOÑA URRACA, *seule :* Quel dommage qu'un si bel homme, et un si bon cœur, soit athée comme un païen ! Pourtant, il faudra bien qu'il se convertisse un jour ou l'autre. Ce serait conscience de laisser au diable une âme comme celle-là. *(Une pendule sonne.)* Quatre heures. Ah ! c'est le moment que Fray Bartolomé va venir me faire sa visite et me donner ses saints conseils. Il faut que je lui prépare les conserves de roses et le marasquin. *(Elle ouvre une armoire et en tire des confitures.)* Et puis je m'en vais lire un chapitre du Kempis[4] qu'il m'a donné... J'en ai besoin... ce Pablo m'a toute troublée... où est-il ?... Ah ! par quel hasard a-t-on laissé aujourd'hui cette guitare dans ma chambre ? Il faut la reporter de l'autre côté... elle ne peut rester ici. *(Elle prend la guitare et en tire quelques sons.)* Comme elle a conservé l'accord !... la, la, la, la... Je n'en ai jamais vu de meilleure... Ce Pablo a un goût pour ces sortes de cadeaux !... *(Elle chante.)* La, la, la, la... « Mon confesseur... » Je ne puis avoir autre chose au bout des doigts que l'air de cette chanson mondaine qu'il m'a forcée d'apprendre... Ah ! il n'y a pas de péché dans l'air... Le mi est baissé... *(Elle chante.)* la, la, la, la, la... « Mon confesseur, mon confesseur... mon confesseur... »

« Mon confesseur me dit : " Mon frère, pour mortifier vos appétits charnels, trois jours vous jeûnerez au pain et à l'eau. " Mais Mariquita me dit : " Viens souper avec moi. — Au diable mon confesseur ! " »

Entre Fray Bartolomé.

DOÑA URRACA : Ah !

F. BARTOLOMÉ : Jésus Maria ! qu'entends-je ?

DOÑA URRACA : Quoi... je... c'est vous ?... vous m'auriez entendue ?... J'ai chanté ?

F. BARTOLOMÉ : Puis-je en croire mes oreilles et mes yeux ! Comment ! ma fille, c'est bien vous ! Je m'attendais à vous trouver en prière, ou tout au moins méditant quelque livre de piété, et je vous trouve la guitare à la main, chantant des blasphèmes !

DOÑA URRACA : Ah ! mon père ! si vous saviez !...

F. BARTOLOMÉ : Dites-moi quel malin démon...

DOÑA URRACA : Oui, mon père, c'est le Malin qui en est cause. J'ai voulu ôter cette guitare de cette chambre... J'ai pincé par distraction deux ou trois cordes : le Malin a pris son temps... Par distraction, j'ai joué un air que j'ai en horreur, et que j'ai retenu malgré moi... et puis...

F. BARTOLOMÉ : Et puis ?...

DOÑA URRACA : Et puis... je ne sais comment il s'est fait que j'aie chanté tout haut.

F. BARTOLOMÉ : Oui, mon enfant, c'est bien le Malin qui vous a soufflé cette horrible chanson. Mais aussi, remerciez votre bon ange, qui m'a amené justement à point pour vous empêcher de commettre un autre péché.

DOÑA URRACA : Hélas ! loué soit le ciel !... Mais asseyez-vous donc, mon père ; à votre âge il est fatigant de venir à pied de Saint-Dominique à la rue de la Mer.

F. BARTOLOMÉ : Grâce à notre divin Sauveur, mon enfant, je ne suis pas encore si faible que je ne puisse me tenir sur mes jambes. A quarante-neuf ans, on n'est pas encore bon à enterrer.

DOÑA URRACA : Ce que j'en ai dit... c'est que vous m'avez paru avoir mauvaise mine aujourd'hui.

F. BARTOLOMÉ : Mauvaise mine ?... Il ne me semble pas à moi... *(Se regardant dans le miroir.)* D'abord votre glace verdit... mais je me porte parfaitement bien... et j'ai mis ma soutane neuve pour venir vous voir, mon enfant...

DOÑA URRACA : Asseyez-vous, ne fût-ce que pour goûter de ces confitures que j'ai faites pour vous.

F. BARTOLOMÉ : Hélas ! bien volontiers, ma fille, car

à peine ai-je pris une nourriture charnelle d'aujourd'hui.

DOÑA URRACA : Vous vous ferez mal par trop jeûner.

F. BARTOLOMÉ : Que voulez-vous ?... Donnez-moi encore un verre de votre marasquin. — Il est meilleur que celui que doña Maria de Jésus m'a donné.

DOÑA URRACA : Je le crois bien. Elle est si avare, qu'elle ne voudrait jamais mettre quarante réaux pour faire un cadeau à ses amis.

F. BARTOLOMÉ : Doucement ! ma fille. Il ne faut pas médire de son prochain. — Bien est-il vrai que, depuis une année, elle ne m'a donné qu'un petit crucifix d'ivoire tout jaune et du marasquin fort ordinaire. Cependant, elle sait bien qu'il vaut mieux ne pas faire de cadeaux que d'en faire de mesquins.

DOÑA URRACA : Oh ! c'est bien vrai. — À propos, vous a-t-on remis un panier de vin de Bordeaux ?

F. BARTOLOMÉ : Oui, mon enfant. Je vous en remercie ; mais, si une autre fois vous m'envoyiez du vin au couvent, ne le faites pas porter dans un panier à vin, mais bien dans une caisse à livres, par exemple... ou de toute autre manière enfin.

DOÑA URRACA : Comment ?

F. BARTOLOMÉ : Oui... le prieur a vu le panier... et il a bien fallu lui faire goûter de ce vin, que je réservais pour me soutenir dans mes oraisons de nuit. Les pères en ont voulu goûter aussi... de telle sorte qu'il ne m'en reste plus une goutte maintenant.

DOÑA URRACA : Ne vous mettez pas en peine, mon révérend père. Je vous en ferai porter d'autre. Je suis charmée que les pères l'aient trouvé bon.

F. BARTOLOMÉ : Hélas ! ne vous en privez pas pour moi... — C'est de tous les vins celui qui convient le mieux à ma pauvre santé. — Vous confesserai-je aujourd'hui ?

DOÑA URRACA : Mais si vous le voulez bien. Je désirerais avoir l'absolution avant vendredi.

F. BARTOLOMÉ : Eh bien ! recueillez-vous pendant que j'achève ma collation, et puis, vous me ferez l'aveu de vos fautes de cette semaine. *(Un silence.)* Allons, ma fille, êtes-vous prête ?

DOÑA URRACA : Oui, mon père.

F. BARTOLOMÉ : En ce cas, commençons. Agenouillez-vous sur ce coussin-là. Comme cela. Plus près de moi... encore plus près. — Bon !... Ce coussin est-il assez doux pour vos petits genoux, mon enfant ! Êtes-vous bien à votre aise ?

DOÑA URRACA : Hélas ! oui. Nous commencerons quand vous voudrez.

F. BARTOLOMÉ : Mettez votre petite main dans la mienne. — Combien y a-t-il que je ne vous ai confessée ?

DOÑA URRACA : Mon père, c'était, je pense... Il y a eu mardi quinze jours.

F. BARTOLOMÉ : Bon !

DOÑA URRACA : Je me suis impatientée contre ma femme de chambre, qui ne me laçait pas assez serré.

F. BARTOLOMÉ : Bon !

DOÑA URRACA : En voyant à l'église un officier avec un uniforme bleu et rouge, j'ai eu des distractions, et je n'ai pas écouté le divin mystère avec le recueillement convenable.

F. BARTOLOMÉ : Bon !

DOÑA URRACA : J'ai médit de plusieurs dames de mes amies.

F. BARTOLOMÉ : Bon !

DOÑA URRACA : J'ai peut-être, pour mon chien bichon, une amitié offensante pour les bons chrétiens.

F. BARTOLOMÉ : Ah ! pour cela vous avez grand tort, mon enfant. Votre chien est si mal élevé, qu'avant-hier même il m'a mordu aux jambes, et je m'en sens encore. Vous lui donnerez cent coups de fouet vous-même, pour vous mortifier.

DOÑA URRACA : Hélas ! mon père, cette pauvre bête !

F. BARTOLOMÉ : Eh bien ! vous lui en donnerez cinquante.

DOÑA URRACA : Mais ce pauvre petit, il ne vous aura pas reconnu.

F. BARTOLOMÉ : Mais il me déchire toujours mes soutanes... Cependant, puisque c'est un animal privé de raison... vous ne lui donnerez pas de sucre pendant trois jours.

DOÑA URRACA : Pauvre chien !

F. BARTOLOMÉ : Et puis ?

DOÑA URRACA : Et puis... Ah ! mon père... une mouche... est-ce maigre ?

F. BARTOLOMÉ : Une mouche ? Comment ?

DOÑA URRACA : Oui ; je crains d'en avoir, par mégarde, avalé une aujourd'hui dans mon chocolat. Je m'en suis aperçue, mais trop tard.

F. BARTOLOMÉ : Était-ce une petite ou une grosse mouche ?

DOÑA URRACA : Une très petite.

F. BARTOLOMÉ : Alors, c'était maigre. Les petites, qui s'engendrent dans l'eau, sont maigre ; mais les grosses, qui s'engendrent dans l'air, sont gras... — Avec cela, je crains bien, mon enfant, que vous n'oubliiez quelque péché pire que tous les autres.

DOÑA URRACA : Moi, mon révérend père ?... mais...

F. BARTOLOMÉ : Oui ; vous ne me parlez pas ?... Hein ?...

DOÑA URRACA : De quoi ?...

F. BARTOLOMÉ : De don Pablo ?

DOÑA URRACA : Don Pablo... je...

F. BARTOLOMÉ : Oui ; auriez-vous recommencé avec don Pablo ce péché... dont ?

DOÑA URRACA : Mais... je...

F. BARTOLOMÉ : Ah ! mon enfant, je vois clairement que tout cela est arrivé !

DOÑA URRACA : Je... n'ai pu l'en empêcher... C'est

que... il se serait porté sans doute à quelque acte de désespoir... Comment faire?... il est si violent!...

F. BARTOLOMÉ : C'est mal! bien mal! Au moins espérez-vous le convertir?

DOÑA URRACA : Je n'en désespère pas encore.

F. BARTOLOMÉ : Il faut vous mortifier, ma fille, il faut vous mortifier!...

DOÑA URRACA : Hélas! je suis prête à me soumettre à toutes les pénitences que vous voudrez bien m'imposer.

F. BARTOLOMÉ : Avant tout, il faudrait fermer votre porte à don Pablo.

DOÑA URRACA : Hélas! mon père... Est-ce qu'il n'y aurait pas d'autre moyen?... Je crois bien qu'il sera touché un jour... — Depuis longtemps je me proposais de faire cadeau à votre église de ces candélabres d'argent que vous avez admirés l'autre jour.

F. BARTOLOMÉ : La sainte mère de Dieu vous en récompense! CENTUPLUM ACCIPIES[5]... Il est vrai que l'aumône est un moyen puissant de faire pénitence... mais... cependant...

DOÑA URRACA : Je les ferai porter au couvent dès demain matin.

F. BARTOLOMÉ : Allons... vous serez raisonnable... nous patienterons encore... mais vous direz tous les jours dix *Pater* et dix *Ave* en vous levant, et sept... non... dix en vous couchant et sept en vous levant.

DOÑA URRACA : Oui, mon père, je les dirai tous les jours bien régulièrement.

F. BARTOLOMÉ : Ah çà! mon enfant, j'avais quelque chose à vous demander. Cela intéresse fortement l'Église et l'État, et vous pouvez les sauver, je pense, d'un grand péril.

DOÑA URRACA : Moi! Jésus Maria! Je suis toute prête.

F. BARTOLOMÉ : Il court un pamphlet imprimé clandestinement...

DOÑA URRACA : Je puis me relever ?... vous avez fini de me confesser ?

F. BARTOLOMÉ : Oui, mon enfant. *(Doña Urraca se relève.)* — Il court un pamphlet intitulé : « *Ouvrez les yeux* »... Qu'avez-vous à rougir ?

DOÑA URRACA : Moi, je rougis !... c'est le reflet du rideau.

F. BARTOLOMÉ : Il serait essentiel d'en connaître l'auteur, et nous en soupçonnons... Vous êtes troublée ?...

DOÑA URRACA : En aucune façon.

F. BARTOLOMÉ : Nous en soupçonnons don... don Pablo.

DOÑA URRACA : Don Pablo ! lui, écrire des pamphlets ! Vous le connaissez bien peu ! Un pamphlet écrit par don Pablo ! Je vous jure bien que d'ici à longtemps don Pablo n'écrira de pamphlets. — D'ailleurs, il est trop fidèle vassal de Sa Majesté pour écrire quelque chose contre son gouvernement.

F. BARTOLOMÉ : Comment savez-vous que l'on y parle contre le gouvernement du roi notre seigneur ?

DOÑA URRACA : Vous venez de me le dire.

F. BARTOLOMÉ : Je ne vous en ai pas dit un mot.

DOÑA URRACA : Je me suis donc trompée.

F. BARTOLOMÉ : S'il en était l'auteur, assurément vous en seriez instruite ?

DOÑA URRACA : Sans doute.

F. BARTOLOMÉ : Et vous êtes trop sincère pour ne pas me découvrir...

DOÑA URRACA : Oui ; s'il y avait quelque chose de vrai là-dedans, vous le sauriez déjà.

F. BARTOLOMÉ : La faveur dont sa famille jouit auprès de Sa Majesté nous empêche de le faire arrêter avant d'être plus amplement instruits, comme nous le ferions pour un autre.

DOÑA URRACA : Quelles raisons avez-vous pour lui attribuer ce pamphlet ?

F. BARTOLOMÉ : Je ne sais : quelque rapport entre ce que vous m'avez dit de ses opinions religieuses et certaines phrases que j'ai retrouvées dans ce petit ouvrage.

DOÑA URRACA : En vérité ! vous n'avez pas d'autres preuves ?

F. BARTOLOMÉ : Aucune autre.

DOÑA URRACA : Don Pablo aime trop son roi pour rien écrire de séditieux. Je sais qu'il n'est pas trop dévot, mais il accomplit publiquement les devoirs de sa religion. Il communie avec les officiers de son régiment régulièrement une fois l'année, et jamais il ne fait parade de ses opinions philosophiques.

F. BARTOLOMÉ : Alors je me suis trompé. Je suis bien aise que vous me rendiez ce témoignage de lui. Cependant, si vous appreniez quelque chose sur ce que je viens de vous dire, n'oubliez pas de m'en informer. En attendant, continuez à l'exhorter au repentir.

DOÑA URRACA : J'y ferai tous mes efforts, je vous le jure.

F. BARTOLOMÉ : Mais parlons d'autres choses. Si vous aviez encore quelques-uns de ces cigares parfumés dont vous m'avez donné plusieurs paquets, j'en fumerais un volontiers.

DOÑA URRACA : Est-ce que vous n'en avez plus ?

F. BARTOLOMÉ : Hélas ! mon enfant, depuis le premier jusqu'au dernier, ils sont devenus fumée.

DOÑA URRACA : Que ne me disiez-vous cela plus tôt ? Je vous en aurais envoyé une caisse. Tenez, cependant, prenez ce qu'il y a dans ma *petaca*[6].

F. BARTOLOMÉ : Vous êtes bien bonne, ma fille, je n'accepte que parce que je sais que vous avez plus qu'un pauvre moine le moyen de vous en procurer. *(Il allume un cigare et fume.)* — Quelles sont vos lectures dans ce moment ?

DOÑA URRACA : Mais... je lis d'abord les offices, et

puis le Kempis, et puis la Fleur des Saints... quelquefois l'Araucana[7].

F. BARTOLOMÉ : La Fleur des Saints... quel dommage que, dans ce temps d'abomination, l'on n'ajoute plus de nouveaux noms à ce livre !

DOÑA URRACA : J'en sais bien un qui devrait trouver place sur le catalogue.

F. BARTOLOMÉ : N'achevez pas, ce que j'ai fait de bien dans ce monde me sera payé dans l'autre au centuple.

DOÑA URRACA : Amen !

F. BARTOLOMÉ : Il faut que je vous quitte, ma fille. Dieu vous garde, mon enfant !

DOÑA URRACA : Et vous aussi, mon père !

F BARTOLOMÉ : Ah ! j'oubliais. J'ai là un chapelet bénit par notre Saint-Père le Pape, et je veux vous le donner. *(Il tire quelques objets de ses poches.)* Voyons, ceci est mon cigarero... ceci ma bouteille d'eau bénite... cela...

DOÑA URRACA : Qu'est-ce que cela ?

F. BARTOLOMÉ : C'est doña Bel... mais j'allais dire son nom ; c'est une dame qui m'a remis ce portrait pour le jeter à la mer.

DOÑA URRACA : A la mer ?

F. BARTOLOMÉ : Oui. Le repentir l'a touchée ; elle renonce à celui qui lui a donné ce portrait il y a quelques jours. Mais rendez-le-moi.

DOÑA URRACA : Je voudrais bien ouvrir la boîte.

F. BARTOLOMÉ : Je m'en garderais bien ! donnez. Hai ! le voilà brisé.

Il ouvre la boîte comme par mégarde et la laisse tomber.

DOÑA URRACA, *ramassant le portrait :* Ah ! Jésus Maria !

F. BARTOLOMÉ : Qu'avez-vous, ma chère enfant ?

DOÑA URRACA : Le perfide ! il lui a donné son portrait.

F. BARTOLOMÉ : De grâce, laissez-moi le reprendre.

DOÑA URRACA, *retenant le portrait :* Non, laissez-moi. — Double scélérat, c'est ainsi que tu m'as trompée !

F. BARTOLOMÉ : Comment ?...

DOÑA URRACA, *de même :* Et j'ai pu me fier à ce traître !

F. BARTOLOMÉ : Comment serait-il fidèle à une femme celui qui n'est pas fidèle à son Dieu ?

DOÑA URRACA : A doña Bélisa !

F. BARTOLOMÉ : Je n'ai pas dit cela.

DOÑA URRACA : Me sacrifier à une doña Bélisa !

F. BARTOLOMÉ : Et c'est pour ce perfide que vous compromettez votre salut éternel !

DOÑA URRACA : Ah ! que n'es-tu devant moi en ce moment ! je te ferais payer cher...

F. BARTOLOMÉ : Son unique plaisir est de mettre à mal toutes les femmes de bien.

DOÑA URRACA : Pablo ! traître Pablo ! quand pourrai-je me venger de toi ?

F. BARTOLOMÉ : Voyez ! et pourtant vous le défendiez tantôt avec tant de chaleur !

DOÑA URRACA : Moi ! ce scélérat est capable de tous les crimes.

F. BARTOLOMÉ : C'est ce qui tout à l'heure me le faisait soupçonner d'être l'auteur du pamphlet.

DOÑA URRACA : Ah !

F. BARTOLOMÉ : Mais puisque ce n'est pas lui...

DOÑA URRACA, *à part :* Je puis me venger !

F. BARTOLOMÉ : Ah ! si c'était lui !

DOÑA URRACA, *à part :* J'en mourrai...

F. BARTOLOMÉ : Vous seriez bientôt...

DOÑA URRACA : Oui, mon père, c'est lui.

F. BARTOLOMÉ : Don Pablo ?

DOÑA URRACA : Oui, le perfide Pablo.

F. BARTOLOMÉ : La colère, mon enfant, vous fait déraisonner. Vous m'avez dit tout à l'heure...

DOÑA URRACA : Je suis prête à jurer sur l'Évangile que don Pablo est l'auteur de ce livre abominable.

F. BARTOLOMÉ : Vous le savez ?

DOÑA URRACA : Je le jure. Il veut bouleverser l'Espagne, assassiner le roi, et forcer tous les Espagnols à se faire huguenots.

F. BARTOLOMÉ : C'est ce qu'ils veulent tous... Mais vous dites la vérité ?

DOÑA URRACA : Je renonce à ma part du paradis, s'il n'est pas vrai que don Pablo, le traître don Pablo, est l'auteur de l'affreux pamphlet.

F. BARTOLOMÉ : Je vous crois. Adieu, mon enfant ; remerciez Dieu de vous avoir montré l'horreur du vice. Vous êtes sauvée. N'est-ce pas que vous ne donnerez plus votre confiance à ces militaires qui vous quittent pour la première venue ?... qui...

DOÑA URRACA : Adieu, mon père.

F. BARTOLOMÉ : Le Seigneur et la sainte Vierge vous aient en garde !

Il sort.

DOÑA URRACA, *seule :* Le monstre ! me trahir pour doña Bélisa ! doña Bélisa ! la vieille sotte ! des yeux éraillés ! une peau noire ! Me préférer cette laideron ! cette bohémienne tannée ! Oh ! don Pablo ! tu te repentiras de m'avoir trahie ! Quel plaisir j'aurai à te voir passer un san-benito sur la tête... marcher à l'autodafé... Imbécile ! pourtant cela me fait pleurer... Non, je ne désire pas ta mort... mais je voudrais te voir dans un cachot profond... humide... Non, encore... je ne le voudrais pas... mais je voudrais tenir doña Bélisa sous ma main et la percer à tes yeux de cent coups de poignard. Alors j'aurais du plaisir à contempler ta douleur !... Quel désespoir quand tu verrais le bel objet de tes feux déchiré par mes mains ! Oh ! cela me vengerait mieux que la flamme d'un autodafé... car je ne veux pas ta mort... Mais qu'ai-je fait ?... Peut-être me suis-je déjà trop vengée... j'ai trahi son secret. — Et n'a-t-il pas trahi l'amour le plus tendre ? — Mais Fray Bartolomé est affilié à la sainte Inquisition... son zèle est trop ardent... il va le dénoncer sans doute... On le mettra à la torture, on le fera brûler. — J'en serai cause... On dira que je l'ai fait mourir parce que je ne suis pas assez belle pour le retenir... Oh ! Bélisa ! Bélisa ! tu es ma seule ennemie ! tu dois payer pour lui !... Pablo, je ne veux pas ta mort !... non, je ne veux pas ta mort !... Je te sauverai. Il fuira loin de ce pays... il quittera Bélisa... son amour... il sera bien malheureux... il verra ce qu'on gagne à... Et Bélisa... Oh ! je me vengerai... Lauretta, du papier, de l'encre, et que mon écuyer se tienne prêt !

Elle sort.

SCÈNE II

Prison de l'Inquisition.

DON PABLO *seul, assis devant une petite table.*

Les gredins, parce que nous sommes en carême, veulent que je fasse maigre à mon dernier dîner ! Et leur merluche est dure comme cinq cents diables !

Entre doña Urraca.

Oh ! oh ! corps du Christ ! Urraca en personne. Les femmes et l'argent entrent partout. — Eh ! bonjour donc, mon aimable amie. Quel dieu, ou quel diable, t'amène dans mes bras ?

DOÑA URRACA, *froidement :* Don Pablo, on dit que vous êtes condamné à mort ?

DON PABLO : Nonobstant le carême.

DOÑA URRACA : Mais vous pouvez encore vous sauver.

DON PABLO : En dénonçant l'ami avec qui j'ai travaillé ? — Jamais !

DOÑA URRACA : Non. Si vous vouliez vous séparer de l'impiété, faire pénitence publique... et entrer dans un couvent... à cette condition, j'obtiendrais votre grâce.

DON PABLO : Faire pénitence publique ?... entrer au couvent ?... Peste ! rien que cela ? Je baise très humblement les mains de mon infante, mais j'aime encore mieux être pendu que moine.

DOÑA URRACA : Impie jusqu'à la fin ! Et tu ne penses pas à l'enfer qui t'attend ?

DON PABLO : Trêve de sermons. Écoutez ; on me pend demain[8], ma belle amie. Aujourd'hui est à moi. Profitons de l'occasion, et faites-moi passer encore quelques bons moments.

DOÑA URRACA : J'aimerais mieux, païen, mettre moi-même le feu à ton bûcher.

DON PABLO : Oh ! oh ! quel joli petit langage ? N'êtes-vous point folle, Urraca, ou bien ne peut-on entrer dans ces murs sans devenir dur et méchant comme un inquisiteur ?

DOÑA URRACA : Choisissez, monsieur ; je vous le répète, la mort ou la vie aux conditions que je vous ai dites ?

DON PABLO : Monsieur ! de plus fort en plus fort ! De grâce qu'avez-vous ?

DOÑA URRACA : Je sais que vous n'avez plus qu'un jour à vivre... Comme votre ancienne amie... comme ayant été votre amie, j'aurais de la joie à voir votre repentir.

DON PABLO : Je suis donc bien enlaidi dans la prison, pour que vous me traitiez de la sorte ?

DOÑA URRACA : Je vous en conjure, monsieur, laissons ces idées d'un autre temps. Je vous en supplie, faites pénitence.

DON PABLO : Eh ! mille diables ! ne finirez-vous pas ? Ce langage m'ennuie à la fin. Urraca, si vous êtes dans un accès de dévotion, moi, j'ai une rage d'amour. Ainsi laissez là votre pénitence et votre couvent...

DOÑA URRACA : Don Pablo, je te déteste ! mais repens-toi, je t'en conjure !

DON PABLO : Toi, me détester !

DOÑA URRACA : Oui, traître ! mais tes perfidies, tout atroces qu'elles sont, ne me font pas désirer ta mort.

DON PABLO : Traître ! perfidies ! Passe encore pour impie, mais je n'ai de ma vie trahi personne.

DOÑA URRACA : Tu n'as trahi personne !

DON PABLO : Non, je n'ai trahi personne. Je soupçonne don Agustin de m'avoir vendu, car il savait que j'étais l'auteur du pamphlet. Il a eu peur et s'est hâté de dénoncer son complice, pour que le soupçon ne tombât pas sur lui. Mais cependant je ne dirai jamais ce que je sais sur son compte.

DOÑA URRACA : Oui, vous avez de l'honneur avec les hommes ; mais avec les femmes ?

DON PABLO : Depuis le temps que je vous connais, vous ai-je fait une infidélité ?

DOÑA URRACA, *ironiquement :* Non, pas une !

DON PABLO : D'honneur, pas une.

DOÑA URRACA, *de même :* Courage !

DON PABLO : Qu'avez-vous donc à sourire ?

DOÑA URRACA : Je ris en pensant à tous les tourments que tu vas souffrir en enfer pour tes parjures.

DON PABLO : Étrange jalousie ! Je vous jure sur mon honneur...

DOÑA URRACA : Tais-toi, misérable ! regarde ce portrait ; à qui l'as-tu donné ?

DON PABLO : Urraca, combien y a-t-il que je vous connais ?...

DOÑA URRACA : Tu te vois confondu, homme d'honneur !

DON PABLO : Il y a deux ans. La première fois que je vous vis, je venais de passer de l'école de Ségovie dans les carabiniers ; vous rappelez-vous mon uniforme tout neuf qui m'attira des compliments de votre part ? — Or, je vous prie, regardez ce portrait ; quel en est l'uniforme ?

DOÑA URRACA : Dieu ! celui de Ségovie !... Don Pablo ! *(Elle se jette dans ses bras.)*

DON PABLO : Ah, ah, ah ! la vieille Bélisa, que j'ai quittée pour toi, aura voulu te jouer un tour. Elle est méchante comme toutes les vieilles ! Il y a plus de trois ans que ce portrait est fait.

DOÑA URRACA : Pardonne-moi... cher ami ! Je suis une misérable... je mérite la mort... tue-moi !

DON PABLO : Comment ! nous sommes meilleurs amis que devant. Qui n'est pas jaloux, n'aime point.

DOÑA URRACA : Malheureux ! si tu savais qui t'a dénoncé ! — C'est moi !

DON PABLO : Toi !

DOÑA URRACA : Oui, moi ! La jalousie, la fureur... m'ont égarée...

DON PABLO : Ton amour était fort ! je n'aurais pas cru qu'il allât si loin. — Mais relève-toi, et embrasse-moi.

DOÑA URRACA : Tu me pardonnes ?

DON PABLO : Je ne pense qu'à ton amour. Peste ! il était fort !

DOÑA URRACA : Pablo, je suis grande, tu vas prendre mes habits et te sauver.

DON PABLO : Doucement. Ils seraient capables de te pendre à ma place.

DOÑA URRACA : Jésus Maria ! que devenir ?

DON PABLO : Il faut se résigner, ma reine, et passer nos derniers moments à faire toutes les folies possibles.

DOÑA URRACA : Écoute. Fray Bartolomé, qui m'a fait entrer ici, doit venir dans un instant. C'est lui qui m'a arraché ton secret.

DON PABLO, *avec inquiétude :* Diable ! et par quel moyen ?

DOÑA URRACA : En me montrant ce malheureux portrait. Il va venir. J'ai un poignard dans ma jarretière ; tu le tueras, et tu prendras sa robe.

DON PABLO : Moi !

DOÑA URRACA : Après moi ce traître est cause de ta mort.

DON PABLO : Il a fait son métier d'inquisiteur.

DOÑA URRACA, *défaisant sa jarretière :* Tiens ce poignard.

DON PABLO : La jolie jambe ! laisse-moi la baiser.

DOÑA URRACA : Prends ce poignard, te dis-je.

DON PABLO : Fi donc ! nous autres militaires, nous ne savons pas nous servir de ces outils-là. Pour me sauver je ne veux pas tuer un homme.

DOÑA URRACA : Rends-moi mon poignard.

DON PABLO : Laisse-moi le remettre où il était.

DOÑA URRACA : Donne. Voici Fray Bartolomé.

DON PABLO, *à Fray Bartolomé :* Eh bien ! mon révérend, on dit que vous voulez absolument me causer certaine suffocation...

F. BARTOLOMÉ : J'en ai bien du regret, mais...

DON PABLO : Oh ! vous êtes trop honnête, en vérité ; mais est-ce qu'il n'y aurait pas moyen de s'arranger à l'amiable ?

F. BARTOLOMÉ : Doña Urraca a dû vous dire...

DOÑA URRACA : Mon père, exhortez-le vous-même avec votre éloquence ordinaire. Asseyez-vous. *(Au geôlier dans la coulisse.)* Laissez votre lanterne à la porte, le révérend père va sortir dans un moment.

F. BARTOLOMÉ : Mon très cher frère, si vous songiez aux tourments qui vous attendent dans l'autre monde, vous n'hésiteriez pas à remercier le tribunal de l'indulgence dont il veut bien user à votre égard ; il vous offre une retraite dans un couvent. Vous y ferez le salut de votre âme, au lieu que, si vous persistiez...

DOÑA URRACA, *le frappant :* C'est là qu'on frappe le taureau[b].

F. BARTOLOMÉ : Ah ! *(Il meurt.)*

DON PABLO : Grand Dieu !

DOÑA URRACA : Arrachons-lui sa robe avant que le sang ne la tache. Prends son chapeau, sa lanterne... suis-moi. Dis-moi, n'ai-je pas de tache de sang ? — ... Tu ne réponds pas. Viens donc, Pablo ; nous allons quitter ce pays, et nous ne nous brouillerons plus jamais... Viens.

DON PABLO : Ainsi finit cette comédie ; excusez les fautes de l'auteur.

b. L'adresse du matador consiste à percer le taureau à l'épaule droite, de manière à faire pénétrer la pointe de l'épée dans la moelle allongée. Si le matador réussit, le taureau est tué sur le coup, et la lame de l'épée est à peine ensanglantée.

L'Occasion

COMÉDIE

Que esa pena, ese dolor
Mas que tristeza es furor
Y mas que furor, es muerte.

CALDERÓN,
El Mayor Monstruo, los celos [1].

PERSONNAGES

DOÑA MARIA OU MARIQUITA, DOÑA FRANCISCA OU PAQUITA, DOÑA IRÈNE, DOÑA XIMENA.	Pensionnaires dans un couvent de religieuses.

RITA, *servante.*

FRAY EUGENIO, *directeur du couvent.*

La scène est à La Havane.

SCÈNE I

Un jardin dans un couvent. A droite, un petit bâtiment dont la porte fait face au spectateur. Au-dessus est écrit en gros caractères : PHARMACIE. *Une fenêtre au rez-de-chaussée donne sur le jardin. — Au fond du théâtre est un gros oranger ; sur le devant, un berceau de lianes avec un banc de bois.*

DOÑA MARIA *seule, assise sur le banc.*
Un livre est ouvert devant elle.
Elle est dans une attitude pensive,
et médite au lieu de lire.

Il m'a donné ce livre en me disant de le lire... Suivant lui, j'y dois trouver des consolations pour toutes les afflictions humaines... Je l'ai lu et relu, et je n'y trouve rien contre l'amour... Kempis[2] était un grand docteur, un homme doux, vertueux, compatissant... un saint... comme lui ; mais il n'a jamais connu l'amour... Que je suis malheureuse !... *(Lisant ce qui est écrit sur la première page du livre.)* PRIX DE BONNE CONDUITE DONNÉ À DOÑA MARIA COLMENARES... Bonne conduite ! Je suis pour lui une petite fille bien sage, c'est-à-dire bien ennuyeuse... une petite fille, c'est-à-dire un être insignifiant que l'on ne peut aimer... ou que l'on aime comme une tourterelle apprivoisée... Mais, petites filles ou femmes, qu'importe ? il n'en peut aimer aucune. Il est prêtre, il n'est plus de ce monde. — Pourtant... il n'est point comme les autres prêtres ; il cause, il rit, souvent il me parle... Mais de quoi me parle-t-il, grand Dieu ! — des oiseaux que je nourris, des fleurs que je cultive. — Hier, comme il s'animait en décrivant les palais de l'Alhambra ! *(Avec tristesse.)* Il en parlait à doña Francisca... et moi qui ai vu l'Alhambra, quand j'ai voulu en dire un mot, il s'est tu, et la conversation s'est arrêtée là. Doña Francisca a trois ans de plus que moi ; mais que sait-elle que je ne sache ? que fait-elle que je ne puisse faire ? — Je chante mieux qu'elle, — je joue du piano et de la guitare mieux qu'elle. — A peine danse-t-elle en mesure !... Hier j'ai remarqué que Fray Eugenio me regardait avec plaisir quand je dansais avec elle ; ses yeux brillaient... ce n'était plus un austère ecclésiastique, il avait l'air d'un jeune cavalier amoureux... C'était alors qu'il fallait lui donner cette fatale lettre que j'écris et que je déchire tous les jours. *(Elle tire une lettre de son sein, et la parcourt des yeux.)* Telle qu'elle est maintenant, elle n'est ni bien ni mal. — Chaque fois que je l'ai refaite, elle est devenue plus froide ; — mais aussi la première fois elle était trop inconvenante... Et puis ce qui touche quand on l'entend dire tout bas, fait rire de pitié quand on le lit... Que pensera-t-il de la fin ? — J'ai eu tort de mettre : *Je saurai mourir pour ne plus vous importuner.* Je saurai mourir... Jamais il ne croira que la petite Mariquita *sache mourir.* Cela a l'air d'une menace, d'une bravade. *Je saurai mourir,* c'est une phrase de théâtre, et que l'on dit quand on va se frapper avec un poignard de bois... Cependant j'étais bien sérieuse en écrivant cela ; — je pensais à mourir. — Le médecin dit que cela est si facile ; une seule cuillerée du poison dont il

→ dimension métathéâtrale : réflex° sur le théâtre.

nous parlait... une convulsion d'une minute... et alors on ne souffre plus... Mais voilà de ces choses qu'il faut faire et dont on ne doit pas parler... Je supprimerai cette phrase en recopiant ma lettre, et alors... *(avec dépit)* oui, alors elle sera plus plate et plus froide qu'auparavant. Ah ! que ne lit-il dans mon âme !... La lui donnerai-je ?... Si je lui parlais ?... mais il m'interromprait aussitôt... *(Elle arrache une petite branche.)* Si cette branche a des feuilles en nombre impair, je la lui remettrai... onze, douze, treize, quatorze... pair... Mais lui parler, cela est impossible ; — il faut la remettre absolument... Voyons ; ouvrons ce livre. La première page à gauche : *J'aime mieux souffrir, et souffrir toutes sortes de tourments, que de consentir à ce que tu veux* [3]. Folle que je suis ! il faut que je sois bien sotte pour avoir recours au sort dans une affaire où il y va de ma vie... Oui, je la lui donnerai, cette lettre ; au moins elle dit : *Je vous aime,* et ma bouche ne pourrait pas dire ce mot-là.

RITA, *chantant dans la coulisse :* « Le Français amoureux pleure comme un enfant ; l'Andalou, plus philosophe, dit : Je t'aime ; veux-tu de moi ? sinon, bonjour ! »

SCÈNE II

DOÑA MARIA, RITA

DOÑA MARIA : Voilà l'oracle qui me dicte ce que j'ai à faire. Oui, je lui donnerai ma lettre. *(A Rita, qui entre.)* Tu vas balayer là-dedans ?

RITA : Oui, mademoiselle. Je vais un peu épousseter toutes ces fioles, et ouvrir les fenêtres pour donner de l'air.

Elle entre, et doña Maria s'approche de la fenêtre, que Rita ouvre.

DOÑA MARIA, *avec un sourire forcé :* Prends garde de casser cette bouteille dont tu m'as parlé !

RITA : Jésus ! Marie ! Je n'ose même pas en approcher. Quoique pour mourir on dise qu'il faut en avaler, je ne serais pas tranquille si j'avais tant seulement touché le verre.

DOÑA MARIA : Je ne puis croire que ce poison soit aussi violent que tu le dis.

RITA : Ah ! je vous en réponds ! Puisque le médecin m'a dit lui-même : « Rita, prenez bien garde de toucher à cette bouteille-là ; deux ou trois cuillerées dans une carafe d'eau suffiraient pour faire mourir toutes ces demoiselles en moins d'un quart d'heure. » Cela vous prend à la gorge, on étouffe d'abord, et crac ! c'est fini.

DOÑA MARIA, *indiquant du doigt une fiole de la pharmacie :* N'est-ce pas cette bouteille-là ?

RITA : Non, mademoiselle : c'est ce petit flacon sur la planche d'en haut. C'est gros comme rien, et il y a là-dedans de quoi empoisonner plus de mille personnes.

DOÑA MARIA : Celui-là qui contient quelque chose de blanc ?...

RITA : Celui-là même.

DOÑA MARIA : Bon.

RITA : Bon ? dites bien plutôt mauvais. Que le grand diable torde le cou au païen qui a imaginé d'aussi vilaines drogues ! Moi, c'est mon étonnement que chez les apothicaires, où il ne devrait y avoir que des remèdes pour guérir, on trouve des drogues comme celles-là, qui vous expédient un homme avant qu'il ait eu le temps de dire un *in manus*[4].

DOÑA MARIA, *gravement :* Il y a de certaines maladies où de telles drogues sont utiles.

RITA : Le bon Dieu et saint Jacques nous préservent de ces maladies-là ! Mais je crois que cela n'est bon que pour les enragés que l'on fait mourir ainsi pour qu'ils ne mordent pas les autres.

DOÑA MARIA, *à part et rêvant :* Seulement un instant de souffrance !

Rita sort de la pharmacie ; elle ferme la porte, et laisse la fenêtre ouverte.

RITA : A la place de madame la supérieure, je ferais jeter dans quelque trou ce vilain flacon ; car, plutôt que d'être utile, cela peut faire bien du mal.

DOÑA MARIA : Comment ?

RITA : Oui... Quelqu'un, par exemple, qui aurait envie de se débarrasser de quelqu'un... Ou bien, une supposition, une mauvaise tête qui voudrait se détruire, comme il y en a...

DOÑA MARIA : Allons donc ! qui peut penser à se tuer ?

RITA : Je sais bien que ce n'est pas vous, mademoiselle, qui êtes si sage et si instruite, que vous faites honte à toutes vos aînées ; mais j'en connais, de ces cerveaux brûlés... Tenez, je sais bien que vous ne le lui redirez pas ; mais je n'oserais pas montrer cette bouteille-là à doña Francisca, votre amie.

DOÑA MARIA : Francisca !

RITA : Elle lit toujours des romans anglais ; elle se monte la tête. Une fois, le croiriez-vous ? elle m'a dit que si elle aimait quelqu'un, et si son amoureux mourait malheureusement, elle se tuerait.

DOÑA MARIA, *avec un sourire amer :* Tu peux être tranquille.

RITA : Moi, je lui ai dit : Mademoiselle, ne dites pas de ces choses-là ; je ne suis qu'une pauvre servante, et je ne puis parler comme un curé ; mais je sais bien que se détruire, c'est offenser le bon Dieu. N'est-ce pas, mademoiselle ?

DOÑA MARIA : « Homicide point ne seras[5]. » *(Plus bas.)* Mais il n'est pas dit...

RITA : C'est le diable qui donne de ces idées-là. J'ai connu une fille de Guatemala, qui, lorsqu'elle eut ses dix-sept à dix-huit ans, l'envie de se tuer lui vint, mais bien forte ; et elle m'a dit que, quand elle regardait dans la rue par une fenêtre élevée, le diable lui disait de se précipiter. Pourtant, avec le temps, elle s'est guérie.

DOÑA MARIA, *vivement :* Par quel moyen ? Comment a-t-elle fait ?

RITA : Dame ! elle priait le bon Dieu bien souvent de la délivrer, et elle s'en est allée en pèlerinage ; et puis est venu un garçon muletier, un beau brun, qui lui a fait la cour : elle s'est mariée, et maintenant elle pense à se tuer comme moi à me faire pendre.

DOÑA MARIA, *à part :* Hélas !

RITA : Au moins, mademoiselle, ne dites pas à doña Francisca ce que je vous ai dit d'elle.

DOÑA MARIA : N'aie pas peur... Rita, tu vas faire ma chambre ; tu verras au chevet de mon lit un petit chapelet en grenats et en or de Mexique ; prends-le, je te le donne.

RITA : A moi, mademoiselle ?

DOÑA MARIA : Oui : il y a longtemps que je te dois un cadeau. Tu es si bonne pour moi ; et puis, quand je quitterai ce couvent, tu diras quelquefois ce chapelet à mon intention.

RITA : Ah ! ma bonne demoiselle !... laissez-moi vous baiser les mains ; vous êtes trop généreuse.. Je serai bien fâchée quand vous quitterez cette maison. Cependant ce sera pour votre bien, car sans doute ce sera pour vous marier.

DOÑA MARIA, *soupirant :* Qui sait ?

Silence.

RITA : Faut-il mettre des fleurs nouvelles dans vos vases de porcelaine ?

DOÑA MARIA : Oui.

RITA : Adieu, mademoiselle ; je vous remercie bien.

Elle sort.

SCÈNE III

DOÑA MARIA, *seule.*

Des prières !... Moi aussi, j'ai prié ; mais je n'ai pu chasser ces idées qui m'obsèdent... S'il voulait fuir avec moi ?... mais cela est impossible... Alors il le faudra bien, je fuirai seule... oui, je fuirai de ce monde. *(Regardant par la fenêtre de la pharmacie.)* Un instant de souffrance !... une souffrance... peut-être moins vive que celle que j'endure jour et nuit depuis deux mois. — Je pourrais maintenant, si je le voulais, m'emparer de ce trésor qui donne l'oubli... Il est bien facile d'entrer par cette fenêtre, et cette pierre semble placée pour me servir de marchepied.

Elle pose les pieds sur une saillie de la muraille, de manière à s'appuyer sur la fenêtre.

SCÈNE IV

DOÑA MARIA, FRAY EUGENIO

FRAY EUGENIO, *sans voir doña Maria : (Il s'approche de l'oranger, retire une lettre du creux de l'arbre, et en remet une autre en place.)* Bel oranger, je te remercie ; tu es fidèle à ton ordinaire. *(Lisant.)* Des inquiétudes ! des reproches !... Ah ! tu es injuste. — Des baisers à la fin ! — Nos deux lettres se ressemblent beaucoup.

DOÑA MARIA, *sautant en arrière, et à part :* Arrière de moi, Satan !

FRAY EUGENIO, *à part :* Qui est cette jolie fille ? comme elle saute ! — Eh ! c'est la petite Mariquita, l'amie de Francisca. — Elle est très bien pour son âge. Que vient-elle de faire dans la pharmacie du couvent ?

DOÑA MARIA, *apercevant Fray Eugenio :* Ah !

FRAY EUGENIO : Il fallait m'appeler pour vous donner la main, mademoiselle.

DOÑA MARIA : Quoi ! monsieur, vous ?...

FRAY EUGENIO : Je vous ai fait peur, je le vois.

DOÑA MARIA : Non, monsieur... mais c'est que... *(A part.)* Jésus ! Maria !

FRAY EUGENIO : Je ne vous connaissais pas tant d'agilité, doña Maria. Et peut-on savoir ce qui vous fait entrer dans la pharmacie par une issue si extraordinaire !

DOÑA MARIA : Je n'y suis pas entrée, je vous jure.

FRAY EUGENIO : A la bonne heure, mais vous en êtes sortie. — Gageons que je devine.

DOÑA MARIA : Ah ! monsieur, gardez-vous de croire...

FRAY EUGENIO : Avouez-le, vous venez d'escamoter là-dedans du sucre candi. Ah ! doña Mariquita, vous aurez affaire à moi pour ce péché-là. Gare à vous quand je vous tiendrai dans mon confessionnal !

DOÑA MARIA, *à part :* Il me traite comme une enfant.

Elle met la main devant ses yeux.

FRAY EUGENIO : Mais, vraiment, je crois que je vous fais peur... Rassurez-vous, mon enfant, je ne suis pas si méchant que vous le croyez. Allons ! faut-il vous donner l'absolution ? *Absolvo te.* Pour la peine, donnez-moi un peu de votre butin ; à cette condition, je ne vous dénoncerai pas. *(Doña Maria tient ses yeux attachés sur lui avec une expression profonde de tristesse.)* Mais... comme vous me regardez !... Vraiment, vous m'étonnez. Je remarque depuis quelques jours que vous êtes toute triste... vous avez perdu vos belles couleurs... Qu'avez-vous ? N'êtes-vous point malade ?

DOÑA MARIA : Malade ! non... Je suis bien malheureuse.

FRAY EUGENIO : Est-ce que Loretto, votre perroquet, serait mort ?

DOÑA MARIA : Ah ! que vous me connaissez mal, Fray Eugenio : vous me croyez une enfant !

FRAY EUGENIO : Une enfant ! Dieu m'en garde ! une grande demoiselle qui va bientôt avoir quinze ans.

DOÑA MARIA, *gravement :* Et à quinze ans ne peut-on pas souffrir comme à trente ?

FRAY EUGENIO : Pardon de ma méchante plaisanterie, mademoiselle ; votre sérieux m'effraie à la fin. Je crains que vous n'ayez reçu de mauvaises nouvelles d'Espagne[6] ; j'espère que monsieur votre oncle le général est toujours en bonne santé ?

DOÑA MARIA : Je le crois. — Tout le mal que je souffre vient de moi. Ah ! Fray Eugenio, que je voudrais être un homme ! — Je voudrais être morte.

FRAY EUGENIO : Allons donc ! c'est pour le coup que je vais vous croire une enfant. Guérissez-vous donc de ces idées ridicules ; vous les avez prises, je le gage, dans des livres que vous n'auriez pas dû lire. — Quel est ce livre-là ?

DOÑA MARIA : Vous le voyez, c'est l'*Imitation de Jésus-Christ* que vous m'avez donnée. Je n'ai pas passé un jour sans la lire ; j'y cherche de la force, et je n'en trouve pas. — Je n'ai jamais lu de romans, Fray Eugenio, mais j'ai une âme, un cœur... je vis... je pense... et... Oh ! c'est pour cela que je voudrais mourir.

FRAY EUGENIO, *à part :* La petite personne a quelque amourette en tête ; elles sont terribles pour cela dans ce couvent. *(Haut.)* Eh bien ! mon enfant, vous me conterez cela un de ces jours ; je n'ai pas le temps de vous exhorter et de vous gronder d'importance, comme vous le méritez. — Oui, vous méritez bien que l'on vous gronde pour toutes ces folies. Vous que je croyais plus raisonnable que la plupart de vos compagnes... fi donc ! doña Maria. Maintenant il paraît que c'est une espèce de mode que de vouloir mourir. Je n'entends que des plaintes de la vie que font des enfants de votre âge.

DOÑA MARIA : Des enfants ! Des enfants peuvent désirer la mort quand ils sont malheureux ; moi, j'ai voulu mourir, mais la mort n'a pas voulu de moi.

FRAY EUGENIO : Que dites-vous ?

DOÑA MARIA : Vous avez entendu dire peut-être qu'il y a quinze jours j'ai manqué d'être tuée par un taureau furieux ; eh bien ! c'est volontairement que je me suis placée devant ce taureau ; il est venu à moi si près, que j'ai senti sur ma joue le souffle de ses naseaux... et je ne sais pourquoi il ne m'a point fait de mal.

FRAY EUGENIO : Si ce que vous dites est vrai...

DOÑA MARIA, *fièrement :* Vrai ! Croyez-vous que je sache mentir ?

FRAY EUGENIO : Vous auriez fait une grande folie et un grand péché. Vous êtes à l'âge le plus heureux de la vie ; vous surtout, doña Maria, vous avez tout ce que vous pouvez désirer ; vous êtes orpheline, mais vous avez un oncle puissant et riche ; vous possédez en propre une fortune considérable. Dans un an d'ici, votre oncle viendra vous chercher pour vous mener en Espagne ; vous serez présentée à la cour ; vous ferez un beau mariage.

DOÑA MARIA : Me marier ! ô ciel !

FRAY EUGENIO : Au lieu de vous abandonner à cette mélancolie ridicule, vous devriez remercier Dieu des faveurs dont il vous a comblée. *(A part.)* J'en parlerai au médecin.

DOÑA MARIA, *avec force :* Encore une fois, Fray Eugenio, vous ne me connaissez pas.

Ils se regardent fixement tous deux pendant un instant, puis baissent les yeux aussitôt.

FRAY EUGENIO, *tirant sa montre :* Je suppose, doña Maria, que vous avez quelque confidence à me faire. Si mes conseils peuvent vous être utiles, je serai heureux de vous les donner. Demain je serai dans mon confessionnal depuis midi jusqu'à deux heures ; préparez-vous, dans l'intervalle, par des exercices de piété. Il faut que je vous quitte ; madame la supérieure m'attend pour prendre le chocolat.

DONA MARIA : Vous me mépriserez, je le crains, car vous êtes homme et prêtre.

FRAY EUGENIO : Doña Mariquita, ou je me trompe fort, ou quelque amourette a tourné cette petite tête-là.

DOÑA MARIA : Vous êtes prêtre ;... mais si vous pouviez comprendre...

FRAY EUGENIO : Je comprends fort bien que le bataillon des volontaires de Girone[7] est arrivé le mois dernier à La Havane ; que les officiers ont des uniformes tout neufs ; qu'ils vont le dimanche à la messe dans l'église de Saint-Jacques, où vous allez... Nous parlerons de cela demain.

DOÑA MARIA : Je ne vous dirai rien, vous ne m'entendriez pas. Malheureuse que je suis !

FRAY EUGENIO : Il y a un remède à tout, mon enfant, hormis à la mort. Adieu, le chocolat m'oblige à vous quitter.

Il fait un pas pour s'en aller.

DOÑA MARIA, *le retenant :* Il faut que je vive ou que je meure !... Fray Eugenio, écoutez-moi. Nous sommes seuls... Écoutez-moi, de grâce... Vous devez m'écouter... Vous pouvez me donner la vie ou la mort... et si vous dites un mot... je jure... *(Fray Eugenio redouble de gravité.)* Ah ! Fray Eugenio... vous êtes prêtre... je ne puis parler.

FRAY EUGENIO : Doña Maria, je ne sais si je dois rire de votre conduite, ou m'en fâcher... Mais non, je vous plains : vous me faites pitié. Allez vous mettre en prière, et, dans une heure d'ici, venez à l'église du couvent. Je vous écouterai ; maintenant je ne puis.

DOÑA MARIA, *tirant une lettre de son sein :* Ce que je n'ose vous dire... cette lettre...

FRAY EUGENIO, *tendant la main :* Que contient cette lettre ? Donnez.

DOÑA MARIA, *retenant la lettre :* Au moins promettez-moi de ne pas la lire tant que vous serez dans cette maison. Lisez-la ce soir, ce soir seulement. Vous me le promettez ? Et demain... Non, ne m'en parlez jamais... Si vous me la rendez... ne me faites pas de reproches... ils seraient inutiles... Rendez-la-moi seulement... Je me punirai moi-même de ma folie... Mais, au nom de Dieu, vous ne me ferez pas de reproches.

FRAY EUGENIO, *prenant la lettre :* Donnez.

DOÑA MARIA : Ayez pitié de moi, je vous en supplie... J'ai résisté tant que j'ai pu... Surtout ne l'ouvrez pas ici ! *(Fray Eugenio brise le cachet.)* Ah ! Dieu ! que faites-vous ! Fray Eugenio... Je vous en conjure... par pitié... rendez-la-moi, Fray Eugenio... Vous me tuez... Ah ! ne la lisez pas ici.

FRAY EUGENIO : Que faites-vous ? remettez-vous, quelqu'un vient.

DOÑA MARIA : Ne la lisez pas ici... ou rendez-la-moi.

RITA, *entrant :* Monsieur l'abbé, madame la supérieure vous attend pour prendre le chocolat.

FRAY EUGENIO : Je viens. *(A doña Maria.)* Je lirai cela tantôt.

Il sort avec Rita.

SCÈNE V

DOÑA MARIA, *seule*

J'ai donc livré mon secret... je l'ai livré sans espoir que Fray Eugenio réponde à mon amour... au moment où je venais de voir clairement son indifférence pour moi. — Qu'ai-je dit ?... son indifférence !... il est prêtre, il est dévot, il est honnête homme ; ainsi plus d'espérance pour moi. Je devrais, plutôt que d'attendre ses reproches... — Pourtant... s'il m'aimait... s'il pouvait m'aimer... mais non ; il n'aime que Dieu. Quelquefois sa voix est si douce... si tendre même... Tout à l'heure, j'ai cru un moment que ce n'était plus un prêtre... mais, lorsque j'allais parler, son expression est devenue si sévère, que mon courage s'est glacé... Cette soirée... quand je dansais avec Francisca, lorsqu'il était comme enivré par le spectacle de nos plaisirs, alors, j'aurais dû lui avouer mon amour. — Francisca !... elle dansait avec moi... Oh ! non, elle ne l'aime pas. Si elle aime, elle a donné son cœur à quelque officier... — Il lui parle souvent... mais... non, il ne lui parle pas d'amour... Francisca ne pourrait pas... Un prêtre ! Moi seule... Quel péché, mon Dieu ! aimer un prêtre ! Il n'y a que moi au monde qui puisse éprouver un amour si affreux, si criminel... et cela me rassure, misérable que je suis... mon crime me rassure ! Au moins je n'aurai pas de rivale... — Il a peut-être ouvert ma lettre... S'il la lisait maintenant ?... Sans doute elle excite sa colère, son indignation... Une femme s'abaisser à ce point !... Peut-être il rit de moi, et il dit, en haussant les épaules : *La folle, l'enfant !...* Grand Dieu ! je leur prouverai que je ne suis pas une enfant... Ils verront que j'ai du courage plus qu'un soldat... que j'aime comme elles ne peuvent pas aimer. Je mourrai si je ne puis être à lui... Mais cette lettre, s'il va la montrer ! elle est si étrange... et la fin... comment donc disais-je à la fin ?... Je ne puis me rappeler un seul mot ; ma pauvre tête est toute troublée... *Je... si vous ne m'aimez pas... je...* Ah ! pourquoi l'ai-je donnée, cette lettre ? Imbécile !... Pourquoi ne pas lui parler ? Il aurait vu mes larmes, mon trouble... Et ce papier froid et compassé, cette écriture soignée... avec des points et des virgules ! Il croira que je feins une passion que je n'éprouve pas... que je copie des phrases de roman... Il m'appellera encore enfant... — Mon Dieu, tuez-moi ; car ils me forceront à me tuer moi-même... — Si je lui écrivais un mot, pour excuser, pour expliquer ma lettre... Non ; cela serait encore plus absurde... Peut-être ne l'a-t-il pas encore lue... S'il l'avait lue, il reviendrait, ou bien il m'enverrait chercher... S'il faut rester longtemps avec mon inquiétude... je sens que je deviendrai folle... Je lui ai dit de n'ouvrir ma lettre que ce soir ; maintenant je crains qu'il ne m'obéisse trop bien... Oh ! la mort vaut mieux que les tourments de l'attente... et passer toute la nuit à se tordre et s'agiter dans son lit ! Oh ! Fray Eugenio, donne-moi la mort tout de suite. *(On entend rire et parler derrière la scène.)* Ah ! j'entends venir celles que j'appelle mes amies. Voici leurs rires et leurs bavardages. Maintenant plus que jamais leur présence m'est odieuse.

Elle va pour sortir.

SCÈNE VI

DOÑA MARIA, DOÑA IRÈNE,
DOÑA XIMENA, DOÑA FRANCISCA

DOÑA IRÈNE : Maria, Mariquita, où vas-tu donc ? Pourquoi nous fuis-tu ?

DOÑA XIMENA : Qu'as-tu donc, Mariquita ? tu as les yeux rouges ? on dirait que tu viens de pleurer. Ah ! je devine, tu lisais un roman qui finit mal.

DOÑA MARIA : J'ai mal à la tête.

DOÑA FRANCISCA : Pauvre amie ! Oui, ton front est brûlant. Reste ici, à l'ombre, crois-moi. On étouffe dans nos chambres. Asseyons-nous sur ce banc ; tu appuieras ta tête sur mon épaule, et moi... *(bas)* j'ai tant de choses à te dire, chère Mariquita ! Il faut absolument que tu restes et que tu m'écoutes.

DOÑA IRÈNE : Mariquita, sois juge entre Ximena et moi.

DOÑA XIMENA : Un beau juge que tu prends ! Comme si elle se connaissait à ces sortes de choses. Passe encore pour Francisca.

DOÑA IRÈNE : Il n'est pas besoin de tant de connaissances, puisqu'il s'agit seulement de dire son goût.

DOÑA FRANCISCA : Ne la tourmentez pas avec vos questions ridicules. Pauvre enfant ! vous voyez bien qu'elle est malade.

DOÑA IRÈNE : Oui, c'est qu'apparemment tu veux l'ennuyer à toi toute seule. Vous êtes insupportables toutes deux avec vos éternelles amitiés.

DOÑA MARIA, *bâillant*[a] : De quoi s'agit-il, Irène ?

DOÑA IRÈNE : Fi ! que cela est vilain de bâiller ainsi au nez des gens !

DOÑA MARIA : J'ai un grand mal d'estomac.

DOÑA IRÈNE : Tu as vu ces officiers de marine qui sont venus avec l'*Esmeralda*, et qui ont entendu la messe hier à notre église ? Eh bien ! Ximena, qui est déjà éprise de l'un d'eux, s'en vient nous dire que leur uniforme est plus beau que celui des dragons d'Amérique. Comment le trouves-tu ? Les officiers de marine

a. Effet assez ordinaire de l'inquiétude. On a remarqué qu'Ali-Pacha, après s'être rendu entre les mains des Turcs, bâilla continuellement pendant l'heure qui précéda sa mort[8].

qui sont habillés si simplement, tandis que les dragons d'Amérique avec leur uniforme vert et jaune, les galons d'argent, le pantalon gris avec le passepoil orange, le casque noir et le plumet...

DOÑA XIMENA : Oui, avec ce costume-là, ils ont l'air de canaris, tandis que les marins avec leur habit bleu et rouge, le pantalon blanc... C'est une tenue sévère qui sied bien à des militaires. Et puis j'aime beaucoup leur chapeau bordé d'or, et je suis folle de leur poignard.

DOÑA IRÈNE : Les conducteurs de mules et les ouvriers du port ont aussi des poignards ; mais un grand sabre traînant qui résonne sur le pavé, y a-t-il quelque chose de plus joli ? Et les éperons, parlez-moi de cela ! Quand ils entrent dans l'église, ils font tant de bruit que tout le monde les regarde. Les marins n'en pourraient pas faire autant.

DOÑA XIMENA : C'est qu'ils ne veulent pas faire les capitans matamores comme les dragons. Mais les officiers de l'*Esmeralda* sont des braves *à trois poils*[9], tout le monde le sait. D'abord il faut tant de courage pour être marin.

DOÑA IRÈNE : Comme s'il n'en fallait pas pour être dragon ? Quant à moi, je serais tout aussi effrayée de monter sur un cheval que de naviguer sur un vaisseau en pleine mer.

DOÑA XIMENA : Et les tempêtes, les naufrages et les combats ! c'est là qu'il faut avoir du cœur ! Tous ces canons que tu vois aux sabords tirent avec des boulets ramés[10] qui tuent vingt hommes à la fois...

DOÑA IRÈNE : Mesdemoiselles, remarquez-vous que Ximena sait déjà tous les termes de marine, depuis qu'elle a donné son cœur à un capitaine de frégate ?

DOÑA XIMENA : Je ne lui ai rien donné du tout, et je ne lui ai pas encore parlé ; mais il a une lettre de recommandation pour ma tante. Je le verrai chez elle dimanche, et je sais seulement que c'est un jeune homme très comme il faut. D'abord il faut être gentilhomme pour entrer dans la marine.

DOÑA IRÈNE : Si tu ne lui as pas encore parlé avec la bouche, tu lui as assez parlé, Dieu merci, avec ton éventail.

DOÑA XIMENA : Mon Dieu ! toi qui parles, tu n'as pas cessé de faire des signes, et d'envoyer des œillades à ton grand capitaine, don Rafaël Samaniego. Un joli nom ! au lieu que le capitaine de l'*Esmeralda* s'appelle don Juan de Garibay, ce qui est un nom basque, pour que vous le sachiez, et il a une croix d'Alcantara[11], et il a soutenu un très beau combat naval, et il s'est battu au pistolet à Carthagène avec un Anglais à qui il a cassé le bras et...

DOÑA FRANCISCA : Comme tu sais bien son histoire !

DOÑA IRÈNE : Je n'aime pas le pistolet, c'est bête ; au lieu que l'épée, c'est bien plus gracieux. Le mois dernier, don Rafaël s'est battu à l'épée. Il est d'une adresse surprenante.

DONA FRANCISCA : Il paraît que l'habit militaire a des attraits tout-puissants à vos yeux.

DOÑA IRÈNE : Ma foi, cela sied bien à un homme. Si j'étais homme, je voudrais être colonel de dragons.

DOÑA XIMENA : Moi, si j'étais homme, je serais capitaine de vaisseau. As-tu remarqué les enfants qu'ils appellent les cadets de marine ? Comme ils sont gentils avec leur petite veste bleue et leur pantalon blanc !

DOÑA FRANCISCA : Et vous seriez filles à ne trouver bien un homme que s'il a des galons sur la manche, et sur la tête un chapeau à trois cornes ou bien un casque ?

DOÑA IRÈNE : Pour cela, non. Tiens, sans aller bien loin, nous voyons tous les jours un bien bel homme qui n'a pourtant pas d'uniforme.

DOÑA XIMENA : Je sais qui tu veux dire, et cela est bien vrai.

DOÑA FRANCISCA : Qui donc ?

DOÑA IRÈNE : Belle demande ! Fray Eugenio.

DOÑA FRANCISCA : Fray Eugenio !

DOÑA MARIA : Fray Eugenio !

DOÑA XIMENA : Il est certain qu'il n'est pas possible d'avoir de plus belles mains que les siennes.

DOÑA IRÈNE : Et, dans ses yeux, quelle noblesse et quelle douceur tout à la fois !

DOÑA XIMENA : C'est dommage qu'il ne porte pas de moustaches ; il a la bouche un peu grande.

DOÑA IRÈNE : Pas trop pour un homme, et il a des dents superbes. Aussi faut-il voir comme il en prend soin. C'est pour cela, je crois, que, depuis quelque temps, il ne fume plus. — Pourquoi ris-tu, Paquita [12] ?

DOÑA FRANCISCA : Je ris de la profondeur de vos observations.

DOÑA XIMENA : Ce que j'aime le plus en lui, c'est qu'il est toujours de bonne humeur. Il est facile, jovial ; c'est tout l'opposé de son prédécesseur, feu l'abbé Domingo Ojeda, qui nous tracassait à tout propos. Fray Eugenio nous permet de danser entre nous, de chanter et de rire, et il nous répète à chaque instant : « Amusez-vous pendant que vous êtes jeunes. » Il prend toujours notre parti auprès de notre vieille supérieure, qui est d'humeur si acariâtre : en vérité, c'est un galant homme.

DOÑA IRÈNE : Vous savez ce qu'il a fait pour doña Lucia d'Olmedo ?

DOÑA FRANCISCA : Non, vraiment.

DOÑA IRÈNE : Toute la ville en parle : je l'ai entendu conter hier chez ma mère.

DOÑA FRANCISCA : Doña Lucia, la fille de l'auditeur [13] don Pedro ? celle qui s'est fait enlever par un officier des dragons d'Amérique ?

DOÑA IRÈNE : Précisément. — D'abord son père jetait feu et flammes ; il ne parlait de rien moins que de mettre doña Lucia aux Filles repenties, et il avait obtenu du corrégidor un ordre pour faire arrêter l'officier de dragons... un lieutenant, un Fadrique Romero, quelque chose comme cela. On dit que c'est un assez beau militaire, des moustaches noires, pinçant assez bien de la guitare : c'est même avec sa guitare qu'il a séduit cette folle de doña Lucia, car c'est un cadet de famille qui n'a pas un sou vaillant. Il faut qu'il vive avec sa paie. Vous savez ce que c'est. — Bref, il faisait une excellente affaire en adressant ses hommages à doña Lucia, dont le père est si riche.

DOÑA FRANCISCA : Et Fray Eugenio ?

DOÑA IRÈNE : Fray Eugenio est allé trouver le père, qui était furieux ; il lui a fait sans doute un sermon bien éloquent, bien touchant, comme ses sermons de carême. Il lui a dit : « Vous voyez bien que vous allez faire votre propre malheur en faisant celui de votre fille ; vous voulez punir un scandale, et vous causez un scandale plus grand », *et cœtera, et cœtera*. Enfin, il a tant prêché, tant prêché, que le père a pleuré quelque peu. Fray Eugenio tenait tout prêts, dans un cabinet, le ravisseur et la fille séduite. Il ouvre la porte, crac ! les voilà tous deux aux pieds du vieillard, qui lui baisent les mains, qui versent des torrents de larmes. Mon père par-ci, mon père par-là... Conclusion : le cœur de bronze de monsieur l'auditeur est devenu comme une cire molle ; il les relève, embrasse sa fille, et tend la main à Fadrique, en lui disant : « Mon cher fils ! » Le meilleur de l'affaire, c'est que ce don Pedro, qui est plus ladre qu'un juif, a été si bien retourné par Fray Eugenio, qu'il a donné une dot superbe à sa fille. Et savez-vous pourquoi ? Il est vaniteux ; Fray Eugenio lui a persuadé que toute la ville se moquerait de lui s'il ne faisait pas les choses grandement. — Eh ! Paquita ! qu'as-tu donc ? tu pleures ?

DOÑA FRANCISCA : Oui, ce trait de sa générosité m'a émue.

DOÑA XIMENA : Grand pouvoir de l'éloquence !

DOÑA IRÈNE : Oh ! le cœur sensible ! Ah ! ah ! ah !

DOÑA XIMENA : Voilà Paquita qui pleure. — Mariquita a l'air d'être près d'en faire autant. Pour le coup, cela est par trop romanesque. Irène, crois-moi, laissons ces demoiselles pleurer ensemble ; aussi bien j'ai quelque chose à te conter qui te fera bien rire. Adieu, mesdemoiselles : si vous avez vos secrets, nous avons les nôtres.

Elle sort avec doña Irène.

SCÈNE VII

DOÑA MARIA, DOÑA FRANCISCA

DOÑA FRANCISCA, *serrant dans ses bras doña Maria.* : Chère Maria ! ma seule amie !

DOÑA MARIA, *l'examinant :* Je ne te croyais pas sensible à ce point.

DOÑA FRANCISCA : Ah ! tu ne peux comprendre encore ce que j'éprouve. *(Une horloge sonne, et doña Maria tressaille.)* Comme tu es nerveuse aujourd'hui ! Va, si ton cœur était occupé comme le mien, l'horloge ne te rappellerait que des idées de bonheur. — Personne ne nous observe ? Regarde, Mariquita ; tu ne me trahiras pas ? Une lettre... *(Elle s'approche de l'oranger, et prend la lettre de Fray Eugenio. — Doña Maria la voit faire d'un air distrait. Doña Francisca lit rapidement la lettre et la baise ensuite.)* Chère enfant ! que je t'embrasse aussi. *(Elle l'embrasse.)* Mais, dis-moi, pourquoi faut-il que tu sois malade aujourd'hui ? Quand je suis heureuse et gaie, je voudrais que tout ce que j'aime fût heureux et gai comme moi.

DOÑA MARIA : Je souffre.

DOÑA FRANCISCA : En effet, depuis quelque temps

nous remarquons que tu es changée ; mais tu as grandi, tu t'es formée si vite !... Laisse faire le temps ; un jour tu seras heureuse comme moi, et alors tu te porteras bien.

DOÑA MARIA : Tu es donc bien heureuse ?

DOÑA FRANCISCA : Oh ! oui ; je n'ai plus de vœux à former, sinon pour rester longtemps comme je suis maintenant. — Mais, Mariquita, mon bonheur m'étouffe, et il faut que je t'en fasse la confidence, quoique à ta petite mine refrognée[14] je juge que tu n'es guère en humeur de m'écouter. Tu es ma meilleure amie, et c'est une des charges de l'amitié d'écouter les récits des plaisirs et des peines de son amie. — On te croit ici une enfant, parce que tu es la plus jeune de nous autres *grandes ;* mais tu es si sage, si raisonnable, si... *(Elle l'embrasse.)* Tiens, je t'aime tant que je ne veux m'ouvrir qu'à toi seule.

DOÑA MARIA, *soupirant :* Je t'écoute, puisque tu le veux. *(A part.)* Peut-être ainsi contrainte, le temps s'écoulera-t-il plus vite pour moi.

DOÑA FRANCISCA : Eh bien ! *(S'interrompant.)* Sais-tu que tu es si grave que tu m'intimides... Ne me regarde pas avec ces yeux-là. Et... tu ne me gronderas pas, petite fille. Respect à ses aînées !... Mariquita, j'aime, et je suis aimée. *(Doña Maria lui serre la main.)* Eh quoi ! à ton tour, voilà que tu as des larmes dans les yeux. Ah ! mademoiselle, je vous y prends ! Quoi ! vous aussi ! Qui l'aurait pu penser ? « Il n'y a plus d'enfants », comme dit la supérieure. Ces larmes me prouvent que ce petit cœur a déjà parlé. Allons, est-ce un capitaine de dragons ? un officier de marine ?

DOÑA MARIA : Personne, je t'assure. Souffrante comme je le suis, mes yeux sont disposés à pleurer facilement, et ce n'est pas une raison... *(Doña Francisca la menace du doigt.)* Non, je te jure... Mais on dit que l'amour rend si malheureux,... et je crains pour toi, Paquita.

DOÑA FRANCISCA, *souriant :* Et qui t'a dit cela, petite ?

DOÑA MARIA : Qui ? tout le monde... madame la supérieure... notre confesseur.

DOÑA FRANCISCA : Fray Eugenio ! Et tu crois qu'il dit vrai ?

DOÑA MARIA : Ils me parlent de ce que je ne connais pas... et je les crois.

DOÑA FRANCISCA : Enfant ! Apprends, ma chère, qu'on te trompe ; que l'amour, c'est le premier de tous les biens ; que sans amour la vie n'est qu'un enfer. Mademoiselle Mariquita, vous m'avez l'air d'une petite hypocrite. Mais c'est à moi de parler la première ; nous vous confesserons ensuite.

DOÑA MARIA : Et qui aimes-tu ?

DOÑA FRANCISCA : Oh ! Mariquita, si tu étais amoureuse, tu choisirais sans doute un enfant de ton âge, un jeune officier sortant d'une école militaire ; tu ne penserais qu'au bonheur d'être mariée, et de te promener sur le port en donnant le bras à ton mari... Oui, cela doit être un grand plaisir. Mais il y a tel amour... aussi fort, plus fort même que le mariage... et où le mariage... *(baissant la voix)* est impossible.

DOÑA MARIA : Comment ?

DOÑA FRANCISCA : Oui, Mariquita. Par exemple, on peut aimer un homme... marié. Si un homme s'est marié par des circonstances... n'importe lesquelles... suffit qu'il n'a jamais aimé sa femme... Elle est vieille, laide et méchante... Ou bien, supposons une femme toute jeune, sans expérience, mariée à un vieillard... Ou bien... Mais ta vertu, à toi, te dit que cela est mal.

DOÑA MARIA, *vivement :* Moi !... Ah ! Paquita, je crois que l'amour est quelquefois plus fort que toutes les lois divines et humaines... L'amour vient, dit-on, on ne sait comment ; et, quand on s'aperçoit qu'on aime, il n'est déjà plus temps de réfléchir si cela est bien ou mal.

DOÑA FRANCISCA : Tu dis cela, petit ange ! Que je t'embrasse encore pour ta gentillesse. Mais, dis-moi, qui t'a enseigné cela ?

DOÑA MARIA : Mais... je l'ai entendu dire... Ainsi, tu aimes un homme marié ?

DOÑA FRANCISCA : Tu sais que je ne suis pas trop dévote ; et les deux années que j'ai passées en Angleterre m'ont appris qu'il ne faut pas prendre au pied de la lettre tout ce que les cagots nous content ici des hérétiques. — J'ai vu en Angleterre des prêtres qui ont des femmes et des enfants, et ce sont de très bons prêtres.

DOÑA MARIA : Eh bien ?

DOÑA FRANCISCA : Eh bien ! tu n'es pas encore sur la voie ?... Mais toutes ces routes détournées sont inutiles avec toi. Tu m'as dit que l'amour est au-dessus de toutes les conventions divines et humaines. Tu me comprendras et tu m'excuseras. — Enfin, chère amie, j'aime un prêtre, et ce prêtre, c'est Fray Eugenio.

DOÑA MARIA : Fray Eugenio ! Grand Dieu !

DOÑA FRANCISCA : Lui-même. J'ai combattu quelque temps ; mais maintenant, quand je réfléchis au temps que j'ai perdu sans l'aimer, je suis tentée de pleurer ces jours sacrifiés à la vertu, ou plutôt au préjugé. Ô ma chère ! tu ne connais guère que l'amitié, ou peut-être quelque fièvre de tête que tu prends pour de l'amour... Mais l'amour véritable, l'amour défendu... Ô Mariquita, je t'aime plus qu'aucune femme au monde... Je ne sais ce que je ne ferais pas pour toi. Eh bien ! si, pour sauver Fray Eugenio, il fallait... Mais quelle folie de penser à ce qui n'est pas possible. Non, mon ange, un amant ne m'empêche pas d'avoir une amie, et je serai la plus heureuse des femmes, parce que j'aurai tout à la fois le plus tendre des amants et la plus fidèle des amies.

DOÑA MARIA, *atterrée* : Fray Eugenio !... Il t'aime !

DOÑA FRANCISCA : Je le vois, ta philosophie est un

peu ébranlée, et tes scrupules ou tes préjugés sont trop enracinés dans ton cœur, pour qu'il puisse me trouver une excuse. Un prêtre, pour toi, n'est pas un homme. Tu penses à un sacrilège, une profanation. J'avais tes idées avant d'avoir cédé à ma passion ; et maintenant que je ne vis que pour elle, je me réjouis d'avoir eu quelques sacrifices à faire à mon Eugenio. Oui, je voudrais avoir été bien plus dévote que je ne l'étais, pour avoir pu lui sacrifier la crainte de l'enfer, pour avoir pu renoncer pour lui à mon âme ; car il y a une jouissance divine à renoncer à tout, à souffrir tout pour celui que l'on aime.

DOÑA MARIA : Et il t'aime ?

DOÑA FRANCISCA : S'il m'aime ! s'il m'aime ! C'est toi qui peux me faire cette question ! S'il m'aime ! Il n'y a pas une goutte de sang dans son cœur qui ne soit à moi ; pas un instant de sa vie où mon image ne l'occupe... Et cependant, chère amie, je lui dis du matin au soir qu'il ne m'aime pas, et lui, de son côté... Ah ! nous nous faisons enrager à qui mieux mieux... Mais ces querelles sont délicieuses ; c'est là ce qui fait vivre. — Tu ne sais pas, ma chère ; il a refusé, à cause de moi, d'aller en Espagne, où il avait la chance de devenir évêque au premier jour.

DOÑA MARIA : Et vous vous aimez depuis longtemps ?

DOÑA FRANCISCA : Mais, en vérité, je ne sais. Maintenant il me semble que la première fois que je l'ai vu je l'ai aimé ; pourtant il n'y a guère que six semaines que nous nous sommes dit que nous nous aimions. D'abord je le trouvai l'homme le plus spirituel que j'eusse encore vu. Chacune de ses paroles me semblait bien dite. Je retenais les phrases les plus insignifiantes que je lui entendais prononcer. Aucun autre homme ne me paraissait avoir de l'esprit, et je ne pouvais m'amuser dans un lieu où Fray Eugenio n'était pas. Bientôt je m'aperçus qu'il m'avait remarquée parmi nos compagnes. Il me parlait plus souvent qu'aux autres ; il me faisait cent questions, et moi, j'étais si troublée toutes les fois qu'il m'adressait la parole, que je lui répondais tout de travers. Quand, le soir, la supérieure nous faisait venir dans sa chambre pour faire de la musique, il était toujours derrière ma chaise ; et quand j'étais assise devant le piano, je voyais toujours sa tête dans la glace qui est au-dessus du piano. Que de fois, au milieu d'un morceau, il m'est arrivé d'oublier à quelle ligne j'en étais ! Fascinée, interdite, près de me trouver mal, je croyais voir le cahier et la glace onduler devant moi [15]. Alors souvent, ma bonne Mariquita, tu venais ; du doigt tu me montrais où j'en étais ! tu m'encourageais ; tu appuyais ta main sur ma chaise, et dans la glace je voyais ta tête à côté de celle de Fray Eugenio. Tous deux vous aviez l'air de m'aimer, vos regards étaient si doux quand ils se tournaient vers moi ! — Et toi, quand tu chantais, pauvre Maria, toi qui as dix fois plus de talent que moi, Fray Eugenio ne t'écoutait pas, et il attendait avec impatience le moment où la musique cesserait, et lui permettrait de se rapprocher de moi pour causer. — Voilà que je m'aperçus que je l'aimais, et d'abord j'en fus toute troublée. Aimer un prêtre ! un homme qui ne peut se marier ! Mais je me souvenais des femmes de prêtres que j'avais vues à Londres ; puis ma mémoire me rappelait toutes les personnes qui étaient malheureuses en ménage... Je n'en voyais pas une qui eût trouvé le bonheur en se mariant... Cependant j'évitais de me trouver seule avec Fray Eugenio ; je ne lui parlais plus ; je ne le regardais qu'à la dérobée, et je voyais qu'il devenait triste, ses yeux étaient humides et suppliants quand il me regardait... Nous étions bien à plaindre tous deux. Alors j'entendis conter que Fray Eugenio n'avait pas eu de vocation pour entrer dans les ordres, et que des circonstances malheureuses l'avaient obligé à prendre ce parti. Tu ne saurais croire, chère amie, quelle fut ma douleur quand l'idée me vint qu'un désespoir amoureux l'avait fait renoncer au monde. Je ne pouvais supporter l'idée que Fray Eugenio aimât une autre femme. J'étais à peine sûre que je l'aimais, et déjà j'étais jalouse... Ô Mariquita, que la jalousie est une cruelle chose !... Puisses-tu ne jamais l'éprouver, cette vilaine passion ! Que de nuits j'ai passées sans dormir, baignant mon oreiller de mes larmes, et mordant mes draps avec rage !... Enfin je sus la véritable cause qui l'a déterminé à prendre ce vilain habit.

DOÑA MARIA : C'est encore l'amour ?

DOÑA FRANCISCA : Sa mère était très malade... les médecins l'avaient condamnée... C'était une femme très dévote... Eugenio avait alors dix-sept ans au plus. Sa mère mourante lui dit : « Si tu consentais à te vouer à Dieu, je suis sûre que tu obtiendrais du ciel la guérison de ta mère. » Il n'hésita pas, et, bien qu'il étudiât pour être médecin, il abandonna tout, se fit prêtre, et sa mère guérit.

DOÑA MARIA, *à demi-voix* : C'est une âme généreuse, après tout.

DOÑA FRANCISCA : Tout ce que j'apprenais de lui me le faisait aimer chaque jour davantage. J'étais sûre qu'il m'aimait ; toutefois il se faisait un scrupule de m'avouer sa passion, à cause de son âge et de sa profession. Je résolus donc de lui parler la première, et de l'obliger à se déclarer. Souvent alors j'entamais une conversation détournée, afin d'amener de bien loin le mot d'*amour ;* et quand venait le moment de prononcer ce mot magique, je manquais de courage, et je n'osais. Enfin, un soir, par un beau clair de lune, nous dansions toutes dans ce jardin, et lui, debout, adossé à cet oranger, nous regardait. En tournant devant lui, une fleur qui était dans mes cheveux tomba à ses pieds. D'abord il ne fit pas semblant de s'en apercevoir, mais il laissa tomber son mouchoir négligemment sur la fleur, puis il se baissa pour le ramasser, et il ramassa la fleur en même temps. Quand on se reposa, je m'approchai de lui, et je lui dis tout bas et en riant, et cependant je tremblais, et j'entendais distinctement battre mon cœur : « Fray Eugenio, vous m'avez pris cette fleur; rendez-la-moi... » Il me parut tout interdit. Il tira la fleur de son sein, et me la rendit. La lune était alors voilée par un petit nuage blanc. « Pourquoi m'ôtez-vous, dit-il, ce que vous avez jeté comme une bagatelle, et ce que j'ai ramassé comme un trésor ? » Il souriait et s'efforçait d'avoir l'air de plaisanter; mais nous étions bien sérieux l'un et l'autre. « Prenez, lui dis-je : je vous la rends, puisque vous y tenez. » Et j'étendis la main : la fleur tomba, et ma main se trouva dans celle d'Eugenio. Alors un tel tremblement me saisit, que, si je n'avais pas été soutenue par lui, je serais tombée à terre. Je ne sais ce qu'il me dit, ni ce que je dis, ni combien de temps nous restâmes sous cet oranger; mais, en nous séparant, nous savions que nous nous aimions, et nous avions trouvé un moyen de nous revoir. — Te le dirai-je, chère amie, ce moyen ? Tu vas me gronder. Je feignis de vouloir me confesser; j'allai à l'église, je me mis à genoux devant lui, et, dans ce confessionnal, Dieu entendit des serments d'amour, au lieu d'aveux et de remontrances. Nous ne pouvions nous toucher que le bout des doigts; mais je sentais son haleine brûlante qui caressait ma bouche... et nous baisions les grillages avec des transports frénétiques... Oh ! si j'avais pu alors me jeter dans ses bras, j'aurais consenti à être anéantie après une heure de bonheur.

DOÑA MARIA : Et vous êtes heureux !... Si vous étiez découverts ?

DOÑA FRANCISCA : Oh ! cela est impossible. Eugenio est si prudent ! Il n'entre que la nuit dans ce jardin, et une fois seulement il a consenti, à grand-peine, à monter dans ma chambre. C'était une grande folie de ma part ; car tu sais que ma cellule touche à celle de la supérieure, et l'on entend chaque mot qui s'y dit. Heureusement que la señora Monique dormait assez bruyamment pour nous rassurer. — Mais, d'ordinaire, voici le lieu de nos rendez-vous. Vois-tu cette petite bruyère parfumée, ma chère Mariquita[b]... Cette nuit, nous étions là tous deux ; je tenais sa main dans la mienne ; sa tête était appuyée sur mon sein ; je sentais battre l'artère sur sa tempe ; nous étions si fatigués tous deux, tellement accablés de bonheur, que nous ne pouvions parler ; seulement nous soupirions de temps en temps, en regardant le ciel étoilé. Nous voyions la croix du sud[c] s'incliner lentement là devant nous, et de temps en temps une légère brise de la mer faisait tomber sur nos têtes des fleurs d'oranger... Ô Mariquita, que nous étions bien ! Si tu savais quels plaisirs nous donne l'amour ! Je ne conçois pas comment on n'en meurt pas... *(Elle cache sa tête sur le cou de doña Maria.)* Ah ! Maria, Maria... mais, mademoiselle, vous ne devez pas connaître encore tous ces mystères-là... — Tu es trop jeune encore, petite amie. J'ai trois ans de plus que toi, et je ne suis si savante que depuis quelques semaines ; ainsi, tu peux attendre encore : ton temps viendra. — Une seule chose m'inquiète. Nous n'avons pas d'asile ; nous bivouaquons. Comment ferons-nous dans la saison des pluies ? Le jardin ne sera pas tenable. Peut-être la cabane du jardinier pourrait-elle nous servir.

DOÑA MARIA, *avec un sourire amer :* Voilà jusqu'où va ta prévoyance... imprudente que tu es ! Il est impossible qu'avant un mois tout ne soit découvert. On verra

b. *Mirad estas yerbas...*
Que aun estan holladas[16]*...*

c. Constellation qui fait connaître les heures de la nuit par son inclinaison sur l'horizon[17].

Fray Eugenio escalader les murs du couvent. — On l'arrêtera; votre intrigue sera connue; il sera renfermé dans quelque couvent de la Trappe; toi, on te mettra aux Filles repenties. — Pourquoi ne te sauves-tu pas avec lui? c'est, crois-moi, le parti le plus prudent,... c'est la seule chance de salut qui vous reste.

DOÑA FRANCISCA : Hélas! ma bonne, tu m'effraies; mais que faire? Tu oublies que Fray Eugenio n'a presque rien, et que moi je n'ai que ce que je tiens des bontés de mon grand-père. Pour un enlèvement il faut autre chose que de l'amour; il faut ce dont les romanciers ne parlent pas, de l'argent, et beaucoup d'argent. Je te l'avouerai à ma honte, chère Mariquita, quelquefois dans notre chapelle, en regardant cette petite statue de la Vierge ornée de tant de pierreries, une envie violente m'est venue de m'emparer de toutes ces richesses, et de me sauver avec Eugenio en les emportant. Cette idée-là m'a valu de belles morales d'Eugenio.

DOÑA MARIA : Il fallait t'adresser à moi; tu sais que je suis riche : je puis disposer d'une somme considérable en dépôt chez mon banquier, et j'ai en ma possession des bijoux qui sont, m'a-t-on dit, d'un prix fort élevé.

DOÑA FRANCISCA : Généreuse amie, comme je reconnais là ma bonne Maria! mais je ne pourrais pas accepter de toi un sacrifice si considérable.

DOÑA MARIA : Un sacrifice! de l'argent!

DOÑA FRANCISCA : Eugenio ne voudrait jamais accepter de l'argent d'une femme; je le connais trop bien : il est fier et même un peu hautain; mais voici notre plan. Eugenio travaille avec ardeur à son ouvrage sur les pères de l'Église, et du produit qu'il en retirera...

DOÑA MARIA : Folie! mes seules boucles d'oreilles en diamants se vendront plus cher que tous les ouvrages qu'il pourra faire.

DOÑA FRANCISCA, *un peu piquée :* Je ne doute pas que tes boucles d'oreilles en diamants ne vaillent beaucoup d'argent ; mais le livre d'Eugenio est rempli de mérite, c'est un ouvrage qui manquait à la science. Il le vendra ce qu'il voudra... — au moins assez cher pour nous mener jusqu'à la Jamaïque[18], où nous pourrions nous établir. Lui, donnerait des leçons d'espagnol et de latin ; et moi, je broderais et je ferais la cuisine. Oh ! comme cela sera amusant !

DOÑA MARIA : Oui ; mais, avant que cet ouvrage sublime soit terminé, si vous étiez découverts... Accepte mes diamants et pars ; vivez heureux ensuite... si vous pouvez.

DOÑA FRANCISCA : Nous ne pouvons recevoir un présent d'une telle valeur, mon amie ; mais, si tu l'exiges, je demanderai à Eugenio la permission de t'emprunter assez d'argent pour fréter un petit bâtiment jusqu'à la Jamaïque.

DOÑA MARIA : Je n'ai pas besoin de mes diamants, je ne m'en parerai jamais ; accepte-les, je le veux. Tiens, voici la clef de ma cassette, prends mon écrin, et pars cette nuit même.

DOÑA FRANCESCA : Mais...

DOÑA MARIA, *se levant :* Prends, te dis-je, et laisse-moi.

DOÑA FRANCISCA : Je le vois, Maria, je t'ai scandalisée, tu me méprises et tu veux te débarrasser de moi. Ta vertu sévère ou ta dévotion me condamne : cependant, par un reste d'amitié, tu ne veux pas me perdre ; mais, si tu ne m'aimes plus comme auparavant, je n'accepte pas tes dons.

DOÑA MARIA : Si tu me crois de la dévotion ou des scrupules, tu te trompes fort. Si tu aimes véritablement Fray Eugenio, si tu es véritablement heureuse avec lui... tu as bien fait.

DOÑA FRANCISCA : Ta voix est tremblante, et tu caches mal ta colère. Mariquita, dis-moi, qu'as-tu ?

Est-ce contre moi que tu es en colère ? réponds-moi.

DOÑA MARIA : Je t'ai dit que j'étais malade... j'ai une migraine horrible, et depuis une heure tu me parles de ton Fray Eugenio, de... Tiens, laisse-moi seule ici, et prends ma clef.

DOÑA FRANCISCA : Non, je ne veux pas avant d'avoir consulté Eugenio.

DOÑA MARIA : Eh bien ! comme tu voudras ; mais, pour Dieu, laisse-moi ! chaque mot que tu dis me casse la tête.

DOÑA FRANCISCA : Maria, tu ne m'aimes plus, je le vois bien.

DOÑA MARIA : Va, je t'aime plus que je ne le croyais moi-même.

DOÑA FRANCISCA : Je te laisse, puisque tu veux être seule, Mariquita ;... mais au moins embrasse-moi pour me montrer que tu m'aimes toujours.

DOÑA MARIA, *lui tendant la joue :* Es-tu contente ?

DOÑA FRANCISCA : Je t'embrasse comme j'embrasse Eugenio. Il a l'haleine aussi douce que toi. Mais tu te fâches ; adieu.

Elle sort.

SCÈNE VIII

DOÑA MARIA, *seule.*

Qui l'aurait pu penser ?... Je n'avais pas d'espoir, mais je ne m'attendais pas à ce dernier coup... Fray Eugenio aime une autre femme !... il aime Francisca. Au fait, elle est jolie ; et pour les hommes, que faut-il de plus ?... Doña Francisca ma rivale ! ma rivale préférée ! l'aurais-je pu soupçonner ? — Ils veulent ma mort, ils seront satisfaits. Grâce au ciel, cette fenêtre est encore ouverte, et cette précieuse fiole va bientôt être à moi. Que mon destin s'accomplisse! *(Elle entre par la fenêtre dans la pharmacie, et en sort un instant après. Considérant la fiole :)* C'est peu de chose, et la mort sous cette forme n'a pas un aspect bien effrayant. On ne souffre pas longtemps. — Je suis fâchée de n'avoir pas attendu pour remettre cette lettre; je serais morte avec mon secret. Comme ils se seraient tourmentés pour deviner le motif de ma mort! — On dit qu'il est honteux pour une femme de faire des avances à un homme. *(Avec dégoût.)* C'est ce qu'a fait Francisca... Il lui montrera ma lettre, et la commentera avec elle. Ma lettre est sotte et ridicule, mais ma mort raccommodera tout. Qu'en diront-ils? — Francisca se serait-elle tuée à ma place? Elle? Pauvre esprit! elle aurait pleuré, et, son mouchoir mouillé, elle aurait été consolée, tandis que moi... Ils seront forcés d'admirer mon courage; ils diront : « Cette petite Maria, que nous croyions une enfant, elle est morte avec le courage d'un soldat, avec le courage d'un Romain. » Ils seront forcés de pleurer sur moi, et j'aurai la gloire d'avoir fait leur bonheur. Le bonheur de Francisca, de Francisca que je déteste, que tout à l'heure j'aurais poignardée avec plaisir, tandis qu'elle s'amusait lentement à me déchirer le cœur!... Oui, devoir son bonheur à sa rivale, c'est un supplice assez cruel; et peut-être un jour Eugenio fera-t-il une comparaison entre nous deux... Non, personne ne t'aurait aimé comme moi. Et toi, quand je serai morte[d]... N'importe! Que le sacrifice soit complet, qu'il me connaisse enfin. *(Écrivant sur un portefeuille.)* « Je lègue à mon amie, *(avec un rire amer)* mon amie! Francisca Gomez, tous mes diamants, et l'argent placé chez MM. Arias et Candado, dont mon oncle m'a

d. *Tu te holgarás con ella en la cama comprada de mi dinero.* Je ne sais comment traduire[19].

permis de disposer. » *(On entend du bruit.)* Ah ! c'est Rita. Viens fermer cette fenêtre, il est temps. La mort s'en est envolée, et je la tiens prisonnière.

Rita entre.

SCÈNE IX

DOÑA MARIA, RITA

RITA : C'est encore moi. Je viens fermer cette fenêtre. *(Elle la ferme.)* Mais qu'avez-vous donc, mademoiselle ? vous avez l'air bien triste.

DOÑA MARIA : Je n'ai qu'un grand mal de tête.

RITA : Si vous vous couchiez sur votre lit ? Voulez-vous prendre quelque chose ?

DOÑA MARIA : Rien, je te remercie. Ah ! Rita, apporte-moi un verre de limonade.

RITA : Je vais vous en faire sur-le-champ.

DOÑA MARIA : Ce n'est pas la peine, donne-moi un verre d'eau.

RITA : Ce sera l'affaire d'un moment.

Elle sort.

SCÈNE X

DOÑA MARIA, *seule.*

De toutes les choses de ce monde, ce petit jardin si frais, voilà tout ce que je regrette. Encore, puisque Fray Eugenio et Francisca en font le théâtre de leurs amours, je ne le regrette plus. *(Regardant ses mains.)* Je tremble... pourtant je n'ai pas peur. Une femme n'a pas la force d'un homme. Un brave général castillan tremblait aussi au moment du combat. Ah ! que vois-je ? Fray Eugenio !

SCÈNE XI

DOÑA MARIA, FRAY EUGENIO

FRAY EUGENIO, *à part :* La pauvre enfant est toute tremblante, elle me fait peine.

DOÑA MARIA, *à part :* Il hésite à me parler.

FRAY EUGENIO, *lui rendant sa lettre ouverte :* Doña Maria, voici votre lettre, je l'ai lue.

DOÑA MARIA : Vos reproches sont inutiles, Fray Eugenio ; vous pouvez me les épargner.

FRAY EUGENIO : Non, doña Maria, je ne vous ferai pas de reproches, car je suppose que votre conscience a déjà parlé, et que vous vous repentez au fond de votre âme de m'avoir écrit cet étrange billet. La confusion que je lis sur votre visage me prouve que le cœur n'est point corrompu chez vous, et que la tête seule, qui est folle par trop de jeunesse, vous a conseillé cette étourderie. Je pourrais vous faire sentir combien il est mal, je dirai presque impie, de tenir un langage aussi... mondain à un ministre du Seigneur, qui est lié par des vœux solennels. Il faut que ma conduite ait été bien légère et bien répréhensible pour que vous ayez pu douter à ce point de ma piété. Je suis sans doute aussi coupable que vous, et je n'ai pas le droit de me plaindre. Mais, ma pauvre enfant, je ne veux que vous montrer quelle était votre folie. Je suppose, pour un instant, que j'eusse pu oublier les serments que j'ai prononcés à la face des autels, que je me fusse rendu coupable d'une action criminelle pour tout homme, sacrilège et abominable pour un prêtre ;

à quelle suite de malheurs ne vous seriez-vous pas condamnée ! Un homme du monde qui séduit une jeune fille peut toujours réparer sa faute : un prêtre ne le peut. Le mystère et la prudence cachent un temps le crime aux yeux du monde, mais tôt ou tard le secret est connu, et le scandale est énorme. Votre réputation, le bien le plus précieux d'une femme, serait perdue à jamais ; et, pour quelques jours passés au milieu de faux plaisirs, vous vous seriez préparé des années de regrets et de remords.

DOÑA MARIA : Fray Eugenio, pourquoi ne vous êtes-vous pas souvenu de toutes ces belles réflexions quand vous avez parlé d'amour à Francisca ?

FRAY EUGENIO : Francisca ! que voulez-vous dire ?

DOÑA MARIA : Francisca m'a tout dit, Fray Eugenio. J'ai à me plaindre de vous : j'ai été franche, trop franche avec vous, et vous êtes hypocrite avec moi.

FRAY EUGENIO : Ah ! gardez-vous de croire...

DOÑA MARIA : Et c'est dans ce jardin, sous cet oranger, que vous parlez en prêtre ! Pourquoi ne me dites-vous pas : « J'aime Francisca ? » Cela aurait été d'un galant homme.

FRAY EUGENIO : Je suis confondu ! Oui, mademoiselle, vous êtes maîtresse de notre secret, et vous pouvez nous perdre si vous le voulez.

DOÑA MARIA : Ah ! Fray Eugenio, qu'ai-je donc fait pour que vous me soupçonniez d'une telle bassesse ?

FRAY EUGENIO : J'ai tort, je l'avoue, mademoiselle ; mais je dois vous paraître si coupable... je le suis tant en effet !... Je savais à quels dangers j'exposais votre amie ; mais, croyez-moi, j'ai combattu longtemps cette passion funeste, et si j'ai cédé...

DOÑA MARIA : Vous n'avez pas besoin de vous justifier auprès de moi ; je vous comprends et je vous approuve. Il est un moyen de vous soustraire à ces dangers : j'en parlais tout à l'heure à Francisca... Il faut fuir dans un pays où vous pourrez vous marier.

FRAY EUGENIO : Ah ! je le désire, mais...

DOÑA MARIA : Tout cela est facile avec de l'argent. Je puis en prêter à doña Francisca ; vivez heureux avec elle.

FRAY EUGENIO : Tant de générosité m'accable et m'humilie...

DOÑA MARIA : Adieu, Fray Eugenio. *(Souriant.)* Vous concevez que maintenant votre conversation n'a plus tant de charmes pour moi ; ainsi, séparons-nous.

FRAY EUGENIO : Croyez que ma reconnaissance...

DOÑA MARIA : Adieu.

FRAY EUGENIO : Permettez-moi... *(Il veut lui baiser la main.)*

DOÑA MARIA : Je ne suis plus une femme pour vous, Fray Eugenio ; je suis tout au plus... une *amie*.

FRAY EUGENIO : Puissiez-vous trouver un cœur digne du vôtre !

Il sort.

SCÈNE XII

DOÑA MARIA, *seule*.

L'instant approche. Je vois Rita s'avancer lentement avec cette limonade qui doit me délivrer de tous les ennuis de ce monde. — Elle craint d'en répandre une goutte. — Elle a l'air de suivre un convoi. Le mien sera étrange. Sans doute, celle qui cause ma mort tiendra un des coins du drap qui couvrira ma bière... Et *lui* chantera la messe des funérailles. Ah ! ah ! ah !... Mais non ; en ma qualité de suicide, de damnée, on ne me portera pas à l'église. On m'enterrera dans quelque lieu écarté. Qu'importe, pourvu que, dans mon trou, je ne pense plus aux idées qui me tourmentent !

SCÈNE XIII

DOÑA MARIA, RITA

RITA : Voilà un grand verre de limonade ; je l'ai faite avec de la neige. Buvez, avant qu'elle ne s'échauffe.

DOÑA MARIA : Ma bonne Rita, je suis fâchée de te déranger toujours ; mais fais-moi le plaisir d'aller reporter ce livre dans ma chambre.

RITA : Oui, mademoiselle.

DOÑA MARIA : Je m'en vais bientôt quitter ce couvent, Rita. Je n'emmènerai pas mes oiseaux avec moi, et je te les donne pour en prendre soin.

RITA : Vous allez quitter le couvent ?

DOÑA MARIA, *après avoir écrit quelque chose sur une page de son portefeuille, qu'elle déchire :* Oui. Tiens ; avec ce papier-là, tu recevras trois cents piastres de MM. Arias et Candado, ces banquiers qui demeurent sur la place de la Mer.

RITA, *stupéfaite :* Mademoiselle...

DOÑA MARIA : C'est pour acheter du grain à mes oiseaux. Tu en prendras bien soin, n'est-ce pas ?

RITA : Mon Dieu, mademoiselle, il n'est pas besoin d'argent ; suffit qu'ils viennent de vous.

DOÑA MARIA : Non, prends, et reporte ce livre.

RITA : Vous pleurez, mademoiselle...

DOÑA MARIA : Ce n'est rien, va.

RITA : J'attendais que vous eussiez bu...

DOÑA MARIA : Je reporterai le verre et la soucoupe : laisse-moi...

RITA : Ma bonne demoiselle, comme vous êtes singulière aujourd'hui !... *(Doña Maria lui fait signe de la main de s'en aller.)* Vous me comblez de présents, et vous pleurez...

DOÑA MARIA : Adieu, Rita. *(Rita veut lui baiser la*

main, doña Maria l'embrasse.) Laisse-moi ; va, je t'en prie.

RITA, *à part, en s'en allant :* Elle pleure en quittant le couvent, tandis que les autres se réjouissent.

SCÈNE XIV

DOÑA MARIA, *seule.*

Cette fille est ici le seul être qui me soit attaché. En lui disant adieu, j'ai senti que ma force allait m'abandonner... — Du courage ! dans quelques moments tout sera fini. *(Elle met une partie du contenu de la fiole dans le verre de limonade.)* La couleur de cette limonade n'est pas changée. Je ne sais, mais j'aurais plus d'horreur d'un poison noir que d'un verre d'une eau transparente comme celle-ci... *(Elle prend le verre, et le repose sur le banc.)* Il faut du courage pour mourir... En renversant ce verre, je retiens la vie près de m'échapper... Fi donc ! je me mépriserais moi-même. Allons ! *(Elle va prendre le verre ; entre doña Francisca.)*

SCÈNE XV

DOÑA MARIA, DOÑA FRANCISCA

DOÑA FRANCISCA : Mariquita, je viens encore te tourmenter. Eh bien ! comment cela va-t-il ?

DOÑA MARIA : Bien ; et tout à l'heure je serai encore mieux.

DOÑA FRANCISCA : Chère amie, rends-moi encore un service, un service bien grand. Si tu m'accordes ce que je vais te demander, j'accepterai l'argent que tu m'offres.

DOÑA MARIA : Parle.

DOÑA FRANCISCA : Le jardinier vient d'acheter un gros chien, pour garder ses oranges, à ce qu'il dit. Cela contrarie fort nos rendez-vous. Prête-moi ta chambre pour cette nuit ; elle donne sur la petite cour ; le mur est bas, facile à escalader. Nous avons une échelle de corde. Toi, tu occuperas ma chambre, et tu auras mes livres pour te tenir compagnie.

DOÑA MARIA : C'est ma chambre qu'il te faut ?

DOÑA FRANCISCA : Oui, chère amie.

DOÑA MARIA : Elle sera ce soir à ton service.

DOÑA FRANCISCA : Que tu es bonne, chère Mariquita ! Nous qui bivouaquons toutes les nuits, comme nous allons être bien dans ta belle chambre à alcôve !

DOÑA MARIA : Est-ce là tout ce que tu veux ?

DOÑA FRANCISCA : Tu es un ange ! — Ah ! ce verre de limonade, le bois-tu en entier ?

DOÑA MARIA : Le veux-tu aussi ?

DOÑA FRANCISCA : Il est si grand. Laisse-m'en boire la moitié ; je meurs de chaud.

DOÑA MARIA : Bois, et grand bien te fasse !

DOÑA FRANCISCA : Je bois la première, tu vas savoir ma pensée. *(Elle boit.)*

DOÑA MARIA, *à part :* Tu sauras la mienne aussi.

DOÑA FRANCISCA, *jetant ce qui reste dans le verre :* Ah ! quel goût affreux !... Qu'y a-t-il donc dans cette limonade ?... Ah ! quelle horreur ! J'en ai la gorge brûlée... Mais qu'as-tu donc ! pourquoi pleures-tu en me regardant ?... tu trembles... Ô ciel ! je brûle... Mon Dieu !... que m'as-tu fait boire !... Réponds-moi donc !... Maria... Ah ! j'étouffe, je brûle... De l'eau ! donne-moi de l'eau !

DOÑA MARIA : Malheureuse ! qu'ai-je fait ? Au secours ! au secours !

DOÑA FRANCISCA : Ah ! je me meurs !

DOÑA MARIA : Paquita ! Paquita, ne meurs pas !... Au secours !... Pardonne-moi ! pardonne-moi !

SCÈNE XVI

LES PRÉCÉDENTS, FRAY EUGENIO, DOÑA IRÈNE, DOÑA XIMENA, RITA.

DOÑA MARIA : Secourez-la ! Elle est empoisonnée, empoisonnée par moi. Je vais me faire justice, et le puits du couvent n'est pas bien loin.

Elle sort en courant.

FRAY EUGENIO, *au public :* Ne m'en voulez pas trop pour avoir causé la mort de ces deux aimables demoiselles, et daignez excuser les fautes de l'auteur.

Le carrosse du Saint-Sacrement

SAYNÈTE

Tu verás que mis finezas
Te desenojan.

CALDERÓN,
¿ Cual es mayor perfeccion[1] *?*

PERSONNAGES

DON ANDRES DE RIBERA, *vice-roi du Pérou*[2].
L'ÉVÊQUE DE LIMA.
LE LICENCIÉ THOMAS D'ESQUIVEL.
MARTINEZ, *secrétaire intime du vice-roi.*
BALTHASAR, *valet de chambre du vice-roi.*
CAMILA PERICHOLE, *comédienne*[3].

La scène est à Lima, en 17[4]*...*

Le cabinet du Vice-Roi.

Le Vice-Roi, en robe de chambre, assis dans un grand fauteuil auprès d'une table couverte de papiers. Une de ses jambes enveloppée de flanelle repose sur un coussin. Martinez, debout auprès de la table, une plume à la main.

MARTINEZ : Messieurs les Auditeurs[5] attendent la réponse de Votre Altesse.

LE VICE-ROI, *d'un ton chagrin :* Quelle heure est-il ?

MARTINEZ : Bientôt dix heures. Votre Altesse a justement le temps de s'habiller pour la cérémonie.

LE VICE-ROI : Le temps est beau, dis-tu ?

MARTINEZ : Oui, monseigneur. Il souffle un vent frais de la mer, et il n'y a pas un nuage dans le ciel.

LE VICE-ROI : Je donnerais mille piastres fortes[6] pour qu'il plût à verse. Alors je resterais volontiers dans mon fauteuil à me dorloter ; mais par un temps comme celui-ci... quand toute la ville sera dans l'église... renoncer à se montrer, et céder le premier rang aux Auditeurs !...

MARTINEZ : Ainsi Votre Altesse se décide...

LE VICE-ROI : Les mules sont attelées ?...

MARTINEZ : Oui, monseigneur, elles sont attelées à ce beau carrosse qui vous est arrivé d'Espagne.

LE VICE-ROI : Les habitants de Lima n'en ont jamais vu un semblable... Quel effet cela va produire !... et je renoncerais à ce plaisir-là ! Non, ma foi !... Mes deux gardes[a] sont habillés de neuf, et je ne me suis pas encore montré au peuple avec mon habit de gala et la plaque dont je viens d'être décoré... On ne peut perdre une si belle occasion... Martinez, j'irai ; oui, vive Dieu ! et je marcherai. Une fois au bas du grand escalier, le plus fort sera fait. Qu'en dis-tu, Martinez ?

MARTINEZ : Le peuple sera enchanté de voir Son Altesse.

LE VICE-ROI : J'irai, morbleu ! et les Auditeurs, qui s'attendaient à jouer le premier rôle, en crèveront de dépit... D'ailleurs, je ne puis me dispenser d'y aller... L'évêque doit faire allusion, en chaire, à l'ordre dont je viens d'être décoré... Il est agréable de s'entendre dire ces choses-là... Allons, un effort... *(Il sonne. Entre Balthasar.)* Qu'on m'apporte mon habit de gala... Toi, réponds aux Auditeurs qu'ils aient à prendre place derrière moi pour la cérémonie... Balthasar, donne-moi des souliers et des bas de soie... Je veux aller à l'église.

BALTHASAR : A l'église, monseigneur ! et le docteur Pineda qui a défendu que Votre Altesse sortît !

LE VICE-ROI : Le docteur Pineda ne sait ce qu'il dit... Je sais bien si je suis malade ou si je ne le suis pas... Je n'ai pas la goutte... Mon père ni mon grand-père ne l'ont jamais eue... Il voudrait me faire croire qu'on a la goutte à mon âge !... Martinez, quel âge me donnes-tu ?

MARTINEZ, *embarrassé :* Monseigneur... Votre Altesse a si bon visage... à coup sûr...

a. Les vices-rois du Pérou et du Mexique ont le privilège d'avoir *deux* gardes.

LE VICE-ROI : Je gage que tu ne devines pas... eh ?

MARTINEZ : Quarante... Hein ?...

LE VICE-ROI : Va, va, tu n'y es pas[7]... Allons, Balthasar... habillons-nous... *(Il fait des efforts pour se lever.)* Aidez-moi donc, vous autres... plus doucement... Aïe... Plus doucement, morbleu... Je ne sais ce que c'est, mais il me semble que j'ai dix mille aiguilles dans ma pantoufle.

BALTHASAR : Ne vous exposez pas à l'air, monseigneur ; cela serait dangereux.

LE VICE-ROI, *essayant de marcher :* Oh ! vive Dieu ! quelle douleur !... Jamais je ne pourrai mettre des souliers... ma foi !... Oh ! corps du Christ !... Parbleu ! va-t'en au diable avec tes bas de soie et tes souliers... J'aimerais autant être mis à la torture. *(On l'assied.)* Avance ce tabouret... Ouf ! Je ne sais, mais je ne souffrais pas comme cela tout à l'heure.

BALTHASAR : Que Votre Altesse songe aux recommandations du docteur Pineda... Il dit que vous devez éviter le grand air... Et puis la cérémonie sera fatigante... Il faut rester longtemps debout...

LE VICE-ROI : Oui, c'est la fatigue que je crains... car je ne suis pas malade... Même, si je suis assez bien, maintenant... et je pourrais sortir si je voulais... Mais je ne veux pas me rendre malade pour le sot plaisir de tenir un cacique indien sur les fonts de baptême[8]... Baste ! Martinez, écris à l'Auditeur don Pedro de Hinoyosa qu'il tienne l'enfant... c'est-à-dire le cacique, à ma place... Voici les douze noms qu'il doit porter... Je lui souhaite bien du plaisir... Balthasar, ôte-moi ces habits de devant les yeux... je ne veux pas avoir de regrets... Sotte chose que la gloire de montrer des galons, des rubans et des broderies !... Qu'on m'envoie aussi Pineda, s'il n'est pas à ce baptême du diable... Donne-moi un cigare et du *maté*[b]. Allons, puisque je

b. Espèce de boisson en usage dans le Nouveau Monde. C'est une espèce de thé[9].

suis obligé de garder la chambre et que je n'a rien à faire, je vais m'occuper des affaires de ce gouvernement... Balthasar, je n'y suis pour personne, personne absolument. *(A Martinez.)* As-tu fini, voyons ? *(Il lit la lettre que Martinez vient d'écrire.)* Bon... vive Dieu ! tu oublies de mettre avec mes titres... chevalier de Saint-Jacques [10]... Parbleu ! je le suis depuis six mois en Espagne, et depuis trois jours au Pérou.

MARTINEZ : Je demande pardon de ma négligence à Votre Altesse. *(Il ajoute ce titre à la lettre.)*

LE VICE-ROI : Balthasar, envoie un écuyer avec cette lettre... Allons, Martinez, travaillons. Il y a bien des dépêches dans le portefeuille, n'est-ce pas ?

MARTINEZ : Oui, monseigneur, j'allais en entretenir Votre Altesse. Pour commencer par le plus pressé, voici une lettre du colonel Garci Vasquez, lequel annonce qu'il règne une grande fermentation dans la province de Chuquisaca [11] ; que les Indiens font des assemblées fréquentes, et que, s'il ne reçoit pas de prompts secours, avant un mois ils seront en pleine révolte.

LE VICE-ROI : Martinez ? mais il me semble que tu m'as déjà parlé de quelque chose de semblable. Le colonel Garci Vasquez, et la province de... de... diables de noms indiens. Pourquoi tous les Indiens ne parlent-ils pas espagnol ?

MARTINEZ : Chuquisaca, monseigneur. J'ai eu l'honneur de faire à ce sujet un rapport à Votre Altesse, il y a deux mois, la dernière fois qu'elle a éprouvé une attaque de goutte... Je veux dire, la dernière fois qu'elle a été indisposée.

LE VICE-ROI : Eh bien, qu'ai-je répondu ?

MARTINEZ : Vous avez dit que vous y songeriez.

LE VICE-ROI : Ah ! Eh bien !... Nous n'avons guère de troupes... A combien de lieues de Lima se trouve cette province de... tu sais bien ?

MARTINEZ : A près de trois cents lieues d'Espagne.

LE VICE-ROI : Vraiment... je croyais que c'était bien plus près... Eh bien ! le cas est difficile, et il ne faut pas prendre de résolutions à l'étourdie. — J'y songerai. — Quel autre papier tiens-tu là à ta main ?

MARTINEZ : C'est une supplique de Francisco Huayna Tupac, soi-disant descendant de la main gauche de l'Inca Huayna Capac, lequel demande à joindre à son nom le titre d'Inca, à en porter les armes et à jouir des privilèges dont jouissent les autres Incas[12].

LE VICE-ROI : Et, est-ce qu'il n'y a rien pour accompagner cette demande ?

MARTINEZ : Pardonnez-moi, monseigneur. Environ une aune et demie de satin de la Chine sur laquelle est peinte la généalogie de l'impétrant, depuis Manco Capac, Titu Capac, Lloque Yupanqui[13]... des noms à faire dresser les cheveux sur la tête...

LE VICE-ROI : Ce n'est pas là ce que je demande... Mais, quand on veut obtenir quelque chose de ce genre-là, on s'y prend d'une autre manière... Ce n'est pas une petite affaire que celle de vérifier une généalogie comme celle-là. C'est ordinairement l'affaire de mon secrétaire... et je ne suis pas fâché qu'il tire quelque profit de son travail... Après cela, si ce secrétaire est homme d'esprit... Tenez, informez-vous auprès de votre prédécesseur de ce que vous avez à faire.

MARTINEZ : Je comprends. Cet Inca est fort riche...

LE VICE-ROI : Passons à une autre affaire. Pourquoi riez-vous ?

MARTINEZ : C'est une plainte portée par la marquise d'Altamirano contre le perroquet de la señora Camila Perichole et la señora Perichole elle-même.

LE VICE-ROI : Autre folie de cette méchante fille !

MARTINEZ : Attendu que le perroquet susdit, à l'instigation de la défenderesse, toutes les fois que la marquise passe dans la grand-rue, l'appelle en des termes que la pudeur de la demanderesse lui défend de répéter, elle conclut à ce que la señora Perichole soit étranglée... Non, je me trompe, à ce que le perroquet soit étranglé et la señora, sa maîtresse, réprimandée et mulctée [14].

LE VICE-ROI : Que dit donc ce perroquet ?

MARTINEZ : Monseigneur, voici le fait. Il ne s'agit que d'une aimable espièglerie de la señora Camila. Le perroquet, quand la marquise passe, s'écrie : *A combien l'aune de drap ?* Or, comme la marquise, avant d'épouser le marquis, était fille d'un riche marchand de drap, elle est grièvement offensée de l'allusion.

LE VICE-ROI : Cette fille-là me brouillera avec toutes les dames de Lima.

MARTINEZ : Voici une lettre de la comtesse de Montemayor qui se plaint d'une tentative de la señora Perichole pour la tourner en ridicule au théâtre, dans le [15] saynète de *La Vieille Coquette.*

LE VICE-ROI : Encore !

MARTINEZ : Votre Altesse sait avec quelle perfection cette inimitable actrice saisit et rend tous les ridicules.

LE VICE-ROI : Oui, mais elle passe les bornes et ne respecte rien. Je la tancerai vertement. Vive Dieu ! je me suis intéressé toute ma vie à l'art dramatique, mais je n'entends pas qu'on se permette des personnalités injurieuses pour des femmes dont les familles pourraient me faire le plus grand tort à Madrid.

MARTINEZ : Voici la pétition d'un capitaine invalide...

LE VICE-ROI : C'en est assez. Je commence à me fatiguer. Nous lirons le reste une autre fois ; mais, pendant que nous en sommes sur le sujet de la Perichole, je veux, mon cher Martinez, que tu me parles d'elle à cœur ouvert.

MARTINEZ : Moi, monseigneur ? Eh ! que pourrais-je dire à Votre Altesse ?

LE VICE-ROI : Oui, je veux que tu me dises franchement ce qu'on en dit dans la ville, dans les sociétés que tu fréquentes.

MARTINEZ : On en parle partout comme d'un talent du premier ordre.

LE VICE-ROI : Bon ! ce n'est pas cela que je te demande. Je veux savoir ce que l'on dit de ma liaison avec cette fille ; car, au point où nous en sommes, le mystère serait inutile. Bien que tu sois depuis peu à mon service, tu as sans doute deviné... Que diable ! on est homme ; — et pour être un vice-roi, on n'est pas obligé de vivre comme un saint.

MARTINEZ : Monseigneur, Votre Altesse fait beaucoup d'envieux ; et, s'il faut tout dire, elle fait aussi des envieuses.

LE VICE-ROI : Flatteur ! mais il y a du vrai dans ce que tu dis... peut-être plus que tu ne le crois.

MARTINEZ : Ah ! monseigneur, je ne dis que la vérité.

LE VICE-ROI : Comme je sais que tu m'es entièrement dévoué, je veux bien te faire une confidence ; mais c'est à condition que tu paieras ma franchise par une franchise semblable. Tu sais que je ne suis pas de ceux à qui on fait voir des étoiles en plein midi... Ainsi, fais bien attention à ce que tu vas dire.

MARTINEZ : Monseigneur, je parlerai à Votre Altesse comme si j'étais devant mon confesseur.

LE VICE-ROI : Eh bien ! Martinez, apprends ce qui me tracasse. — La Perichole est au fond une bonne fille, mais fort évaporée. Elle fait sans cesse des imprudences qui peuvent la compromettre et moi aussi. Tu sens bien que je ne crains pas qu'elle me trompe. Non, non, il ne s'agit pas de cela, et la pauvre fille est loin d'y penser ; mais j'ai peur qu'à la ville on ne s'imagine qu'elle me trompe.

MARTINEZ : Ah ! monseigneur...

LE VICE-ROI : Le monde est méchant et ne respecte pas les personnes d'un rang élevé. D'ailleurs les apparences sont quelquefois trompeuses... Toi-même, Martinez, est-ce que tu n'as rien observé dans sa conduite qui t'ait donné des inquiétudes ?

MARTINEZ : Comment Votre Altesse peut-elle croire...

LE VICE-ROI : Tiens, pour te mettre à ton aise, je veux bien te dire que tu ne plais guère à la Perichole. Elle m'a demandé ta place ; tu ne devinerais jamais pour qui ?... pour le neveu de son cordonnier. — Il est vrai que ce cordonnier lui fait des souliers admirables. Dieu ! lorsqu'elle danse dans *La Gitanilla*[16] avec des bas de soie roses et des souliers couverts de paillettes... ah ! Martinez, Martinez, qu'elle est jolie !

MARTINEZ, *à part :* La traîtresse !

LE VICE-ROI : Comme je te suis attaché, je l'ai renvoyée bien loin. Mais tu vois par ce trait que la Perichole ne t'aime point. Ainsi tu n'es pas tenu de la ménager. C'est pourquoi, je te le répète encore une fois, parle avec toute franchise.

MARTINEZ : Ah ! mon bon maître !

LE VICE-ROI : Je t'écoute ; mais prends bien garde de mentir avec moi.

MARTINEZ : Comblé comme je le suis des bontés de Votre Altesse, je ne sais pas en vérité comment je pourrais jamais les reconnaître... Mais surtout la confidence que Votre Altesse a daigné me faire me met dans un grand embarras... car maintenant je n'ose dire... Ce n'est pas que j'aie à dire quelque chose... qui puisse porter préjudice à la señora Perichole... Mais peut-être Votre Altesse pensera-t-elle, au premier abord, que c'est... en quelque sorte... un motif de vengeance... s'il est permis d'appeler vengeance... ce qui ne peut nuire... car Votre Altesse sans doute ne lui en voudra point... puisque après tout... il ne s'agit que de bagatelles.

LE VICE-ROI : Quelles bagatelles ? Explique-toi.

MARTINEZ : Oh ! rien de sérieux. Il est certain que la señora Perichole vous aime... Votre Altesse est si bonne ! qui pourrait ne pas l'aimer ?... Peut-être était-ce par pure méchanceté qu'on me le disait... car, comme l'observait fort bien Votre Altesse tout à l'heure, le monde est méchant.

LE VICE-ROI : Qu'est-ce qu'on te disait ?

MARTINEZ : Il ne faut pas que Votre Altesse attache de l'importance à ce qu'il me disait, car ce n'est que le premier garçon du marchand de soieries de la rue du Callao[17]... Et je ne devrais peut-être pas redire à Votre Altesse les propos que tiennent les personnes de cette classe... Votre Altesse ne daignera peut-être pas les entendre, mais enfin, Votre Altesse m'a commandé de dire ce que je sais, et je ne puis dire que ce qu'on m'a dit.

LE VICE-ROI : Corps du Christ ! dis donc ce qu'on t'a dit.

MARTINEZ : Ce jeune homme, qu'on appelle Luis Lopez, et qui appartient d'ailleurs à une honnête famille, m'a dit, comme nous parlions de soieries, qu'il avait vendu l'autre jour huit aunes de satin cramoisi au capitaine Hernan Aguirre, qui l'avait payé, sans marchander, dix ducats l'aune.

LE VICE-ROI : Au fait !

MARTINEZ : Eh bien, monseigneur, Luis Lopez prétendait avoir vu ce même satin cramoisi façonné en robe, et porté par la señora Perichole. Vous souvenez-vous de la robe qu'elle avait dimanche soir ? C'est celle-là même. — Mais rien de plus probable que Luis Lopez se sera trompé... d'autant plus que le capitaine en payant disait : « Je ne marchande pas, car c'est pour ma maîtresse. »

LE VICE-ROI : Pour sa maîtresse !

MARTINEZ : Preuve, selon moi, qu'il se trompait... Moi, je lui ai parlé vertement, et je lui ai dit ce que je pensais de sa belle histoire... Mais, si je l'avais cru, il m'en aurait conté bien d'autres.

LE VICE-ROI : Quoi donc encore ?

MARTINEZ : Oh ! de ces histoires qu'il a ramassées je ne sais où... Par exemple, qu'un soir un sergent de ronde attrapa dans la rue du Palais un homme qui n'avait qu'un manteau par-dessus sa chemise : à la vérité, il tenait ses chausses à la main. D'abord on le prit pour un voleur ; mais arrivé au corps de garde, le lieutenant de service vit que ce prétendu voleur était le capitaine Aguirre. — Mais qu'est-ce que cela prouve ?

LE VICE-ROI : Quelle nuit ?

MARTINEZ : Il disait la nuit du vendredi au samedi... Cette nuit que nous avons attendu si longtemps... Mais, dans la rue du Palais, il y a quelques dames qui ne sont pas des plus farouches... Je présume que le capitaine courtise la señora Beatriz... Ah ! mais je me trompe ; car il y a près de quinze jours qu'elle est partie pour Quito [18]... Si ce n'est elle, ce sera une autre.

LE VICE-ROI : Est-ce là tout ce que tu sais ?

MARTINEZ : Hélas ! monseigneur ! Votre Altesse sait bien que les médisances ne s'arrêtent jamais en beau chemin, et qu'une fois que les mauvaises langues ont commencé à s'exercer sur quelqu'un, elles trouvent bientôt qui leur fait chorus... Mais ce qui me reste à dire est si extravagant, que je crains d'ennuyer Votre Altesse en le lui répétant.

LE VICE-ROI : Point. Cela ne m'ennuie pas. Continuez.

MARTINEZ : Au dernier combat de taureaux... en vérité la médisance est assez bien arrangée pour les détails, mais pour le fond elle est d'une absurdité criante. Au dernier combat de taureaux, Votre Altesse a peut-être remarqué un grand gaillard bien fait, léger comme une panthère, courageux comme un lion, un *cholo*[c] nommé Ramon, et qui est un des habiles matadors de Lima ?

LE VICE-ROI : Eh bien ?

MARTINEZ : On dit... vous savez que les faiseurs de médisances disent tout ce qui leur vient à l'esprit... on dit qu'il n'est pas sans exemple que quelques-uns de ces messieurs aient osé prétendre aux bonnes grâces de certaines dames de haut parage... et, ce qui est bien plus extraordinaire, que l'on a vu des dames, distinguées par leur naissance ou autrement, s'abaisser jusqu'à favoriser les prétentions de ces misérables. — Je crains de fatiguer Votre Altesse qui me semble souffrir dans ce moment.

LE VICE-ROI : Oui, mon pied me fait grand mal.

MARTINEZ : Or donc, quelques gens oisifs et méchants, comme Dieu merci il n'en manque pas à Lima, ont prétendu surprendre des œillades fort enflammées que le matador lançait à la belle comédienne. N'a-t-on pas remarqué encore que cet homme, qui est consommé dans son art, au lieu d'attirer le taureau sous la loge de Votre Altesse, pour le tuer là, comme tout matador bien appris a coutume de le faire... eh bien ! ce Ramon, au contraire, se postait sous la loge de la señora Perichole, lui faisant ainsi tous les honneurs de la fête. Il faut avouer qu'il y a des gens qui trouvent du mal partout, même dans ce qu'il y a de plus innocent ! Par exemple, à cette même course, la señora a fait quelque chose qu'ils ont bien mal interprété, et qui au fond n'a rien que de naturel. Au moment où le taureau noir et blanc, le plus terrible de tous, a été abattu par Ramon, le collier de perles de la señora Perichole est tombé dans l'arène. Ramon l'a ramassé et l'a passé à son cou, après l'avoir baisé avec

c. Un *cholo* est le fils d'un *mulâtre.* On appelle *mulâtres,* ceux qui sont nés d'une Indienne et d'un nègre, ou d'une négresse et d'un Indien[19].

respect. Mais moi, je suis convaincu que ce collier est tombé par accident, puis par générosité la señora l'a abandonné au matador, lequel, au reste, ne l'a pas vendu, comme bien des gens de sa profession l'auraient fait à sa place, pour aller en dépenser le prix au cabaret. Lui, au contraire, le porte à son cou par la ville, fier comme un paon, et bravant encore plus qu'à l'ordinaire. Que Votre Altesse imagine quelle bonne fortune que cet accident pour la médisance. Aussi Dieu sait comment les gens travestissent l'affaire. Suivant eux, la señora Perichole se serait élancée hors de sa loge, elle aurait arraché elle-même son collier exprès, et l'aurait jeté au matador en criant : « Bravo, Ramon ! » — La señora Romer, du grand théâtre, et qui se trouvait dans la même loge... (mais c'est la jalousie qui la fait parler) a dit que la señora Perichole s'était écriée : « Bravo, *mon* Ramon ! » J'étais trop loin pour entendre, mais je gage qu'elle a menti ; car elle est si méchante, tenez, qu'elle ose dire qu'à la dernière représentation de *La Fille de l'Air*[20], la couronne qui est tombée aux pieds de la señora Perichole avait été lancée par Ramon *le cholo*. Enfin elle va jusqu'à conter que Ramon est entré quelquefois dans sa loge au théâtre, et que même il va chez elle. Ce n'est pas que le drôle ne soit assez hardi pour tout oser. Il se croit un Adonis malgré sa peau tannée ; il joue de la guitare, il jouerait des couteaux au besoin... Personne auprès de lui n'oserait tousser ou se moucher quand la Perichole chante... C'est un homme précieux pour une actrice. — La Romer ajoute que la señora Perichole s'enferme quelquefois des heures entières avec lui, surtout quand Votre Altesse va à la chasse, ou lorsqu'elle est malheureusement indisposée.

LE VICE-ROI : Est-ce là tout ce que vous savez ?

MARTINEZ : De semblables propos la kyrielle ne finirait jamais ; mais comme j'y attachais peu d'importance, et que je présume que Votre Altesse...

LE VICE-ROI : Monsieur Martinez, vous êtes un faquin.

MARTINEZ : Monseigneur !

LE VICE-ROI : Un insolent, un effronté menteur.

MARTINEZ : Monseigneur, je n'ai rien dit à Votre Altesse que ce que j'avais entendu dire.

LE VICE-ROI : Et voilà, monsieur, ce qui prouve votre impertinence. Comment ! vous osez me débiter insolemment comme parole d'Évangile tous les sots bavardages que vous entendez dans les coulisses ! Qu'allez-vous faire dans les coulisses, monsieur ? Est-ce là votre place ? Vous donné-je des appointements pour cabaler avec les acteurs ? Vous ne faites rien ; vous êtes un paresseux... et un menteur. Il n'y a pas un mot de vrai dans ce que vous avez eu la hardiesse de me soutenir en face. Comment ! misérable, vous osez me dire que je suis le rival d'un matador ! d'un cholo !

MARTINEZ : Non, monseigneur... Je ne dis pas...

LE VICE-ROI : Je connais la Perichole. C'est une excellente fille, qui n'aime que moi. Vous êtes un menteur, un impudent menteur, et il n'y a pas une syllabe de vrai dans tout ce que vous avez dit.

MARTINEZ : Que Votre Altesse daigne se souvenir...

LE VICE-ROI : Taisez-vous. — Je vous ai tiré de la boue pour vous prendre à mon service. Je voulais faire votre fortune. Vous êtes indigne de mes bontés. Je devrais vous chasser ignominieusement ; mais, par une extrême faiblesse de ma part, je veux bien vous donner une place. Je vous fais receveur des contributions dans la province de[21]... auprès du colonel Garci Vasquez. Partez vite ; si vous êtes demain à Lima, je vous fais conduire au Callao entre quatre dragons, et vous n'en sortirez qu'à ma mort.

MARTINEZ : Hélas !... miséricorde ! monseigneur, c'est pire que la prison. Que Votre Altesse daigne se rappeler que je n'ai parlé que par son ordre.

LE VICE-ROI : Ah ! vous raisonnez encore. Qui donc

est le maître ici ? Vive Dieu ! si je pouvais marcher, je vous assommerais à coups de canne ! Hors d'ici, faquin, ou je vous fais jeter par la fenêtre. Ah ! je ne vaux pas un cholo ? un cholo ! Impudent ! hors d'ici !

On entend un grand bruit à la porte du cabinet : entrent Balthasar, ensuite la Perichole. Sort Martinez.

BALTHASAR : Monseigneur, c'est mademoiselle qui veut absolument entrer, quoique je lui dise que Votre Altesse est en affaires.

LE VICE-ROI : Qu'elle entre ; et vous, sortez.

LA PERICHOLE : Il est assez étrange qu'on ne puisse vous voir qu'en emportant d'assaut la porte de votre cabinet. J'espère qu'il n'y a là-dedans qu'une méprise de votre butor d'huissier.

LE VICE-ROI, *d'un ton chagrin :* Je vous croyais à la cérémonie.

LA PERICHOLE : Je ne sais encore si l'on m'y verra. Cela dépend un peu de vous. — Mais, avant tout, comment va votre goutte ?

LE VICE-ROI, *avec une humeur croissante :* Je n'ai pas la goutte.

LA PERICHOLE : Ah ! ce n'est, à ce que je vois, qu'un accès de mauvaise humeur rentrée. Tant pis ; j'avais quelque chose à vous demander, et j'espérais vous trouver en de meilleures dispositions. Puisqu'il en est ainsi, je vous baise les mains. Adieu ; nous reparlerons de cela une autre fois.

LE VICE-ROI : Camila, ne vous en allez pas si vite. J'ai à vous parler, moi. Vive Dieu ! on croirait que vous avez peur d'un tête-à-tête avec moi.

LA PERICHOLE : Oh ! Votre Altesse me fait rarement peur.

LE VICE-ROI : Restez. Tenez-moi compagnie quand je suis malade... — Je sais bien que vous aimeriez mieux causer avec le capitaine Aguirre... mais il faut savoir se résigner quelquefois.

LA PERICHOLE : Aguirre ? Je le quitte à l'instant.

LE VICE-ROI : Vous le quittez à l'instant... Fort bien, madame ! vous m'épargnez une préface, et je puis entrer en matière sur-le-champ.

LA PERICHOLE : Monseigneur, je soupçonne que vous voulez me régaler d'une petite scène de jalousie ; car il y a près de deux mois que vous n'avez donné carrière à vos humeurs jalouses. Je crains que cette scène ne dure un peu de temps, et, si vous l'aviez pour agréable, je vous ferais ma demande tout de suite. Vous me l'accorderiez, et nous remettrions à demain les reproches et les fureurs.

LE VICE-ROI : Je ne suis guère d'humeur à vous accorder des grâces ; vous abusez de celles que vous avez obtenues de moi.

LA PERICHOLE : Beau début ! mais c'est à mon tour de parler... Toutes les bégueules de Lima se sont liguées pour me mortifier de toutes les manières, et le tout, parce que je suis plus jolie qu'elles. — N'est-ce pas que je suis jolie aujourd'hui ? — Il y a entre nous une petite guerre bien active de petites calomnies et de petites noirceurs. Si je n'étais pas si pressée, je vous en conterais quelques-unes. En outre, nous faisons tous nos efforts de part et d'autre pour nous surpasser par la magnificence de nos parures, le goût de nos toilettes, etc. Aussi nous sommes une providence pour les bijoutiers et les marchandes de chiffons.

LE VICE-ROI : Qu'ai-je affaire, morbleu ! de toutes ces balivernes ? Si vous ne surpassez ces dames par le luxe de vos parures, en fait d'amants...

LA PERICHOLE, *avec une grande révérence :* En fait d'amants, je fais tout au contraire de ces dames. Je préfère la qualité à la quantité.

LE VICE-ROI : Perichole, laissez-moi parler ; je suis très sérieux en ce moment.

LA PERICHOLE, *parlant en même temps :* Écoutez-moi, je n'ai que deux mots à vous dire...

LE VICE-ROI : Je suis très mécontent de vous. De tous côtés on parle de votre coquetterie, et, s'il faut parler net, je crains que vous ne me fassiez jouer un sot rôle.

LA PERICHOLE, *parlant en même temps :* Je me suis avisée, aujourd'hui même, d'une invention sublime qui fera crever de dépit toutes ces dames, pourvu toutefois que vous soyez aimable comme vous l'êtes quelquefois.

LE VICE-ROI : Mais, vive Dieu ! écoutez-moi donc !

LA PERICHOLE : Mais, morbleu ! écoutez-moi donc ! Je suis femme, vous êtes castillan, vous me devez du respect ; ainsi, taisez-vous quand je parle.

LE VICE-ROI : Eh bien, parlez ! vous ne perdrez rien pour attendre.

LA PERICHOLE : Aujourd'hui, comme vous le savez, toutes les femmes de Lima se font voir dans leurs parures les plus élégantes, étalant à l'envi tout le luxe qu'elles peuvent. — Toutes les voitures qui sont à Lima sont au nombre de cinq : les deux vôtres, celle de l'évêque, celle de l'Auditeur Pedro de Hinoyosa, enfin le carrosse de la marquise Altamirano, mon ennemie capitale, presque aussi vieux que sa maîtresse, mais enfin c'est un carrosse. Or donc, ce matin, apprenant que vous gardiez la chambre aujourd'hui, je me suis mis en tête que vous pourriez assurer mon triomphe sur ma rivale, en me faisant don de ce beau carrosse qui vous est arrivé de Madrid.

LE VICE-ROI : Est-ce là ce que vous vouliez me demander ?

LA PERICHOLE : Vous me ferez plus de plaisir en me donnant ce carrosse que si vous me donniez une mine ou un département d'Indiens.

LE VICE-ROI : Certes, la demande est modeste. Elle ne veut qu'un carrosse pour se faire traîner à l'église comme une marquise. Je n'en reviens pas.

LA PERICHOLE : Vous savez, don Andres, que je fais peu de cas de l'argent. Je ne sais ce que vous coûte cette voiture, mais vous êtes riche. S'il ne s'agissait pas d'humilier des ennemies mortelles, vous sentez bien que je ne vous aurais pas demandé un cadeau d'une aussi grande valeur. Au surplus, si ma demande vous choque, oubliez-la. Si j'ai eu tort de vous la faire, je vous en demande pardon. J'ai le défaut d'agir d'abord, et de réfléchir ensuite.

LE VICE-ROI : Un carrosse ! il ferait beau voir une comédienne en carrosse ! Êtes-vous un évêque, madame, un Auditeur ou une marquise, pour aller en carrosse ?

LA PERICHOLE : Eh ! ne suis-je pas tout à la fois l'infante d'Irlande, la reine de Saba, la reine Thomiris, Vénus et sainte Justine, vierge et martyre [22] ?

LE VICE-ROI : Folle !

LA PERICHOLE : Toutes ces dames-là valent bien une vieille marquise dont le père vendait du drap à Cordoue pour habiller les muletiers. — Allons, mon petit papa, mon cher Andresillo, vous avez ri ; vous n'êtes plus de mauvaise humeur, vous êtes charmant à votre ordinaire, et vous me donnerez votre carrosse, n'est-ce pas ?

LE VICE-ROI : Camila, d'abord vous demandez des choses extravagantes, ensuite vous prenez mal votre temps, car j'ai maintenant à me plaindre de vous.

LA PERICHOLE : Et si je voulais user de représailles !

LE VICE-ROI : Écoutez, vous avez tort de tourner tout en plaisanterie. Je vous assure que votre conduite m'est connue maintenant, et que je ne veux plus être votre dupe.

LA PERICHOLE : Si je n'obtiens pas de vous ce carrosse, il faudra que je m'en retourne chez moi bien tristement ; car le moyen d'aller à cette cérémonie à pied comme une fille du peuple, ou en chaise à porteurs comme une bourgeoise ! et surtout après les espérances que j'avais conçues... Ah ! monseigneur le vice-roi du Pérou, vous êtes un cruel homme !... Combien vous coûte ce carrosse ?

LE VICE-ROI : Laissez votre carrosse, mademoiselle, et répondez-moi. Je suis parfaitement au fait de toutes vos actions, et vous saurez que je ne suis plus aveuglé sur votre compte, comme je l'étais quand je vous aimais. Maintenant, je ne vous aime plus, entendez-vous ? Je suis détrompé, je vous connais... Cependant, je serais bien aise de voir de quel air vous pourriez vous y prendre pour vous justifier... Voyons, essayez... parlez, que diantre ! parlez... Eh bien, à quoi pense-t-elle ainsi, les yeux levés au ciel ?

LA PERICHOLE : Ce beau carrosse !

LE VICE-ROI : Vous feriez perdre patience à un saint ! Que le diable emporte le carrosse ! — Je sais que le capitaine Aguirre vous aime...

LA PERICHOLE : Je le crois sans peine. — Donnez-moi un de ces cigares.

LE VICE-ROI : ... Et que vous l'aimez... oui, vous l'aimez... je le sais, j'en suis sûr... Mais soutenez donc le contraire... du courage ! Niez, par exemple, qu'il vous ai donné une robe de satin cramoisi... Niez, niez-le ! je ne vous en empêche pas.

LA PERICHOLE : Il aurait dû me donner aussi une mantille de dentelle. J'ai déchiré la mienne.

LE VICE-ROI : Et on l'a surpris à demi vêtu sous vos fenêtres... Je le sais bien, je l'ai vu... Mais, vive Dieu ! dites donc que cela est faux... Vous qui êtes si bonne comédienne, vous devez mentir de l'air dont les autres disent la vérité.

LA PERICHOLE : Merci du compliment.

LE VICE-ROI : Vous sentez bien, ma mie, que cela ne peut durer. Aussi, nos relations vont cesser... Et cela devrait être fait depuis longtemps... car je ne suis pas homme à entretenir les maîtresses du capitaine Aguirre... — Vous êtes bien tranquille... Vous croyez peut-être que je prends votre flegme pour le calme de l'innocence ?

LA PERICHOLE, *d'un ton tragique :* C'est le calme du désespoir. Je ne vois là-dedans que l'occasion perdue d'aller à l'église en carrosse. L'heure va se passer, et, quand vous me demanderez pardon, il sera trop tard.

LE VICE-ROI : Ah ! vous demander pardon, ma mignonne ! Ah ! vous ne prétendez à rien moins ? Eh bien ! je vous demande pardon d'avoir découvert une autre intrigue avec un personnage bien illustre.

LA PERICHOLE : Et de deux. Quand nous serons à trois, nous ferons une croix [23].

LE VICE-ROI : Ce n'est rien moins que le vaillant Ramon, cholo de nation et matador de son métier. — Vous choisissez bien vos amants, madame. C'est un homme célèbre, et tout Lima est rempli de son nom.

LA PERICHOLE : Il est vrai, et sa réputation n'est pas usurpée comme tant d'autres. C'est le plus brave toréador du Pérou, et peut-être le plus beau et le plus robuste.

LE VICE-ROI : Parbleu ! il est clair que vous n'êtes pas femme à quitter un vice-roi pour le premier venu. D'ailleurs, en personne habile, vous quittez un amant pour en prendre deux. Vous donnez un ducat, mais vous en prenez la monnaie.

LA PERICHOLE : Si bien qu'à votre compte un capitaine et un matador seraient la monnaie d'un vice-roi ? Votre Altesse se trompe dans son calcul. Il faudrait, suivant moi, trois vice-rois pour faire la monnaie d'un capitaine, et six vice-rois au moins pour la monnaie d'un matador.

LE VICE-ROI : Vous êtes une impudente...

LA PERICHOLE : Courage !

LE VICE-ROI : Une effrontée, qui ne prend pas même le soin de cacher ses débordements par un peu de respect humain.

LA PERICHOLE : Ferme [24] ! *(Déclamant.)* « Cruelle

imagination ! pourquoi, par tes doux prestiges, affliges-tu mon cœur[d] ? »

LE VICE-ROI : Prendre un matador et un cholo pour amants !... Vous êtes une Messaline !

LA PERICHOLE : Qu'est-ce que cela veut dire ?

LE VICE-ROI : Vous êtes...

LA PERICHOLE : Que Votre Altesse ne se contraigne point. J'imagine qu'elle se livre à ces accès de fureur par ordonnance du médecin. En effet, vous vous échauffez, et cela doit être bon pour la goutte.

LE VICE-ROI : Taisez-vous, infâme ! Prendre un cholo pour amant ! Vive Dieu ! — Je vous ai comblée de mes faveurs... Pour vous, je me suis presque compromis aux yeux du public... car il est scandaleux que le représentant du roi d'Espagne aille chercher sa maîtresse sur les planches d'un théâtre !... Je ne sais qui me retient... Mais, si je n'étais mille fois trop bon, je vous ferais fourrer dans une maison de correction.

LA PERICHOLE : Vous n'oseriez pas !

LE VICE-ROI : Je n'oserais pas !... Vite une plume et de l'encre, et je signe l'ordre.

LA PERICHOLE : Il y aurait une révolte à Lima si la Perichole était en prison.

LE VICE-ROI : Une révolte ! ta, ta, ta !

LA PERICHOLE : Oui, une révolte. Faites décapiter, pendre tous vos nobles marquis, comtes et chevaliers de Lima, pas une voix ne criera, pas un bras ne se lèvera pour eux. Faites égorger douze mille pauvres Indiens, envoyez-en vingt mille dans vos mines, on vous applaudira, on vous donnera du Trajan par le nez... Mais empêchez les Liméniens[26] de voir leur

d. Vers d'*El Mágico prodigioso*, comédie de Calderón.

¿ Pesada imaginación
Al parecer lisonjera,
Cuando te he dado ocasión
Para que desta manera
Aflijas mi corazón[25] ?

actrice favorite, et ils vous assommeront à coups de pierres.

LE VICE-ROI : Oui, oui !... Et si je défends au directeur de renouveler votre engagement qui va finir ?

LA PERICHOLE : Eh bien ! je prendrai ma guitare, et j'irai chanter dans la rue, sous vos fenêtres ; et dans mes chansons je ferai rire aux dépens de votre vice-royauté et de votre goutte.

LE VICE-ROI : Fort bien. Et que feriez-vous si je vous envoyais en Espagne par le premier galion [27] ?

LA PERICHOLE : Vous ne pourriez me faire un plus grand plaisir... Je meurs d'envie de voir la vieille Europe, et d'ailleurs, en Espagne, j'ai la chance de devenir la maîtresse du premier ministre ou du roi, et, le cas échéant, je me venge de vous. Je vous fais accuser, ramener prisonnier en Espagne, les fers aux pieds, comme Christophe Colomb [28], et ensuite vous serez bien heureux si je vous fais grâce de la potence et si je vous envoie seulement pourrir dans la tour de Ségovie.

LE VICE-ROI : En attendant que cela arrive, ne remettez plus les pieds dans ce palais.

LA PERICHOLE : Certes, jamais je n'obéirai plus volontiers à Votre Altesse.

LE VICE-ROI : Encore un instant. Comme c'est la dernière fois que nous nous voyons, il faut terminer nos comptes... Je vous méprise trop pour vous accabler. Andres de Ribera ne daigne pas punir une offense quand elle part de trop bas. — Je vous ai donné des sommes considérables, des cadeaux précieux... gardez-les. On vous paiera trois mois de votre pension, et j'espère qu'avec cela vous entrerez à l'hôpital quelques semaines plus tard.

LA PERICHOLE : J'ai écouté patiemment vos injures et les calomnies atroces que vous venez de me faire entendre ; je les attribuais à l'état de souffrance où je vous vois ; mais ce dernier outrage ne peut se pardonner. Je descends de vieux chrétiens et de Castillans, monseigneur, et j'ai le cœur trop haut pour accepter les présents d'un homme que je n'aime pas. Tous vos cadeaux vous seront rendus. Je vendrai ma maison et mes meubles pour payer le reste. En attendant, voici un collier de diamants et des bagues que vous m'avez donnés... Ce soir, je n'aurai rien à vous.

Elle ôte ses bijoux et se dispose à sortir.

LE VICE-ROI, *ému :* Perichole!... Perichole! La... ne vous en allez pas... Écoutez... écoutez donc... Faut-il que je me lève?... Aïe! aïe!

LA PERICHOLE, *s'arrêtant :* Vous vous êtes fait mal?

LE VICE-ROI : Vous parliez de calomnies?...

LA PERICHOLE : Je ne me souviens plus de ce que j'ai dit.

LE VICE-ROI : Dis seulement que cela n'est pas vrai, et j'oublie tout.

LA PERICHOLE : Croyez-en ce qu'il vous plaira. Je baise les mains de Votre Altesse.

LE VICE-ROI : Non, ne t'en va pas encore... Perichole... J'étais en colère... j'ai été trop vif... Mais maintenant expliquons-nous tranquillement. — Ainsi, tout ce qu'on m'a dit de toi était faux?

LA PERICHOLE : Laissez-moi m'en aller. Je tiens peu à votre opinion.

LE VICE-ROI : Voyons donc, Camila. Eh bien! je crois que j'ai eu tort. Es-tu satisfaite?

LA PERICHOLE : Non, non, vous avez raison.

LE VICE-ROI : Entêtée! méchante!... Je te déteste; mais va, tu es charmante toujours... Je t'aime trop... Je sais bien que tout ce que l'on m'a dit est faux... Mais dis-moi que cela est faux... rien que...

LA PERICHOLE : Non : vous m'avez trop offensée pour que je tienne beaucoup à votre estime.

LE VICE-ROI : Allons, Camila! Eh bien! n'en parlons plus... Je te demande pardon... J'ai eu tort... C'est que j'étais si souffrant que je ne savais ce que je disais. Tout est fini... Donne-moi la main... Mais dis-moi...

LA PERICHOLE : Que je vous dise ?...

LE VICE-ROI : Que tu n'es plus fâchée, et que tu me pardonnes mon emportement.

LA PERICHOLE, *lui donnant la main :* Oui, je vous pardonne ; car je crois que vous m'aimez véritablement.

LE VICE-ROI : Au moins, par générosité... Je suis bien sûr de toi... Je ne suis plus jaloux... Mais est-ce que cela te coûterait beaucoup de dire qu'on t'a calomniée ?

LA PERICHOLE : Quoi ! toujours vous en revenez là ?

LE VICE-ROI : Allons ! voilà qui est dit... n'en parlons plus... Je te crois sans que tu te défendes... Pourtant... Vois, comme je suis faible !

LA PERICHOLE : En vérité, monseigneur, faut-il vous montrer à quel point la jalousie vous a troublé la raison ? Voyons : cherchons à nous rappeler vos reproches. Ah ! la robe de satin cramoisi ?... Bon Dieu, quelle idée !

LE VICE-ROI : Oui, cela était ridicule ; mais...

LA PERICHOLE : Il est parfaitement vrai que je possède une robe de satin cramoisi, et il est non moins vrai que je l'ai achetée d'une fille de couleur, ma voisine, qui est entretenue par le capitaine Aguirre. Avait-elle reçu cette robe de son amant ou d'un autre, c'est ce que j'ignore... C'est ma femme de chambre qui a fait le marché, et vous pouvez l'interroger là-dessus.

LE VICE-ROI : Je m'en garderai bien, mon enfant !... Je te crois. *(À part.)* Ah ! coquin de Martinez, tu me paieras l'imposture.

LA PERICHOLE : Quant à l'autre histoire du capitaine Aguirre, je n'ai rien à vous dire, sinon que les accidents de cette espèce sont communs à Lima, et que je ne puis les empêcher. D'ailleurs, je crois me souvenir que ce jour-là même vous êtes resté fort tard à souper chez moi.

LE VICE-ROI : Perichole, ma mignonne, je ne veux plus entendre un mot là-dessus. Cela me rend trop honteux... Dieu merci, je ne suis plus jaloux... Tu disais donc que ce cholo...

LA PERICHOLE : Vos espions vous ont aussi bien instruit relativement au cholo Ramon. Il est vrai qu'aux dernières courses je fus transportée d'admiration en voyant son adresse et son courage, car aussitôt qu'il eut enfoncé son épée dans l'épaule du taureau, sûr de son coup, sans daigner regarder si l'animal conservait encore quelque reste de vie, il fit une pirouette, et, tournant le dos au taureau, il me fit un salut fort gracieux pour un homme de sa profession. Je compris ce que cela voulait dire, et je cherchai ma bourse pour la lui jeter ; mais je l'avais oubliée. Je pris donc le premier objet de prix qui me tomba sous la main. Mais jamais je ne me serais avisée de croire que dans une semblable action on pût voir de l'amour. Un cholo ! un matador ! un homme qui boit de l'eau-de-vie et qui mange des oignons crus ! Ah ! monseigneur !

LE VICE-ROI : Oui, oui, j'avais tort, ma toute belle... Cependant si j'avais été ce taureau, j'aurais rassemblé le reste de mes forces, et j'aurais rudement secoué M. Ramon.

LA PERICHOLE : Alors j'aurais crié : « *Vive le taureau !* »

LE VICE-ROI : Tu es charmante ! demande-moi ce que tu voudras... Car je ne crois pas du tout que tu fasses venir chez toi ce Ramon qui mange des oignons crus.

LA PERICHOLE : Pardonnez-moi. Votre Altesse n'ignore pas que je dois jouer bientôt le principal rôle dans la comédie du poète Peransurez[29]. J'y dois chanter un air avec des paroles dans le patois de ces gens-là ; et pour bien saisir leur accent et leur prononciation, je fais venir Ramon qui a une assez belle basse-taille[30], et qui chanterait toute une journée, pourvu qu'on lui donnât suffisamment à boire. — Je n'ajouterai plus qu'un mot. Pour peu que Votre Altesse conserve des doutes, elle peut envoyer le capitaine à Panama, et le matador à Cuzco[31] ; mais je crains que, si la chose a fait du bruit, leur exil ne donne lieu aux mauvais plaisants de s'égayer à vos dépens et aux miens.

LE VICE-ROI : Ah ! ma bonne Perichole, comment te faire oublier...

LA PERICHOLE : L'amour fait excuser bien des choses ; mais j'engage Votre Altesse à se tenir en garde à l'avenir contre ces domestiques qui affectent beaucoup de dévouement, tandis qu'ils sont tout disposés à trahir leurs maîtres.

LE VICE-ROI : Comment ?

LA PERICHOLE : Je ne nomme personne, et le métier de dénonciateur ne sera jamais le mien. Jeune, assez jolie, comédienne, je suis exposée à recevoir bien des propositions impertinentes, et j'imagine que certain petit présomptueux que vous honorez de votre confiance, et que j'ai fait chasser de nos coulisses, vous aura régalé de toutes ces belles histoires.

LE VICE-ROI : Oh ! le scélérat ! Je m'en étais toujours douté. Oh ! le monstre ! comment ! il a osé te faire des propositions ! Tu parles de Martinez, n'est-ce pas ?

LA PERICHOLE : Je ne veux nuire à personne.

LE VICE-ROI : Ah ! coquin ! ce n'est pas avec Garci Vasquez que tu iras. C'est au fort de Callao, et le diable m'emporte si tu en sors de si tôt !

LA PERICHOLE : Je n'ai rien dit contre ce jeune homme. Qui vous prouve que j'ai voulu le désigner ?

LE VICE-ROI : Laisse-moi faire. Je sais ce que je sais... — Mais, mon enfant, tu m'avais demandé, je crois, mon carrosse ?... Diable ! c'est...

LA PERICHOLE : Ne parlons plus de cela ; je suis assez

heureuse maintenant, puisque je n'ai pas perdu votre amitié.

LE VICE-ROI : Mais cela te ferait beaucoup de plaisir ?... C'est que, vois-tu, ma petite...

LA PERICHOLE : Oui, j'y tenais beaucoup... Mais depuis cette cruelle discussion j'ai changé d'idée.

LE VICE-ROI : Tu comptais que je te l'aurais donné... C'est que, diable... ce carrosse... non pas que j'y tienne... mais que diantre dira-t-on si...

LA PERICHOLE : Laissons cela. D'ailleurs, il est bien tard pour aller à la cérémonie. Je n'arriverais pas à temps.

LE VICE-ROI : Quant à cela, mes mules trottent vite... Je ne crains que ces maudits Auditeurs... Ce Pedro de Hinoyosa... il va travestir l'affaire à sa guise...

LA PERICHOLE : Il vous déteste parce que le peuple vous aime... Mais je serais désolée de vous compromettre avec lui. Il paraît que c'est un monsieur qu'il faut ménager.

LE VICE-ROI, *après un instant de réflexion :* Parbleu ! qu'il dise ce qu'il voudra... Ne suis-je pas le maître de donner ce qui m'appartient, et à qui bon me semble ?

LA PERICHOLE : Non, de grâce. J'ai fait réflexion à l'extravagance de ma demande, et je rougis maintenant de vous en avoir importuné. — Et puis... je me suis tellement fait violence tout à l'heure pour ne pas pleurer... que j'ai plus d'envie de me jeter sur mon lit pour reposer mes nerfs, que d'aller me promener.

LE VICE-ROI : Pauvre enfant, comme elle m'aime !... Non, ma fille, il faut que tu prennes l'air, cela te fera du bien. Pineda m'ordonne de monter en voiture, quand je viens de me mettre en colère... Va, mignonne, mon carrosse est à toi. Sonne, pour que l'on attelle sur-le-champ.

LA PERICHOLE : Monseigneur, de grâce, réfléchissez ; vous êtes maintenant trop bon, comme vous avez été trop injuste tout à l'heure.

LE VICE-ROI : Sonne, te dis-je. Je veux que tes ennemies en meurent de jalousie.

LA PERICHOLE : Mais...

LE VICE-ROI : Enfin, si tu n'acceptes pas ce présent, je croirai que tu es encore fâchée contre moi.

LA PERICHOLE : De cette manière, je ne puis vous refuser... Mais je suis véritablement confuse. *(Elle sonne. Balthasar entre.)*

LE VICE-ROI : Qu'on attelle sur-le-champ les mules blanches à mon nouveau carrosse, et dites au cocher que les mules, le carrosse et lui appartiennent à mademoiselle. *(Balthasar sort.)* Pauvre petite ! comme ton pouls est agité ! Allons, m'en veux-tu encore ?

LA PERICHOLE : Comment ne serais-je pas pénétrée des bontés de Votre Altesse ?

LE VICE-ROI : Laisse là ton *Altesse,* et appelle-moi comme tu m'appelles quelquefois.

LA PERICHOLE : Eh bien ! Andres, tu m'as rendue bien malheureuse et bien heureuse aujourd'hui.

LE VICE-ROI : Embrasse-moi, mon ange. Je t'aime comme cela. Vois-tu, je ne veux pas être le vice-roi auprès de ma Perichole ! — Méchante ! souviens-toi de ce que tu as dit du mérite des vice-rois en amour !

LA PERICHOLE : Va, tu sais bien que tu es Andres pour moi, et non le vice-roi du Pérou. — Vois donc les jolis souliers brodés que m'a faits Marino, ce cordonnier pour le neveu duquel je t'ai parlé il y a longtemps.

LE VICE-ROI : Quel joli petit pied ! Je le cache tout entier dans ma main. A propos, tu dis que son neveu est un gaillard qui a de l'intelligence ? Je le prends à mon service à la place de Martinez.

LA PERICHOLE : Non, je ne veux déplacer personne. D'ailleurs, Martinez vous est utile. Il fait de bons rapports.

LE VICE-ROI : Rancunière ! — Va ! il couchera ce soir au Callao.

BALTHASAR, *rentrant :* La voiture est attelée.

LE VICE-ROI : Allons, ma toute belle, amuse-toi bien, et reviens tout de suite après la cérémonie. Si quelqu'un te faisait quelque affront, ne manque pas de m'en prévenir. Vive Dieu ! les mauvais plaisants ne riraient plus... Et ton collier et tes bagues que tu oubliais. Approche, que je te rattache ton collier... Va, tu es divine aujourd'hui.

LA PERICHOLE : J'emporte d'ici quelque chose de plus précieux que ces diamants : ta confiance et ton amour.

Elle sort.

LE VICE-ROI : Tu es un ange. Cette fille-là fait de moi ce qu'elle veut. Il est vrai qu'elle m'aime tant... Je ne puis rien lui refuser... Cependant... lui donner mon carrosse !... Je ne sais ce que le monde en pensera... ! Une actrice en carrosse doré, tandis que tant de marquises et tant de comtesses sont trop heureuses d'aller en litière !... J'imagine que la cérémonie doit être terminée... Elle n'arrivera que pour l'exhortation de l'évêque... Tant mieux... Ah ! j'entends le bruit des roues dans ma cour. Elle n'a pas perdu de temps... Balthasar, roulez mon fauteuil auprès de la fenêtre, et donnez-moi ma longue-vue. Je veux voir quel air a ce carrosse... Parbleu ! je la verrai jusqu'à la porte de l'église... Peste ! comme elle va !... Jamais mon cocher ne me mène de ce train-là... Tout le monde s'arrête pour la regarder... En voilà qui ôtent leur chapeau, comme si c'était moi qui passais... Quelle folie !... La voilà déjà près de la grande place... Bon Dieu ! elle va accrocher... Ah ! Jésus ! heureusement que c'est l'autre carrosse qui est renversé... Et tout le monde qui s'attroupe... Que va-t-on faire ?... On va peut-être l'insulter... Balthasar, allez donc...

BALTHASAR : Oui, monseigneur...

LE VICE-ROI : Vive Dieu ! on se bat là-bas... Courez tous, vous autres... Allez, prenez les armes... Assommez-moi cette canaille... Perichole ! Ah ! heureusement... elle poursuit sa route, grâce à cet homme qui fait si bien le moulinet de son bâton... Il lui ouvre un passage.

BALTHASAR : Dois-je courir après le carrosse de madame ?

LE VICE-ROI : Non, demeure. Cela est inutile maintenant... Cependant à son retour... Dis à Sébastien et à Dominique de monter à cheval. Qu'ils prennent des mousquetons et qu'ils la suivent de loin... et qu'ils ôtent ma livrée... S'il arrivait quelque malheur, je m'en prendrais à vous. — Ce peuple de Lima est si grossier ! je crains qu'il ne lui fasse quelque avanie... Après tout, il semble qu'il ne soit pas arrivé d'accident ; car voici l'autre carrosse relevé et qui continue sa marche... et la foule entre dans l'église. Fasse le ciel qu'elle s'en tire sans malencontre !... On aura beau dire, il n'est pas défendu aux comédiennes d'aller en carrosse si elles en ont... Tant pis pour les marquises, si, moins jeunes et moins jolies que les actrices, elles ne trouvent personne pour leur en donner... *(Il fume un cigare.)* Ce baptême n'en finit pas !... Il me tarde de la voir revenir pour apprendre d'elle les détails de l'aventure... Oh ! maudite jambe !... Je souffre davantage, je crois, quand je suis inquiet... Voyons : la dernière fois que j'ai été malade, cela m'a duré cinq... six jours... bon ! Cette fois-ci, je l'espère, j'en serai débarrassé plus tôt. Ainsi je pourrai assister à la première représentation de la comédie où elle doit jouer un rôle... Et si je ne pouvais sortir... Ma foi ! je ferais retarder la représentation.

BALTHASAR : Monseigneur, monsieur le licencié Thomas d'Esquivel demande la faveur d'entretenir Votre Altesse.

LE VICE-ROI : Fais entrer. — Il vient sans doute me régaler d'une petite morale, afin de tirer de moi quelque cadeau. Au fait, il y a bien un mois que je ne l'ai vu.

LE LICENCIÉ, *entrant :* Je baise les mains de Votre Altesse.

LE VICE-ROI : Ah ! monsieur le licencié, vous voyez un homme bien malade !

LE LICENCIÉ : Je suis désolé de l'apprendre. C'est donc cet accès de goutte qui a empêché Votre Altesse d'assister à la cérémonie de ce jour ?

LE VICE-ROI : Je n'ai pas la goutte... C'est un bruit que répand Pineda ; ce n'est qu'une enflure au pied. Je le sais mieux que lui.

LE LICENCIÉ : Au surplus, Votre Altesse ne doit pas regretter de n'avoir pas assisté à ce baptême. Elle a eu le bonheur de n'être pas témoin d'un grand scandale.

LE VICE-ROI : Un scandale ?... *(A part.)* Diable ! la Perichole doit y être pour quelque chose.

LE LICENCIÉ : Oui, un scandale énorme et dont Votre Altesse aurait été profondément affligée, j'en suis sûr,... d'autant plus que, suivant les apparences, elle en est la cause involontaire.

LE VICE-ROI : Expliquez-vous.

LE LICENCIÉ : Un jour comme celui-ci, une cérémonie aussi touchante !... En vérité, je suis désolé d'affliger Votre Altesse... mais il faut que je parle, et que je parle franchement, même au risque de lui déplaire. — Mon devoir et l'intérêt de Votre Altesse le commandent impérieusement.

LE VICE-ROI : Je ne devine point...

LE LICENCIÉ : Cette comédienne fameuse...

LE VICE-ROI, *à part :* Nous y voilà !

LE LICENCIÉ : ... A qui Votre Altesse porte, dit-on, tant d'intérêt, vient de causer un désordre bien grand aujourd'hui même. La protection que Votre Altesse lui accorde l'enhardit au point, permettez-moi de vous le dire, qu'elle se croit tout permis.

LE VICE-ROI : Je vous assure que je ne la protège

point... seulement j'estime son talent... qui est fort estimable, monsieur le licencié. Mais, je vous en supplie, contez-moi l'affaire.

LE LICENCIÉ : Voici le fait. Il paraît qu'elle a un carrosse ; et ce carrosse, dit-on, vous le lui avez donné.

LE VICE-ROI : C'est un carrosse qui m'était inutile.

LE LICENCIÉ : Ah ! monseigneur, ce carrosse eût été mieux employé... mais ce qui est fait est fait, et Votre Altesse avait sans doute ses raisons pour le donner. Dieu veuille !... suffit. Je vais raconter ce dont j'ai été témoin. Elle a donc un carrosse, et c'est en carrosse qu'elle se rend à l'église... De mon côté, ayant été retardé par quelques accidents, j'avais accepté une place dans la voiture de la marquise Altamirano. Nous allions au pas, comme il convient en approchant d'une église ; tout à coup la señora Perichole arrive au grand trot de ses mules ébranlant le pavé à vingt toises à la ronde. Nous allions déboucher sur la place ; elle veut prendre le pas sur nous... sur la marquise !... bref, elle nous a serrés de si près, qu'elle nous a accrochés avec la plus grande violence...

LE VICE-ROI : C'est son cocher qui est maladroit...

LE LICENCIÉ : Votre Altesse m'excusera ; mais je ne puis croire que son cocher ait agi sans ordre, d'autant plus qu'elle a mis la tête à la portière en voyant notre voiture, et qu'elle a parlé à cet homme sans doute pour lui commander cette mauvaise action.

LE VICE-ROI : Et j'espère qu'il n'est pas arrivé d'accident.

LE LICENCIÉ : Comment ! c'est un miracle que nous soyons encore en vie ! La secousse a été épouvantable ; la marquise est tombée sur moi, et moi sur le chien de la marquise que j'ai écrasé involontairement... Ma perruque est tombée dans le ruisseau... et la marquise a reçu à la hanche une contusion très forte.

LE VICE-ROI : Loué soit Dieu ! Je craignais qu'il ne fût arrivé un plus grand malheur.

LE LICENCIÉ : Il me semble qu'en voilà bien assez comme cela. Le carrosse de plus est fort endommagé ; un carrosse superbe, qui depuis plus de vingt ans faisait l'admiration de cette ville.

LE VICE-ROI : Je paierai... c'est-à-dire je ferai payer le dommage à la Perichole.

LE LICENCIÉ : Mais, monseigneur, le scandale, comment le réparer ? Pour moi, je n'y vois qu'un seul moyen, c'est de défendre à cette dame de sortir en carrosse ; car non seulement il est de mauvais exemple de voir une comédienne en carrosse, tandis que tant de dignes ecclésiastiques vont à pied, mais encore la vie des paisibles habitants de Lima serait compromise par son imprudence... Je n'ai pas tout dit, et j'ai le regret d'être dans la nécessité d'affliger Votre Altesse. — Les domestiques de la marquise, indignés de l'insulte faite à leur maîtresse, ont adressé quelques vives remontrances manuelles au cocher et au laquais de la dame. Là-dessus la canaille qui la suivait avec des cris de joie a pris parti pour elle. Surtout un certain mauvais sujet, un cholo, un toréador, nommé Ramon, a fait rage. Il a roué de coups de bâton le cocher de la marquise, cassé l'épée de son écuyer et brisé la mâchoire de l'un de ses laquais.

LE VICE-ROI : Le scélérat ! je le ferai punir exemplairement.

LE LICENCIÉ : Ce n'est pas tout. Sans faire attention à nous, sans demander excuse, elle poursuit sa route, et peu s'en est fallu qu'elle n'entrât dans l'église tout en carrosse. La tête de ses mules était sous le portail quand elle s'est arrêtée. Elle descend, traverse la foule des fidèles à grand bruit... Tout le monde se retourne pour la regarder... On oublie la cérémonie commencée ; et, je frémis en le disant, monseigneur l'évêque, lui-même, a partagé la distraction générale. Il a oublié de demander au parrain la promesse d'élever chrétiennement le nouveau converti, son filleul. Pour moi, indigné et scandalisé au dernier point, j'ai quitté l'église pour vous raconter cette aventure, et vous prier de mettre un terme aux impertinences d'une fille qui, permettez-moi de vous le dire, fait le plus grand tort à Votre Altesse.

LE VICE-ROI : Elle va venir dans un instant, et je la tancerai d'importance.

LE LICENCIÉ : Je vous préviens que la marquise portera plainte jusqu'à Madrid, s'il le faut.

LE VICE-ROI : Monsieur le licencié, il faudrait empêcher cela. Vous sentez bien que ces plaintes-là me nuisent beaucoup.

LE LICENCIÉ : Monseigneur...

LE VICE-ROI : Vous avez du crédit auprès de la marquise. Engagez-la à se contenter des dommages qu'on lui donnera. Pour moi, je me charge de faire une semonce à la Perichole.

LE LICENCIÉ : Monseigneur... je ne sais...

LE VICE-ROI : Votre église a besoin d'un tableau pour le maître-autel... Je veux que la Perichole vous en fasse cadeau pour expier sa faute... Aussi bien, je lui ai donné une madone de Murillo, qu'elle veut changer contre mon saint Christophe... Au surplus, vous pouvez compter sur la madone... Mais rendez-moi le service de faire taire la marquise... N'est-ce pas ? vous me le promettez ?

LE LICENCIÉ : Monseigneur, je ferai mon possible, mais...

LE VICE-ROI : Amenez-moi votre neveu un de ces matins. Nous tâcherons de faire quelque chose pour lui.

LE LICENCIÉ : Il est tout à fait digne des bontés de Votre Altesse. Mais, monseigneur...

LE VICE-ROI : J'entends un carrosse qui entre dans la cour. La voici sans doute. Vous allez voir comment je vais lui parler.

BALTHASAR, *annonçant :* Monseigneur l'évêque de Lima.

LE VICE-ROI : L'évêque !

LE LICENCIÉ : Il vient sans doute porter plainte aussi.

L'évêque et la Perichole paraissent à la porte, et font des façons pour entrer.

L'ÉVÊQUE : Passez, mademoiselle.

LA PERICHOLE : Monseigneur, je vous en supplie...

L'ÉVÊQUE, *lui prenant la main :* Eh bien ! entrons ensemble.

LE LICENCIÉ, *à part :* Que vois-je ? l'évêque donne la main à la comédienne !

LE VICE-ROI : Monseigneur, je vous baise les mains... Je suis confus de ne pouvoir me lever pour vous recevoir, mais un pauvre malade...

L'ÉVÊQUE : Mademoiselle m'a parlé de votre indisposition, et je n'ai pas voulu rentrer chez moi sans m'informer de vos nouvelles. Cela m'a procuré le plaisir de conduire mademoiselle dans ma voiture.

LA PERICHOLE : C'est une grâce que je n'oublierai jamais.

LE VICE-ROI : Comment ! ma voiture... ta... votre voiture... s'est-elle brisée ?

LA PERICHOLE : Non, monseigneur, mais je ne l'ai plus et je ne la regrette pas, car j'en ai fait, je l'espère, un bon usage.

L'ÉVÊQUE : Un bon, un saint usage.

LE LICENCIÉ, *à part :* Je m'y perds.

L'ÉVÊQUE : Vous avez donné un exemple de piété bien rare dans ce siècle.

LE VICE-ROI : Expliquez-moi, de grâce...

LA PERICHOLE : Pardonnez-moi, monseigneur, si j'ai si tôt abandonné un présent qui venait de vous ; mais, lorsque vous apprendrez en quelles mains je m'en suis départie, vous m'excuserez et vous me féliciterez. — Tandis que j'allais par les rues mollement bercée sur ces coussins élastiques, une idée m'est venue à l'esprit, qui a dissipé en un moment le plaisir que je goûtais. Comment ! me suis-je dit, une pécheresse... une misérable créature comme moi... une femme exerçant une profession presque coupable...

L'ÉVÊQUE : Ma fille, vous êtes trop humble... et quoique je ne vous aie jamais vue sur la scène... je sais que vous honorez singulièrement votre profession. Saint Genest était acteur[32].

LA PERICHOLE : Eh quoi ! je suis portée d'un bout à l'autre de la ville, mollement et avec la rapidité de l'éclair ; je suis à l'abri du soleil, de la pluie, tandis que des personnes qui valent mille fois mieux que moi, tandis que des serviteurs de Dieu, portant des secours spirituels aux malades, sont exposés à toutes les intempéries de l'air, à la chaleur, à la poussière, à la fatigue ? Alors je me suis souvenue que j'avais vu souvent de dignes prêtres accablés par l'âge, marcher à pas précipités dans les rues de Lima, portant le saint viatique à des malades, et ne craignant qu'une chose, c'est d'arriver trop tard auprès du lit de l'agonisant. J'ai pleuré sur moi-même, et la Sainte Vierge m'a inspiré, comme expiation de mes péchés, de faire hommage à Dieu de ce carrosse qui avait flatté mon orgueil, et que j'étais indigne de posséder[e].

e. Une comédienne fameuse de Lima, nommée la Perichole, eut un jour la fantaisie d'aller à l'église en carrosse. Il y avait alors peu de voitures à Lima, et elles appartenaient toutes à des personnes de la plus haute distinction. La Perichole, qui était entretenue par le vice-roi du Pérou, obtint, non sans quelque peine, que son amant lui fît don d'un carrosse magnifique, dans lequel elle se montra par la ville, au grand étonnement des Liméniens.

Après avoir joui de son carrosse pendant une heure à peu près, saisie tout à coup d'un accès de dévotion, elle en fit don à l'église cathédrale, voulant qu'il servît à transporter rapidement les prêtres qui iraient administrer les secours spirituels aux malades. Elle fit, de plus, une fondation pour l'entretien de cette voiture Depuis ce temps, le Saint-Sacrement est porté en carrosse, à Lima, et le nom de la comédienne est en grand honneur[33]

L'ÉVÊQUE : Mademoiselle a eu la générosité d'en faire don à notre église, et d'y ajouter une fondation pieuse pour son entretien à perpétuité. À l'avenir, lorsqu'un malade réclamera les consolations que la religion donne aux mourants, cette voiture servira à porter le Saint-Sacrement, et de la sorte bien des âmes seront sauvées ; car il est trop commun que des pécheurs endurcis ne demandent leur Créateur que lorsque la mort va les saisir, et trop tard pour qu'un pauvre ecclésiastique à pied puisse arriver à leur chevet tandis qu'ils respirent encore.

LE LICENCIÉ : Mademoiselle, en effet, a cédé à une bonne et sainte inspiration.

LE VICE-ROI : Je vous admire, Perichole, et je voudrais m'associer à votre bonne action, en prenant à mon compte...

LA PERICHOLE : Ah ! monseigneur, laissez-moi la gloire de l'avoir faite... J'en suis assez récompensée par ce précieux don que je tiens de monseigneur. Ce chapelet a été enfermé pendant neuf jours dans la châsse de la bienheureuse image de Notre-Dame de Chimpaquirà[f] [34]. *(Elle fait baiser le chapelet au vice-roi et au licencié.)*

L'ÉVÊQUE : De grandes indulgences y sont attachées.

LE VICE-ROI : Je suis si joyeux, que je ne sens plus du tout ma jambe. Pineda est un sot, et je n'ai pas la goutte.

LA PERICHOLE : C'est ce chapelet que vous venez de toucher qui vous a soulagé, monseigneur.

L'ÉVÊQUE : Il n'est rien de plus probable, et j'en ai vu souvent des effets merveilleux.

LE VICE-ROI : Je le crois, mais je continuerai encore deux jours mon régime ; ensuite, monseigneur, je voudrais faire une bonne folie, et vous faire souper

f. Image très révérée du Nouveau Monde.

chez mademoiselle, pour que vous puissiez faire plus ample connaissance.

LA PERICHOLE : Je n'ose espérer que monseigneur daigne me faire tant d'honneur. Cependant notre divin Sauveur mangeait avec les Samaritains... et si le secret le plus profond...

L'ÉVÊQUE : Nous verrons. Attendons que Son Altesse soit guérie.

LE VICE-ROI : Cela veut dire qu'il accepte.

L'ÉVÊQUE : Je crains bien de ne pas avoir la force de refuser.

LA PERICHOLE : Si monsieur le licencié voulait faire le quatrième ?

LE LICENCIÉ : C'est trop d'honneur que vous me faites.

L'ÉVÊQUE : Monsieur le licencié, nous n'en parlerons pas.

LE LICENCIÉ : Monseigneur !

LE VICE-ROI : Et vous entendrez chanter la Perichole... des airs pieux, s'entend. Sa voix est capable de convertir un infidèle.

L'ÉVÊQUE, *saluant la Perichole et souriant :* Je crains seulement qu'elle ne fasse renier un fidèle.

LE CHANOINE : Mademoiselle, ce carrosse sera pour vous le chariot d'Élie[35] ; il vous mènera droit au ciel.

DOSSIER

CHRONOLOGIE

1802. 22 juin : Léonor Mérimée, 44 ans, professeur de dessin à Polytechnique, épouse Anne-Louise Moreau, 27 ans, petite-fille de l'auteur de contes pour enfants Mme Leprince de Beaumont.

1803. 28 septembre : naissance de Prosper Mérimée à Paris, près du Panthéon ; malgré les nombreux déménagements paternels, il ne quitte pas le Quartier latin pendant toute son enfance.

1812. Prosper Mérimée entre au lycée Napoléon (lycée Henri-IV après 1815), où il fait toute sa scolarité.

1819. Mérimée, bachelier en juillet, s'inscrit à la faculté de droit et y poursuit ses études jusqu'à la licence, qu'il obtient en juillet 1823.

1820. Mérimée, excellent angliciste grâce à ses parents, traduit Ossian avec son ami Jean-Jacques Ampère, de trois ans son aîné.

1822. Année importante pour Mérimée ; c'est celle de sa rencontre avec Stendhal, et aussi de sa première tentative dramatique : un *Cromwell* en prose, resté inédit, et dont le texte est perdu.

1823. Exempté de service militaire pour « faiblesse de constitution », Mérimée joint à ses études de droit, qu'il termine, une nouvelle tentative littéraire : un roman, perdu aussi, qu'il entreprend en collaboration avec le comte de Varennes.

1824. Avril : Mérimée ébauche un roman ou un récit intitulé *La Bataille*.
Novembre : *Le Globe* publie sur le théâtre espagnol quatre articles non signés, mais qu'on s'accorde aujourd'hui à attribuer à Mérimée.

1825. 13 mars : Mérimée est introduit par Stendhal dans le salon du peintre et critique d'art Étienne Delécluze, où il donne dès le lendemain lecture de ses deux pièces *Les Espagnols en Danemarck* et *Une femme est un diable*.
27 mars : nouvelle lecture publique, où *Les Espagnols* sont cette

fois accompagnés de deux autres pièces, *Le Ciel et l'enfer* et *L'Amour africain.*

Avril-mai : trois autres séances, deux chez Delécluze et une chez Cerclet (rédacteur en chef du journal *Le Producteur*), au cours desquelles Mérimée poursuit ses lectures. Le 12 avril, Delécluze dessine un portrait de Mérimée costumé en Espagnole ; ce portrait est censé être celui de la comédienne Clara Gazul, pseudonyme que le jeune homme a décidé de prendre pour publier ses pièces.

21 mai : *Le Globe* annonce la parution prochaine du *Théâtre de Clara Gazul* (nouvelle annonce le 28).

4 juin : annonce de la parution du volume dans la *Bibliographie de la France ;* le même jour, dans *Le Globe*, article de Jean-Jacques Ampère sur le livre de son ami.

1827. 11 juillet : *L'Amour africain*, troisième pièce du *Théâtre de Clara Gazul*, est joué au cours d'un divertissement intitulé *Les Proverbes au château*, au théâtre des Nouveautés (dix représentations).

Fin juillet : Mérimée publie sans nom d'auteur *La Guzla ou Choix de poésies illyriques*, nouvelle supercherie bientôt démasquée par Goethe.

1828. 7 juin : Mérimée publie deux pièces, indépendantes du cycle de Clara Gazul, *La Jaquerie* (sic) et *La Famille de Carvajal.*

1829. Grande année du surgissement des premières nouvelles de Mérimée, parmi lesquelles *Chronique du règne de Charles IX* (mars), *Mateo Falcone* (mai), *Vision de Charles XI* (juillet), *L'Enlèvement de la redoute* (septembre), *Tamango* (octobre), *La Perle de Tolède* (décembre).

14 juin : publication, dans la *Revue de Paris*, de la pièce *Le Carrosse du Saint-Sacrement.*

29 novembre : publication, dans la même revue, de la pièce *L'Occasion.*

1830. Nouvelles parutions de récits : *Le Vase étrusque* (février), *La Partie de trictrac* (juin).

Septembre : deuxième édition du *Théâtre de Clara Gazul*, auquel sont intégrés *Le Carrosse du Saint-Sacrement* et *L'Occasion* parus l'année précédente.

Juillet-novembre : voyage de Mérimée en Espagne, au cours duquel il fait la connaissance d'Eugénie de Montijo, la future impératrice, alors âgée de quatre ans.

1831. Mérimée devient fonctionnaire de Louis-Philippe (à la Marine, puis au Commerce), tandis que la *Revue de Paris* publie ses deux premières *Lettres d'Espagne* (2 janvier et 13 mars).

1832. La *Revue de Paris* publie une troisième *Lettre d'Espagne* (26 août). En décembre, Mérimée est nommé chef de cabinet du ministre de l'Intérieur.

1833. 4 juin : Mérimée publie *Mosaïque*, où sont notamment rassemblées ses nouvelles de 1829-1830.
7 septembre : publication de *La Double Méprise*.

1834. 27 mai : Mérimée est nommé inspecteur des Monuments historiques, fonction qu'il occupera activement jusqu'en 1860.
15 août : publication des *Âmes du purgatoire*.

1836. En septembre, mort du père de Mérimée.

1837. 15 mai : publication de *La Vénus d'Ille*.

1840. 1er juillet : publication de *Colomba*.

1844. 14 mars : Mérimée est élu à l'Académie française, au fauteuil de Charles Nodier.

1845. 1er octobre : publication de *Carmen*.

1850. 13 mars : lors de sa création à la Comédie-Française, *Le Carrosse du Saint-Sacrement* est sifflé. Il n'y a que six représentations.

1852. En avril, mort de la mère de l'écrivain.

1853. 23 juin : Mérimée, depuis longtemps intime des Montijo, est nommé sénateur par Napoléon III.

1856. Fin novembre, Mérimée part pour la première fois passer la mauvaise saison sur la Côte d'Azur, dans l'espoir de voir s'y améliorer sa santé. Il y séjourne d'abord, chaque année, en décembre et janvier, puis ses absences s'allongent jusqu'au printemps, sans rémission notable de ses crises d' « étouffement » ni de ses angoisses.

1866. En septembre, après des années seulement marquées par des travaux d'érudition historique ou par des morceaux de circonstance, Mérimée revient à la nouvelle narrative avec *La Chambre bleue* (non publiée de son vivant).

1868. En septembre, Mérimée compose *Lokis*. Le texte ne paraît qu'un an plus tard, sous le titre *Le Manuscrit du professeur Wittembach*.

1870. En janvier, Mérimée écrit son dernier récit, *Djoûmane* (non publié de son vivant).
La déclaration de guerre à la Prusse, le 19 juillet, atteint un Mérimée déjà fort malmené par la maladie ; la nouvelle de Sedan l'achève moralement.
23 septembre : Mérimée meurt à Cannes, où il est inhumé.

1871. En septembre, publication de *La Chambre bleue*.

1873. En janvier, publication de *Djoûmane*. La même année, ces deux textes figurent à nouveau dans un recueil composite intitulé *Dernières nouvelles*.

NOTICE

Nous ne possédons aucun renseignement précis sur la composition des huit pièces du *Théâtre de Clara Gazul*. Une lettre du 21 septembre 1823 contient une allusion aux *Espagnols en Danemarck*, que Mérimée s'apprête à entreprendre. Malgré Pierre Trahard qui fait remonter la composition de deux ou trois au moins des textes de Clara Gazul à la fin de l'été 1822 (*La Jeunesse de Prosper Merimée*, p. 147-148), je crois qu'aucune des six pièces de la première édition, lues dans divers salons romantiques entre la mi-mars et la fin mai 1825, n'a été achevée avant le début de 1823, date à laquelle Mérimée renonce à tenter de publier son premier essai dramatique, *Cromwell* (dont le texte est perdu). L'utilisation certaine de documents publiés en 1824 invite même à repousser à cette année-là la composition définitive de la plupart des textes.

L'*édition originale* paraît tout à la fin de mai 1825 chez Sautelet, place de la Bourse, sous le titre *Collection des théâtres étrangers. Théâtre de Clara Gazul, comédienne espagnole.* Elle comporte les six pièces intitulées *Les Espagnols en Danemarck*, *Une femme est un diable*, *L'Amour africain*, *Inès Mendo* (deux pièces distinctes) et *Le Ciel et l'enfer.* Il n'y a pas de nom d'auteur, mais l'ouvrage commence par une « Notice sur Clara Gazul » signée d'un Joseph L'Estrange qui se présente comme le traducteur. Tous les exemplaires devaient comporter en frontispice une lithographie gravée par Ary Scheffer d'après le portrait de Mérimée dessiné le 12 avril 1825 par Delécluze mais, la gravure n'ayant « pas réussi à l'impression » (dit Delécluze dans son *Journal*, Grasset, 1948, p. 220-221), seuls certains exemplaires en furent ornés. Quelques-uns comportaient en outre, pardessus la lithographie représentant Mérimée en mantille, un autre portrait en redingote et « en cheveux » où l'emplacement de la tête était découpé pour laisser apparaître *le* « vrai » Clara Gazul : c'était avouer la supercherie. Mérimée a emprunté ce pseudonyme, qui n'a donc pu tromper personne dans le petit monde littéraire où, d'ailleurs, il avait lui-même lu ses textes, à un personnage du *Romancero* espagnol, un Maure plein de bravoure et de charme dont les exploits guerriers et surtout amoureux avaient notamment été évoqués dans l'*Histoire chevaleresque des Maures de Grenade* de Pérez de Hita (traduite en français en 1809), ouvrage que Mérimée a pu consulter.

La *deuxième édition* est publiée chez Fournier jeune, en septembre 1830, pendant le premier grand voyage de l'écrivain en Espagne. Elle comporte deux pièces nouvelles : *Le Carrosse du Saint-Sacrement* et *L'Occasion*, prépubliées dans la *Revue de Paris* les 14 juin et 29 novembre 1829. Le texte des six pièces de 1825 reçoit d'assez nombreuses corrections de style.

La *troisième édition*, qui comporte, à la suite du *Théâtre de Clara Gazul*, les deux pièces *La Jaquerie* et *La Famille de Carvajal* (déjà parues en juin 1828, et dont c'est par conséquent la deuxième édition), est publiée chez Charpentier en 1842. Beaucoup de corrections encore dans cette édition, Mérimée revenant assez souvent à son texte de 1825 pour les six pièces de l'édition originale.

La *quatrième édition* (1850) n'est qu'une réimpression. En revanche, Mérimée revoit encore soigneusement la « réimpression de [ses] sottises d'autrefois » (lettre du 29 octobre 1856 à Mme de La Rochejaquelein) pour la *cinquième édition* (Charpentier, 1857), à laquelle les réimpressions de 1860, 1865 et 1870 n'apportèrent aucun changement, sinon des coquilles. C'est donc le texte de 1857 que nous reproduisons dans le présent volume. Mérimée ayant accompagné ses pièces d'un certain nombre de notes, nous les avons reproduites en bas de page dans le texte, afin de ne pas les confondre avec nos propres notes explicatives situées en fin de volume. Enfin, l'orthographe de Mérimée est incertaine et fantaisiste ; nous l'avons, comme tous les éditeurs modernes, rectifiée et modernisée, mais nous avons conservé certaines graphies comme *Danemarck*, qui subsiste tout au long des éditions successives et qui nous paraît constituer un élément inamovible du titre authentique de la pièce.

DOCUMENTS

Nous joignons au *Théâtre de Clara Gazul* le texte des quatre articles publiés par *Le Globe* les 13, 16, 23 et 25 novembre 1824 sur le théâtre espagnol. Les deux premiers, « Art dramatique en Espagne », ne sont pas signés ; les deux derniers, intitulés « Théâtre espagnol moderne », sont signés de l'initiale « M. » ; Pierre Trahard a bien montré qu'on pouvait les attribuer tous les quatre à Mérimée (*La Jeunesse de Prosper Mérimée*, p. 146-156).

I

L'acteur Mayquez

Avant Mayquez [1], l'acteur espagnol, étranger aux idées les plus communes de son art, ne faisait que copier servilement ce qu'il avait vu faire à ses devanciers, croyant de bonne foi qu'il ne s'agissait que de savoir son rôle et de le débiter sur la scène avec le plus de bruit possible. En remplissant ces deux conditions, il pouvait compter avec certitude sur les applaudissements du parterre. Les décorations et les costumes n'étaient pas moins négligés.

Dans une pièce intitulée *Le Précepteur d'Alexandre* l'acteur Robles jouait le rôle d'Aristote, en habit brodé, en robe de soie, avec une perruque bien poudrée, une épée et une canne à poignée d'or. Cependant Robles était le Roscius [2] du théâtre espagnol il y a trente ans, quoiqu'il n'ouvrît la bouche qu'après avoir toussé cinq ou six fois, ou craché, ou joué avec son mouchoir, ou ses gants, ou sa canne qu'il faisait passer de sa main gauche à sa main droite. On peut juger après cela si le nouveau genre de compositions dramatiques était du goût des acteurs. Aussi Moratín avait-il bien de la peine d'abord à faire recevoir ses comédies, ensuite à obtenir qu'on mît dans les répétitions le soin nécessaire pour en assurer le succès. D'autres écrivains moins connus ou moins adroits étaient sûrs d'avoir à souffrir des intrigues ou du mauvais jeu des acteurs.

Cependant, au commencement du XIXe siècle, les plaintes des hommes éclairés et les plaisanteries des étrangers décidèrent le gouvernement espagnol à établir une espèce de tribunal dramatique *(junta censoria)*, composé d'hommes de lettres connus, entre autres Moratín et Estala. Une école de déclamation, semblable à celle de Paris, fut fondée et placée sous la direction de M. Castellanos, ancien acteur d'une grande expérience, qui avait beaucoup voyagé en France et en Angleterre, pour examiner les progrès comparatifs du débit dramatique. Mais malheureusement il lui manquait la première qualité d'un professeur, celle de communiquer l'instruction. De plus, la *junta censoria* se mit à faire des réglements impraticables, et à susciter de nouveaux embarras aux jeunes auteurs. Ainsi, deux institutions qui pouvaient avoir une influence décisive sur le théâtre espagnol restèrent sans effets, et la dernière serait peut-être demeurée longtemps dans le même état, si Mayquez n'avait eu l'heureuse idée de quitter ses compatriotes pour venir passer quelques mois à Paris.

Mayquez était fils d'un acteur médiocre, et suivit de bonne heure la même profession. Il savait à peine lire à vingt ans et ne savait pas écrire à trente. Il n'avait jamais eu l'occasion d'acquérir ce vernis extérieur que donne l'usage du monde. L'art n'avait rien fait pour lui, mais la nature fit plus que l'en dédommager; elle lui donna tous les avantages physiques et moraux : une figure élégante, une tête tournée à la grecque, de beaux yeux noirs pleins d'expression, une voix sonore et flexible, des gestes toujours en harmonie avec la pensée, un port noble, des attitudes académiques, une sensibilité exquise, une conception vive et un bon sens naturel qui le servait toujours bien dans les situations délicates et neuves. Toutes ces qualités en ont fait un des hommes les plus extraordinaires que la péninsule ait produits depuis longtemps. Il ne lui manquait que d'être né dans un pays qui sût mieux apprécier ses talents et en mieux profiter.

Mayquez ne pouvait qu'être révolté du système vicieux de déclamation auquel l'ignorance et la mode avaient donné de la vogue. Il vint à Madrid, où, sans d'autres secours que sa force de conception et d'observation, il osa parler sur la scène comme on parle dans la conversation familière; mais l'exemple d'un seul individu, sans influence sur le public comme sur les gens de sa profession, ne fit qu'offenser les partisans de l'ancienne routine. On l'accusait de froideur et de négligence, ou le sifflait quand il voulait parler. Mayquez n'en persista pas moins, durant trois ans, dans son système. Enfin, voyant qu'il ne parviendrait jamais à vaincre l'aveugle obstination du public, à moins qu'il ne s'appuyât de quelque autorité imposante, il vendit tout ce qu'il avait pour payer les frais d'un voyage à Paris, et partit en disant qu'il allait apprendre du célèbre Talma les moyens de se perfectionner dans son art.

Cet homme singulier ne savait pas un mot de français, et rien ne semblait lui promettre ni avantage ni plaisirs pendant son séjour à

Paris. Pauvre, sans protecteurs, sans amis, sans moyens de recommandation, il savait qu'il allait s'y trouver comme un homme tombé des nues. D'ailleurs il ne comptait y séjourner que huit ou dix mois, espace de temps qu'il devait savoir être insuffisant. Quel était donc son dessein en allant à Paris ? Il voulait tout simplement pouvoir en parler à son retour. Et nous devons observer ici que Montesquieu, Voltaire et la plupart des étrangers qui ont écrit sur l'Espagne ont donné une fausse idée des Espagnols, en disant que ce peuple est un des plus fiers et des plus vains de l'Europe : pour ce qui tient à la littérature et aux beaux-arts, cela est tout à fait inexact. Pour l'Espagnol, l'homme qu'il voit tous les jours à la promenade n'est pas le savant, l'artiste ou l'homme de lettres : c'est seulement l'homme de sa connaissance. Sa vanité (si tant est qu'il en ait) s'exerce sur des objets qui ne sont plus, ou s'attache à ceux qui ne sont pas encore ; mais elle dédaigne ceux qui passent immédiatement sous ses yeux. À cet égard, on peut regarder l'Espagne comme le paradis des morts, les limbes de ceux qui sont à naître et le purgatoire des vivants. Une production nationale du siècle présent n'y est estimée qu'autant qu'elle fait allusion aux mœurs ou aux institutions ultramondaines ; en un mot, on ne lui accorde d'autre mérite que celui qu'elle emprunte ; et, pour qu'elle soit goûtée par les Espagnols, il faut qu'elle n'ait rien d'espagnol. Ainsi Mayquez, qui avait été méprisé tant qu'il n'était pas sorti de l'Espagne, devint l'objet de l'intérêt universel dès que le but de son voyage fut publié par les coteries de Madrid. On cessa de l'appeler l'acteur insipide et monotone : on ne vit plus en lui que le futur disciple de Talma, l'intrépide voyageur qui, pour chercher de l'instruction, osait franchir le formidable espace qui sépare la Seine du Manzanarès !

II

L'acteur Mayquez. — M. Cienfuegos.

En arrivant à Paris, Mayquez fit une visite à Talma, qui le reçut avec beaucoup de cordialité, et le pria de lui réciter quelque passage d'une tragédie espagnole, pour lui donner une idée de son talent. Mayquez débita une vingtaine de vers d'une tragédie d'Aïala[3], et Talma fut si frappé de l'expression de ses traits, du jeu mobile de sa physionomie, de l'éloquence muette de ses yeux, du naturel de son action, qu'il ne balança pas à lui donner dès lors une des premières places dans le temple de Melpomène.

Ce voyage ne pouvait manquer d'étendre les idées de Mayquez. Il observa, compara et s'appropria tout ce qui pouvait favoriser ses vues. Il se garda bien de confondre dans le jeu de Talma, de Lafond[4] ou de Mlle Mars, ce qui appartient à l'art en général avec ce qui est accordé soit aux mœurs et aux habitudes nationales, soit au mécanisme de la versification française. Il ne prit donc que ce qui pouvait s'adapter à la scène espagnole. Nous pouvons ajouter, d'après son propre aveu, que, dans tout ce qui concerne les décorations, le service intérieur du théâtre, et l'imitation exacte dans le costume, il tira un grand fruit de son voyage.

Le retour de Mayquez à Madrid, après une absence de dix mois, fut signalé par le plus brillant succès. On voulut s'apercevoir qu'il était l'élève de Talma. Ses manières aisées, sa dignité sur la scène faisaient bien voir qu'il avait respiré l'air du faubourg Saint-Germain. Le beau sexe trouvait sa figure plus séduisante et plus animée, depuis qu'elle avait été plongée dans les eaux limpides de la Seine : c'était un sacrilège d'en douter. Mayquez acquit ainsi une popularité que ni la critique éclairée d'un Luzán et d'un Velazquez[5], ni la protection avouée d'un ministre, ni même les chefs-d'œuvre de Moratín, n'avaient pu lui procurer. Ce fut alors que le goût de la comédie classique devint général en Espagne, que les acteurs apprirent à la représenter avec convenance, et que les poètes purent écrire dans ce style, sans courir le risque de se compromettre ou de n'être point compris.

On peut rapporter à la même époque la coutume de la représentation journalière de la tragédie. On y avait appliqué le même mode de déclamation et de décoration qu'à la comédie : c'était la même négligence dans l'observation du costume. Mayquez ne fut pas seulement un tragédien supérieur : il fut l'inventeur de la déclamation espagnole, le fondateur d'une école tout à fait nouvelle et nationale. Son heureux début encouragea les auteurs à cultiver une branche de littérature jusqu'alors étrangère à l'Espagne.

Avant de parler de ceux qui ont enrichi la scène espagnole depuis cette heureuse réforme, nous croyons devoir dire quelques mots de Cienfuegos[6], dont les tragédies furent imprimées, avec ses autres poésies, vers la fin du siècle dernier.

M. Cienfuegos avait une place au Ministère des Affaires étrangères à Madrid, et était un des membres les plus distingués de l'Académie espagnole. Il était excellent poète lyrique, écrivain judicieux, homme de lettres très éclairé et citoyen respectable. Il composa quatre tragédies : *Idoménée, Pittocus, Zorayda* et *La Comtesse de Castille.* Les deux premières n'ont jamais été représentées, et ne le seront probablement jamais, du moins avec succès, à cause de la sécheresse et de la langueur qui y règnent, quoique la poésie en soit admirée ; les deux autres ont eu du succès et se jouent encore quelquefois, bien qu'elles ne produisent qu'un effet médiocre. *Zorayda* est une pièce bien écrite, où l'on trouve une peinture fidèle des troubles de Grenade, pendant les guerres des Abencérages et des Zégris[7]. Le sujet lui donne un air romanesque qui fait passer dans les détails un charme inexprimable ; aussi est-ce, de toutes les tragédies, celle que les Espagnols lisent avec le plus d'intérêt. Cependant, soit que le genre lyrique se prête mieux que le genre dramatique aux contes et aux traditions arabes, soit que le sujet de cette tragédie en ait été mal conçu par l'auteur, il est certain qu'à la représentation, on n'est remué ni par les situations ni par les discours. Le spectateur sent un vide dont il a d'abord peine à se rendre compte, mais il ne tarde pas à découvrir que les caractères sont faibles, le dialogue surchargé de mots superflus, et par conséquent la marche du drame languissante. D'ailleurs la catastrophe n'excite ni surprise, ni sensation violente d'aucune espèce, parce qu'elle ne fait que vérifier des conjectures formées d'avance. Quant à *La Comtesse de Castille*, c'est la seule des tragédies de Cienfuegos dont le sujet soit vraiment tragique. Nous n'y trouvons qu'un défaut, c'est l'ennuyeuse lenteur du dénouement. La comtesse de Castille avale du poison vers le milieu du cinquième acte, et ne quitte point la scène, ni ne cesse de parler, jusqu'à ce qu'elle meure, précisément à la fin. Il est impossible que l'attention de l'auditoire soit à l'épreuve d'une agonie si prolongée, qui est faite pour détruire l'illusion théâtrale. Nous représentons Melpomène avec un poignard à la main, jamais avec une fiole de laudanum[8].

Une catastrophe, pour être imposante, doit être sanglante et rapide ; le rideau doit tomber aussitôt que le coup est frappé, si l'on veut prolonger l'impression dans l'âme du spectateur. Cependant à la catastrophe près, cette tragédie peut passer pour une excellente composition. Le ton en est vraiment historique, le dialogue concis et animé, la versification heureuse ; le drame est bien développé, les caractères bien tracés et bien soutenus, surtout celui de la comtesse, où l'on trouve à la fois la fierté d'une princesse, la faiblesse d'une mère, le dévouement d'une amante et les emportements d'une femme.

III

Comella[9]

Lope de Vega plaisante ainsi sur le goût de ses compatriotes en fait d'ouvrages dramatiques :

> ... *Que la colera*
> *De un Español sentado no se templa,*
> *Si no le representan en dos horas*
> *Hasta el final juicio desde la genesis.*

« Pour satisfaire à l'avide curiosité d'un Espagnol au théâtre, il faut lui représenter en deux heures depuis la genèse jusqu'au jugement dernier. »

Malgré cette raillerie qui ferait croire qu'il désapprouvait le genre alors à la mode, Lope nous a laissé quelques *centaines* de comédies où les règles d'Aristote sont entièrement négligées. Calderón, Castro et les tragiques du second ordre ne se sont pas montrés plus scrupuleux. On trouve dans leurs ouvrages beaucoup d'événements, peu de conversation, souvent de l'imagination et des idées heureuses, mais rarement des développements bien suivis et des caractères bien peints. Comme exception, je citerai cependant le caractère de Crespo dans *L'Alcade de Zalamea*, qui me paraît bien au-dessus de tous ceux que Shakespeare nous a laissés. Tel qu'il est, le théâtre espagnol a servi de modèle à tous les autres. Anglais, Allemands, Français ont exploité la même mine, et je suis sûr qu'il n'existe pas à la scène une situation qu'on ne puisse retrouver dans les comédies espagnoles des XVIe et XVIIe siècles[a]. *Faust* même, ce drame qui semble si original, offre une ressemblance frappante avec *El Magico prodigioso* de Calderón ; sans l'Inquisition, je crois même que l'Espagnol nous aurait donné un diable un peu plus diable que le triste Méphistophélès.

Le grand défaut du théâtre espagnol est son style ridicule. Les spectateurs du temps voulaient qu'on leur satisfît *l'esprit et le cœur.* Il leur fallait, il est vrai, des situations touchantes, un plan bien conçu, mais de plus un style rempli de pointes et de jeux de mots. On aimait à deviner un calembour en pleurant ; et plus les vers étaient entortillés et précieux, surtout inintelligibles, plus ils étaient applaudis.

Cette fameuse phrase citée dans *Don Quichotte, « la raison de la déraison*[11]... », etc., donne une idée de ce style *culto,* comme on le nommait alors. Cervantès lui-même, qui l'a si bien tourné au ridicule, n'en est pas toujours exempt, dans son *Siège de Numance*[12] par exemple.

Calderón, Lope de Vega, Castro moururent, et le génie espagnol mourut avec eux. On trouva plus commode d'imiter leurs défauts que leurs mérites, et de là sortit un déluge de comédies détestables, qui méritaient bien le sort de la bibliothèque du chevalier de la Manche[13].

Voltaire, avec sa malice ordinaire, a relevé tous les défauts du théâtre espagnol sans parler de ses beautés. Montesquieu dit dans ses *Lettres Persanes :* « Le seul de leurs livres qui soit bon est celui qui a fait voir le ridicule de tous les autres[14]. » A leur exemple maint Français s'égaya aux dépens de Lope, qu'il n'avait peut-être pas lu. Mais les Espagnols baisèrent le bâton qui les frappait. Voltaire et les philosophes français, mis à l'index par l'Inquisition, étaient lus en cachette. L'on sait combien est persuasif un livre défendu : on eut

a. Je n'ai pas besoin de citer *Le Cid*, souvent gâté par Corneille. J'engage les lecteurs sans prévention à comparer la tragédie française avec la première partie de *Las Mocedades del Cid*, par Guillaume de Castro, traduite dans la vingt-quatrième livraison des *Théâtres étrangers*[10]

honte d'avoir admiré si longtemps les *farces monstrueuses*[15] dont se moquait le *divino* Voltaire, et les beaux esprits traduisirent à l'envi force tragédies françaises, et même essayèrent d'en composer à leur image.

Malheureusement, elles attirèrent si peu de spectateurs que les comédiens désespérés renoncèrent à un genre qui ne leur produisait que des éloges de l'Académie, auxquels ils auraient bien préféré les réaux du public. Moratín le père, Yriarte, Trigueros[16] échouèrent successivement dans leur projet de réforme.

Dans cet état de choses, parut Don Luciano Francisco Comella, qui, pendant quelques années, fut seul en possession de charmer le public de la péninsule. Héritier de la fécondité de Lope et de Calderón[b], il a laissé environ cent comédies dont la plus mauvaise, au dire des acteurs, a plus rapporté à la caisse que la meilleure de Lope. Il prit un biais entre le genre français nouveau et le genre espagnol ancien. Il borna à quelques jours seulement la durée de ses drames ; il supprima le style *culto* et le *gracioso*[17], ce personnage bizarre et obligé des anciennes tragédies : mais il y substitua le jargon sentimental, les vers sentencieux, les tyrans et les traîtres de mélodrame, et les coups de canon. Sans s'en douter, il a trouvé çà et là des situations éminemment dramatiques ; mais le plus souvent il a jeté ses ouvrages dans le même moule. Un scélérat a commis un crime, un innocent en est accusé, les apparences le condamnent, il va périr : mais, à la dernière scène, tout se découvre : l'innocent est récompensé, le scélérat condamné au supplice. Pour satisfaire pleinement l'indignation du public vertueux, il imagine même des supplices inusités. C'est ainsi que dans *Federico segundo en el campo de Torgau*[18], le traître Warcots est condamné par le monarque prussien à être brûlé vif, nonobstant ses instances pour un supplice plus bénin :

Dad me al menos
Un suplicio mas benigno.

On voit par là qu'il se soucie fort peu d'observer les mœurs et l'histoire, bien différent en cela des anciens auteurs, qui s'y sont montrés remarquablement attachés.

M.

IV

Moratín

La réputation de Comella était à son apogée, quand elle croula tout d'un coup devant un nouvel émule.

b. Le recueil des œuvres choisies de Calderón contient cent vingt comédies. On estime que Lope de Vega en a composé environ mil huit cents, dont beaucoup sont perdues.

Don Leandro Fernandez de Moratín, fils de celui dont nous avons parlé, s'était annoncé par quelques ouvrages classiques qui n'avaient eu aucun succès (entre autres *Le Vieillard et la Jeune Femme, El Viejo y la Niña*). Jaloux de la réputation de Comella et plein de mépris pour ses ouvrages, il composa une petite comédie sans action, mais qui était une sanglante satire de son rival. *La Comédie nouvelle* (c'est le titre qu'il lui donna) eut un succès prodigieux, et dès lors Moratín imposa ses ouvrages au public espagnol, qui prit l'habitude de les admirer.

Dans cette pièce, *Comella* est désigné sous le nom de *Don Eleuterio*. C'est un mauvais poète, qui fait une comédie sur le siège de Vienne, allusion au goût de Comella pour les guerres et les grandes calamités ; on le siffle comme de raison, et le voilà réduit à l'hôpital. Tout le comique de l'ouvrage est dans le tableau de la misère et des espérances folles du poète et de sa famille. Le parterre de Madrid riait surtout quand Mariquita se plaignait de n'avoir à manger, pour six personnes, qu'une livre de concombres et la moitié d'un pain. Voilà qui est bien spirituel ! J'avoue que je n'ai jamais trouvé ridicule un homme qui a faim, mais le public de Madrid en jugeait autrement.

Le Oui des Jeunes Filles (El Si de las Niñas). Un vieillard s'imagine de demander la main de la jeune Francisca, qui par timidité, ou niaiserie, répond oui à sa déclaration. Mais le neveu du vieillard est un jeune lieutenant-colonel qui prend des batteries à lui tout seul (action assez rare en Espagne). On sent qu'il aime Francisca, et qu'il est payé de retour ; cependant, aussitôt qu'il apprend le mariage projeté, il se retire modestement, quand l'oncle, aussi bon que tous les oncles de comédie, touché de son obéissance, l'unit à sa prétendue, à laquelle il renonce aussi généreusement que de coutume.

On voit que cet oncle est un galant homme, et dans cette pièce il n'y a personne de positivement ridicule. Des Espagnols m'ont dit que c'était une innovation, et qu'elle était fort ingénieuse ; il m'a paru qu'elle augmentait encore la froideur du sujet.

Le Vieillard et la Jeune Femme (El Viejo y la Niña). Un vieillard a épousé en troisièmes noces une jeune demoiselle de dix-neuf ans : il a le défaut d'être jaloux, ce que bien des gens trouveront assez naturel, attendu que, par un hasard ordinaire au théâtre, il est obligé de loger chez lui l'ancien amant de sa femme. Heureusement cet amant est plein de vertu, et se contente de pousser force soupirs, auxquels répond à l'envi la jeune victime. Cependant il croit plus prudent d'éviter les tentations du malin, et il part pour l'Amérique.

On sent que la situation étant toujours la même, et le dénouement prévu dès l'exposition, la comédie est loin d'être amusante. Les lamentations des deux amants fatiguent les spectateurs, et le vieux mari les ennuie presque autant qu'il ennuie sa femme. Il y a cependant un rôle passable : c'est celui d'un vieux domestique, *Monoz*, grognon et boudeur, qui, étant depuis seize ans dans la maison du vieillard, se figure que sa place est tout aussi inamovible qu'une pairie : l'expression de son humeur triste et chagrine jette quelque gaieté sur ces trois actes mortellement longs.

Le Baron (El Barón). Un escroc s'est faufilé chez la vieille Monica, il lui persuade qu'il est baron, qu'il a des terres, des châteaux, des diamants, etc. La vieille va lui donner sa fille, quand tout se découvre à temps. Le caractère odieux et dégoûtant du principal personnage prête peu au comique, et nous avons déjà observé que la froideur est le caractère distinctif des ouvrages de Moratín.

Le Baron est précédé d'une préface dans laquelle l'auteur se vante d'avoir composé sa comédie suivant les règles de l'art, sans lesquelles les plus grands génies n'ont fait que des bévues *(desaciertos).* Il ajoute modestement : « Si, par bonheur, cette pièce était accueillie avec bienveillance, elle serait une preuve de plus qu'une fable simple, des caractères pris dans la nature, des mœurs nationales, de la vivacité dans le dialogue, une bonne morale, suffisent pour acquérir à un poète dramatique l'estime générale. » Certes il serait injuste d'en demander davantage à Moratín, mais jamais auteur n'a prononcé de meilleure grâce sa propre condamnation.

La Mojigata (La Femme hypocrite). On regarde assez généralement en Espagne cette pièce comme le chef-d'œuvre de Moratín[a]. Le sujet est emprunté à *L'École des maris* et au *Tartuffe :* on y retrouve entre autres la fameuse scène où Tartuffe s'accuse lui-même, au moment où il vient d'être pris sur le fait (acte II, scène IV).

Les dévots crièrent au scandale, l'Inquisition défendit la pièce, et Moratín aurait sans doute payé son audace plus cher que Molière, si le prince de la Paix[20], alors tout-puissant, ne se fût intéressé à lui. Cette persécution n'eut d'autre effet que d'augmenter le mérite de la comédie aux yeux de beaucoup de monde.

Deux frères ont chacun une fille qu'ils ont élevée chacun à sa manière, Doña Clara vit retirée, lit Kempis[21], dit continuellement son chapelet, et annonce l'intention d'entrer au couvent. Doña Inès, au contraire, va dans le monde, danse, s'amuse, et désire se marier.

On ne devine pas trop pourquoi Doña Clara fait un tel étalage de religion, et ce qu'elle peut y gagner; quoi qu'il en soit, elle écrit des billets doux aux jeunes gens, et tousse *(tosecilla)* quand on lui donne des sérénades. Certain écolier qui vient épouser sa sœur lui plaît assez, et un héritage qu'elle doit avoir plaît beaucoup à l'écolier. Un rendez-vous est donné, mais on surprend le couple amoureux : l'hypocrite s'en tire cependant, en faisant croire que sa cousine Inès se trouvait à sa place. Cependant, elle se marie secrètement; mais, ô désespoir ! la parente qui devait lui laisser sa fortune l'a déshéritée au profit de sa sœur. Repentir d'usage et pardon final.

Le rôle de l'écolier est d'un naturel exquis : c'est un de ces étourdis

a. Cette pièce n'a point été traduite[19].

sortant du collège, sans habitude du monde, lourdauds, timides avec les femmes d'un certain rang, et effrontés avec les autres. Le caractère de l'hypocrite est fort bien dessiné, et jamais il n'est assez odieux pour cesser d'être comique. Les autres rôles laissent tous plus ou moins à désirer.

C'est sans doute pour se conformer aux règles de l'art que Moratín introduit dans toutes ses pièces des valets fripons et menteurs, qui volent pour leurs maîtres et les conseillent. Il n'est permis, ce me semble, qu'à Molière et à Regnard de mettre à la scène des rôles si peu vraisemblables.

Le style de Moratín est simple et clair, ce qui mérite bien d'être remarqué dans un auteur espagnol.

Il est difficile de trouver dans ses ouvrages des défauts bien saillants, mais aussi on y chercherait en vain ces beautés hardies, ces diamants bruts, si communs chez Calderón et chez Lope. En un mot, Moratín est pour moi un exemple de ce qu'avec les règles classiques peut faire un homme médiocre, mais instruit.

Depuis longtemps Moratín n'a rien produit : il règne sans rivaux sur le Parnasse espagnol, où nous le laisserons en paix jouir de sa gloire[22].

M.

INDICATIONS BIBLIOGRAPHIQUES

I. Choix d'éditions modernes du *Théâtre de Clara Gazul.*

Premiers Essais et *Théâtre de Clara Gazul*, édition critique de Pierre Trahard, Champion, 1927 (t. II des *Œuvres complètes*);
Théâtre de Clara Gazul, édition de Pierre Martino, Les Belles-Lettres, 1929;
Théâtre de Clara Gazul et *Romans et nouvelles*, édition de Jean Mallion et Pierre Salomon, Gallimard, Bibliothèque de la Pléiade, 1978.

II. Choix de textes sur Mérimée.

Auguste FILON, *Mérimée et ses amis*, Hachette, 1894 (contient une bibliographie des œuvres établie par Spoelberch de Lovenjoul);
Félix CHAMBON, *Notes sur Prosper Mérimée*, Paris, aux frais de l'auteur, 1902;
Pierre TRAHARD, *La Jeunesse de Prosper Mérimée (1803-1834)*, thèse, Champion, 1924, spécialement p. 164-230 et 459-479;
Jean FREUSTIÉ, *Prosper Mérimée, le nerveux hautain*, Hachette, 1982.

III. Choix de textes sur le *Théâtre de Clara Gazul.*

Jean-Jacques AMPÈRE, *Le Globe* du 4 juin 1825 (sur l'édition originale) et *Le National* du 23 octobre 1830 (sur l'édition augmentée);
Gustave PLANCHE, *Revue des Deux Mondes* du 1er septembre 1832, p. 576-582 (étude portant également sur les nouvelles, et reprise dans les *Portraits littéraires*, Werdet, 1836);
Alfred MOREL-FATIC, « Mérimée et Calderón », *Revue d'histoire littéraire de la France*, janvier-mars 1920, p. 61-69;

Pierre TRAHARD, « Sources de *L'Amour africain* dans le *Théâtre de Clara Gazul* », *Revue de littérature comparée*, janvier-mars 1922, p. 73 et suiv.;

Émile DARD, *Dans l'entourage de l'Empereur*, Plon, 1940; sur *Les Espagnols en Danemarck*, p. 157-193;

Maurice PARTURIER, « Les secrets de la pièce *Les Espagnols en Danemarck* », *Le Figaro littéraire*, 8 mai 1948;

François MICHEL, « Un personnage de Mérimée », *Revue d'histoire littéraire de la France*, octobre-décembre 1948, p. 289-295 (sur le résident, dans *Les Espagnols en Danemarck*);

Pierre VALDE, « *L'Occasion* », *mise en scène et commentaires*, Le Seuil, 1949;

G. HAINSWORTH, « Autour du *Carrosse du Saint-Sacrement* », *Zeitschrift für franzosische Sprache und Litteratur*, Heft 2, 1972, p. 141-152 (article en français);

Gérard MILHAUD, « Un théâtre sous le masque », *Europe*, numéro spécial sur Mérimée, septembre 1975, p. 47-58;

Jane H. MOSS, « Mérimée et Pixérécourt », *Revue d'histoire littéraire de la France*, janvier-février 1980, p. 87-89 (sur une adaptation théâtrale d'*Inès Mendo* en 1828).

NOTES

Page 25.

1. Épigraphe tirée du « Prologue au lecteur » de la Deuxième Partie de *Don Quichotte :* « Vos Grâces pensent-elles maintenant que ce soit si peu que d'enfler un chien ? » (il s'agit d'un fou qui gonfle un chien en lui introduisant un jonc creux dans l'anus. Éd. Pléiade, p. 522).

Notice sur Clara Gazul

Page 27.

1. Le Suisse Watteville (1776-1836) commandait un bataillon au service de l'Angleterre.

2. Allusion historique approximative aux Dominicains : Ferdinand VII ne les a jamais « supprimés », mais il venait d'abolir en 1820 l'Inquisition, dans laquelle ils avaient joué un grand rôle.

3. Comprendre : la guerre des Espagnols contre l'invasion napoléonienne (1808-1814).

Page 28.

4. Chanson apparemment inventée par Mérimée (« Quand ma mère la gitane m'a mise au monde »).

5. Le Maure Gazul est le héros d'une vingtaine de romances du *Romancero* espagnol (voir la notice).

Page 29.

6. *La Mojigata* (orthographié par erreur *Mogigata* dans toutes les éditions) est une comédie imitée du *Tartuffe* de Molière par Moratin (1770-1828). Mérimée avait parlé de cette pièce de 1804 dans *Le Globe* du 25 novembre 1824 (voir les « Documents », p. 350). L'Inquisition avait fait interdire cette œuvre « scandaleuse ».

asseyez ici, comme si vous aviez envie de passer la soirée dans cette loge. Excellentissime seigneur, si vous vous mettez dans un fauteuil, vous allez vous endormir et manquer la comédie.

LE GRAND : Vous savez bien que je ne viens jamais qu'à la seconde journée.

LE POÈTE : Oh ! j'espère que la pièce nouvelle est divisée en actes.

CLARA : C'est ce qui vous trompe. Mais la comédie en restera-t-elle plus mauvaise ?

LE POÈTE : Hé ! elle n'en devient pas meilleure. D'abord le titre n'a pas le sens commun, puisque jamais Espagnols, que je sache, n'ont été en Danemarck. N'est-ce pas, Excellence ?

LE GRAND : Est-ce que du temps des guerres de Pavie ?... Sous le Grand-Capitaine[13]... — Ils se seront peut-être avisés de traverser... Il me semble qu'il n'y a pas grand-chose à traverser... pour aller au Danemarck... Hein, seigneur licencié ?

LE POÈTE, *s'inclinant :* Sans doute. — Mais la route la plus directe...

LE CAPITAINE : Vous dites, seigneur licencié, que les Espagnols ne sont jamais allés en Danemarck ? Eh ! n'y suis-je pas allé, moi, avec le grand marquis de La Romana ? et n'ai-je pas manqué, vive Dieu ! d'y laisser mon nez ? Je l'ai eu gelé, parbleu ! qu'on l'aurait pris pour un morceau de glace.

CLARA : Bravo, capitaine ! vous avez deviné le sujet de la comédie.

TOUS : Quoi ! le marquis de La Romana !

CLARA : Précisément.

LE CAPITAINE : Eh bien, morbleu ! la comédie doit être excellente, c'est moi qui vous le dis. Le marquis était un grand homme. — Il a organisé chez nous la guerre des Quadrilles[b], qui a chassé les Français de notre vieille Espagne.

b. La guerre des partisans.

LE GRAND : Appeler La Romana un grand homme! Il était d'une injustice!... Il n'a pas voulu seulement me donner un régiment à commander... à moi!

LE POÈTE : Mais c'est impossible de faire une comédie sur des gens qui sont à peine morts.

CLARA : A peine morts!... Plût au ciel que le pauvre marquis ne fût pas tout à fait mort!

LE CAPITAINE : Vive Dieu! je me souviens encore du jour où nous rencontrâmes en Galice[c] nos anciens alliés de Pologne. Nous avions l'air de tomber des nues... Malheureusement La Romana n'était pas avec nous... et...

LE GRAND : Dites-nous un peu, Clara, qu'est-ce que chante cette comédie?

CLARA : Patience, et vous verrez.

LE POÈTE : Sur ce pied-là, la comédie commence en Danemarck et finit à Espinosa en Galice. — Le trajet est court... — Mais messieurs les romantiques ont des voitures si commodes!

CLARA : Vous ne savez ce que vous dites. Toute la pièce se passe dans l'île de Fionie.

LE CAPITAINE : Oui, justement, l'île de Fionie; c'est là que j'ai manqué laisser mon nez en gage.

LE POÈTE : Et... les unités?

CLARA : Ma foi! je ne sais pas ce qu'il en est. Je ne vais pas m'informer, pour juger d'une pièce, si l'événement se passe dans vingt-quatre heures, et si les personnages viennent tous dans le même lieu, les uns comploter leur conspiration, les autres se faire assassiner, les autres se poignarder sur le corps mort, comme cela se pratique de l'autre côté des Pyrénées.

LE GRAND, *qui n'a entendu que la fin de la phrase :* En vérité? les Français s'entr'égorgent-ils de cette manière? Pourtant, lorsque j'étais en France, jamais je n'ai rien vu de semblable, et certainement je connaissais tout le monde à Paris.

c. A Espinosa. Le marquis de La Romana était alors en Angleterre.

LE POÈTE, *à part :* Il est d'une bêtise ! Faut-il qu'un homme comme moi en soit réduit à faire des vers pour un homme comme lui ! *(Haut.)* Mais pour en revenir à nos unités...

LE CAPITAINE : Allons, monsieur le licencié, qu'est-ce que cela vous fait, qu'il y ait de l'unité ou qu'il n'y en ait pas ? Mais vous êtes toujours à éplucher les autres.

LE POÈTE : Ce que j'en fais, c'est seulement dans l'intérêt de l'art. Qu'il serait à désirer que nous imitassions nos voisins les Français !...

LE CAPITAINE : Non, non ! en rien ! excepté dans la charge en douze temps [14], qu'ils font avec plus d'élégance que nous.

LE GRAND : Et dans leur respect pour la noblesse ! En France, c'est toujours à un grand seigneur que l'on donne les ministères ; tandis que chez nous maintenant [d] [15]...

CLARA : Sans doute, et voilà qui est criant... Cette maudite constitution !... Un ministère vous irait si bien !

LE GRAND : Pourquoi pas ? N'ai-je pas de la naissance et des talents politiques ? — Demandez au seigneur licencié... il s'y connaît.

LE POÈTE : Nous n'avons pas de famille plus ancienne que celle de Votre Excellence.

LE CAPITAINE : Morbleu ! vive l'égalité ! il y a bien assez longtemps que je suis capitaine ; faut-il encore qu'un blanc-bec de grand seigneur vienne m'enlever mes galons de colonel, que j'attends depuis si longtemps ?

LE GRAND : Capitaine, capitaine... ce n'est pas à un guérillero [e] [16]...

CLARA : Ne vous disputez pas, messieurs, ou je vous mets tous à la porte. — Mais vous allez entendre la

d. Il faut se rappeler que cette comédie fut composée sous le régime constitutionnel.

e. Soldat d'une compagnie franche.

pièce nouvelle, qui, je l'espère, vous mettra tous d'accord. Vous, excellentissime seigneur, vous vous intéresserez à un noble marquis. — Vous, capitaine, votre héros sera l'aide de camp de La Romana, qui porte un nom cher à tous les Espagnols...

LE CAPITAINE : Et quel nom ? J'ai connu un aide de camp de La Romana qui avait gagné ses galons dans les antichambres de Godoy.

CLARA : Le nom de votre héros, capitaine, est don Juan Diaz...

LE CAPITAINE : Don Juan Diaz Porlier ? Vive Dieu ! El marquesito ?

CLARA : Je ne dis pas cela, mais il s'appelle Juan Diaz... Vous, seigneur licencié, qui aimez tout ce qui est français, je vais vous charmer en vous apprenant que l'héroïne est une Française.

LE POÈTE : Comment ! une Française en Danemarck ! Qu'y vient-elle faire ?

LE GRAND : La Romana était de tous les hommes le plus injuste : la comédie doit être mauvaise.

LE CAPITAINE : Au diable la pièce et l'auteur, si la dame est française !

CLARA : Eh bien ! pas un de vous n'est content ? Certes, je joue de malheur. Comment ! capitaine, vous n'applaudirez pas votre général ?

LE CAPITAINE : Oui, si l'on y dit beaucoup de mal des Français.

CLARA : Et vous, seigneur escolástico[17]..., puisqu'il y a des Français dans la pièce ?

LE POÈTE : A la bonne heure, si c'étaient des gens morts depuis quatre cents ans au moins.

CLARA : Et s'ils n'étaient morts que depuis trois cent cinquante ans, est-ce que la comédie ne pourrait pas être bonne ?

LE POÈTE : C'est difficile.

CLARA : Alors elle deviendra bonne avec le temps. Oh ! que je voudrais revenir dans quatre cents ans pour la voir applaudir ! — Et vous, excellence, applaudissez, je vous en prie, un marquis espagnol.

LE GRAND : Une famille qui m'a volé sept de mes noms !

CLARA : Que le diable vous emporte tous ! *(Au public.)* Vous, messieurs, vous êtes des gens raisonnables, écoutez avec indulgence la pièce nouvelle ; l'auteur se recommande à vous.

PERSONNAGES DE LA COMÉDIE

LE MARQUIS DE LA ROMANA.

DON JUAN DIAZ[f].

LE RÉSIDENT FRANÇAIS *dans l'île de Fionie.*

CHARLES LEBLANC, *officier français.*

WALLIS, *officier anglais.*

L'HÔTE *de l'auberge des Trois-Couronnes.*

MADAME DE TOURVILLE, ou madame LEBLANC.

MADAME DE COULANGES, ou mademoiselle LEBLANC.

La scène se passe dans l'île de Fionie, en 1808.

f. Il paraît que Clara Gazul a voulu représenter le célèbre et malheureux Porlier, plus connu en Espagne sous le nom *del Marquesito,* le petit marquis, sobriquet que ses soldats lui avaient donné. J'ignore s'il suivit le marquis de La Romana dans l'île de Fionie. Ce qu'il y a de certain, c'est qu'après la rentrée de Ferdinand VII dans ses états, Porlier se prononça ouvertement pour la constitution des cortès, qu'il avait défendue avec éclat dans la guerre de l'indépendance. Une tentative qu'il fit, au mois de septembre 1815, pour proclamer la constitution à La Corogne, n'obtint aucun succès. Trahi par ses indignes compagnons, Porlier fut livré à l'autorité militaire, condamné à mort, et fusillé le 3 octobre 1815. Voici son épitaphe composée par lui-même : « Ici reposent les cendres de don Juan Diaz Porlier, général des armées espagnoles, qui a été heureux dans ce qu'il a entrepris contre les ennemis de son pays, mais qui est mort victime des dissensions civiles. Ames sensibles, respectez les cendres d'un infortuné[18] ! »

PREMIÈRE JOURNÉE

SCÈNE I

Le cabinet du Résident.

On entend une musique militaire espagnole dans le lointain.

LE RÉSIDENT, *seul :* La, la, la ; au diable leur chienne de musique ! — La parade est finie. Je n'aime pas à me trouver au milieu de ces vieux soldats basanés. *(Regardant à la fenêtre.)* Ah ! voilà le général La Romana qui rentre chez lui ; reposons-nous. Dieu ! quel rude métier ! Mes instructions m'obligent à me trouver sans cesse avec leurs officiers. — Je viens encore de me promener une heure durant avec eux... Pouah ! mes habits sentent le tabac à faire évanouir. — A Paris, j'en aurais pour six semaines avant d'oser me montrer... mais dans l'île de Fionie, dans ce barathrum[19], on n'est pas si délicat. *(Il s'assied.)* Ouf ! Ils me faisaient presque peur avec leurs longues moustaches et leurs yeux noirs et farouches. C'est qu'ils ne paraissent pas nous aimer beaucoup, nous autres Français... et ces diables d'Espagnols sont tellement ignorants !... Ils ne peuvent comprendre comment notre grand monarque ne veut que leur bonheur en leur donnant pour roi son auguste frère[20]... Ils trouvent l'île un peu froide... Parbleu ! et moi aussi. — Je paye bien cher l'honneur que rapporte une mission comme la mienne... Morbleu ! quand je me lançai dans la diplomatie, je m'imaginais qu'on allait m'envoyer d'abord à Rome ou à Naples, dans un pays de bonne compagnie enfin... — Je vais solliciter le ministre... dans la conversation j'ai le malheur de dire que je sais l'espagnol. — « Vous savez l'espagnol ? » me dit-il. — Me voilà ravi. — En rentrant chez moi, je trouve des passeports et des instructions ; — c'est pour Madrid, à ce que je crois... — Pas du tout... pour la division espagnole de La Romana dans l'île de Fionie !... l'île de Fionie ! Bon Dieu ! qu'ils doivent être étonnés à Paris de me savoir dans l'île de Fionie !... Avec cela, on me fait trotter de çà, de là, comme si j'étais un militaire. Encore si j'étais en Danemarck avec l'armée du prince[g], je trouverais des Français à qui parler. — Mais, hélas ! il faut que je reste ici avec un tas d'Espagnols... Des Danois, des Hanovriens, des Allemands... tant qu'on en veut. Tous ces braves gens-là s'aiment comme chiens et chats. Il faut les espionner, les amuser, leur parler le langage de la raison, de la nature et de la civilisation, comme mes instructions me le prescrivent... C'est, ma foi, difficile... Ils ne veulent pas se mettre dans la tête que les Anglais avec leur sucre sont leurs ennemis mortels. Ils voudraient prendre du café des îles et cent autres choses ; mais, puisque nous nous en passons, ils peuvent bien, eux aussi, s'en passer. — Mon Dieu ! quand prendrons-nous l'Angleterre ? Ce sont les Anglais qui me font rester dans cette maudite île avec ces baragouineurs d'Espagnols. — Ah ! l'air était si humide aujourd'hui !... bien heureux si je n'attrape pas une bonne fluxion de poitrine. — Je serais tenté de me mettre au lit ; — mais il faut pourtant faire mon

g. Bernadotte, alors prince de Ponte-Corvo.

rapport. — Chien de métier ! — jamais un instant de repos ! Un rapport ! Eh ! que dire ?... Le prince m'écrit qu'il a lieu de soupçonner la fidélité du marquis de La Romana, qu'il me faut observer de près sa conduite et sonder les dispositions de ses soldats... Oui, sonder, voilà qui est bien aisé à dire ; — allez donc regarder ce qu'ils ont sur le cœur... leur peau est si noire, à ces moricauds, qu'on ne peut voir leur cœur au travers. — Ah parbleu ! voilà qui est bien trouvé ! — Je m'en vais écrire cela au prince de Ponte-Corvo ; cela le fera rire, et c'est en faisant rire les gens que l'on avance. — C'est cela. — Je leur écrirai aussi cela à Paris. — *(Il écrit.)* L'idée n'est pas mauvaise...

UN DOMESTIQUE, *entrant :* Une dame demande à parler à monsieur.

LE RÉSIDENT : Une dame ! et quelle espèce de dame ?

LE DOMESTIQUE : Mais, monsieur, c'est une Française... Elle est bien habillée, et elle a bien bonne tournure.

LE RÉSIDENT : Une Française dans l'île de Fionie ! une Française à Nyborg[21]. Ô bonheur inespéré ! Lafleur, donnez-moi mon habit bleu et ma montre à breloques. — Un peigne. Bon. Faites entrer.

Entre madame de Coulanges en habit de voyage.

LE DOMESTIQUE, *annonçant :* Madame de Coulanges.

Il sort.

LE RÉSIDENT, *à part :* Peste ! c'est sans doute la femme d'un général. *(Haut.)* Je suis désespéré, madame, de vous recevoir au milieu des horreurs diplomatiques d'un cabinet qui...

MADAME DE COULANGES : Monsieur, veuillez avoir la bonté de lire cette lettre.

LE RÉSIDENT : Madame, avant tout, prenez la peine de vous asseoir.

MADAME DE COULANGES : Monsieur...

LE RÉSIDENT : Ah ! de grâce, prenez ce fauteuil.

MADAME DE COULANGES : Si...

LE RÉSIDENT, *sans lire la lettre* : Madame arrive de Paris, sans doute ?

MADAME DE COULANGES : Oui, monsieur. Cette lettre...

LE RÉSIDENT, *de même :* J'ose à peine espérer, madame, que vous daignerez prolonger votre séjour dans cet affreux pays !...

MADAME DE COULANGES : Je ne sais ; mais si vous preniez la peine de lire cette lettre...

LE RÉSIDENT, *de même, très vite :* Nyborg est fort triste. C'est ici que sont cantonnés les Espagnols. Ils s'y ennuient à qui mieux mieux avec les Allemands. Nous n'avons presque pas de Français. Ils sont malheureusement en Danemarck[22], de l'autre côté du Belt, avec le Prince de Ponte-Corvo. Cependant, madame, votre séjour à Nyborg suffirait pour y attirer tout l'état-major du prince. — Un désert habité par un cénobite comme vous...

MADAME DE COULANGES : Monsieur, si...

LE RÉSIDENT, *de même :* A propos, et Talma, que devient-il ?

MADAME DE COULANGES : Je vais peu au spectacle. Si vous...

LE RÉSIDENT, *de même :* Je ne puis vous exprimer, madame, à quel point je suis charmé de rencontrer au milieu des neiges éternelles... une rose de Paris... hi ! hi ! hi ! une compatriote aussi aimable... Je désirerais vivement pouvoir vous être utile à quelque chose. Si vous aviez besoin, madame...

MADAME DE COULANGES : De grâce, prenez la peine de lire cette lettre.

LE RÉSIDENT : Puisque vous le permettez... *(Il ouvre la lettre et lit.)* Brr, brr, brr... Ho ! ho ! Peste ! il ne faut pas rougir pour cela... Mais que diable voulez-vous que je vous dise, ma belle dame ?

MADAME DE COULANGES : Faites-moi connaître le marquis de La Romana.

LE RÉSIDENT : Mais... que voulez-vous que je vous dise ? — Je l'ai bien observé. Il n'y a rien à faire avec un homme comme lui. Il est boutonné jusqu'au menton. Et puis, voyez-vous, il est vieux... et, quelque jolis que soient vos yeux, ils n'ont pas le pouvoir de ranimer un mort, hé ! hé ! hé !

Il approche son fauteuil de madame de Coulanges.

MADAME DE COULANGES, *se reculant :* Peut-être a-t-il un ami... un ami intime, qui possède toute sa confiance ?

LE RÉSIDENT : Oui, il en a bien un... et même un drôle de corps. C'est son aide de camp et son neveu. Il n'a pas de secret pour lui, à ce qu'on m'a rapporté. Au reste, cet aide de camp est un mauvais sujet, un bretteur... qui, il n'y a pas quinze jours, a tué en duel un officier français de la plus haute espérance. Et savez-vous pourquoi ? Parce que cet officier français lui a dit, en lui proposant la santé de sa majesté l'empereur, qu'il lui couperait les oreilles s'il ne buvait pas. Il n'a pas bu, et l'a tué.

MADAME DE COULANGES : Du reste, quelle espèce d'homme est-il ?... Son caractère ?...

LE RÉSIDENT : Son caractère ?... ma foi... que voulez-vous que je vous dise ?... Je ne sais... il est toujours à friser sa moustache... Ah ! et puis c'est un fumeur, un fumeur déterminé. Oui, il passe quelquefois des heures entières, enfermé avec le marquis, à fumer d'une drôle de façon... avec de petits cigares de papier qu'ils font eux-mêmes. Ce que je vous dis est exact, je les ai vus.

MADAME DE COULANGES : Sans doute on vous aura remis quelques notes sur son compte ?

LE RÉSIDENT : A vous dire vrai, on m'en a bien remis quelques-unes. Mais, ma foi, je ne sais ce qu'elles sont devenues. J'ai tant de papiers !... C'était peu de chose, puisque je ne m'en souviens plus.

MADAME DE COULANGES : Fort bien. Mais au moins quel est son nom ?

LE RÉSIDENT : Il se nomme don... vous savez que tous les Espagnols s'appellent don... don Juan Diaz... Ils ont des noms uniques !... don Juan Diaz... Il a bien encore un autre nom, mais pour le moment je ne m'en souviens plus... Il demeure aux Trois-Couronnes, un hôtel sur le bord de la mer.

MADAME DE COULANGES : Cela suffit. J'ai de grands remerciements à vous faire pour vos informations. — Il me faudrait mille écus.

LE RÉSIDENT, *écrivant un billet :* Vous les aurez. Vous avez un crédit illimité dans la lettre, et sur votre figure... Hé ! hé ! hé !

MADAME DE COULANGES : Me serait-il possible, monsieur, de faire passer par votre entremise de l'argent franc de port à un frère que j'ai sergent dans la garde ?... Cet argent provient de quelques marchandises françaises que j'ai vendues en Allemagne.

LE RÉSIDENT : Sans la moindre difficulté. J'envoie tous les jours à mes amis du bœuf fumé par le courrier diplomatique. Mais pourrai-je compter sur un peu de reconnaissance ? Hé ! hé !

MADAME DE COULANGES : Le billet est à vue ?

LE RÉSIDENT : A vue sur messieurs Moor et compagnie. — Ce monsieur Juan Diaz est un heureux coquin... Car nous autres qui faisons de la diplomatie, nous comprenons tout de suite le fin des choses... Vous allez le séduire... Hé ! hé ! j'ai envie de me faire conspirateur, moi, hé ! hé ! hé !

MADAME DE COULANGES : Ce ne serait pas chose aisée, monsieur, que de pénétrer vos secrets. Je suis bien fâchée de vous avoir dérangé, pour si peu de chose, de vos occupations diplomatiques.

LE RÉSIDENT : Vous me permettrez, belle dame, de venir quelquefois me délasser de la politique auprès de vous ?...

MADAME DE COULANGES : Pardon, monsieur ; vous ne réfléchissez pas, sans doute, que je ne dois pas recevoir le resident français dans l'île de Fionie.

LE RÉSIDENT : Diable ! Vous avez bien quelque espèce de raison... Mais avec un grand manteau sombre, comme en portent les Espagnols... un soir... par un temps de brouillard...

MADAME DE COULANGES : Non, voici ma première et ma dernière visite. Ma mère se chargera de vous porter les notes que j'adresserai au prince.

Elle met son voile et se dispose à sortir.

LE RÉSIDENT : Permettez du moins...

LE DOMESTIQUE, *entrant :* Cet aide de camp que vous savez bien... l'aide de camp du général La Romana, désire vous parler.

LE RÉSIDENT : Qu'il aille au diable ! Lafleur, conduisez madame par le petit escalier dérobé. Vite, vite ! Adieu, sirène ! *(Madame de Coulanges sort.)* Quel dommage ! jamais je ne me suis senti tant d'esprit. Et j'étais en si beau chemin ! Au diable le fâcheux ! N'avoir pas un moment à soi !

Entre don Juan.

Ah ! monsieur, j'ai l'honneur de vous présenter mes hommages : comment vous portez-vous ? — J'en suis charmé. Et le cher général ? Toujours de même ?... — Enchanté ! Prenez donc la peine de vous asseoir.

DON JUAN : Voulez-vous prendre la peine de m'écouter ?

LE RÉSIDENT : Entièrement à vos ordres. Disposez de moi.

DON JUAN : Il y a six mois, monsieur, que nous sommes sans nouvelles d'Espagne. Diverses raisons nous ont portés à croire, moi et d'autres officiers de notre division, que vous, monsieur, aviez des ordres de votre gouvernement pour les faire arrêter, et...

LE RÉSIDENT : Pardonnez-moi, monsieur le colonel, vous êtes entièrement dans l'erreur, et, pour achever de vous détromper, je me fais un véritable plaisir de vous communiquer des dépêches de votre pays que je reçois à l'instant même. Voici une proclamation de son altesse le grand-duc de Berg[23] ; voici un bulletin annonçant...

DON JUAN : Eh ! que m'importent vos proclamations et vos bulletins ? C'est bien cela dont nous nous soucions ! Des nouvelles de nos familles, et non de celles du grand-duc de Berg, voilà ce que nous vous demandons.

LE RÉSIDENT : Monsieur, il y a tant d'accidents qui peuvent empêcher une lettre de parvenir à son adresse ! Peut-être, par exemple, aura-t-on oublié d'affranchir vos lettres en Espagne, ce qui arrive très fréquemment ; ou bien...

DON JUAN : Plaisante excuse !

LE RÉSIDENT : Voulez-vous me faire l'honneur de déjeuner avec moi ?

DON JUAN : Grand merci, monsieur le résident. J'ai chez moi du chocolat de contrebande qui m'attend, et vous m'excuserez si je le préfère à votre café impérial.

LE PRÉSIDENT : Ah ! jeune homme, jeune homme ! se peut-il que vous oubliiez le tort irréparable que vous faites au commerce ! Ce chocolat ne vous est-il pas apporté par nos plus cruels ennemis ?

DON JUAN : Que m'importe, pourvu qu'il soit bon.

LE RÉSIDENT : Monsieur, monsieur, le chocolat des tyrans des mers doit toujours paraître détestable à un officier qui a l'honneur de servir sous les drapeaux toujours victorieux de Sa Majesté Impériale.

DON JUAN : Et Sa Majesté Impériale nous dédommage assurément de toutes les drogues continentales qu'elle nous fait avaler, grâce à son blocus !

LE RÉSIDENT : Sans doute, monsieur. Sa Majesté ne veut-elle pas faire briller au-dessus des Pyrénées le soleil de la civilisation, dont les brouillards de l'anarchie ne vous ont laissé voir jusqu'à présent qu'une faible lueur ?

DON JUAN, *riant :* Ha ! ha ! ha ! Quels soins paternels ! que cela est touchant ! Mais, franchement, monsieur, je vous avoue que nous aimons l'ombre en Espagne, et nous nous passerions fort bien de son soleil.

LE RÉSIDENT : Nouvelle preuve du besoin que vous avez d'un législateur qui vous retrempe. Permettez-moi, monsieur le colonel, d'exprimer ici toute ma pensée. Vous n'êtes pas, vous autres Espagnols, à la hauteur du siècle ; et même, qui le croirait ? vous voulez repousser la lumière qu'on vous apporte. — Tenez, monsieur, je parie que vous n'avez jamais lu Voltaire !

DON JUAN : Je vous demande pardon, monsieur ; je sais par cœur une grande partie de ses œuvres.

LE RÉSIDENT : En ce cas je ne vous en parlerai pas. — Mais enfin, vous êtes encore entichés... (non pas vous, monsieur, qui êtes un esprit fort comme un Français, mais la masse de vos compatriotes), vous êtes encore entichés de vos superstitions. Vous en êtes encore à n'avoir de respect que pour la monacaille... N'est-ce pas vous rendre service que de vous importer la philosophie du dix-neuvième siècle, et vous débarrasser de vos antiques préjugés, enfants de l'ignorance et de l'erreur ?

DON JUAN : Monsieur, nous recevrons toujours la philosophie à bras ouverts quand on nous l'enverra dans des caisses de bons livres. Mais, d'honneur, le cortège de quatre-vingt mille soldats qui l'accompagne aujourd'hui ne nous la rend pas très aimable.

LE RÉSIDENT : Sa Majesté veut vous arracher au joug des despotes insulaires.

DON JUAN : À propos, on dit qu'en Portugal, sur le bord de la mer, auprès de certain bourg nommé Vimeiro...[h].

LE RÉSIDENT : Oh ! monsieur, vous êtes assurément mal informé.

DON JUAN : Comment ! je ne vous ai rien dit encore.

LE RÉSIDENT : Mais je devine ce que vous allez dire. Permettez-moi de rétablir les faits. Les Anglais ont débarqué à Vimeiro, il est vrai ; jusqu'ici vous êtes bien informé. Mais nous avons été les attaquer ; nous les avons tournés, coupés... Enfin on en a fait un carnage effroyable. — Il paraît même que beaucoup de leurs généraux ont été tués. Leur armée a été mise dans la plus épouvantable désorganisation... à la suite de quoi nos braves troupes, d'après des ordres supérieurs, se sont embarquées pour Brest en France. Telle est, monsieur, l'exacte vérité.

DON JUAN : Voilà qui est admirable ! mille remerciements. Je vais faire part à mes amis des nouvelles que vous m'avez données...

LE RÉSIDENT : Si vous le permettez, je vous remettrai une relation moins succincte et plus claire.

DON JUAN : Oh ! votre relation est excellente et fort claire... et je m'y tiens. Adieu, monsieur, bon appétit ! Il en faut pour prendre le café de la grande nation.

Il sort.

LE RÉSIDENT : Serviteur, monsieur ; mes respects à monsieur le marquis. *(Seul.)* Mauvais ricaneur ! Qu'il rie tant qu'il voudra, je l'ai bien attrapé avec ma

h. Bataille de Vimeiro, gagnée le 21 juin 1808 par sir Arthur Wellesley (le duc de Wellington) sur le général Junot et l'armée française, qui capitula à Cintra, et s'embarqua pour la France.

relation de la bataille de Vimeiro. C'est extraordinaire ! depuis que je suis dans la diplomatie, je me sens un aplomb, une intrépidité pour débiter des bourdes, dont je ne me serais pas cru capable il y a un an. Me voilà faisant des bulletins, en vérité, aussi bien qu'un major général. Patience, patience ! Je ne suis pas cloué à cette île. On avance vite au service de l'empereur. Qui sait ? un jour peut-être bien me réveillerai-je avec le portefeuille des affaires étrangères sous mon chevet.

Il sort.

SCÈNE II

Un salon de compagnie
dans l'hôtel des Trois-Couronnes.

LE MARQUIS, *seul,*
se promenant avec inquiétude.

Il tire sa montre.

Il devrait être arrivé depuis une heure !... Je ne puis tenir en place !... Peut-être que d'ici je découvrirai quelque chose. *(Il ouvre la fenêtre qui donne sur la mer.)* Non, pas un bateau en mer... Aussi loin que la vue peut s'étendre, les vagues, rien que les vagues... pas un point noir pour me donner une lueur d'espérance !... *(Il se promène.)* Peut-être ont-ils craint ce mauvais temps... c'était au contraire celui qu'ils devaient choisir... Seulement, si je pouvais être sûr qu'ils ne se sont pas embarqués !... *(Regardant à la fenêtre.)* Le sloop a pris le large. Allons ! ils me tiendront encore un jour à la torture... Cependant... quelque temps qu'il fasse, m'écrivait l'amiral, vous aurez de mes nouvelles... Il me semble que je brûle... Pas une embarcation!... S'ils avaient été arrêtés, malgré leurs passeports, par quelque garde-côte ?... Auront-ils pris toutes leurs précautions pour cacher leurs dépêches ?... Je leur avais tant recommandé!... Quel tourment que l'incertitude!... J'aimerais mieux mille fois me trouver au milieu des boulets d'un champ de bataille que dans cette chambre attendant ce bateau, sans pouvoir hâter d'un seul instant son arrivée...

DON JUAN, *derrière la scène :* Lorenzo, desselle la jument, il fait trop mauvais temps pour sortir. — *(Entrant.)* Au diable ce pays de brouillards et de pluies! — Ah! général, je baise les mains de Votre Excellence. Toujours à regarder par la fenêtre depuis que je vous ai quitté? — Eh! dites-moi, avez-vous compté combien il y a de vagues dans le Belt ?

LE MARQUIS : Don Juan, comment trouves-tu ce pays ?

DON JUAN : Comme une antichambre du purgatoire; et j'espère qu'on me rabattra dans l'autre monde les années que j'y ai passées sur celles que je dois rôtir en expiation de mes péchés...

LE MARQUIS, *à part :* La mer n'est pas tenable. J'espère qu'ils ne se sont pas embarqués.

DON JUAN, *continuant :* Il y pleut toujours, quand il n y neige pas. Les femmes y sont toutes ou blondes ou rousses; jamais grand comme la main de bleu dans le ciel, pas un pied mignon, pas un œil noir! Oh! Espagne! Espagne, quand reverrai-je tes basquinas, tes jolis escarpins, tes yeux noirs, brillants comme des escarboucles!

LE MARQUIS : Don Juan, ne désires-tu revoir l'Espagne que pour les yeux noirs et les pieds mignons qu'elle renferme ?

DON JUAN : Voulez-vous que je vous parle sérieusement ?

LE MARQUIS : Oui, mais es-tu capable d'une pensée sérieuse ?

DON JUAN : Vive Dieu ! si vous n'étiez pas mon général, je vous dirais une raison bien sérieuse qui me fait désirer de revoir l'Espagne.

LE MARQUIS : Parle en toute assurance.

DON JUAN : Vous ne me mettrez pas aux arrêts, vous me le promettez ?

LE MARQUIS : Toujours des plaisanteries !

DON JUAN : Vous voulez du sérieux ? Eh bien ! si je veux revoir l'Espagne, c'est pour me trouver face à face avec ses oppresseurs, c'est pour planter en Galice l'étendard de la liberté, c'est pour y mourir, si je n'y puis vivre libre.

LE MARQUIS, *lui serrant la main :* Ô don Juan ! tu as le cœur d'un véritable Espagnol, malgré ta légèreté apparente. C'est à ce cœur, don Juan, que je veux confier un secret qu'il est digne d'apprendre. — Bien que nous ne portions pas de chaînes, nous sommes tout aussi captifs dans cette île que nous le serions dans un immense cachot. Ici une armée nombreuse d'auxiliaires nous observe. De l'autre côté du Belt, l'armée du prince de Ponte-Corvo pourrait en quelques jours se réunir aux Danois et aux Allemands pour nous écraser. Mais cette mer, qui nous ferme le chemin de notre patrie, cette mer...

Entrent madame de Coulanges, madame de Tourville, l'hôte, une femme de chambre. Don Juan les observe, et le marquis se retire dans le fond à la fenêtre.

L'HÔTE : Voici le salon de compagnie ; ainsi vous n'aurez que le carré à traverser ; la société la plus distinguée s'y rassemble. Le général La Romana occupe en ce moment l'aile de la maison en face de votre appartement. Vous voyez qu'il est impossible de trouver un hôtel mieux fréquenté. Le cercle noble de la ville s'y réunit tous les soirs[i].

MADAME DE TOURVILLE : Cela est fort agréable.

MADAME DE COULANGES : Louise, faites porter mes malles dans nos chambres.

MADAME DE TOURVILLE : Je vais avec vous. Je suis bien aise de me mettre au fait de la maison. *(Bas à madame de Coulanges.)* Allons, ferme ! Te voilà en présence de l'ennemi ; l'important est de bien débuter.

MADAME DE COULANGES : Bon. Je reste ici pendant que tu rangeras un peu. *(Affectant de la surprise.)* Ah ! mais il y a quelqu'un ici !

L'HÔTE : C'est le général dont je vous parlais, et son premier aide de camp.

DON JUAN, *bas au marquis :* Excellence, voyez donc ce qui nous arrive ; de véritables prunelles andalouses, ou le diable m'emporte !

LE MARQUIS : Don Juan, viens.

L'HÔTE : Monsieur le marquis, une dame française qui va être votre voisine ! — Madame de Coulanges. — Madame, monsieur le général de La Romana, le colonel don Juan Diaz.

MADAME DE COULANGES, *à l'hôte :* Ainsi vous vous chargez de me procurer un domestique ?

L'HÔTE : Je vais de ce pas le chercher. Excusez-moi si je vous quitte ; sans doute, ces messieurs se feront un plaisir...

DON JUAN : Madame, c'est à nous, comme aux plus anciens locataires, à faire les honneurs de ce triste hôtel. Veuillez donc prendre la peine de vous asseoir. Ce ne peut être qu'un naufrage, madame, qui vous amène dans cette île maudite ; il y a bien longtemps que j'en demandais un au ciel, mais je n'espérais pas qu'il nous envoyât une...

MADAME DE COULANGES : Pardon, monsieur le colo-

i. Usage allemand.

nel, vos vœux n'ont pas été exaucés, car je suis arrivée hier par le paquebot ; et moi qui ne me pique pas de courage, je n'ai pas eu un instant de frayeur. En voyant la mer aujourd'hui, je me félicite d'avoir passé hier.

LE MARQUIS : Don Juan ?...

DON JUAN : Vous parlez trop bien espagnol, madame, pour n'être pas une de nos compatriotes. Vous avez eu compassion de nous autres, malheureux exilés.

MADAME DE COULANGES : Non, monsieur, je ne suis pas Espagnole, mais j'ai longtemps habité votre beau pays.

DON JUAN : J'aurais juré que vous étiez Andalouse, à votre excellente prononciation, et surtout à vos yeux et à vos pieds tout à fait *gaditanos*[24]. N'est-ce pas, Excellence, que vous auriez cru que Madame était de Cadiz[j] ?

MADAME DE COULANGES : Pour moi, à vos compliments, j'étais tentée de vous prendre pour un Parisien ; vous m'avez dit trois paroles, et c'étaient autant de compliments. Je vous préviens que je ne les aime pas.

DON JUAN : Ah ! madame, il faut me les pardonner : il y a si longtemps que je n'ai vu de jolie femme !

LE MARQUIS : Don Juan, j'ai à te parler chez moi.

Il sort.

MADAME DE COULANGES : Le général semble avoir quelque chose à vous dire.

DON JUAN : Oh bien ! qu'il attende ; je ne quitterai pas la compagnie d'une dame pour aller parler de casernes et de corps de garde avec un vieux général. —

j. Les Andalouses, et surtout les femmes de Cadiz, sont renommées dans toute l'Espagne pour la petitesse de leurs pieds et la douceur de leur parler.

Pouvons-nous espérer, madame, de vous conserver longtemps ?

MADAME DE COULANGES : Je ne sais. Depuis la mort de mon mari, j'ai quitté la Pologne, et j'attends ici mon oncle, qui doit faire partie de votre corps d'armée.

DON JUAN : Un militaire ?

MADAME DE COULANGES : Il est colonel de dragons.

DON JUAN : Et le numéro de son régiment ?

MADAME DE COULANGES, *à part :* Je tremble ! *(Haut.)* Mais le... le quatorzième, je crois...

DON JUAN : C'est donc le colonel Durand, avec lequel j'ai servi. Mais son régiment était en Holstein, et il est parti depuis quelque temps pour l'Espagne.

MADAME DE COULANGES : Le nom de mon oncle est M. de Tourville... Mais il est maintenant, je crois, attaché à l'état-major... Il a commandé autrefois ce régiment, ou bien peut-être ai-je confondu les numéros.

DON JUAN : Vous avez quitté l'Espagne avant l'invasion... *(se reprenant)* avant que les Français n'entrassent en Espagne.

MADAME DE COULANGES : Oui, monsieur. — Les Français sont bien détestés en Espagne aujourd'hui.

DON JUAN : Des Françaises comme vous, madame, sont aimées en tout pays ; et je suis sûr que nos rebelles, comme vous les appelez...

VOIX *derrière la scène :* Ils sont perdus ! ils sont dans le courant.

DON JUAN : Ô Dieu ! quelques malheureux qui font naufrage !

Ils vont à la fenêtre.

MADAME DE COULANGES : Oh ! cette barque là-bas, avec ces trois hommes. Ciel ! quelle énorme vague !

DON JUAN : Ils vont se briser sur les récifs, si l'on ne

va à leur secours ! Mais personne n'ose, à ce qu'il paraît.

MADAME DE COULANGES : Oh ! si j'étais homme !

DON JUAN, *déboutonnant son habit* : J'y vais, moi.

MADAME DE COULANGES : Arrêtez ! qu'allez-vous faire ? monsieur, vous allez vous perdre ; restez, je vous en supplie !

DON JUAN : Non, non ! je ne puis demeurer tranquille quand je vois des hommes en danger de périr.

MADAME DE COULANGES : Mais vous n'êtes pas marin... Arrêtez, au nom du ciel ! monsieur, vous allez périr avec eux, restez, restez ! *(Elle le prend par l'habit. Don Juan le lui laisse entre les mains, et sort.)* Il veut mourir ! quel secours pouvez-vous leur porter !... monsieur ! *(A la fenêtre.)* Colonel ! colonel don Juan !... Le voici qui entre dans une petite chaloupe, avec deux hommes braves comme lui ; malheureux ! et les vagues sont plus hautes que la maison.

Entre le marquis.

LE MARQUIS : Qu'est-ce ? Pourquoi ce bruit ?

MADAME DE COULANGES : Hélas ! monsieur !... votre aide de camp...

LE MARQUIS : Eh bien ?

MADAME DE COULANGES : Il s'est élancé... malgré moi...

LE MARQUIS : Où est-il ?

MADAME DE COULANGES : Tenez, le voyez-vous ?... Hélas !...

LE MARQUIS, *à la fenêtre* : Don Juan ! don Juan !

MADAME DE COULANGES : Dieu ! quelle affreuse tempête !... et leur chaloupe est si petite !

LE MARQUIS : Messieurs, allez, arrêtez cette barque ! ils courent à leur perte. Tenez, voici ma bourse... mais partez !

MADAME DE COULANGES : Hélas ! le danger est si affreux, que personne n'ose la ramasser.

LE MARQUIS : Comment ! lâches ! laisserez-vous périr ainsi vos camarades sous vos yeux ?... Ah ! je suis ébloui !... je ne vois plus rien... Dites-moi, le voyez-vous encore ?

MADAME DE COULANGES : Oui, toujours. Ils sont couchés sur leurs rames...

LE MARQUIS : Mon Dieu ! le rendras-tu victime de sa générosité ?

MADAME DE COULANGES : Ah !... ils sont submergés, miséricorde !

LE MARQUIS : Non, la barque de don Juan flotte encore !... mais les autres...

MADAME DE COULANGES : Je ne puis m'arracher à cet affreux spectacle, bien qu'il me tue !

LE MARQUIS : Ciel ! il a disparu !

MADAME DE COULANGES : Je ne vois plus son écharpe rouge !

LE MARQUIS : Malheureux ? que dirai-je à sa mère ?

MADAME DE COULANGES : Mes yeux se remplissent de larmes... tout tourne autour de moi...

Elle se laisse tomber sur la fenêtre.

LE MARQUIS : Il est mort ! il est mort ! Et sa mère qui me l'avait confié !...

Il court çà et là comme un forcené. Au bout de quelques instants on entend des

CRIS *derrière la scène :* Les voilà ! les voilà !

LE MARQUIS : Ils sont sauvés !... Je le vois !... Don Juan !... Don Juan !... Madame... il est sauvé !

MADAME DE COULANGES : Quoi !... il n'est pas mort ?

LE MARQUIS : Voilà leur bateau !... Ils ont pris les hommes de l'autre barque... Encore un effort, don Juan !

MADAME DE COULANGES, *agitant son mouchoir :* Courage, brave jeune homme, tu n'es pas fait pour mourir ici[k] !

LE MARQUIS : Tiens ferme le gouvernail, don Juan... Encore cette vague... courage !

MADAME DE COULANGES : Ah ! je n'y puis résister...

Elle se jette sur un sofa.

LE MARQUIS : Don Juan !... don Juan !...

CRIS *derrière la scène :* Ils sont sauvés !

LE MARQUIS : Bien !... encore celle-ci... c'est la dernière... Victoire !... Il touche au rivage... J'en mourrai de joie !... Madame, madame, venez donc le voir portant dans ses bras le malheureux qu'il a sauvé... Est-ce là du courage !

Il sort.

MADAME DE COULANGES : Voilà donc ce don Juan !... Malheureuse que je suis !... j'espérais trouver quelque fat... et je trouve un héros !... Ah ! qu'il est différent de l'homme que je m'étais imaginé !

Entrent don Juan portant Wallis évanoui, le marquis, madame de Tourville, l'hôte, quelques valets.

DON JUAN : Vive Dieu !... je suis heureux de savoir nager !... Ah ! vous voici, madame... faites-nous, de grâce, un peu de place.

L'HÔTE : Prenez garde au sofa... mettez cette serviette sous lui.

DON JUAN : Il s'agit bien de votre sofa ! posons-le doucement !

LE MARQUIS, *l'embrassant :* Mon fils ! mon cher don Juan !

L'HÔTE, *aux valets :* Allez préparer un lit bien chaud ; moi, je vais chercher un médecin.

Il sort.

k. On connaît la fin tragique du malheureux Porlier[25].

DON JUAN, *à madame de Coulanges :* Je parie, madame, que vous avez des sels sur vous ; toutes les jolies femmes en ont.

MADAME DE COULANGES : Je vais en chercher.

Elle sort.

DON JUAN : Ce ne sera rien, il est resté trop peu de temps sous l'eau. — Voyez donc, Excellence, sous cette mauvaise veste, cette chemise à jabot... Pour un pêcheur norvégien, cela est assez élégant.

LE MARQUIS, *bas :* Tais-toi.

DON JUAN : Hein ? — Frottez-lui les tempes de votre côté... et la paume des mains... Mais comme il les tient serrées toutes les deux sur sa poitrine !... Ah ! ah ! une petite boîte au bout d'un cordon ?... Il y a de l'amour là-dedans, ou le diable m'emporte !

MADAME DE TOURVILLE : Voyons.

LE MARQUIS, *prenant la boîte :* Occupons-nous du malade.

MADAME DE COULANGES, *rentrant avec un flacon :* Tenez. Il commence à respirer. Maman, soutiens-lui la tête.

MADAME DE TOURVILLE : Il faudrait le pendre par les pieds pour lui faire rendre l'eau qu'il a bue.

LE MARQUIS : Oui ; ce serait le vrai moyen de l'achever.

WALLIS : Où suis-je ?

DON JUAN : Avec des amis, camarade. — Eh bien ! comment cela va-t-il ?

WALLIS, *portant les mains à son cou :* Ma boîte ?

DON JUAN : Elle est en sûreté ; c'est le marquis de La Romana qui la tient. Il vous la rendra, soyez tranquille, et buvez ce que l'on vous présente.

WALLIS : Le marquis ?

DON JUAN : Tenez, buvez ce cordial.

LE MARQUIS : Qu'on le porte sur le lit de Pedro, mon valet de chambre.

DON JUAN, *à madame de Coulanges :* Regardez, madame, regardez ce pauvre matelot. Vous voyez en lui le modèle des amants. Il tenait serrée sur son sein une petite boîte que M. le marquis vient de prendre, et qui contient un portrait de femme que son Excellence va nous montrer.

LE MARQUIS : Don Juan, respectez les secrets de ce jeune homme.

DON JUAN : A la bonne heure ; mais, pour ma peine, il faudra bien qu'il me montre un jour si elle est jolie ou non.

WALLIS : Où est celui qui m'a sauvé ?

TOUS : Le voici.

WALLIS : Monsieur, donnez-moi votre main.

DON JUAN : Allez, camarade, tâchez de dormir ; et puis, pour vous faire oublier toute l'eau salée que vous avez bue, je vous ferai vider une bouteille de véritable Jerez qui vous remettra le cœur.

Tous sortent avec Wallis, excepté don Juan et madame de Coulanges.

MADAME DE COULANGES : Monsieur...

DON JUAN : Je donnerai je ne sais quoi pour voir ce portrait.

MADAME DE COULANGES : Je voudrais trouver des mots pour vous exprimer mon admiration.

DON JUAN : C'est une chose toute simple pour quelqu'un qui sait nager comme moi. Tout autre à ma place en aurait fait autant ; mais ce qu'il y a de singulier, c'est que je n'ai jamais si bien plongé. Quelle force l'on trouve dans ces moments-là !

MADAME DE COULANGES : Oh monsieur !... Tenez... je ne puis m'empêcher de vous embrasser.

DON JUAN : Vive Dieu ! je voudrais qu'il y eût tous les jours des naufrages sous nos fenêtres. — Mais à propos, madame, il y avait trois personnes dans le bateau que nous avons sauvé.

MADAME DE COULANGES, *l'embrassant :* Tenez... et encore... Oh ! je suis une folle !... mais jamais je n'ai tant souffert... ni jamais...

Elle pleure.

DON JUAN : Qu'avez-vous ? Vous m'effrayez ! Vous êtes plus pâle que notre noyé.

MADAME DE COULANGES : Oh ! monsieur... ce n'est rien... mais je ne puis m'empêcher de pleurer... Oh ! je suis une folle !

DON JUAN : Ah ça ? où est mon habit ? Je vous ai laissé mon habit entre les mains, comme le chaste Joseph... sans prétendre à une comparaison[26]...

MADAME DE COULANGES : Prenez bien soin de vous... Allez changer bien vite... je vous en supplie...

DON JUAN : D'abord permettez-moi de vous reconduire jusqu'à votre appartement... Et pourrai-je ensuite venir savoir de vos nouvelles ?

MADAME DE COULANGES : Oui, monsieur... toujours.

Elle sort appuyée sur le bras de don Juan, en mettant son mouchoir sur ses yeux.

DON JUAN, *restant seul :* Une intrigue bien commencée... un homme tiré de l'eau, un secret à apprendre ; — voilà, certes, de quoi finir agréablement sa journée. — Elle est fort jolie, cette dame, et semble avoir un bien bon caractère. Je n'aime rien tant, moi, que les gens francs et sincères qui ont le cœur sur les lèvres. Ah çà ! allons changer, car je commence à avoir froid.

Il va pour sortir ; entre le marquis.

LE MARQUIS : Nous sommes seuls, don Juan. Tu es un brave Espagnol. Je vais t'ouvrir mon cœur.

DON JUAN : Parlez, général, je grille d'impatience... *(bas)* et je meurs de froid.

LE MARQUIS : Sais-tu qui tu as sauvé ?

DON JUAN : Un pêcheur... peut-être un contrebandier ?

LE MARQUIS : Un officier anglais, le lieutenant du Royal-George, envoyé par l'amiral de la station, avec lequel, depuis quelque temps, j'ai engagé une correspondance.

DON JUAN : Je comprends... bravo ! je vois tout !... Parbleu, voilà qui est plaisant !... Et cet honnête amiral nous tirera peut-être de cette île du diable ?

LE MARQUIS : Et nous ramènera dans notre vieille Espagne.

DON JUAN : Espagne ! Ô mon cher pays, je vais donc te revoir !

LE MARQUIS : Le défendre, don Juan !

DON JUAN : Mourir pour lui, pour la liberté ! Oh ! la mort me paraîtra douce sur le rivage d'Espagne ! — Mais, diable ! pourrons-nous emmener toute la division ?

LE MARQUIS : Tous mes soldats me suivront. Tout est prévu : la flotte anglaise jettera l'ancre dans cette baie avant que le prince puisse accourir avec ses Français pour s'opposer à notre dessein.

DON JUAN : Quant aux étrangers qui garnisonnent l'île avec nous...

LE MARQUIS : Nous avons des armes...

DON JUAN : Et nous nous en servirons ?... Vivat !... Mais, diable ! voilà qui dérange un peu ma conquête de tout à l'heure...

LE MARQUIS : Don Juan, est-il possible que vous ayez de pareilles idées dans un semblable moment !

DON JUAN : Eh ! pourquoi pas ? la patrie d'abord, ensuite... un peu d'amour pour se distraire.

LE MARQUIS, *souriant :* Tu es un fou, mais un brave garçon. Écoute, je mettrai dans peu ton zèle à l'épreuve.

DON JUAN : C'est ce que je demande ! Vous verrez que, si quelquefois je suis trop disposé à rire, jamais je n'oublie pour une amourette l'honneur ou ma patrie.

LE MARQUIS : Je te connais, bon jeune homme. Va, si les vents ne changent pas, dans quelques jours nous aurons quitté notre prison.

DON JUAN : Vous me transportez de joie. — A propos, comment va cet Anglais ?

LE MARQUIS : Grâce à toi, il pourra me donner les nouvelles que j'attendais. Il faudra que tu l'accompagnes à son bord pour me rapporter le dernier mot de l'amiral.

DON JUAN : Disposez de moi. — C'étaient sans doute les lettres de l'amiral qu'il portait à son cou comme le portrait de sa maîtresse ?

LE MARQUIS : Précisément. — Et toi tu voulais que je les montrasse !

DON JUAN : Le pauvre diable ! il les tenait serrées dans ses mains, même après avoir perdu connaissance. — Avez-vous remarqué que son premier mot a été pour demander sa boîte ?

LE MARQUIS : Et ce brave homme s'expose à une mort ignominieuse pour une entreprise qui n'intéresse que médiocrement son pays. De quelle ardeur ne devons-nous pas être enflammés, nous qui allons venger notre patrie trahie lâchement, nous qui allons combattre pour tout ce que les gens d'honneur ont de plus cher !

DON JUAN : J'espère que l'on parlera de nous un jour.

LE MARQUIS : Qu'importe que la postérité oublie nos noms, pourvu qu'elle sente les effets de nos généreux efforts ! — Don Juan, faisons le bien pour le bien. — Ensuite remercions le ciel s'il nous envoie un Homère.

DEUXIÈME JOURNÉE

SCÈNE I

L'appartement de madame de Coulanges à l'auberge des Trois-Couronnes.

MADAME DE TOURVILLE, MADAME DE COULANGES

MADAME DE TOURVILLE : Tu es une sotte ; te voilà toute sens dessus dessous, parce que tu lui as vu faire sa coupe[27]. La belle chose que de savoir nager quand on l'a appris ! et pourtant une carpe lui en remontrerait.

MADAME DE COULANGES : Mais un homme qu'il ne connaissait pas !... et les gens de cette maison disent que la côte est si dangereuse !

MADAME DE TOURVILLE : Eh bien ! il sait nager, — c'est dit, et il a du courage : mais qu'est-ce que cela te fait ? Fais-moi toujours ton rapport.

MADAME DE COULANGES : Je n'ai rien à dire.

MADAME DE TOURVILLE : Sais-tu que je serais tentée de croire que tu t'es amourachée de ce petit officier brun, qui nage comme un canard ? — Tu as la berlue, mon enfant. Tu n'as rien vu !... Moi, du premier coup d'œil, j'ai découvert un complot.

MADAME DE COULANGES : Un complot ! en vérité, tu en vois partout.

MADAME DE TOURVILLE : Il vaut mieux en voir où il n'y en a point, que de n'en pas voir où il y en a. Sais-tu que l'on a toujours une gratification, outre le traitement ordinaire, pour chaque complot que l'on évente ? — Dis-moi, as-tu remarqué que ce noyé avait une chemise de batiste ?

MADAME DE COULANGES : Qu'y a-t-il là de si extraordinaire ?

MADAME DE TOURVILLE : Ce qu'il y a d'extraordinaire ?... Allons, elle est folle, c'est fini. — Une chemise de batiste, avec un jabot. — Faut-il te le répéter : — Une chemise de batiste, hé ? C'est le fil d'une conspiration effroyable. Il y a de quoi faire pendre vingt personnes.

MADAME DE COULANGES : Tu as bien de la pénétration.

MADAME DE TOURVILLE : Et toi, bien de la bêtise ! — Comment ! il ne te saute pas aux yeux que cet homme est un espion ou suédois, ou anglais, ou russe... Et même il est certain qu'il est anglais, car je me trompe fort, ou sa chemise était de batiste anglaise. Ainsi voilà qui est assez clair.

MADAME DE COULANGES : Clair ?

MADAME DE TOURVILLE : Un moment... De plus, il portait à sa veste un bouton dépareillé, avec une ancre dessus ; donc il vient d'un vaisseau anglais.

MADAME DE COULANGES : Tous les marins ont des boutons semblables.

MADAME DE TOURVILLE : Innocente ! — Et des portraits suspendus au cou ? Il était plaisant, le petit aide de camp, avec son portrait de femme. Il a bien joué son rôle, sur ma foi ! c'est un gaillard bien retors, et qui contrefait l'indifférent à merveille. — Et le général, qui a vite empoché la boîte avant qu'on pût y jeter un coup d'œil.

MADAME DE COULANGES : Il y a peut-être bien du mystère là-dessous, mais je n'irai pas les ennuyer avec une histoire de boutons, de chemise de batiste et de semblables bagatelles. Ce serait le moyen de se faire rappeler sur-le-champ.

MADAME DE TOURVILLE : Bagatelles ? bagatelles ?... Ah ! Élisa, dans les affaires rien n'est à dédaigner. C'est pourtant un poulet rôti qui m'a fait découvrir la cachette du général Pichegru ; et, sans me vanter, cela m'a valu bien de l'honneur, sans parler du profit. Voici le fait : c'était du temps de ton père, le capitaine Leblanc. Il revenait de l'armée ; il avait de l'argent, nous faisions bonne chère et grand feu. Un jour donc je m'en vais chez mon rôtisseur, et je lui demande un poulet rôti. — « Mon Dieu, madame », me dit-il, « je suis bien fâché, mais je viens de vendre mon dernier ». — Moi qui connaissais tout le quartier, je voulus savoir à qui. — « Qui est-ce qui l'a pris ? » que je lui demande. — Lui me dit : « C'est un tel, et il se traite joliment, car depuis trois jours il lui faut une volaille à chaque dîner. » *Nota bene* qu'il y avait justement trois jours que nous avions perdu les traces du général Pichegru. Moi, je roule tout ça dans ma tête, et je me dis : « Diable ! voisin, l'appétit vous est venu ; vous avez la fringale. » Finalement, je reviens le lendemain, et j'achète des perdrix qui n'étaient pas cuites, remarque bien cela, pour avoir le temps de faire causer mon marmiton pendant qu'elles rôtiraient. Là-dessus, mon homme au gros appétit entre et achète une dinde rôtie, une belle dinde, ma foi ! — « Ah ! je lui dis, un tel, vous avez bon appétit, en voilà pour deux personnes, et pour une semaine. » — Lui cligne de l'œil, et dit : « C'est que j'ai de l'appétit comme deux. » Un Français se ferait pendre plutôt que de manquer un mot. Moi, je le regarde entre deux yeux, lui se détourne, prend sa bête et s'en va. Il ne m'en fallut pas davantage, je savais qu'il connaissait Pichegru. — On me happe mon homme, et, moyennant une récompense honnête, il livra bien et beau mon général, — et j'eus pour ma part six mille francs de gratification[l]. Voilà ce que c'est que de faire attention à des bagatelles.

MADAME DE COULANGES : Oh ! tu es fort habile ; pour moi, je ne suis pas en train de deviner.

MADAME DE TOURVILLE : Fais comme tu l'entendras, cela te regarde ; quant à moi, je m'en lave les mains. Si un autre a la gratification, si l'État en souffre, ce ne sera pas ma faute.

MADAME DE COULANGES : Bah ! ce don Juan m'a l'air d'un...

MADAME DE TOURVILLE : Veux-tu que je te dise de quoi il a l'air ? Il a l'air d'aimer les dames ; et, si tu avais de l'esprit comme moi, tu mangerais à deux râteliers, et tu tirerais plus d'un quadruple[29] à monsieur le colonel. C'est un marquis, sans que cela paraisse, et les domestiques disent qu'il roule sur l'or. Il leur donne des pourboires !...

MADAME DE COULANGES : Mon Dieu ! que je suis fatiguée ! je n'ai pu fermer l'œil de la nuit.

MADAME DE TOURVILLE : Il a l'air d'un franc libertin... tu m'entends ? — Ah ! mon enfant, si j'avais été aussi jolie que toi, je n'en serais pas où j'en suis ; et pourtant, si tu ne m'avais pas auprès de toi dans tes missions, que ferais-tu ? Il faut que, moi, je me mette en quatre pour amener le gibier à mademoiselle, qui n'a que la peine de se baisser pour le prendre, et de dire merci pour l'argent que cela rapporte.

MADAME DE COULANGES, *avec ironie :* Sans compter l'honneur.

MADAME DE TOURVILLE : Bah ! bah ! Est-ce qu'il faut penser à cela ? il y en a de plus huppés que nous qui font de pires métiers.

UNE FEMME DE CHAMBRE, *entrant :* M. don Juan Diaz demande si ces dames sont visibles.

l. Historique[28].

MADAME DE TOURVILLE : Sans doute. — Ce que c'est que d'être jolie ! elle n'a pas besoin de se donner de la peine ; qu'elle se montre seulement, et on lui court après.

DON JUAN, *entrant :* Pardon, mesdames, si je me présente devant vous sans autre titre que ma qualité de voisin. J'ai pris la liberté de venir m'informer si la scène d'hier n'avait pas produit un fâcheux effet sur la santé de madame.

MADAME DE COULANGES : J'ai été fort émue sans doute... mais jamais je n'ai ressenti une émotion si douce.

MADAME DE TOURVILLE, *bas :* Bien dit. — *(Haut.)* Prenez donc la peine de vous asseoir, monsieur.

MADAME DE COULANGES : Vous ne vous êtes pas trouvé incommodé ?... et le malheureux que vous avez sauvé ?...

DON JUAN, *assis :* Il est frais et gaillard, et parle déjà de se mettre à la poursuite des harengs... Mais, madame, vous paraissez encore souffrante, je me reproche d'avoir apporté ce mourant sous vos yeux... mais dans le trouble...

MADAME DE COULANGES : Après vous avoir vu braver la mort !... Mais je me porte très bien.

MADAME DE TOURVILLE, *à part :* Elle joue la passion à merveille ! — *(Haut.)* Et vous, monsieur, vous ne nous donnez pas des nouvelles de votre santé, après l'imprudence que vous avez faite. — Ah ! jeune homme, jeune homme ! mais ils sont tous comme cela !

MADAME DE COULANGES, *bas à sa mère :* Tous ?

DON JUAN : En vérité, j'ai passé une nuit fort agréable, enchanté d'avoir pris un bain de mer dans cette saison.

MADAME DE TOURVILLE : Ma fille ne cessait de parler de votre courage. Elle craignait que vous ne prissiez une fluxion de poitrine.

DON JUAN : Je suis bien fier de vous avoir fait penser

à moi. Mais nous autres militaires, nous sommes à l'épreuve d'un bain froid.

MADAME DE TOURVILLE : Peut-être, monsieur, avez-vous connu dans vos campagnes mes fils, deux officiers de la plus grande espérance... l'aîné, le général de Tourville, et le cadet, le colonel Auguste de Tourville.

MADAME DE COULANGES, *bas* : Prends garde !

DON JUAN : J'avouerai à ma honte que j'entends leurs noms pour la première fois... Mais je lis si peu les bulletins !

MADAME DE TOURVILLE : Ah ! vous avez bien raison. Du sang, on n'y voit que cela. Ah ! M. Diaz, j'ai bien peur que l'on n'envoie mes enfants en Espagne ; cela nous ferait bien de la peine, c'est une guerre si injuste !...

DON JUAN, *au lieu de répondre, joue avec son écharpe.*

MADAME DE COULANGES : Vous m'avez dit, je crois, que vous aviez demeuré à Séville ?

DON JUAN : Assez longtemps pour conserver un tendre souvenir de cette noble cité et de ses habitants. Mais, vous, madame, à l'exception de leur teint tant soit peu moresque, vous me retracez tout ce que j'admirais dans les dames de Séville.

MADAME DE TOURVILLE : C'est à Séville qu'est votre junte ? Ah ! ce sont des gens bien courageux, des Romains du temps de Jules César.

MADAME DE COULANGES : Colonel, vous êtes sans doute musicien ? En votre qualité d'Espagnol, vous êtes tenu de savoir pincer de la guitare. Je mettrais votre talent à l'épreuve, si je ne craignais de vous ennuyer.

DON JUAN : Ah ! madame, pourrais-je m'ennuyer de ce qui vous amuse ? Mais, modestie à part, je ne joue de la guitare qu'assez bien pour donner une sérénade au besoin, ou pour accompagner nos simples romances espagnoles. — Pour vous, madame, en votre qualité de Française, vous n'aimez sans doute que les grands airs d'opéra ?

MADAME DE COULANGES : Point du tout. Vos airs mélancoliques me plaisent plus que cette musique sans caractère qu'il est de bon ton d'admirer.

MADAME DE TOURVILLE : Votre musique me chasse ; excusez-moi, colonel Diaz. — *(Bas à sa fille.)* L'occasion est belle, profites-en. Dis donc... Beaucoup de vertu, les hommes aiment cela.

Elle sort.

DON JUAN : Vous aimez les romances espagnoles ? Seriez-vous assez bonne pour en chanter une ?

MADAME DE COULANGES : Mais cela vous donnera peut-être la maladie du pays.

DON JUAN : Heureusement la musicienne balancera l'effet de la musique.

MADAME DE COULANGES : Voici des romances, choisissez.

DON JUAN : Celle-ci, dont je ne vois que le titre ; ce doit être une vieille romance.

MADAME DE COULANGES, *à part :* Hélas ! quel choix !

DON JUAN : Un chevalier amoureux d'une Moresque, c'est le sujet favori des anciens poètes[30].

Madame de Coulanges chante, et don Juan l'accompagne avec sa guitare.

ROMANCE

Alvar de Luna était un cavalier de renom, natif de Zamora. Son cheval s'appelait *Aquilon*, et son épée *Tranche-fer*. Il avait tué plus de Maures qu'il n'y a de grains à mon chapelet. Jamais cavalier des Espagnes ne lui fit perdre les arçons. Jamais il ne fut vaincu en duel ni en bataille ; mais il fut vaincu par deux beaux yeux ;

Les beaux yeux de Zobéide, fille de l'alcayde[m] de Cordoue-la-Grande. Il jeta son épée, abandonna son coursier dans un pré. Il prit une guitare, monta sur une mule noire aux pieds blancs, et s'en vint à

m. Gouverneur.

réf. à lectures Mérimée ?

l'Alcazar[n] de Cordoue, et dit à Zobéide : « Je t'aime ; monte en croupe avec moi, et t'en viens à Zamora. »

Zobéide lui répondit avec un soupir : « Beau cavalier, je t'aime d'amour ; mais Allah est mon Dieu, et Christ est le tien. Je te le dis en vérité, je mourrai avant peu, car tu m'as blessée au cœur. Mais je ne serai point ta femme, car je suis maure, et tu es chrétien. »

Le bon chevalier remonta sur sa mule, et revint à Zamora, sa patrie ; et il distribua tout son bien aux pauvres. Dieu fasse paix au frère Jayme du cloître de Saint-Inigo ! Et il mourut en odeur de sainteté, le cœur brisé d'amour, parce que Zobéide était maure et qu'il était chrétien.

MADAME DE COULANGES, *tristement :* Eh bien ! qu'en pensez-vous ?

DON JUAN : Charmante ! divinement chantée ! — Je voudrais que l'on fît une loi en Espagne pour défendre à tous les fous de se faire moines, excepté aux fous d'amour. Ce serait le moyen de diminuer le nombre des couvents ; et, s'il en restait encore, cela donnerait une bonne idée de nous aux étrangers.

MADAME DE COULANGES : Comment trouvez-vous les paroles ?

DON JUAN : Comme celles de toutes nos vieilles romances. Voilà bien les sottes mœurs du bon vieux temps. Cet Alvar de Luna était un plat animal. Eh ! vive Dieu ! Que ne se faisait-il musulman au lieu de se faire moine ?

MADAME DE COULANGES : Ah ! — Il y a tel obstacle qui peut séparer deux personnes faites pour s'aimer.

DON JUAN : Comment ? la différence de nation ou de religion ?

MADAME DE COULANGES : Il peut exister bien d'autres causes.

DON JUAN : Quelles donc ?

MADAME DE COULANGES : Par exemple...

DON JUAN : Eh bien ! vous ne trouvez pas d'exem-

n. Palais.

crtiq religion

ple ? — Ah ! dites-moi, madame, seriez-vous incapable de renoncer à votre patrie pour un... un époux... qui aurait su se faire aimer ?

MADAME DE COULANGES : Sans doute, c'est le devoir d'une épouse. — Mais...

DON JUAN, *vivement :* Mais ?...

MADAME DE COULANGES : ... Je ne me remarierai point. *(S'efforçant de sourire.)* Il est trop agréable d'être veuve.

DON JUAN, *à part :* Au diable la romance !

MADAME DE COULANGES : Voulez-vous chanter encore ?

DON JUAN : Je craindrais de vous fatiguer, madame ; — je m'aperçois d'ailleurs que ma visite s'est un peu trop prolongée.

MADAME DE COULANGES : Colonel, ce sera toujours avec le plus grand plaisir que... mais... *(À part.)* Que lui dire pour qu'il ne vienne plus se jeter dans les pièges qu'on lui tend ?

LA FEMME DE CHAMBRE, *entrant :* M. le marquis de La Romana demande monsieur.

DON JUAN : Son général avant tout... voilà les principes de don Alvar. — Madame, permettez-vous ?

Il baise la main de madame de Coulanges, et sort.

MADAME DE COULANGES, *à sa femme de chambre :* Venez me délacer ; j'étouffe.

Elles sortent.

SCÈNE II

Le bord de la mer.

DON JUAN, WALLIS, MATELOTS *dans le fond occupés à préparer une barque;* UNE SENTINELLE *se promène devant l'auberge. Il fait nuit.*

WALLIS : Voyez ! le sloop s'est rapproché pour nous. Il élève un fanal à la hune.

DON JUAN : Je vois comme un ver luisant, à une lieue de nous.

WALLIS : Vous n'avez pas encore l'œil d'un marin. Allez, ils sont plus près de nous que vous ne pensez. Dans une heure je vous débarquerai ici, et tout sera fait. — Enfants, vos rames sont-elles bien entortillées de linges ?

UN MATELOT : Tout à l'heure, lieutenant; elles ne feront pas plus de bruit que la patte d'un canard.

WALLIS : Quand nous passerons devant le môle et la batterie, couchez-vous sur vos rames, et, si l'on nous hèle, que personne ne réponde.

DON JUAN : Soyez sans inquiétude. Toutes les nuits des contrebandiers passent devant les forts de la côte sans qu'on s'en aperçoive.

Une fenêtre s'ouvre, madame de Coulanges paraît au balcon de l'auberge.

DON JUAN : Ah !

WALLIS, *bas :* Quelqu'un nous observe. Au large !

DON JUAN, *bas :* Ne craignez rien. Qui nous reconnaîtrait ? *(A la sentinelle.)* Tu seras encore de faction quand je reviendrai ?

LA SENTINELLE : Oui, mon colonel.

MADAME DE COULANGES, *chantant, sans les voir :* « Mais je suis maure, et vous êtes chrétien. »

DON JUAN, *bas :* Au diable le refrain !

WALLIS, *bas aux matelots :* Dépêchez-vous, au nom du diable ! il ne fait pas bon ici.

MADAME DE COULANGES : La fraîcheur du soir ne peut éteindre le feu qui me brûle. *(Apercevant don Juan.)* Ah ! qui sont ces hommes ?

WALLIS : Colonel ! million de tonnerres ! que faites-vous sous ce balcon, planté comme une perche ? Par le ciel ! voici venir quelqu'un de ce côté, on peut nous couper la retraite. Ne dites mot.

Madame de Tourville entre avec une femme de chambre.

MADAME DE COULANGES, *bas à don Juan :* Éloignez-vous, qui que vous soyez !

Elle rentre.

MADAME DE TOURVILLE : Ah ! mon Dieu ! des hommes de mauvaise mine devant l'hôtel !... Heureusement voici la sentinelle pour nous protéger... et ma fille qui était au balcon.

Elle s'avance vers la barque.

WALLIS : Halte-là ! nous sommes des contrebandiers. Ne nous perdez pas, et vous aurez du tabac pour rien.

MADAME DE TOURVILLE, *s'approchant toujours :* En auriez-vous, messieurs ? je voudrais en acheter.

WALLIS : On vous en portera. Mais n'avancez pas. — Au large ! à moi le gouvernail.

La barque s'éloigne.

MADAME DE TOURVILLE : Cette voix ne m'est pas inconnue. — Et cet autre enveloppé jusqu'aux yeux dans son manteau ; et la sentinelle qui ne crie pas à la garde... tout cela est fort singulier ; — mais je saurai ce qui en est. — Entrons.

Elles entrent dans l'auberge.

SCÈNE III

Appartement de madame de Coulanges.

MADAME DE COULANGES, MADAME DE TOURVILLE

MADAME DE TOURVILLE : Tu as beau dire, c'était lui.

MADAME DE COULANGES : Non, te dis-je. N'as-tu pas vu, ainsi que moi, que c'étaient des contrebandiers ?

MADAME DE TOURVILLE : A la bonne heure ! mais je suis bien aise de les voir revenir. Je ne me coucherai pas.

MADAME DE COULANGES : Mais, maman, tu te feras du mal. Laisse-moi, je veillerai à ta place.

MADAME DE TOURVILLE : Non, non. Couche-toi. Il faut te conserver le teint frais. Moi, qui n'ai plus de fraîcheur à perdre, je veillerai. D'ailleurs, je ne veux m'en rapporter qu'à moi dans ces affaires-là. — Laisse le volet comme je l'ai mis, il ne faut pas qu'on voie de la lumière chez nous.

MADAME DE COULANGES : Ils ne reviendront peut-être que dans deux ou trois jours.

MADAME DE TOURVILLE : Non, non ! si ces gens sont ceux que je pense, ils seront ici avant que le soleil se lève. — Le général a l'air soucieux depuis que nous sommes ici... je l'ai entendu toute la nuit dernière se promener dans sa chambre au lieu de dormir. — Va, tout cela n'est pas naturel. Mais laisse-moi faire, ils seront bien fins s'ils m'échappent.

MADAME DE COULANGES : Au lieu de te fatiguer à veiller, ne peux-tu pas demander à l'hôte si quelqu'un est sorti cette nuit ?

MADAME DE TOURVILLE : Sotte que tu es ! l'hôte est sans doute acheté par eux... et puis ces gens-là sont d'une négligence... — Je viens de jouer à la bouillotte[31] chez le résident français ; je les ai tous décavés. — Ah ! qu'ils sont encore innocents ! — Mais couche-toi donc : tu me fais de la peine. Sais-tu qu'il est près d'une heure ?

MADAME DE COULANGES : Je ne puis dormir quand je sais que tu veilles.

MADAME DE TOURVILLE : Comme il te plaira. — Il y a encore de la lumière chez le général. On en voit la réflexion sur l'eau. Si j'osais, j'ouvrirais le balcon.

MADAME DE COULANGES : Ouvre. Je crois que l'air soulagera mon mal de tête.

MADAME DE TOURVILLE : Oui, mais cela donnerait l'alarme au vieux renard. — Écoute, il marche. *(Madame de Coulanges fait tomber une chaise.)* Que le diable t'emporte ! Comment ! tu ne peux pas te tenir tranquille ?

MADAME DE COULANGES : Oh ! que je me suis fait de mal au pied !

MADAME DE TOURVILLE : Tais-toi, douillette !

MADAME DE COULANGES : Oh ! je souffre tant !... Oh !

MADAME DE TOURVILLE : Quelle est cette lumière, là-bas dans la mer ?

MADAME DE COULANGES : Un fanal, peut-être, pour montrer la passe.

MADAME DE TOURVILLE : Je crois plutôt que c'est ce vaisseau sous pavillon hambourgeois qui croise depuis quelques jours à l'entrée du Belt.

MADAME DE COULANGES : Eh bien ! qu'est-ce que cela te fait qu'il y ait un vaisseau hambourgeois ?

MADAME DE TOURVILLE : Hambourgeois ? — Il est de Hambourg comme moi.

MADAME DE COULANGES : Tu fais toujours des suppositions étranges. Moi, je ne voudrais pas me charger ainsi la conscience.

MADAME DE TOURVILLE : La conscience ? Tu veux me faire rire, avec ta conscience. Tu parles comme un frocard[32]. — Chut ! — Au lieu d'une lumière, il y en a maintenant deux, mais bien faibles. — Ah ! ah ! voici qui devient intéressant.

MADAME DE COULANGES, *à part :* Hélas ! — *(Haut.)* Tu connais donc les signaux des marins ?

MADAME DE TOURVILLE : Et la lumière qui disparaît chez le général... Bravissimo !

MADAME DE COULANGES : Il est allé se coucher, il a plus d'esprit que nous.

MADAME DE TOURVILLE : Oui, oui, innocente, crois qu'il dort. — Voici sa lumière qui reparaît. — C'est peut-être, diras-tu, qu'il a soufflé sa chandelle, et qu'elle s'est rallumée toute seule, comme cela arrive quelquefois. — Trois lumières au vaisseau !... de notre côté, éclipse. — Ah ! la chandelle s'est encore rallumée... Nous vous tenons, monsieur le marquis Romain. — Comme tu es pâle ! Je te disais bien qu'il n'est pas bon pour toi de veiller si tard. Couche-toi, ma bonne Élisa ; la fortune te viendra en dormant, car notre fortune est faite.

MADAME DE COULANGES : Plût au ciel qu'elle fût faite depuis longtemps !

MADAME DE TOURVILLE : C'est bien dit, ma foi ; car, à l'heure qu'il est, nous roulerions carrosse à Paris, au lieu de nous morfondre dans cette île. Mais patience... — Il n'y a plus qu'une lumière.

MADAME DE COULANGES : Allons nous coucher maintenant.

MADAME DE TOURVILLE : Ah ! et ma conscience ? Non, non, il faut que je le voie rentrer. Jusque-là je n'aurai pas la conscience nette. Il me faut des preuves... et elles arrivent en bateau. — Si j'osais, j'irais tout de suite chez le résident... mais cela ne servirait à rien. Il est si bête ! non, j'écrirai moi-même au prince.

MADAME DE COULANGES : Il me semble que ma tête est en feu.

MADAME DE TOURVILLE : Quand nous reviendrons en

France, nous pourrons faire une belle affaire sur les percales ; nous en passerons pour de l'argent. En donnant une robe ou deux à la femme du directeur des douanes, on passe tout ce qu'on veut.

MADAME DE COULANGES : Oui, je voudrais que nous n'eussions jamais fait que la contrebande.

MADAME DE TOURVILLE : Il faut prendre des deux mains. — Je voudrais bien savoir ce qu'est devenu ton frère Charles. Il y a plus de deux ans qu'il n'a écrit.

MADAME DE COULANGES : Tu sais comme il est. Tu lui as donné une si bonne éducation !... à peine sait-il écrire.

MADAME DE TOURVILLE : C'est égal ! Charles est un garçon qui ira loin si un boulet ne l'arrête en chemin. Son colonel dit qu'il a du cœur comme un lion. Il est toujours le premier là où il y a des coups à donner et à recevoir.

MADAME DE COULANGES : Oui, et du mal à faire. *(A part.)* Il devrait être ici.

MADAME DE TOURVILLE : C'est tout le portrait de son père, M. Leblanc. Il était capitaine dans les guides. Il est mort bravement au champ d'honneur. Son lieutenant, qui est le père d'Auguste, m'a dit qu'il avait quinze coups de sabre rien que sur la tête.

MADAME DE COULANGES : Quelle horreur !

MADAME DE TOURVILLE : Moi, j'ai toujours eu du faible pour les gens de cœur. Le premier que j'ai eu, c'était un général qui est parti pour l'Amérique... Les sauvages me l'ont mangé après l'avoir rôti. — Ce que je te dis est exact.

MADAME DE COULANGES : Ô Dieu !

MADAME DE TOURVILLE : Je me souviendrai toujours d'un gros banquier qui m'entretenait à douze mille francs par an. Un jour il se laissa donner devant moi une paire de soufflets par un petit sous-lieutenant de chasseurs à cheval qui n'avait pas un sou vaillant. Ma foi ! je ne pus m'empêcher de quitter le richard, et de prendre le petit chasseur... Mais c'étaient des bêtises. J'étais jeune alors... et je m'en suis bien repentie, surtout quand il s'est mis à me donner des coups de cravache. — Si j'étais homme, je serais militaire, c'est sûr.

MADAME DE COULANGES : Tu ne vois rien ? Je te disais bien...

MADAME DE TOURVILLE : Non, je ne vois rien encore... Ah ! chut ! je vois quelque chose de noir qui vient sur l'eau ; c'est une barque ou une baleine. — Fermons le volet mieux que ça... Élisa !

MADAME DE COULANGES : Ce sont... les contrebandiers ?

MADAME DE TOURVILLE : Voici mon homme au manteau... ou plutôt le tien... Il serre la main à un autre, il saute à terre... Entrera-t-il ici ?... Bonsoir, Élisa.

Elle sort.

MADAME DE COULANGES, *seule :* Il est perdu !... et c'est moi, misérable que je suis, qui l'ai perdu ! Maudit soit le jour où j'ai abordé dans cette île ! — Plût au ciel que nous eussions péri avant d'entrer dans le port !... Ainsi le seul homme pour qui j'ai senti de l'amour va périr... et c'est moi, moi qui l'aime, qui lui ai mis la corde au cou ! Il va croire que cette femme qu'il aimait a feint une passion généreuse, tandis qu'elle se faisait payer sa tête. — Moi, vendre don Juan pour de l'or ! — Comment se peut-il faire que j'aie jamais consenti à prendre cet épouvantable métier ? Une fille qui s'abandonne à des portefaix vaut mieux que moi. Un voleur vaut mieux que moi... Et moi, j'ai pu !... Il faut que je sois bien changée depuis peu de temps ; car, en venant ici, lorsque je ne songeais qu'à pénétrer les secrets de ce jeune homme pour les trahir, je n'avais jamais songé que ce fût une chose si horrible... Mon amour pour lui m'a ouvert les yeux. — Ah ! Juan Diaz, toi seul tu pourras m'arracher de la fange où ils m'ont plongée. Oui, le sort en est jeté : je m'attache à sa fortune ; je lui dirai tout ; je renonce à tout pour le suivre... À tout ! comme si je pouvais lui sacrifier quelque chose !... Mon pays... que m'importe mon pays ? — Ma famille... qui s'est étudiée à gâter mon bon naturel, à me façonner au vice... ma famille m'est odieuse !... Je ne puis aimer que Juan Diaz. — Mais voudra-t-il de moi, sachant qui je suis ? — Lui cacher... non, Juan Diaz n'est pas un amant à qui je pourrais cacher quelque chose... Et lui dire... à lui qui s'indigne au récit d'une bassesse !... Il me chasserait loin de lui ; il aimerait mieux, j'en suis sûre, une fille d'auberge, laide, grossière, que la belle Élisa qui amorce les gens de son amour pour les conduire à la mort... Eh bien ! qu'il pense de moi ce qu'il voudra ; je l'aime trop pour songer à moi. Tôt ou tard il saura qui je suis... Peut-être m'en voudra-t-il moins s'il apprend tout de moi-même... Il connaîtra mon amour... Il faut aimer pour faire un semblable aveu... Je lui dirai tout... je m'expose à sa colère... n'importe ! je le sauverai. Dût-il me battre, me souffleter, me cracher au visage, je le sauverai ! J'aime mieux un soufflet de Juan Diaz que des billets de banque teints de son sang... Peut-être aura-t-il quelque pitié d'une malheureuse qui n'était pas née avec une âme de boue, mais que des méchants ont avilie. Ils n'ont pu m'ôter un reste de conscience... De conscience ? Non, elle est morte en moi ; depuis longtemps elle ne parle plus. Je n'agis ni par vertu, ni par conscience : c'est à l'amour, seulement à l'amour, que je devrai de ne pas mourir sans avoir fait une bonne action.

Elle sort.

↳ la tirade = parodie de calderón.

SCÈNE IV

La chambre à coucher de don Juan Diaz.

MADAME DE COULANGES, *entrant.*

Il est encore avec le général... Je tremble en mettant le pied dans cette chambre... Voilà la première bonne action que je fais, et je tremble !... Il me semble le voir partout... *(Elle jette les yeux sur la table.)* Une lettre commencée... Il écrit peut-être à une amante qu'il a laissée en Espagne... et, quand il sera de retour auprès d'elle, jamais il n'écrira un mot à la pauvre Élisa !... Voici son cachet ; il est chargé d'armoiries... et mon nom est si obscur !... Un cygne, et pour devise : « Sans tache... » Il ne démentira pas sa devise !... Un portrait de femme, c'est sans doute sa mère...

Entre don Juan.

DON JUAN, *à part :* Quelle agréable surprise ! On a donc juré de m'empêcher de dormir ?

MADAME DE COULANGES, *sans le voir :* Ce sont les mêmes traits, mais sa figure n'a pas l'expression dédaigneuse de cette bouche.

DON JUAN, *à part :* Que diable fait-elle ?

MADAME DE COULANGES, *l'apercevant :* Ah !

DON JUAN, *à genoux :* Vous voyez à vos genoux le plus enflammé de tous les amants, charmante Élisa, laissez-moi vous prouver...

MADAME DE COULANGES, *à part :* Jamais je n'aurai le courage...

DON JUAN : ... Toute la passion que vous avez allumée dans mon cœur... Fermons cette porte, et...

MADAME DE COULANGES, *le repoussant :* Seigneur don Juan, il est bien temps de parler d'amour quand le couteau est suspendu sur votre tête...

DON JUAN : Mais vous êtes dans mes bras...

MADAME DE COULANGES, *de même :* Laissez-moi, vous dis-je ; écoutez-moi.

DON JUAN : Qu'avez-vous, madame ?... Vous semblez bien agitée.

MADAME DE COULANGES : Tous vos projets sont connus. C'en est fait de vous et de votre général.

DON JUAN, *à part :* Ciel ! — *(Haut.)* Quels projets ?... je ne sais, en vérité, ce que vous voulez dire.

MADAME DE COULANGES : Vous correspondez avec les Anglais ; vous venez vous-même d'avoir une conférence avec eux sur ce vaisseau qui croise en vue de nos fenêtres. Le général a fait des signaux... ils ont été observés... on a les yeux sur vous... vos ennemis vous entourent... c'est à vous de faire vos efforts pour leur échapper.

DON JUAN : Mais... en vérité, madame, je suis désespéré de ma méprise... j'ai lieu de rougir...

MADAME DE COULANGES : Vous n'avez pas lieu de rougir devant moi... Prenez garde à vous, et disposez de moi si je puis vous être utile.

DON JUAN : Vous savez tout... Que nous vous devons de reconnaissance ? Comment pourrons-nous jamais ?...

MADAME DE COULANGES : Parlez, avez-vous besoin de moi ?

DON JUAN : Ah ! faites-nous connaître celui qui nous épie : il ne vivra pas longtemps.

MADAME DE COULANGES : Monsieur !... je ne puis...

DON JUAN : Achevez votre ouvrage : sauvez-nous ; assurez notre juste vengeance. Ah ! madame, daignez parler.

MADAME DE COULANGES : Mais... je n'ose...

DON JUAN : Ne craignez rien, madame. Ne suis-je pas là pour vous défendre ?... Ô ciel ! si vous consentiez à me confier...

MADAME DE COULANGES : Je crois... que ce peut être...

DON JUAN : Le résident français ? Je cours lui brûler la cervelle !

MADAME DE COULANGES : Non, non !... Je veillais... j'étais à mon balcon, et...

DON JUAN : Votre mère nous a rencontrés, mais...

MADAME DE COULANGES : Oh ! ce n'est point elle qui vous trahira ; elle vous a pris pour des contrebandiers... Mais il y avait des hommes cachés... ils ont tout vu ; je les ai observés.

DON JUAN : Ils sont donc envoyés par le résident ? Vive Dieu !

MADAME DE COULANGES : Il est si bête... que vous n'avez rien à craindre de lui... Enfin, réfléchissez, et arrangez-vous comme vous voudrez... Comptez sur moi, si je puis vous être utile... Adieu.

Elle sort.

DON JUAN : Arrêtez, ange sauveur !... Mais elle s'est enfuie... Nous voilà dans une jolie position ! Allons avertir le marquis.

TROISIÈME JOURNÉE

SCÈNE I

Un salon de compagnie.

DON JUAN, LE MARQUIS

DON JUAN : J'ai eu beau prier, supplier, il m'a été impossible de la voir. Il paraît qu'elle est malade.

LE MARQUIS : Cette diable de femme est sorcière !

DON JUAN : Eh bien ! général, vous comprenez maintenant qu'il n'est pas mal de mener de front une intrigue amoureuse et une intrigue politique ?

LE MARQUIS : Sa mère me donne des soupçons.

DON JUAN : Sa mère ? C'est une bonne vieille folle. Elle m'a parlé aujourd'hui deux heures durant de ses chers fils qui sont à l'armée, et elle aime tant sa fille !... Savez-vous qu'elle a sauvé des émigrés dans la révolution ? — Allez, c'est une femme qui n'a pas un grain de malice dans le cœur.

LE MARQUIS : Mais enfin qu'allait-elle faire sur le bord de la mer, si tard, quand tu es parti ?

DON JUAN : Que sais-je ? Elle m'a dit qu'elle avait rencontré des contrebandiers hier au soir, et qu'elle l'avait fait dire à monsieur le bourgmestre pour qu'il y mît ordre. Elle ne m'a parlé que de rêves affreux qu'elle avait faits. Elle a vu des poignards, des spectres... Enfin, je lui ai fait trop peur pour qu'elle ait pu voir nettement quelque chose.

LE MARQUIS : La flotte anglaise sera bientôt dans cette baie, et terminera nos inquiétudes. Dieu veuille que le vent ne change pas !

Entre madame de Tourville.

DON JUAN : Ah ! madame, de grâce, comment se porte madame votre fille ?

MADAME DE TOURVILLE : Un peu mieux depuis ce matin, Dieu merci. La pauvre enfant ! c'est qu'elle m'avait effrayée d'abord. Mais j'espère que cela ne sera rien.

LE MARQUIS : Veuillez l'assurer de mes respects.

MADAME DE TOURVILLE : Bien obligée, monsieur le général. Ah ! si vous saviez la peur que j'ai eue hier au soir.

LE MARQUIS : On m'en a dit quelque chose.

MADAME DE TOURVILLE : D'abord, pour commencer par le commencement, j'étais allée chez monsieur le résident français, qui m'avait invitée, moi et ma fille, à venir passer la soirée chez lui. Ma fille était indisposée... Pauvre enfant !... cela ne sera rien... pourtant, ce matin, elle me faisait peine... elle avait les yeux battus, elle qui les a si beaux ordinairement. — Pour en revenir à nos moutons, il y avait bien du monde ; le salon était plein. Le temps passe vite en compagnie ; et puis, quand il était déjà tard, il a fallu jouer à la bouillotte. J'ai refusé, mais sans moi la partie était manquée, il a bien fallu s'exécuter : j'ai joué. Mais une fois installée sur mon fauteuil, vous ne le croiriez pas, je gagnais toujours. Impossible de me décaver. Enfin, il était je ne sais quelle heure quand le jeu a fini. Un de vos officiers m'a offert galamment son bras ; mais je l'ai refusé, de crainte que ce pauvre jeune homme ne fût grondé en rentrant à la caserne si tard. — Mon fils, quand il était à l'École Militaire...

DON JUAN, *à part* : Nous voilà pris... une histoire.

LE MARQUIS : Combien y avait-il de contrebandiers ?

MADAME DE TOURVILLE : J'en ai vu deux devant notre porte ; il y en avait un enveloppé dans un grand manteau noir, avec une mine de sacripant. Sa ceinture était pleine de pistolets. J'ai cru qu'il allait m'assassiner.

LE MARQUIS : Bon ! ils ne font jamais de mal. Est-ce que vous n'êtes pas bien aise de prendre quelquefois du tabac de Virginie ou de Guatemala, au lieu de celui que vous donne votre régie impériale ?

MADAME DE TOURVILLE : Ah ! monsieur le marquis, vous me prenez par mon faible. — Mais cependant... je vous dirais bien quelque chose... si je ne craignais pas que vous me prissiez pour une rapporteuse.

LE MARQUIS : Dites, madame.

MADAME DE TOURVILLE : La sentinelle devant votre porte a tout vu, et n'a pas soufflé. Ce que j'en dis, ce n'est pas pour que vous la fassiez punir.

LE MARQUIS : Chut ! ne me trahissez pas : c'est pour moi que venaient ces contrebandiers : ils m'apportaient des cigares d'Amérique. Nous n'en pouvons fumer d'autres ; demandez-lui.

DON JUAN : Assurément.

MADAME DE TOURVILLE : Eh bien ! général, voilà qui est joli ; mais soyez bien sûr que je vous dénonce si vous ne me donnez pas du virginie ou du saint-vincent [33] pour me faire taire.

LE MARQUIS : Eh bien ! soit. Je suis heureux d'avoir du tabac de ces deux espèces à vous offrir.

MADAME DE TOURVILLE : Non, non, non. Ce que je vous ai dit, général, c'était en plaisantant. Je ne veux pas vous en priver.

LE MARQUIS : Non ; vous en aurez. C'est pour ma

sûreté que je veux vous compromettre aussi en vous mettant de moitié dans la fraude.

MADAME DE TOURVILLE : Eh bien ! tenez, voici ma tabatière.

LE MARQUIS : Gardez-la, et laissez-moi le plaisir de vous en donner quelques bouteilles[34].

DON JUAN : Quand pourrai-je présenter mes hommages à madame votre fille ? Ah ! madame de Tourville, j'ai bien besoin de la voir.

MADAME DE TOURVILLE : Elle ne veut voir personne. *(Bas.)* Au reste, elle n'a fait que parler de vous. Savez-vous que cela m'inquiète... mauvais sujet ?

DON JUAN : Vraiment ? Et que disait-elle ?

MADAME DE TOURVILLE : Oh ! mille choses. Que sais-je, moi ? Mais il faut que je lui tienne compagnie. Adieu, messieurs.

Elle sort.

DON JUAN : Nous vous baisons les mains. — Eh bien ! monsieur le marquis, qu'en pensez-vous ?

LE MARQUIS : Elle est rusée si elle nous trompe. En tout cas, nous n'avons pas longtemps à la craindre.

Ils sortent.

SCÈNE II

Le cabinet du Résident français.

LE RÉSIDENT, *seul devant une table à déjeuner.*

Il faudra bien que cela finisse pour moi par un brevet de chevalier de la Légion d'honneur. Ce n'est pas chose facile que de découvrir une conspiration ; et je me flatte d'ailleurs qu'on me saura gré du sang-froid et de l'aplomb que j'ai montrés au milieu des ennemis. Cependant, j'espère qu'il nous arrivera bientôt des troupes françaises ; j'ai hâte de me trouver au milieu de mes chers compatriotes. Ma position est affreuse... Avec tout le courage possible... seul contre une division... on est bien aise d'avoir du renfort.

UN DOMESTIQUE, *entrant :* Un monsieur demande à vous parler.

Entre Charles Leblanc.

LE RÉSIDENT : Monsieur, qu'y a-t-il pour votre service ?

CHARLES LEBLANC : Rien pour mon service, monsieur, mais quelque chose pour celui de l'empereur. Tel que vous me voyez, monsieur, je suis premier lieutenant de grenadiers dans la garde impériale. J'ai coupé mes moustaches et pris un frac pour venir ici. Je suis donc officier dans la garde impériale. Bernadotte... le prince de Ponte-Corvo, veux-je dire, m'envoie ici... voici mon ordre — ... pour mettre à la raison certain général espagnol qui veut faire le méchant. Vous savez ce que je veux dire ?

LE RÉSIDENT : A merveille, monsieur ; mais vous amenez probablement sept ou huit mille hommes avec vous ?

CHARLES LEBLANC : Oui-dà ! Croyez-vous qu'on peut faire voyager une division en ballon ? Monsieur le Résident, vous m'avez l'air simple. Je viens seul ; je n'apporte pas même mon sabre avec moi ; mais je suis homme d'exécution, je saurai m'arranger.

LE RÉSIDENT, *souriant :* La chose me paraît tant soit peu difficile. Les Espagnols sont nombreux ; les Danois, les Hanovriens, qui sont avec eux, ne sont pas bien sûrs...

CHARLES LEBLANC : N'importe ! nous nous passerons d'eux. Or çà, écoutez-moi. *(Il s'assied.)* Aye ! je suis éreinté, j'ai crevé trois chevaux sur ma route. — Écoutez ! Ce ne sera que dans trois jours que nos têtes de colonnes pourront déboucher ; en attendant, le four chauffe. La flotte d'Héligoland [35] est partie, le vent est bon, les Anglais seront dans le grand Belt avant que nous ayons vu le petit, et tout est perdu.

LE RÉSIDENT : Vous avez très judicieusement mis le doigt sur la plaie.

CHARLES LEBLANC : Je ne sais ce que vous voulez dire. Mais, entre nous, le prince de Ponte-Corvo m'a prévenu qu'attendu que vous étiez un peu dans les ganaches [36], j'eusse à m'aboucher avec une certaine dame Coulanges et une autre dame Tourville, qui sont toutes les deux ici : deux de vos mouchardes, pas vrai ?

LE RÉSIDENT : Monsieur, vous avez en vérité une manière de vous exprimer que je ne puis excuser... que dans un militaire.

CHARLES LEBLANC : Faites venir vos femelles. Vous voyez bien que je suis harassé. J'ai laissé le fond de ma culotte avec ma peau à la selle de mon cheval, je n'ai pas le temps de faire de longues phrases. Faites venir vos mouchardes. — Nous allons prendre nos mesures. Puis, donnez-moi un lit ou une botte de paille, que je puisse dormir ; car, mille noms d'un diable, j'ai le corps meurtri comme une pomme cuite.

LE RÉSIDENT : Madame de Tourville devait passer à mon cabinet en ce moment, et je m'étonne qu'elle ne soit pas encore venue.

CHARLES LEBLANC : Est-ce là votre déjeuner ? Bon ! demandez un couvert pour vous. — A votre santé, petit papa... Nom d'une pipe ! votre vin est bon. — ... Vous êtes un brave homme, ou le diable m'emporte ! — Oh ! j'ai si faim que je mangerais mon père sans sel [37].

LE RÉSIDENT, *à part :* Quel ton ont ces gens-là ! *(Haut.)* Monsieur, je vous en prie, faites absolument comme chez vous.

CHARLES LEBLANC : Vous avez raison, parbleu ! vous

avez raison. — Je vois que vous êtes un brave homme. Tenez, moi, j'aime les gens francs. — Comment vous nommez-vous, sans vous commander ?

LE RÉSIDENT : Le baron Achille d'Orbassan [38].

CHARLES LEBLANC : A votre santé, monsieur le baron Achille. Moi, je m'appelle Charles Leblanc, lieutenant en premier dans la garde impériale, troisième bataillon, grenadiers. — Allons ! buvez à ma santé, monsieur le baron. — Vous n'avez pas de verre. — Tenez, prenez le mien. — Morbleu ! à la guerre comme à la guerre. — Vous avez servi ?

LE RÉSIDENT : Non pas dans l'armée... Mais j'ai servi d'une autre manière mon empereur et ma patrie.

CHARLES LEBLANC : Dans la di... la diplomatie à coups de plume... ça vaut mieux... on ne risque que d'attraper des taches d'encre. Mais ces damnées femelles ne viennent donc pas ?

LE RÉSIDENT : J'attends madame de Tourville à chaque instant. — Il me semble, monsieur, que pour un Français et un chevalier... *(Montrant le ruban de Charles Leblanc)* car vous êtes chevalier, hé ! hé ! hé !... vous n'avez guère de respect pour ce sexe charmant, destiné...

CHARLES LEBLANC : Charmant tant qu'il vous plaira. J'aime les femmes qui ne parlent pas, et qui ne se font pas payer trop cher. A votre santé, monsieur Achille.

LE RÉSIDENT : J'entends un pas de femme... La voici.

Entre madame de Tourville.

CHARLES LEBLANC : Million de tonnerres ! c'est ma mère.

MADAME DE TOURVILLE : Ah ! mon ami, embrasse ta maman, mon cher petit Charles !

CHARLES LEBLANC : C'est bon, c'est bon !... Est-ce fini ! Ah çà ! est-ce bien vous ?

MADAME DE TOURVILLE : Mon ami !

CHARLES LEBLANC : Mes compliments ; vous faites là

un joli métier ! Si l'on savait cela au régiment... Le diable m'étrangle si je n'aimerais pas mieux vous savoir enterrée que moucharde.

MADAME DE TOURVILLE : Oh ! Charles !

CHARLES LEBLANC : Ma sœur est, je le suppose, enrôlée dans le même régiment ?... Qu'elle ne m'approche pas ; il n'y a pas de respect filial entre elle et moi. — Chut ! — Attention et silence ! — Buvons pour digérer cette nouvelle. — Bah ! ce n'est rien que cela... — Écoutez, papa Achille, voici ce que j'ai combiné : vous allez inviter le général La Romana à dîner pour demain ; entendez-vous ?

LE RÉSIDENT : Mais s'il refusait ?

CHARLES LEBLANC : Il ne refusera pas. Vous lui direz que j'apporte la nouvelle d'une victoire ; et, pour célébrer des victoires, de bons militaires doivent trinquer ensemble. — Vous avez bien ici cinquante Français ?

LE RÉSIDENT : Il y a ici une compagnie de chasseurs en dépôt.

CHARLES LEBLANC : C'est ce qu'il me faut. Ah çà ! vous invitez le général Romana avec tout son état-major et les officiers danois, etc. Vous me mettez à dîner à côté dudit général. Pour lors, entre la poire et le fromage, vous proposez la santé de l'Empereur : c'est le signal dont nous sommes convenus... Mes chasseurs, qui se sont tenus prêts, entrent alors, et couchent en joue tous les Espagnols. Moi, je prends le général au collet d'un côté, vous de l'autre. S'ils font des façons pour se rendre, nous nous jetons tous deux sous la table et nos hommes font un feu de file. — Ensuite nous barricadons les portes ; les Danois et les autres canailles auront bon marché des Espagnols, désorganisés et sans chefs. — En tout cas, nous tiendrons tant que nous pourrons, et, si nous sommes forcés, nous tuons nos prisonniers, et nous nous brûlons la cervelle les uns aux autres. Que dites-vous de cela ?

LE RÉSIDENT : Monsieur... mais... le moyen est... un peu... violent...

MADAME DE TOURVILLE : Il me semble qu'on pourrait...

CHARLES LEBLANC : Silence ! — Monsieur Achille, savez-vous tirer le pistolet ?

LE RÉSIDENT, *affectant beaucoup de fermeté :* Je ne manque jamais mon homme à trente pas.

CHARLES LEBLANC : Peste ! Eh bien ! tant mieux. Ainsi vous vous en servirez si besoin est. Allons, vous vous conduirez en brave, n'est-ce pas ?

LE RÉSIDENT : Sans doute, je suis français. — Mais on serait plus certain de réussir si l'on attendait...

CHARLES LEBLANC : Oui, que les Anglais viennent, n'est-ce pas ?

LE RÉSIDENT : Eh ! non, les Français.

CHARLES LEBLANC : Hé, morbleu ! avez-vous oublié qu'ils ne peuvent être ici que dans trois jours ?

LE RÉSIDENT : Diable !

MADAME DE TOURVILLE : Il y aurait un moyen de courir moins de risques... avec un peu d'arsenic...

CHARLES LEBLANC : De l'arsenic ! mille bombes ! de l'arsenic ! me prenez-vous pour un empoisonneur ? Moi, lieutenant de grenadiers dans la garde impériale ! moi ! souffrir qu'on donne de l'arsenic à de braves militaires, pour les faire crever comme des rats ! j'aimerais mieux me brûler la cervelle que de donner d'autres pilules que des pilules de plomb à des militaires. De l'arsenic ! sacré nom du diable ! de l'arsenic !

MADAME DE TOURVILLE : Mais...

CHARLES LEBLANC : Taisez-vous ! Je ne suis pas un mouchard. Ne me parlez pas d'arsenic, ou j'oublierai que vous êtes ma mère. — Et vous, mon petit baron, ayez la bonté d'exécuter les ordres que je porte.

Écrivez vos lettres d'invitation ; et, s'ils n'acceptent pas, je veux qu'un boulet me serve de pilule si je ne vous fais pas manger la lame de mon sabre.

LE RÉSIDENT : Monsieur... monsieur... c'est pour le service de Sa Majesté... Si mon devoir...

CHARLES LEBLANC : Allons ! vous êtes un brave homme, donnez-moi une poignée de main, et dites qu'on me fasse un lit

Il boit un coup et sort.

LE RÉSIDENT : Ma foi, madame, je vous fais mon compliment. Vous avez là un joli garçon.

MADAME DE TOURVILLE : Hélas ! c'est tout le portrait de feu son père. Il ne connaissait que son sabre.

LE RÉSIDENT : Me voilà dans une belle position.

MADAME DE TOURVILLE : Au surplus, son avis n'est pas à dédaigner ; il faut le suivre.

LE RÉSIDENT : Eh bien ! soit ; mais vous dînerez avec nous, madame.

MADAME DE TOURVILLE : Mais, monsieur, je vous serai tout à fait inutile.

LE RÉSIDENT : Mais, peste ! madame, vous dînerez avec nous, ou le diable m'emporte si je ne vous fais arrêter !

MADAME DE TOURVILLE : Je veux bien de votre dîner, monsieur. J'y viendrai, et je vous ferai voir que, toute femme que je suis, j'ai plus de courage que toi, mon petit diplomate. Au revoir.

Elle sort.

LE RÉSIDENT, *seul :* Ciel et terre ! mort et furie ! que le diable m'emporte !... s'il veut m'emporter loin d'ici... Malheureux ! que vais-je devenir ?... J'aimerais mieux me trouver sur un champ de bataille qu'à pareille bagarre... au moins on peut gagner le large... Misérable !... Et moi qui croyais qu'il était si facile de faire de la diplomatie !... Et cette maudite île ; tout m'y manque... Enfin, pourquoi ne pas attendre les Français ? Il va tout perdre avec sa précipitation... Ah ! si l'on m'avait laissé faire !... la croix d'honneur était à moi... et c'est maintenant ce grand escogriffe qui aura tous les profits. Un ignorant... qui n'a jamais ouvert un Vatel[39]... et moi !... S'ils allaient se tromper dans le désordre ?... Maudit métier ! chien de métier ! maudite île !... Ah ! voici ces pistolets dont il faut que je me serve... voyons... Je mettrai douze balles dans chacun, au moins je ne manquerai pas celui que j'attraperai... Allons, allons !... on ne meurt qu'une fois !... qu'ils viennent, ces Espagnols !... qu'ils viennent ! tout Français est soldat ! *(Il gesticule avec les pistolets.)* Mais... doucement... quelle idée admirable !... Non, ces armes ne sont point celles d'un diplomate. *(Il pose les pistolets.)* A la fin de leur dîner je leur dirai : Permettez que j'aille vous chercher d'un vin excellent, d'une bouteille... je ne confie la clef à personne... C'est cela ! et ils feront leurs affaires sans moi... Parbleu ! vivent les gens d'esprit ! Voilà ce qui s'appelle s'en tirer joliment. Notre lieutenant sera peut-être tué dans la bagarre... je ferai le rapport... et alors... alors, ma foi ! c'est une affaire faite, je deviens ambassadeur !... C'est cela, morbleu ! qu'on est heureux d'avoir de l'esprit ! Un grossier manant comme ce Leblanc peut bien faire le coup de poing dans l'occasion... mais nous autres diplomates nous savons toujours... oui, nous savons faire nos affaires.

Il sort.

SCÈNE III

Un salon aux Trois-Couronnes.

DON JUAN, MADAME DE COULANGES

DON JUAN : Je vous en conjure, excusez mon impertinence. Mais... je vous trouvais seule... dans ma chambre... si tard... Et vous veniez pour nous sauver !

MADAME DE COULANGES : Monsieur, ne parlons plus de cela. Êtes-vous sûr de réussir ? vos mesures sont-elles prises ?

DON JUAN : Oui. Nos régiments se concentrent sur Nyborg. La flotte anglaise sera...

MADAME DE COULANGES : Je ne vous demande rien ; ne me dites rien ; mais êtes-vous bien sûr du succès ?

DON JUAN : Autant qu'on peut l'être.

MADAME DE COULANGES : J'en suis bien aise.

DON JUAN : Dans peu de temps je reverrai l'Espagne.

MADAME DE COULANGES : Quelle joie vous aurez de vous retrouver au milieu de vos amis... après une si longue absence !

DON JUAN : Hélas !... il y a quelque temps je désirais si vivement retourner en Galice !... mais maintenant je suis malheureux de quitter cette île sauvage.

MADAME DE COULANGES : Songez à vos devoirs, monsieur ; vous allez combattre pour votre patrie... vous aurez des distractions de toute espèce. Moi... je... j'espère que vous serez heureux en Espagne... que la paix se fera... et alors... si vous revenez en France... j'aurai bien du plaisir à vous revoir.

DON JUAN : Je ne vois que malheur dans mon avenir... Vous avez été mon bon ange... et maintenant...

MADAME DE COULANGES : Je vous reverrai encore une fois avant votre départ. Je brode en ce moment une petite bourse que je vous prierai de vouloir bien accepter comme un souvenir de moi.

DON JUAN : Je n'y puis plus résister. Madame, donnez-moi la vie ou la mort. — Dites-moi, voulez-vous ?... j'ose à peine vous le proposer... voulez-vous accepter mon nom, et me suivre dans mon malheureux pays ?

MADAME DE COULANGES : Monsieur !... que me proposez-vous ? *(À part.)* Oh ! si je ne l'aimais pas tant !

DON JUAN : Je sais que l'Espagne est un pays bien triste pour une Française, et dans quel état se trouve-t-elle maintenant ! Une tente de toile, la paille d'un bivouac... voilà la chambre qu'aura peut-être longtemps l'épouse de Juan Diaz... Je ne vous parle pas de ma fortune, de ma naissance... votre âme est trop élevée pour se laisser toucher par de semblables considérations... mais... si le plus ardent amour, si la plus vive amitié... vous paraissent dignes de votre cœur... Je ne vous aime pas assez, pensez-vous, je ne vous aime que pour moi, je ne vous offre que des maux, des souffrances à partager... mais que puis-je faire ? Mon pays m'appelle... et je sens que je ne puis vivre sans vous !

MADAME DE COULANGES : Monsieur !... se peut-il... vous, me donner votre main ?... Je suis une Française sans fortune... comment pouvez-vous songer à moi... vous renoncez à votre avenir !

DON JUAN : Eh quoi ! vous n'avez pas de répugnance pour moi ? Vous m'aimez ?

MADAME DE COULANGES : Oui, don Juan, je vous aime, mais je ne puis vous épouser... non, cela ne se peut... Ne m'en demandez pas davantage !

DON JUAN : Je suis le plus heureux des hommes ; ne pensez plus à la différence de fortune... eh ! qu'importe ! Si vous étiez plus riche que moi, est-ce que vous ne m'aimeriez pas ?

MADAME DE COULANGES : Oh ! plût au ciel !

DON JUAN : Eh bien ! laissez-moi donc être aussi généreux que vous.

MADAME DE COULANGES : Non... Vous m'avez rendue heureuse... je suis contente... Adieu.

DON JUAN : Que signifie ce mystère ? Dites-moi bien vite vos scrupules, mon amour les lèvera.

MADAME DE COULANGES : Je ne puis.

DON JUAN : Vous me désespérez.

MADAME DE COULANGES : Ma famille est si nombreuse !

DON JUAN : Je suis riche.

MADAME DE COULANGES : Ma mère...

DON JUAN : Je la déciderai à nous suivre.

MADAME DE COULANGES : Non, non, elle ne le voudra jamais.

DON JUAN : Vous me cachez quelque vain scrupule, doña Élisa ; au nom de notre amour, dites-le-moi.

MADAME DE COULANGES : Pourquoi me pressez-vous ?... Écoutez, don Juan, vous allez en Espagne. De graves intérêts vont réclamer tout votre temps, tous vos efforts... Au milieu du tumulte et des dangers des camps, que deviendrais-je ?... une femme vous embarrasserait ; songez aux dangers de la guerre.

DON JUAN, *se frappant le front :* Sans doute !... vous avez raison !... mais je croyais qu'une femme pouvait aimer comme moi ! — Adieu, madame, vous m'avez dicté mon devoir. Oui, je vais en Espagne ; mais le premier boulet, j'espère, sera pour moi. Au moins vous n'aurez pas la douleur d'être veuve.

MADAME DE COULANGES : Arrêtez, don Juan... ne croyez pas ce que je viens de vous dire... le coup qui vous atteindra me frappera aussi... Mais il est une raison terrible qui m'empêche de vous épouser... je vous aime trop pour vous épouser sans vous la dire... mais ne me la demandez pas si vous voulez m'aimer. Adieu, don Juan, je penserai toujours à vous.

DON JUAN : Élisa, Élisa, je vous jure sur mon honneur que jamais je ne vous demanderai cette raison... jamais je ne vous en parlerai... je n'aurai pas la moindre inquiétude... rien ne peut altérer mon amour... mais, si vous avez quelque affection pour moi, consentez à me suivre... *(Avec une inquiétude mal dissimulée.)* Quelque scrupule... quelque enfantillage vous arrête ?

MADAME DE COULANGES : Don Juan, en me déclarant votre amour, vous m'avez rendue plus heureuse que je ne l'ai jamais été ; vous me forcez maintenant à perdre tout ce bonheur en un instant... mais vous le voulez.

DON JUAN : Non, je ne le veux pas ! ne me dites rien !... je vous jure d'avance que tout ce que vous pourrez me dire ne m'empêchera pas de vous aimer... Vous êtes ce que j'ai de plus cher au monde ; et si l'honneur et mon pays ne m'obligeaient pas à...

MADAME DE COULANGES : Non, vous ne saurez jamais mon secret.

Elle sort et s'enferme chez elle.

DON JUAN, *seul :* Qu'a-t-elle ? Quel est ce secret qu'elle n'ose m'avouer ? *(Il frappe à la porte.)* Élisa ! Élisa ! — Elle ne répond pas !... Élisa ! — Jamais homme fut-il plus malheureux ! Tout m'accable à la fois. Je m'y perds. Je ne sais que penser d'elle ! Mais jamais je ne l'ai tant aimée. Ah ! Dieu soit loué ! voici sa mère.

Entre madame de Tourville.

Venez, madame, venez me rendre la vie. Je suis un homme mort si vous ne venez à mon secours.

MADAME DE TOURVILLE : Qu'y a-t-il, monsieur ? Qu'avez-vous ? Comment puis-je vous être utile ?

DON JUAN : Ah ! madame, c'est entre vos mains que je remets ma destinée... je suis bien malheureux... je viens de voir madame votre fille, et je lui ai fait l'aveu d'un amour...

MADAME DE TOURVILLE : Comment ! monsieur, à ma fille ?

DON JUAN : Oui, je l'adore, je ne puis vivre sans elle. Elle m'a avoué qu'elle n'avait pas de répugnance pour moi... qu'elle m'aimait... et puis... je ne sais quelle idée bizarre s'est emparée d'elle... elle m'a dit qu'elle ne serait jamais ma femme... Ah ! madame, si vous avez quelque empire sur elle !...

MADAME DE TOURVILLE, *stupéfaite :* Vous voulez épouser ma fille ?

DON JUAN : Oh ! si elle consentait, je serais le plus heureux des hommes.

MADAME DE TOURVILLE : Vous !... *(A part.)* Qu'ai-je fait, malheureuse que je suis ! Moi qui n'y ai pas pensé !

DON JUAN : Mais jamais, malgré mes prières, elle n'a voulu m'avouer le motif ou le scrupule...

MADAME DE TOURVILLE : Mais, monsieur, les convenances de fortune, d'abord, sont-elles ?...

DON JUAN : Ne me parlez pas de cela. J'ai trente mille piastres de revenu... je suis riche, noble... mais qu'importe ? Elle a quelque scrupule extravagant, elle me le cache, elle me fait mourir !

MADAME DE TOURVILLE, *à part :* Imbécile que j'étais ! A quoi pensais-je donc ? Il y avait bien plus à gagner de ce côté-là !

DON JUAN : Au nom du ciel, madame, je vous en conjure ! allez la trouver... soyez dès à présent ma mère... parlez pour moi... dites-lui combien je serai malheureux si elle n'est pas à moi... — Mais vous-même, madame, vous partagez peut-être les préventions de votre fille ?

MADAME DE TOURVILLE : Moi, monsieur le colonel ? au contraire, j'ai la plus haute estime pour vous. Je désire même l'honneur de votre alliance. *(À part.)* Elle a perdu la tête.

DON JUAN : Vous me comblez ! Courez, ma chère

madame de Tourville! dites-lui que je ne veux pas savoir ses secrets... dites-lui que si elle ne me hait point...

MADAME DE TOURVILLE : Colonel, croyez, je vous prie, que ce n'est qu'un enfantillage au fond... J'ai trop bien élevé ma fille pour qu'elle ait quelque chose de sérieux à cacher à son mari. *(À part.)* Je serais bien bête si je manquais la balle au bond. La gratification ne vaut pas ce que je puis tirer de celui-là. Je vais tout lui dire.

DON JUAN : Ah! madame, je n'espère qu'en vous!

MADAME DE TOURVILLE : Écoutez-moi, jeune homme, j'ai quelque chose de plus sérieux à vous dire.

DON JUAN : Ma chère madame de Tourville, allez lui parler, ramenez-la, il n'est rien que je ne puisse entendre.

MADAME DE TOURVILLE : Un peu de patience, étourdi! Je viens de chez monsieur le résident de France. J'avais à lui parler. J'ai attendu quelque temps dans l'antichambre, car il avait quelqu'un avec lui... La curiosité naturelle à mon sexe m'a fait prêter l'oreille, il faut l'avouer, et, la cloison étant fort mince, j'ai tout entendu. Savez-vous ce qu'il disait? Il complotait, monsieur Juan Diaz, avec un jeune homme étourdi comme vous; il complotait d'inviter le général à dîner pour l'assassiner ou se rendre maître de sa personne, en attendant que les régiments français qui sont en marche puissent arriver ici, et vous exterminer tous tant que vous êtes d'Espagnols dans cette île.

DON JUAN : Que dites-vous?... le résident!

MADAME DE TOURVILLE : Le petit jeune homme qui était avec lui avait l'air de ne pas y consentir, il lui a même remontré combien sa conduite était affreuse... mais ce coquin de résident l'a menacé de le faire fusiller, et il a bien été obligé d'y consentir, quoique malgré lui, j'en suis sûre.

DON JUAN : Et vous l'avez entendu ?

MADAME DE TOURVILLE : De mes oreilles. Vous ne lui ferez pas de mal, n'est-ce pas, à ce petit jeune homme ?... ... Quant au résident, c'est un vieux scélérat bien taré, et qui est digne de tout votre courroux.

DON JUAN : Je vais chez le marquis de La Romana, veuillez m'y accompagner.

MADAME DE TOURVILLE : Au moins ne manquez pas le résident. Je suis encore tout émue de son infâme trahison... il faut le faire fusiller tout de suite, sans l'écouter... Pour l'autre...

DON JUAN : Son affaire est claire.

MADAME DE TOURVILLE : Vous m'avez promis de lui faire grâce... Mais écoutez, bon jeune homme... écoutez, mon enfant...

DON JUAN : Ah ! ma bonne mère !

MADAME DE TOURVILLE : Je vais vous amener ma fille, et, pendant que vous ferez votre paix avec elle, je m'en vais instruire de tout votre général ; de cette façon, nous ferons d'une pierre deux coups.

DON JUAN : Allez vite auprès d'elle. Je reviens aussitôt.

MADAME DE TOURVILLE : Non, restez. Je vous l'amène... — Elle est d'une innocence, cette pauvre Élisa... Ma foi, entre nous, je ne sais si son premier mari a été... son mari... c'était un vieux goutteux... Elle est d'une innocence... vous rirez.

DON JUAN : Entrez vite.

MADAME DE TOURVILLE : Une embuscade. Ne dites mot. Rangez-vous du côté de la porte. *(Elle frappe.)* C'est moi, c'est ta mère ; ouvre, Élisa. *(Elle entre.)*

DON JUAN, *seul :* Je ne sais si c'est le bon Dieu ou le diable qui mène nos affaires ! ma tête est en feu ! Je n'y puis plus tenir. Jamais je ne fus mis à pareille épreuve. Écoutons... sa mère semble la presser... elle résiste...

MADAME DE TOURVILLE : Au secours, colonel ! à moi !

Don Juan entre dans l'appartement, et en sort bientôt entraînant madame de Coulanges ; madame de Tourville.

DON JUAN : Oh ! vous ne m'échapperez plus. Vous êtes à moi pour la vie, votre mère y consent.

MADAME DE TOURVILLE : Ah ! ce tendre spectacle m'arrache des larmes de joie. Allez, mes enfants, aimez-vous, soyez heureux, c'est votre mère qui vous bénit. *(Bas à don Juan.)* Je vais chez votre général.

Elle sort.

DON JUAN : Au nom du ciel, regardez-moi, Élisa ! Que vous ai-je fait ? Est-ce que vous ne m'aimez plus ?... Donnez-moi votre main... Ah ! vous avez beau faire, vous prendrez cet anneau. — *(Il s'efforce de lui mettre un anneau au doigt.)* Maintenant il n'y a plus à s'en dédire, vous avez mon anneau. Hommage à la marquise de ***.

MADAME DE COULANGES : Vous voulez donc tout savoir ? — Laissez-moi ; reprenez cet anneau et gardez-le pour une marquise. Savez-vous, don Juan, ce que je suis venue faire ici ? On me donne six mille francs par an pour surprendre vos secrets. Que vous en semble, don Juan ?

DON JUAN, *atterré :* Ah !

MADAME DE COULANGES : A présent vous savez l'honorable profession que j'exerce... mon véritable nom est Leblanc... Voulez-vous savoir l'histoire de ma vie ? écoutez un instant... vous n'êtes pas au bout, et vous avez encore besoin de votre courage.

DON JUAN : De grâce !... c'est une plaisanterie.

MADAME DE COULANGES : Silence !... Ma mère m'a élevée dans l'espérance que ma beauté et mon esprit lui rapporteraient de l'argent. Entourée d'une famille accoutumée à l'infamie, faut-il s'étonner que j'aie si bien profité des exemples que j'avais sous les yeux ? — Oui, don Juan, je suis payée par la police ; ils m'ont envoyée ici pour vous séduire, pour tirer de vous les secrets de votre ami, pour vous mener à l'échafaud. *(Elle tombe sur un canapé.)*

DON JUAN : Élisa... oh ! j'en mourrai... Élisa !...

MADAME DE COULANGES : Vous ne vous êtes pas enfui ?

DON JUAN : Vous êtes malade, Élisa ! Vous êtes folle !

MADAME DE COULANGES : Retirez-vous, monsieur, vous vous souillez en touchant une misérable comme moi. — J'aurai bien assez de force pour regagner ma chambre toute seule. *(Elle fait un effort pour se lever, et retombe aussitôt.)*

DON JUAN : Élisa, tout ce que vous dites est faux... Vous et votre mère, ne venez-vous pas de nous découvrir les pièges que nos ennemis nous préparent ?

MADAME DE COULANGES : J'ignore ce que ma mère a pu vous dire ; mais moi, don Juan, moi, j'ai été payée, payée pour surprendre vos secrets.

DON JUAN : Je ne veux pas vous croire.

MADAME DE COULANGES : Du moment que je vous ai connu, j'ai en quelque sorte changé d'âme... mes yeux se sont ouverts... pour la première fois j'ai pensé que je faisais mal... j'ai voulu vous sauver... Ô don Juan ! l'amour que je sens pour vous, souffrez que je parle encore de mon amour... mon amour pour vous m'a rendue tout autre... je commence à voir ce que c'est que la vertu... c'est... c'est l'envie de vous plaire.

DON JUAN : Malheureuse femme ! maudits soient les barbares qui ont corrompu ta jeunesse !

MADAME DE COULANGES : Ô don Juan ! vous avez pitié de moi. Mais vous êtes si bon !... vous souffrez quand vous voyez souffrir votre cheval !... Oh ! je penserai à vous toute ma vie... Peut-être aussi Dieu aura-t-il pitié de moi ; car, oui, il y a un Dieu au ciel.

DON JUAN : Mais maintenant vous aimez la vertu !

MADAME DE COULANGES : Je vous aime de toutes les forces de mon âme... Mais je vous dégoûte... je le vois.

DON JUAN, *après un silence :* Écoute, Élisa, sois franche ; une seule question... As-tu jamais causé la mort d'un homme ?... Mais, non, ne me réponds pas... je ne te demande rien... je n'ai pas le droit, moi, de te demander cela... Moi !... Eh ! n'ai-je pas combattu à Trafalgar, à Eylau, à Friedland, pour le despote de l'univers ?... N'ai-je pas tué des hommes généreux qui combattaient pour la liberté de leur patrie ?... Il y a quelques jours, n'aurais-je pas, au premier coup de tambour, sabré un patriote pour le bon plaisir de l'empereur ? et moi ! j'ose te demander !... Tous les hommes sont des loups, des monstres !... Je suis tenté de lui brûler la cervelle et de me tuer ensuite sur son corps.

MADAME DE COULANGES : Je vous répondrai, don Juan, je le puis. Je vous le jure par... mais des serments dans ma bouche, qui pourra les croire ? Non, jamais je n'ai causé la mort d'un homme... Relevez-vous, don Juan, reprenez votre anneau... mais remerciez le hasard qui m'a protégée... Si ces mains que vous baisez ne sont pas teintes d'un sang innocent, j'en remercie le hasard... Avant de vous connaître, je ne sais ce que j'aurais fait...

DON JUAN : Tu es aussi vertueuse, Élisa... tu es plus vertueuse que toutes ces bégueules qui, parce qu'elles ont passé leur vie dans un couvent, se vantent de leur courage à résister aux tentations ! Élisa, tu es ma femme !... Ta mère restera ici, je lui donnerai autant d'argent qu'elle en voudra... mais toi, tu me suivras, tu seras mon compagnon, tu partageras toutes mes fortunes.

MADAME DE COULANGES : Vous êtes fou. Dans un instant vous changerez d'idée ; et alors vous vous étonnerez d'avoir jamais senti de la pitié pour une créature comme moi.

DON JUAN : Jamais, jamais !

MADAME DE COULANGES : Oui, je suis assez heureuse,

puisque vous ne m'avez pas déjà repoussée du pied comme un être malfaisant. Je ne veux pas faire le malheur de votre vie en vous prenant au mot dans un moment d'enthousiasme. Il vous faut une femme, don Juan, qui soit digne de vous. Adieu.

DON JUAN : Vous ne me quitterez pas, de par tous les diables ! Je ne puis me passer de vous, je ne pourrai jamais aimer que vous. Venez avec moi. — Eh ! qui jamais saura votre histoire en Espagne ?

MADAME DE COULANGES : Ah ! don Juan !... *(Elle lui prend la main.)* Soit, je vous suis. Mais je ne serai pas votre femme ; je serai votre maîtresse, votre domestique. Quand vous serez las de moi, vous me chasserez... Si vous me souffrez auprès de vous, ce sera entre nous à la vie et à la mort.

DON JUAN : Tu seras toujours ma maîtresse et ma femme. *(Il l'embrasse.)*

MADAME DE COULANGES : Ma résolution est prise, je n'en changerai pas.

Entre madame de Tourville.

MADAME DE TOURVILLE : Dans les bras l'un de l'autre !... Enfin je suis contente ! Je vous avais bien dit qu'elle ne demandait pas mieux.

DON JUAN : Élisa, laisse-nous un instant. Attends-moi dans mon appartement, je t'y suis.

Madame de Coulanges sort.

MADAME DE TOURVILLE : Déjà vous vous tutoyez ? — Le général vous demande.

DON JUAN : Je sais qui vous êtes, madame... si je le voulais, je vous ferais pendre. — Voulez-vous dix mille piastres pour rester ici, ou aller au diable, si vous voulez, à condition de ne jamais revoir votre fille, de ne jamais lui parler, de ne lui écrire jamais ?

MADAME DE TOURVILLE : Monsieur... mais... ma chère fille.

DON JUAN : Dix mille piastres... réfléchissez !

MADAME DE TOURVILLE : Une mère si tendre...

DON JUAN : Oui ou non ?

MADAME DE TOURVILLE : J'accepte les piastres... mais il est pourtant bien dur pour une mère...

DON JUAN : Rentrez chez vous. Ce soir vous les aurez. N'essayez pas de sortir, ou les sentinelles feront feu sur vous.

MADAME DE TOURVILLE : Au moins, permettez-moi, pour la dernière fois...

DON JUAN : Sortez ! et ne m'échauffez pas la bile !

MADAME DE TOURVILLE, *à part :* La petite rusée !

Elle sort.

LE MARQUIS, *entrant :* Ma foi ! je me rends. Vivent les jolis garçons ! Madame de Tourville m'a dit la vérité. Voici la lettre du résident qui m'invite à dîner chez lui.

DON JUAN : Douze balles dans la cervelle, voilà ce qu'il lui faut !

LE MARQUIS : Je ne lui en destine pas davantage, je ferai arrêter ses estafiers, et son dîner finira tout autrement qu'il ne l'espère. Ce sra le dernier que nous ferons dans cette île. Le vent est favorable ; demain l'amiral anglais jettera l'ancre devant Nyborg. — Je m'assurerai des officiers allemands et danois de la même manière qu'ils prétendaient le faire à notre égard.

DON JUAN : Fusillez ! fusillez ! fusillez ! tous les hommes sont des faquins qui valent tout au plus la cartouche qui les envoie dans l'autre monde.

LE MARQUIS : Peste ! comme tu y vas ! Je ne veux faire tuer personne ; excepté pourtant monsieur le résident, que je ferai pendre bien et beau pour lui apprendre qu'une salle à manger doit être aussi sacrée que le lieu des séances d'un congrès. Demain il servira d'exemple aux diplomates à venir, et d'enseigne à cette auberge.

DON JUAN : Amen !

LE MARQUIS : Porte ce billet au colonel de Zamora. Que l'on arrête tous les courriers. L'artillerie volante est arrivée. Je vais écrire au commandant. Le fort sera occupé par les grenadiers de Catalogne. Tous les régiments se réuniront à cinq heures sur la place d'armes ; et, si le diable ne s'en mêle, le prince de Ponte-Corvo ne trouvera personne ici pour répondre à l'appel.

DON JUAN : Ah ! général, je voudrais déjà me voir vis-à-vis des Français.

Ils sortent.

BALLET

La place d'armes de Nyborg.

On voit dans le fond un parc d'artillerie. Musique militaire.

PREMIÈRE ENTRÉE DE BALLET

Quatre canonniers et quatre vivandières.

SECONDE ENTRÉE DE BALLET

Un fandango.

TROISIÈME ENTRÉE DE BALLET

Valse. Soldats espagnols et filles de Nyborg.

On joue un rappel, les danses cessent.

CONCLUSION

SCÈNE IV

Une salle à manger.

LE MARQUIS, DON JUAN, LE RÉSIDENT, CHARLES LEBLANC, OFFICIERS ESPAGNOLS, DANOIS, ALLEMANDS, *assis à table.*

CHARLES LEBLANC : Qu'on apporte le dessert.

LE RÉSIDENT : Hé ! pas encore, pas encore ; il n'est pas encore temps... on n'a pas encore fini.

LE MARQUIS : Qu'avez-vous, monsieur le baron ? vous semblez indisposé.

LE RÉSIDENT : Rien, absolument rien, monsieur le général... au contraire. — Monsieur Leblanc, attendez... je veux dire, ne buvez pas de ce vin-là... je vais en chercher d'excellent que je conserve depuis longtemps. J'y vais moi-même.

CHARLES LEBLANC, *bas :* Envoyez un domestique.

LE RÉSIDENT, *bas :* Non. Je ne confie à personne les clefs de mon caveau... les domestiques ont si peu de soin ! Ils pourraient casser les bouteilles.

CHARLES LEBLANC : Il craint les bouteilles cassées. Allez, allez ! on vous attendra pour le dessert.

LE RÉSIDENT : Non, non, je vous en supplie, faites toujours.

Il sort. On apporte le dessert.

LE MARQUIS, *à Leblanc :* Monsieur, vous avez servi, ce me semble ?

CHARLES LEBLANC : La chose n'est pas impossible. Mais pour le présent quart d'heure je suis secrétaire de monsieur le résident, du reste fort à votre service.

LE MARQUIS : Don Juan, te souviens-tu de cet officier que nous ramassâmes à Friedland[40], couvert de blessures et jeté dans un fossé par les cosaques ?

CHARLES LEBLANC : Que le diable les étrangle ! c'était moi. Vous avez bonne mémoire, général. — Or çà, mes bons amis, attention au commandement ! Comme je représente pour le quart d'heure monsieur le résident, attendu qu'il a planté là la guérite, je m'en vais vous proposer la santé de notre caporal à tous. — À la santé de sa majesté l'empereur ! vive l'empereur ! *(À part.)* Eh bien ! ils ne viennent pas ?

Les officiers danois et allemands se lèvent pour répondre au toast.

LE MARQUIS, *se levant :* À mon tour, messieurs, j'ai l'honneur de vous proposer la santé de sa majesté Ferdinand VII, roi d'Espagne et des Indes !

LES OFFICIERS ESPAGNOLS : Vive le roi ! *(Tumulte.)*

CHARLES LEBLANC : Vive l'empereur ! À moi, chasseurs ! Général, je vous arrête. Allons, aidez-nous, canaille de Danois !

Entrent des soldats espagnols ; Charles Leblanc est désarmé. Les fenêtres du fond s'ouvrent, et laissent apercevoir la flotte anglaise pavoisée et saluant. On entend les cris de joie des soldats espagnols.

LE MARQUIS : Vos chasseurs sont en prison, monsieur le secrétaire. — Messieurs les officiers danois et allemands, c'est avec regret que je vous demande votre parole de ne pas vous opposer à notre dessein. Toute résistance est inutile, et votre courage est assez connu pour ne pas avoir besoin de nouvelles preuves. Reprenez vos épées, messieurs, vous n'êtes pas nos prisonniers. Autrefois nous avons combattu sous la même bannière, un jour peut-être nous retrouverons-nous combattant ensemble sous le drapeau de la liberté. Nous vous quittons pour voler à la défense de notre patrie, car, avant de prêter serment de servir l'empereur des Français, nous devions notre sang à la terre d'Espagne. Adieu, messieurs. — Messieurs les officiers espagnols, je connais trop bien le corps que j'ai l'honneur de commander pour douter un instant qu'un seul de vous ne réponde avec allégresse à l'appel de la patrie. Vous allez vous mesurer avec les tyrans et les vainqueurs du monde, avec ce flot d'esclaves étrangers qu'ils poussent sur l'Espagne. Vous allez trouver nos armées désorganisées, détruites ; mais tout Espagnol est devenu soldat, et les montagnes de Baylen[41] attestent déjà que nos paysans peuvent vaincre les vainqueurs d'Austerlitz[o]. La trahison a livré nos places fortes à l'ennemi ; nos arsenaux sont en son pouvoir. — Mais nos villes sans murailles ont des Palafox, et sont devenues des citadelles imprenables comme Sarragosse. — Toutes nos provinces sont envahies, — mais partout le Français est assiégé dans son camp. — Notre roi est captif, mais nous avons des Pélages. En Espagne, messieurs ! et guerre à mort aux Français[p] !

TOUS : En Espagne !

LE MARQUIS : Je vais passer les troupes en revue. Don Juan, assure-toi de ce coquin de résident. Tu connais mes intentions ?

o. On sait qu'à Baylen l'armée du général Dupont fut obligée de capituler devant les levées en masse de Castanos et du général suisse Reding.

p. En espagnol *guerra a cuchillo*, réponse fameuse du général Palafox, à qui l'on proposait une capitulation honorable au premier siège de Saragosse[42].

Il sort avec les officiers espagnols et danois.

CHARLES LEBLANC : Ma foi ! monsieur le colonel, votre petite drôlerie est fort plaisante. Mais que je sois pendu si ce n'est pas ma damnée de mère qui vous a tout dit.

DON JUAN : Quel est votre nom ?

CHARLES LEBLANC : Charles Leblanc, lieutenant aux grenadiers de la garde impériale.

DON JUAN : Se peut-il, monsieur, qu'un militaire appartenant à un corps si justement honoré s'abaisse jusqu'à faire le métier d'assassin ?

CHARLES LEBLANC : Colonel, ce n'est pas à moi que ce nom appartient. Je ne voulais assassiner personne.

DON JUAN : Et ces chasseurs ?...

CHARLES LEBANC : D'abord, ils ne devaient tirer qu'à la dernière extrémité ; mais ensuite il n'y a pas d'assassinat là-dedans, mais bien une embuscade, ce qui est tout autre chose. Un assassinat, c'est très bien pour un coquin de moine[q] ou un mouchard. — Mais une embuscade, c'est très permis à un brave militaire.

DON JUAN : Monsieur, il me semble que vous entendez mieux les articles du code militaire que les distinctions d'honnête et de criminel. — Me direz-vous ce que mérite un militaire qui vient à une *embuscade* en habit bourgeois ?

CHARLES LEBLANC : Je sens que si vous me faites fusiller, comme vous en avez le droit, je n'aurai pas le mot à dire ; mais, comme je tiens beaucoup à ne pas paraître un mouchard devant un brave officier que j'estime, je vous ferai remarquer, et notez bien que je ne demande pas la vie, remarquer que je n'ai pas cherché le moins du monde à surprendre vos secrets, à voir où étaient campés vos régiments, où était par-

q. Voir les bulletins et les proclamations de Napoléon et de Murat[43].

quée votre artillerie ; rien de tout cela. Je vous ai dressé une embuscade, comme j'ai eu l'honneur de vous le dire... J'avoue que j'ai eu tort de m'habiller comme un pékin... cependant cet habit ?... Non, jamais il ne pourra passer pour militaire ! Allons, lavez-moi la tête avec du plomb, cela m'apprendra à ne plus quitter l'uniforme.

DON JUAN : Non. Vous avez un nom qui vous sauve, monsieur Leblanc.

CHARLES LEBLANC : Ah ! c'est qu'apparemment vous êtes amoureux de ma mère ou de ma sœur, qui servent dans le régiment des mouchards.

DON JUAN : Taisez-vous !

CHARLES LEBLANC : Au diable les mouchards ! Faites-moi fusiller. Je ne veux pas qu'on puisse dire que pareille canaille a sauvé la vie à un officier de la garde impériale. Faites-moi fusiller ; aussi bien je ne serai plus capitaine.

DON JUAN : Non, vivez. C'est moi qui vous donne la vie en considération de votre courage.

CHARLES LEBLANC : Accepté à ces conditions ! Colonel, vous êtes un bon enfant. Vous avez l'air d'un brave militaire, quoique vous n'ayez pas déchiré autant de cartouches que moi. Moi, je ne suis qu'un pauvre hère de lieutenant, et vous... oh ! le bon service que le service d'Espagne !

DON JUAN : Vous ne voudriez pas une compagnie dans notre division ?

CHARLES LEBLANC : Non, le diable m'emporte ! Sachez que j'aimerais mieux être coupé en quatre que de prendre une autre cocarde que la cocarde de France.

UN SERGENT, *entrant :* Colonel, je ne sais ce qu'est devenu le résident, mais il est impossible de le trouver. Cependant la corde est toute prête à la porte de votre hôtel.

CHARLES LEBLANC : Ha, ha ! En effet, voilà une corde attachée au lieu de l'enseigne des Trois-Couronnes.

Entre madame de Coulanges en uniforme de cadet du régiment de don Juan.

MADAME DE COULANGES : Colonel, votre régiment est en bataille, et l'on vous attend.

DON JUAN : Ô ma chère Élisa !

CHARLES LEBLANC, *à part, se détournant :* Ma sœur ! que le diable l'emporte !

DON JUAN : Le canon nous donne le signal du départ. Viens, ma bien-aimée.

MADAME DE COULANGES : Adieu, France, je ne te reverrai jamais !

CHARLES LEBLANC, *à part :* Bon débarras ! *(Haut.)* Adieu, colonel, je ne vous remercie pas.

Don Juan sort avec madame de Coulanges et les soldats espagnols.

CHARLES LEBLANC, *à la fenêtre :* Ha, ha ! Belle ordonnance, ma foi ! — Charmant coup d'œil ! Que c'est agréable de commander une belle division comme celle-là ! Par le flanc droit ! marche !... Et les Danois qui regardent cela comme des oies à qui l'on vient d'arracher les plumes !

LE RÉSIDENT, *entrant (Il ouvre doucement la porte.) :* Je n'entends plus rien. Tout est fini. Je n'ai pas voulu me montrer tant que j'ai entendu parler espagnol. Ah ! voici notre brave. Eh bien ! mon cher lieutenant, nous avons joliment mené nos affaires ! Mais, diable ! j'étais tout seul en bas contre une douzaine... Que diable ! pourquoi ne m'attendiez-vous pas ?

CHARLES LEBLANC : Regardez par cette fenêtre.

LE RÉSIDENT : Ciel ! La Romana à la tête de ses Espagnols !... Qu'est-ce que cela veut dire ?

CHARLES LEBLANC : Cela veut dire qu'on nous a trahis ; que j'étais fusillé sans le colonel Juan Diaz, et que l'on vous cherche partout pour vous pendre !

LE RÉSIDENT : Pour me pendre !

CHARLES LEBLANC : On veut vous faire servir d'enseigne à cette auberge. Voyez-vous cette corde ? c'est votre cou qu'elle attend.

LE RÉSIDENT : Pour me pendre !

CHARLES LEBLANC : Ma foi ! je vous souhaite bien du bonheur, monsieur le résident.

LE RÉSIDENT : Oh ciel ! monsieur, défendez-moi, ils veulent me pendre.

CHARLES LEBLANC : Que puis-je faire ? Je n'ai pas d'armes. Vous n'avez qu'un parti à prendre, c'est de demander grâce à ces dames et à ces messieurs.

LE RÉSIDENT : Ainsi finit cette comédie : excusez les fautes de l'auteur.

On entend une musique militaire.

Une femme est un diable

OU

La tentation de saint Antoine

COMÉDIE[a]

DEMONIO.

Yo haré que el estudio olvides,
Suspendido en una rara
Beldad.

CALDERÓN,
El Mágico prodigioso[1].

a. Clara Gazul affecte de se servir du mot *comédie, comedia,* employé par les anciens poètes espagnols pour exprimer tout ouvrage dramatique, ou bouffon ou sérieux.

LE PROLOGUE

MESDAMES ET MESSIEURS,

L'auteur de la comédie que vous allez juger a pris la liberté de sortir de la route battue. Il a mis en scène, pour la première fois, certains personnages que nos nourrices et nos bonnes nous apprennent à révérer. Bien des gens pourront être scandalisés de cette audace, qu'ils appelleront sacrilège ; mais traduire sur le théâtre les ministres cruels d'un Dieu de clémence, ce n'est pas attaquer notre sainte religion. Les fautes de ses interprètes ne peuvent pas plus altérer son éclat, qu'une goutte d'encre le cristal du Guadalquivir.

Les Espagnols émancipés ont appris à distinguer la vraie dévotion de l'hypocrisie. C'est eux que l'auteur prend pour juges, sûr qu'ils ne verront qu'une plaisanterie là où le bon Torrequemada aurait vu la matière d'un autodafé, avec force san-benitos[2].

PERSONNAGES DE LA COMÉDIE

FRAY ANTONIO[b], }
FRAY RAFAEL, } *inquisiteurs.*
FRAY DOMINGO, }
MARIQUITA.
FAMILIERS DE L'INQUISITION.

La scène est à Grenade,
pendant la guerre de la Succession[3].

b. Certaines expressions dans le rôle d'Antonio pourront peut-être scandaliser les dames. L'auteur les supplie de songer que ce pauvre jeune homme n'avait jamais vu le monde, et n'avait lu d'autre livre que l'Écriture, où chaque chose est appelée par son nom.

SCÈNE I

Une salle de l'inquisition à Grenade.

A droite, trois sièges (celui du milieu plus élevé) sur une estrade tendue de noir. Dans le fond, on aperçoit très confusément quelques instruments de torture. Au bas de l'estrade est une table avec une chaise pour le greffier. Le théâtre n'est éclairé que faiblement.

RAFAEL, DOMINGO, *en grand costume d'inquisiteurs.*

RAFAEL : Seigneur Domingo, je vous le répète, c'est une injustice criante. Il y a dix-sept ans que je suis inquisiteur à Grenade. J'ai fait condamner vingt hérétiques par an, et c'est ainsi que monseigneur le grand inquisiteur reconnaît mes services ! Me donner pour supérieur un jeune homme imberbe !

DOMINGO : Voilà qui est affreux, et pour ma part j'en aurais autant à vous dire. Savez-vous ce que cela prouve ? c'est que monseigneur le grand inquisiteur n'est qu'un sot.

RAFAEL : Nous le savions ; mais pour injuste et pour fanatique, je ne le connaissais pas encore.

DOMINGO : Enfin, qu'a-t-il de si grave à nous reprocher ?

RAFAEL : Quant à moi, je sais ce qui m'a fait du tort dans son esprit. Une misère ! L'histoire de cette juive, que j'ai convertie, et qui s'est avisée tout d'un coup de devenir mère, a fait du bruit dans le monde. Mais, après tout, y a-t-il là-dedans quelque chose de si extraordinaire ?

DOMINGO : De plus, il nous accuse, m'a-t-on dit, de n'être pas chrétiens.

RAFAEL : Est-il donc si nécessaire d'être chrétien pour être inquisiteur ?

DOMINGO : Malgré votre conversion et ses suites, je suis encore plus mal noté que vous sur ses tablettes.

RAFAEL : Vous y figurez donc comme athée ?

DOMINGO : Non, plût au ciel ! mais mon coquin de frère servant, qui fait ma chambre, lui a porté une cuisse de poulet qui s'y trouvait... je ne sais comment, et dans le carême, s'il vous plaît !

RAFAEL : Par le corps du Christ ! voilà une fâcheuse affaire !

DOMINGO : Ce qu'il y a de pis, c'est que ce nouvel inquisiteur qu'il nous a envoyé pour présider ce tribunal est un démon qui doit nous espionner. Ajoutez à cela que le drôle est de bonne foi.

RAFAEL : Bon ! pouvez-vous le croire ?

DOMINGO : Ou je me trompe fort, ou c'est un véritable Loyola. On dit qu'il en est à ne pouvoir distinguer une femme d'un homme ; oh ! c'est un saint.

RAFAEL : Hélas !

DOMINGO : Hélas !

RAFAEL : Sacrebleu ! est-ce ainsi que l'on paie nos services ! Je suis aujourd'hui d'une humeur affreuse ; je voudrais être Turc ! — Malheur à ceux que nous allons juger ! il me faut quelqu'un pour passer ma mauvaise humeur. Au feu ! au feu ! et puis au feu ! voilà mon dernier mot.

DOMINGO : Amen ! c'est aujourd'hui samedi, et c'est mon usage de condamner ce jour-là ; le lundi j'absous. De cette façon, s'il y a des quiproquos, si les innocents tombent le mauvais jour, la faute en est au bon Dieu. — Mais, à propos, dites-moi, qu'est devenue votre juive ?

RAFAEL : Elle est à la Maternité, la petite sotte.

DOMINGO : Sotte en effet ! *(A part.)* et plus sot qui l'y envoya.

RAFAEL : Que grommelez-vous entre vos dents ?

DOMINGO : Moi, je pestais après cet imbécile de grand inquisiteur.

RAFAEL : Que le diable l'emporte !

DOMINGO : Chut ! Il y a un écho ici. — Au large ! voici notre saint.

Ils se séparent et se mettent à lire leur bréviaire, chacun d'un côté de la scène. Entre Antonio en grand costume.

ANTONIO : Mes très révérends pères, nous allons aujourd'hui nous occuper d'une affaire bien importante, et pour laquelle je vois que vous vous préparez. Nous allons procéder contre une sorcière, une femme qui a fait un pacte avec le diable, mes pères ! L'esprit de ténèbres a, dit-on, donné à cette malheureuse un pouvoir surnaturel. Mais rassurons-nous, la croix que nous portons serait une défense contre les griffes du malin, s'il pouvait pénétrer dans les murs bénits du Saint-Office[c].

DOMINGO : Satan perdrait son temps ici.

ANTONIO : Hélas ! mes pères, ne dites pas cela. La chair est faible, le vase est fragile. Pour moi, malheureux pécheur, ma seule force, c'est la connaissance de ma faiblesse. Vous, une longue vie passée dans la sainteté vous a rendus invulnérables aux tentations ;

c. Le diable ne peut entrer dans le palais du Saint-Office qu'avec la permission d'un inquisiteur.

— mais moi, je suis jeune d'années et jeune d'œuvres pies. Ah ! que j'ai besoin de vos sages conseils pour me diriger au milieu des écueils de cette vie !

RAFAEL : Nous avons tous besoin de conseils.

DOMINGO : Avertis l'un par l'autre, nous résisterons mieux aux attaques du démon.

ANTONIO : « Seigneur, ne m'exposez pas aux tentations ! » Voilà ma prière à tous les instants du jour. Il est si facile de succomber ! Quelque vigilance que l'âme mette à se garder, l'ennemi des hommes est un serpent subtil, la plus petite brèche lui suffit, et une seule goutte de son venin peut gangrener une âme à jamais. Sans doute, j'aurais déjà succombé sans l'intercession de mon bienheureux patron, monseigneur saint Antoine.

RAFAEL, *à part :* Il a quelque chose sur la conscience. Cela doit être curieux. *(Haut.)* A quelle tentation si puissante Dieu a-t-il permis que vous fussiez exposé ?

ANTONIO : Il nous reste encore du temps avant la séance, et, pour nous préparer à la tâche que nous devons remplir, un aveu sincère de nos fautes nous est utile. — Écoutez-moi donc, mes pères. — J'avais toujours pensé que la femme est l'instrument de damnation le plus sûr dont le malin se puisse servir. Vous partagez mon opinion, mes pères ? La rencontre d'une femme est plus dangereuse que celle d'un aspic...

DOMINGO, *avec une surprise affectée :* Comment ! une femme serait-elle ?...

ANTONIO : Dès ma plus tendre enfance, je fus élevé dans un couvent, jamais je n'en étais sorti ; je ne connaissais il y a six mois d'autre femme que ma mère, et plût au ciel que je n'en eusse jamais vu d'autres !

RAFAEL, *de même :* Sainte Vierge ! vous me faites frémir !

ANTONIO : Satan me frappa d'une maladie aiguë, qui

mit mes jours en danger... je demandais à Dieu de mourir dans l'innocence... mais il ne daigna pas exaucer ma prière. — Je revins à la vie. — Les médecins, pour achever mon rétablissement, m'ordonnèrent d'aller respirer un air plus pur dans une petite maison de campagne appartenant à notre couvent. Enhardi par la solitude du lieu, j'osai sortir des murs, et sortir seul... J'avais essayé mes forces dans la campagne, et je rentrais dans notre maison, quand tout à coup... mes yeux rencontrent devant notre porte un être qu'à ses vêtements je crois être une femme. Son apparition subite me jeta dans un trouble tel que je n'eus pas même la présence d'esprit de fermer les yeux ; égaré, hors de moi, je restais devant elle, et son image s'enfonçait toujours plus profondément dans mon cœur. En vain je voulus fuir, mes pieds se fixaient à la terre. Semblable à un homme tourmenté du cauchemar, je voyais le danger, mais j'étais sans force, sans voix : j'étais comme le colibri fasciné par l'alligator. Mon sang bouillonnait... j'étais effrayé... je tremblais... et pourtant, si une telle comparaison n'est pas un sacrilège,... j'éprouvais cette espèce d'extase délicieuse que j'ai sentie quelquefois en priant devant notre sainte Madone. Encore quelques moments, et je serais mort à cette place... Mon âme... je la sentais près de m'abandonner... je serais mort... et mort dans le péché, si cette créature n'eût fait un pas vers moi. Ce mouvement subit rompit le charme en redoublant ma frayeur... Je pus m'écrier : Jésus ! Ce saint nom me délia : je courus de toutes mes forces sans regarder derrière moi, jusqu'à ce que, me jetant dans les bras de mon confesseur, je soulageai mon âme oppressée.

RAFAEL, *avec un grand soupir :* Je m'attendais à pis.

ANTONIO : Satan n'abandonna pas sa victime. J'avais fui, mais j'avais emporté le dard empoisonné. Hélas !... il faut l'avouer... il est encore dans mon sein. Jeûnes, prières, mortifications, rien n'a pu encore arracher de ma pensée l'image de cette femme. Elle me poursuit dans mes rêves ; je la vois partout... ses grands yeux noirs... qui ressemblent aux yeux d'un jeune chat... doux et méchants à la fois... je les vois... toujours... encore maintenant je les vois. *(Il cache sa tête dans ses mains.)* Le dirai-je ? souvent, au milieu de mes lectures pieuses, mon esprit n'est plus aux paroles sublimes de l'Évangile ; mes yeux, ma bouche, ne lisent plus que des mots vides de sens ; — mon âme est tout entière à cette femme. — Sûrement Satan prit cette figure pour tenter mon bienheureux patron. Grand saint Antoine, donnez-moi votre courage !

RAFAEL ET DOMINGO : Le Seigneur vous soit en aide !

ANTONIO : Amen ! — Pourquoi faut-il qu'un malheureux pécheur soit condamné à juger les autres, quand il ne sait pas lui-même si le jugement dernier ne l'enverra pas dans les flammes des prévaricateurs ? *(Longue pause.)* Remplissons cependant notre tâche, quelque pénible qu'elle soit, et souvenons-nous que c'est le sort de l'homme de passer sa vie dans les tribulations. *(Il monte sur l'estrade et se place entre Rafael et Domingo.)* Greffier, appelez la cause, et faites paraître l'accusée.

RAFAEL : Quoi ! vous fermez les yeux ?

ANTONIO : Plût au ciel que je fusse aveugle ! une femme va paraître devant nous.

LE GREFFIER : Maria Valdez, accusée, paraissez devant le tribunal du Saint-Office.

Entre Mariquita voilée entre deux familiers du Saint-Office.

ANTONIO, *les yeux fermés :* Femme, quel est votre nom ?

MARIQUITA : On m'appelle Maria Valdez, plus souvent Mariquita ; on m'a de plus surnommée LA FOLLE. Voilà mes nom, prénom et surnom.

ANTONIO, *de même :* Votre âge ?

MARIQUITA : C'est une question un peu scabreuse à faire à une femme, si l'on veut qu'elle dise la vérité. Cependant je suis franche, j'ai vingt-trois ans. Si vous en doutez, regardez-moi. Ai-je l'air plus vieille ? *(Elle ôte son voile.)*

RAFAEL ET DOMINGO, *à part :* Vive Dieu ! quelle jolie fille !

ANTONIO, *de même, à demi-voix :* Arrière de moi, Satan, démon de la curiosité ! tu ne me vaincras pas ! *(Haut.)* Quelle est votre profession ?

MARIQUITA, *hésitant :* Diable !... je ne sais trop que vous dire... je chante, je danse, je joue des castagnettes, etc., etc.

ANTONIO, *de même :* Ainsi c'est dans ces jeux, dont, grâce au ciel, les noms même me sont inconnus, que vous dissipez un temps que vous devriez donner aux larmes du repentir ?

MARIQUITA : Eh ! pourquoi donc pleurer et se repentir, seigneur licencié, quand on n'a rien fait de mal ?

ANTONIO, *de même :* Rien fait de mal ! interroge ta conscience !

MARIQUITA : Que voulez-vous qu'elle me reproche ? J'ai bien commis quelques petites fautes, mais j'en ai eu l'absolution dimanche dernier de l'aumônier de Royal-Murcie, infanterie. — Laissez-moi aller, et ne m'effrayez pas davantage avec vos robes noires et toute votre...

ANTONIO, *de même :* Maria Valdez, vous dites que votre conscience ne vous reproche rien : réfléchissez, et ne mentez point.

MARIQUITA : Puisque je vous ai dit la vérité, vous allez me laisser sortir, j'espère ?

RAFAEL, *à Antonio :* Mettez-la sur la voie.

ANTONIO, *de même :* Connaissez-vous une femme nommée Juana Mendo ?

MARIQUITA : Si je la connais ! une de mes bonnes amies !...

ANTONIO, *de même :* Mais n'avez-vous jamais eu de querelle ?

MARIQUITA : Non... Ah ! cependant, il y a quelques jours, elle m'a cherché noise, prétendant que je lui avais volé un amant ; ce qui n'est pas vrai, monsieur le licencié. Seulement c'est parce que Manuel Torribio lui a dit que mes beaux yeux noirs étaient bien plus beaux que ses vilains yeux roux.

ANTONIO, *de même :* Ses yeux noirs ! *(Il met brusquement la main devant ses yeux.)* Seigneur Rafael, de grâce, continuez un instant l'interrogatoire.

RAFAEL, *après avoir parcouru des papiers, d'une voix douce :* Mariquita, n'avez-vous pas passé vendredi, 15 août dernier, devant le plant d'oliviers de Juana Mendo, en mangeant une grenade ?

MARIQUITA : Comment puis-je m'en souvenir ?

RAFAEL : Dites oui ou non.

MARIQUITA : Je crois que oui.

RAFAEL, *lisant :* N'avez-vous pas jeté les pépins dans son plant, en agitant en l'air une baguette de noisetier ou autre bois, ayant deux bouts...

MARIQUITA, *riant :* Voudriez-vous qu'elle n'en eût qu'un ?

RAFAEL : Songez devant qui vous êtes. — ... Ayant deux bouts dépouillés de leur écorce ? Répondez.

MARIQUITA : Qu'est-ce que j'en sais !

RAFAEL : Oui ou non ?

MARIQUITA : Eh bien ! oui.

RAFAEL : N'avez-vous pas chanté une chanson impie, où il est souvent parlé d'un certain Grain-d'orge ?

MARIQUITA, *riant :* Ah, ah, ah ! seigneur licencié, de quoi me parlez-vous ? J'ai chanté une ballade anglaise, traduite par votre servante, qui l'a apprise d'un trompette de Mackay, dans l'armée de milord Peterborough[4]. Elle est faite en effet sur la mort de Grain-d'orge.

DOMINGO : Qui, Grain-d'orge ? Un esprit des ténèbres ?

MARIQUITA : Ah, ah, ah ! Grain-d'orge veut dire grain d'orge, et la ballade chante de quelle manière avec des grains d'orge on fait de la bière que boivent les Anglais. Laissez-moi m'en aller, et je vous la chanterai, car vous avez l'air d'un bon enfant, et vous n'êtes pas comme celui-là. *(Elle montre Antonio.)*

ANTONIO, *les yeux fermés :* Il est difficile de supposer qu'il n'y ait pas un sens caché sous ce mot.

MARIQUITA : Honni soit qui mal y pense, comme il y a écrit sur le bonnet du capitaine O'Trigger.

ANTONIO, *de même :* Mais comment nous expliquerez-vous que le plant de Juana Mendo a été détruit par une inondation ?

MARIQUITA, *riant :* L'expliquer ! non, certes. Demandez au Geyar pourquoi il s'est débordé[5].

ANTONIO, *de même :* Et c'est précisément à vous que je le demande. Pourquoi lui avez-vous dit de se déborder ?

MARIQUITA : Ah çà ! sommes-nous à jeun et dans notre bon sens ? Me prenez-vous pour une sorcière ?

ANTONIO, *de même :* Vous le dites.

MARIQUITA : Merci de moi ! si vous ne me faisiez pas trembler avec votre grosse voix, vous me feriez mourir de rire.

ANTONIO, *de même :* Vos rires pourront se changer en larmes. — Vous niez donc avoir jeté un sort sur les oliviers de Juana Mendo ?

MARIQUITA : Est-ce que je sais jeter des sorts, moi ?

ANTONIO, *de même :* Tous péchés peuvent s'expier. Femme, je t'adjure au nom de ton Créateur ; dis la vérité, si tu ne veux pas la mort de ton âme.

MARIQUITA : Est-ce que, si j'étais sorcière, je ne me serais pas déjà envolée d'ici par la cheminée !

ANTONIO, *de même :* Réfléchissez et tremblez ; plus tard il ne servira de rien de vous rétracter.

RAFAEL : Seigneur collègue, elle est obstinée, laissez-moi l'entretenir seule un instant.

DOMINGO : Non, moi je m'en charge. Seigneur Rafael, vous oubliez que vous avez un rapport à faire...

ANTONIO, *de même :* Nous ne pouvons manquer aux règlements du Saint-Office. Pour la dernière fois, Maria Valdez, êtes-vous sorcière ?

MARIQUITA : Pour la dernière fois, non. — Est-il entêté !

ANTONIO, *de même :* Malheureuse ! Je m'en lave les mains, et ton sang ne retombera que sur toi. Le XLVIIIe article du règlement des interrogatoires porte que, « si l'accusé, ou l'accusée, persiste dans ses dénégations, et que d'ailleurs l'accusation ne soit pas dénuée de preuves testimoniales ou par écrit, le président doit, en confirmation d'icelles, ordonner que l'accusé, ou l'accusée, soit mis, ou mise, à la torture[6] ».

MARIQUITA : A la torture ! Jésus ! Marie ! Vous allez donc me déchirer comme de la laine à carder. Seigneurs licenciés, ayez pitié d'une pauvre fille innocente. — Je vous en conjure, ne me faites pas mourir dans les tourments. Enfermez-moi plutôt dans un souterrain, privez-moi de la lumière du soleil ; mais ne me tuez pas, ne me torturez pas !

RAFAEL : Seigneur Antonio, ayez pitié de sa jeunesse !

DOMINGO : Elle est innocente, seigneur collègue ; un peu de compassion.

ANTONIO, *de même :* La règle parle. — Pedro Gracias, tortionnaire, paraissez.

L'exécuteur paraît dans le fond.

MARIQUITA : Ah ! ne dites pas cela. Grâce, grâce ! regardez-moi au moins. *(Elle s'élance sur l'estrade, et embrasse les genoux d'Antonio.)*

ANTONIO, *ouvrant les yeux :* Ah !

RAFAEL : Seigneur, ayez pitié... mais..., qu'avez-vous ?

ANTONIO, *d'une voix tremblante :* Je te reconnais bien... tu vas donc me mener en enfer... tu dépouilles ta robe nuptiale, et je vois la peau brûlée du diable... Je suis donc en enfer... toutes les messes, saint Antoine lui-même, ne m'en retireraient pas. *(Il tombe évanoui.)*

RAFAEL : Il est fou !

DOMINGO, *aux familiers :* Emportez-le dans sa cellule. *(Bas à Mariquita.)* Ne craignez rien, ma belle enfant, on ne vous mettra pas à la torture.

RAFAEL, *bas à Mariquita :* N'ayez pas peur. Ce n'est pas pour des personnes faites comme vous que nous avons des chevalets. *(Aux familiers.)* Emmenez-la, donnez-lui une bonne chambre, mais ne la laissez parler à personne.

DOMINGO, *bas à Mariquita :* Méfiez-vous de Rafael. Je ferai ce que je pourrai pour vous.

RAFAEL, *de même :* Méfiez-vous de Domingo, c'est un vieil hypocrite. Mais moi, je m'intéresse à vous. Adieu, ma fille. *(Il lui donne une tape sur la joue.)* C'est moi qui suis votre ami. Adieu. *(A part en sortant.)* Je t'empêcherai bien de la voir.

DOMINGO, *à part en sortant :* Tu ne la verras pas, vieux satyre, ou j'y perdrai ma soutane.

On emmène Mariquita.

SCÈNE II

La cellule d'Antonio.
On y voit une Madone peinte.

ANTONIO, *seul, se promenant à grands pas.*

C'en est fait !... tout est fini... je suis perdu... damné !... J'aurais forniqué avec elle que je ne serais pas plus réprouvé !... Je ne puis plus prier. — D'ailleurs, à quoi bon... maintenant ?... Je ne prierai plus ! Je suis damné... tant mieux ! mais en attendant... Maria, Mariquita ! je ne veux plus penser qu'à toi ! je veux que nos deux âmes n'en fassent qu'une ! *(Une pause.)* — Eh quoi ! je sacrifierais mon salut éternel à une femme, peut-être à un ange déchu, au tentateur ?... Trente années de prières, de mortifications seront perdues !... Si j'avais vécu dans le monde... je serais damné de même... j'ai mené une vie misérable... pour être damné !... *(Une pause.)* Je la vois toujours. *(Il met la main devant ses yeux. Une pause. Il s'agenouille devant la Madone.)* Sainte mère de Dieu, prends pitié de moi !... je suis... un... c'est elle-même, trait pour trait... ses yeux noirs !... O Mariquita ! *(Il fait un mouvement pour saisir le tableau. — Reculant avec effroi.)* Dieu ! tes yeux lancent des éclairs. Tu me reproches mon sacrilège !... irai-je ?... Non, tu ne seras point témoin de mon péché. Va ! *(Il retourne le tableau contre la muraille. Pause.)* Si, rendu au monde, abjurant mes vœux... Mais pourquoi entretenir de semblables pensées ? Je quitterai cet habit, oui ; je le profane ! mais c'est à la Trappe que j'irai... on y meurt vite, dit-on, c'est ce qu'il me faut !... Je mourrai en prononçant son nom. Mais pourquoi mourir ?... pourquoi m'imposer une si rude pénitence ? Qu'ai-je fait, après tout ? Ne sommes-nous pas assez malheureux ici-bas, sans que la haire et la discipline ajoutent encore à nos souffrances ?... Ne puis-je donc ?... Il y a eu des saints qui avaient des épouses, des enfants... Je veux me marier, avoir des enfants, être un bon père de famille. Tu en as menti, Satan, ce n'est pas pour cela que tu m'emporteras ! J'élèverai une famille pieuse, et cela sera aussi agréable à Dieu que la fumée de nos bûchers... Insensé, n'ai-je pas juré de renoncer au monde ? Dieu lui-même n'a-t-il pas reçu mes vœux, et son enfer n'est-il pas brûlant pour les parjures ? *(Une pause.)* Je suis déjà trop coupable !... Plus de salut pour moi... Ma piété, un seul coup d'œil de cette femme l'a déracinée... je n'ai plus la force de me retenir au bord du gouffre... eh bien ! je m'y veux élancer !... Enfer, ouvre-toi !...

Il sort en courant.

↳ monologue témoigne du trouble violent qui agitent le perso.
↳ à la charnière du sérieux et du ridicule

SCÈNE III

Une chambre du palais de l'inquisition.

MARIQUITA, *seule, assise sur le pied de son lit.*

Pauvre Marie, où es-tu ? que deviendras-tu ? Mariquita la folle à l'inquisition ! cela me fait rire... La pauvre folle sera pourtant brûlée... Oh ! cela fait frissonner !... cela fait tant de mal de se brûler à la chandelle, et tout son corps dans la flamme ! *(Pleurant.)* Là ! ils veulent me brûler, moi qui suis si bonne catholique ! moi qui n'ai pas voulu épouser le caporal Hardy seulement parce qu'il était hérétique ; et c'était un si bel homme ! près de cinq pieds neuf pouces ! et puis, si je l'avais suivi en Angleterre, le capitaine O'Trigger l'aurait fait sergent, comme il l'avait promis, et moi j'aurais été cantinière... Ah ! que j'ai été bête ! — DAMN THEIR EYES[7], comme ils disaient, au diable ces cafards ! ce sont tous des libertins. Peut-être que ces deux gros joufflus qui m'ont dit de belles paroles empêcheront le grand maigre de me mettre au feu ! Brrrr ! Ne pensons plus à cela. Le mal vient assez vite. Bah ! vive la joie ! chantons, pour nous distraire, cette chanson qu'ils prennent pour de l'hébreu.

Elle chante[d].

d. Un officier du 42ᵉ régiment (anglais), qui jouait avec moi, m'apprit cette chanson, que je traduisis en espagnol, et sur laquelle je fis un air de ma façon. J'avais alors 13 ans. (1812.) C. G.

JOHN BARLEYCORN

A BALLAD

There was three kings into the east,
Three kings both great and high,
And they hae sworn a solemn oath
John Barleycorn should die.

They took a plough, and plough'd him down ;
Put clods upon his head ;
And they hae sworn a solemn oath,
John Barleycorn was dead.

But the cheerful spring came kindly on,
And show'rs began to fall :
John Barleycorn got up again
And sore surpris'd them all.

The sultry suns of summer came
And he grew thick and strong.
His head well arm'd wi'pointed spears,
That no one should him wrong.

The sober Autumn enter'd mild,
When he grew wan and pale ;
His bending joints and drooping head
Show'd he began to fail.

His colour sicken'd more and more :
He faded into age :
And then his enemies began
To show their deadly rage.

They've taen a weapon long and sharp
And cut him by the knee :
Then ty'd him fast upon a cart,
Like a rogue for forgerie.

« Ils mirent Grain-d'orge sur le carreau pendant qu'ils lui préparaient de nouveaux tourments ; et, sitôt qu'il donnait signe de vie, ils le secouaient et le retournaient.

» Puis sur une flamme dévorante ils desséchèrent la moelle de ses os... » Hélas ! pauvre Grain-d'orge !

They laid him down upon his back
  And cudgell'd him full sore :
They hung him up before the storm,
  And turn'd him o'er and o'er.

They filled up a darksome pit
  With water to the brim,
They heaved in John Barleycorn,
  There let him sink or swim.

« They laid him out upon the floor
  » To work his farther woe,
» And still, as signs of life appear'd,
  » They toss'd him to and fro. »

« They wasted o'er a scorching flame
  » The marrow of his bones : »
But a miller us'd him worst of all,
  For he crush'd him between two stones.

And they hae taen his very heart's blood
  And drank it round and round :
And still the more and more they drank
  Their joy did more abound.

John Barleycorn was a hero bold,
  Of noble enterprise :
For if you do but taste his blood
  Twill make your courage rise.

Twill make a man forget his woe :
  Twill heighten all his joy :
Twill make the widow's heart to sing
  Tho' the tear were in her eye.

Then let us toast John Barleycorn
  Each man a glass in hand :
And may his great posterity
  Ne'er fail in auld Scotland[8] !

comme il devait souffrir ! et c'est comme cela que je souffrirai, moi. Hélas ! faut-il que je sois brûlée !

ANTONIO, *entrant* : En ce monde — et dans l'autre.

MARIQUITA, *s'éloignant avec effroi* : Ha ! déjà ! quoi, déjà !

ANTONIO : Maria !

MARIQUITA, *de même* : Seulement un quart d'heure encore !

ANTONIO : Maria... je suis à toi... tout à toi... je ne suis plus l'inquisiteur... je suis Antonio... je veux être...

MARIQUITA, *de même* : Mon bourreau ! vous êtes mon bourreau !

ANTONIO : Non, non... pas ton bourreau... ton ami... nous ne serons qu'un corps et qu'une âme... Soyons comme Adam et Ève.

MARIQUITA, *s'approchant* : Comment ! mon père, vous mon amant !

ANTONIO : Amant, amant ! oui, ton amant ! aimons-nous toujours.

MARIQUITA : Oui !... mais faites-moi sortir d'ici.

ANTONIO : Oui, mais aime-moi d'abord.

MARIQUITA : Nous aurons le temps ensuite. Sauvons-nous, c'est le plus pressé.

ANTONIO, *avec délire* : Mariquita, vois-tu, j'abjure mes vœux ; je ne suis plus prêtre, je veux être ton amant... ton mari, ton amant !... Nous allons nous sauver ensemble dans les déserts... nous mangerons ensemble des fruits sauvages comme les ermites...

MARIQUITA : Bah ! il vaudrait mieux tâcher d'aller à Cadiz. Il y a toujours des vaisseaux pour l'Angleterre. C'est un bon pays. On dit que les prêtres y sont mariés. Il n'y a pas d'inquisition. Le capitaine O'Trigger...

ANTONIO : Cesse, mon épouse, ne parle pas de ces capitaines anglais... je n'aime pas à t'entendre parler d'eux.

MARIQUITA : Déjà jaloux ? — Partons vite.

7. C'est sur la moitié nord-ouest de l'île de León qu'est bâtie la ville de Cadix, d'où était partie au début de janvier 1820 la révolte dirigée par le commandant Riego contre l'absolutisme de Ferdinand VII.

8. Les « constitutionnels » étaient, derrière Riego, tous ceux qui demandaient comme lui le retour à la constitution libérale de 1812.

Page 30.

9. *Leal :* fidèle, partisan. Le « massacre du 10 mars » est une tuerie commandée par un général absolutiste, et consécutive à la remise en vigueur de la constitution de 1812, à laquelle Ferdinand VII venait de se résigner.

10. Saynète (esp. *sainete*) : courte pièce comique en un acte, en prose (cf. p. 304 et la note 15 correspondante). On ne connaît pas d'œuvre intitulée *La Gitana ;* ce titre banal est sans doute imaginaire.

11. Quiroga (1784-1841) avait remplacé à la tête de son armée le commandant Riego, parti pour Madrid. On appelait « *serviles* » les réactionnaires, par opposition aux « *liberales* ».

12. Bataillon créé pour réprimer les soulèvements indépendantistes des colonies espagnoles d'Amérique latine.

Page 31.

13. Il s'agit de la « restauration » de Ferdinand VII dans son pouvoir absolu par les troupes françaises de Louis XVIII (septembre 1823).

Les Espagnols en Danemarck

Page 33.

1. Vers tirés du début de l' « Hymne de Riego », devenu le chant national espagnol (« Que l'univers s'étonne, et voie en nous les fils du Cid »). Par cette épigraphe Mérimée salue le héros du soulèvement démocratique de 1820, pendu en 1823 sur ordre de Ferdinand VII « restauré ».

Page 35.

2. Cet avertissement est copié, à quelques variantes et corrections de lapsus près, dans le tome XI de la *Biographie nouvelle des contemporains*, ouvrage collectif édité entre 1820 et 1824 par la Librairie historique.

3. C'est en effet en 1793, à Biriatou (les éditions portent Biriatori, graphie fautive de la *Biographie nouvelle*), que le « célèbre » général Caro (1742-1808) avait battu les troupes de la Convention, commandées par Masséna.

4. La Fionie est une des îles qui constituent le Danemark. Elle est

séparée de l'île de Seeland à l'est et de la presqu'île du Jutland à l'ouest par les détroits du Grand et du Petit Belt, plusieurs fois cités lans *Les Espagnols en Danemarck.*

5. C'est le 2 mai 1808 qu'eut lieu ce soulèvement des Madrilènes contre les Français, rendu célèbre par les deux tableaux de Goya *(Dos de mayo* et *Tres de mayo).*

Page 36.

6. Il s'agit de Bernadotte (1764-1844), roi de Suède depuis 1818 sous le nom de Charles XIV. En 1808 il commandait tout le nord-ouest de l'Allemagne et occupa la Fionie à ce titre : La Romana est donc alors son subordonné et, s'il veut rentrer en Espagne combattre *contre* Napoléon, il ne peut le faire que clandestinement.

7. C'est en effet cet officier espagnol engagé au service des Anglais qui, avec leur accord, aida La Romana à quitter la Fionie avec ses soldats. (Rappelons qu'à cette époque les Anglais étaient engagés contre Napoléon en Espagne même, aux côtés des Espagnols, et ne pouvaient qu'être ravis de tenter de lui nuire de toutes les manières possibles.)

8. Victoire du maréchal Victor, au sud-ouest de Bilbao, le 11 novembre 1808, sur des troupes commandées par l'Anglais Blake, en l'absence de La Romana (voir la note de Mérimée au bas de la page 40).

9. Villafrance del Bierzo, dans les monts Cantabriques, entre León et Orense.

10. Nom donné au groupement d'officiers espagnols qui dirigeaient la résistance contre l'invasion française. Voir de même p. 74.

Page 37.

11. Les « lignes de Torres-Vedras » étaient une série de fortifications édifiées sur le territoire portugais et derrière lesquelles Wellington, acculé par Masséna en 1810, se retira sans que ce dernier pût ensuite l'en déloger.

12. Le général Hill (1772-1842) fut le principal artisan, avec Wellington, du redressement militaire qui permit aux Anglais, à partir de septembre 1810, de repousser progressivement les troupes françaises.

Page 39.

13. Le Grand-Capitaine est Gonzalve de Cordoue (1453-1515), plusieurs fois vainqueur des Français dans le sud de l'Italie. Cela donne la mesure de l'absurdité géographique des suppositions du grand d'Espagne sur la « traversée » vers le Danemark...

Page 41.

14. « La charge en douze temps », c'est l'art de charger réglementairement son fusil.

15. Selon la « Notice » de Mérimée (ci-dessus p. 30), Clara Gazul est censée avoir écrit ses pièces avant le rétablissement de l'absolutisme. Le grand d'Espagne voudrait ici qu'on lui donnât un ministère, à l'exemple de la France de Villèle dans laquelle les portefeuilles n'allaient en effet qu'aux aristocrates les plus haut placés.

16. En 1825, Mérimée doit expliquer ce mot *guerillero* (orthographié par lui *guerrilléro*), que la lutte des Espagnols contre les Français à précisément contribué à introduire, avec la fortune que l'on sait, dans notre langue.

Page 42.

17. *Escolástico* : étudiant.

Page 44.

18. Cette note de Mérimée sur Juan Diaz Porlier est directement inspirée, comme l' « Avertissement », de la *Biographie nouvelle des contemporains.*

Page 45.

19. Forme latine du mot grec *barathron* (près d'Athènes, gouffre où l'on jetait les criminels).

Page 46.

20. Joseph Bonaparte venait de remplacer Charles IV sur le trône d'Espagne en juin 1808.

Page 47.

21. Nyborg : ancienne ville fortifiée sur la côte est de la Fionie ; elle contrôlait par un péage la navigation dans le détroit du Grand Belt.

Page 48.

22. Le résident veut dire : dans l'île principale de Seeland (où se trouve Copenhague).

Page 52.

23. Le grand-duc de Berg est Murat, qui commandait les troupes françaises en Espagne.

Page 59.

24. *Gaditano,* en français Gaditan ou Gaditain : habitant de Cadix (voir aussi la note de Mérimée).

Page 63.

25. Voir la note *f,* en bas de la page 44.

Page 66.

26. Allusion à un épisode biblique célèbre : pour échapper au désir de la femme de son maître Putiphar, le patriarche hébreu Joseph

laissa entre ses mains le vêtement par lequel elle l'avait saisi pour l'attirer à elle (Genèse, XXXIX, 6-20).

Page 69.

27. Faire sa coupe : fendre l'eau en nageant.

Page 72.

28. En fait cette anecdote n'a pu être authentifiée à aucune source. Mais il est vrai que Pichegru fut arrêté en 1804 grâce à la trahison grassement payée de son aide de camp Leblanc, nom que Mérimée a précisément donné à la fausse Mme de Tourville.

29. Quadruple : grosse pièce d'or espagnole qui valait plus de quatre napoléons français (très approximativement deux mille de nos francs).

Page 75.

30. Mérimée met en effet en scène un thème et un personnage favoris du *Romancero :* Alvar de Luna, favori d'un roi de Castille du XVe siècle, est le héros de *Romances historiques* traduites en français en 1822 par Abel Hugo.

Page 81.

31. La bouillotte est un jeu de cartes français inventé sous le Directoire ; par quelques-unes de ses règles (notamment le fait qu'il se joue à quatre) il peut faire penser un peu au whist ou à notre bridge (mais on n'employait que vingt cartes).

32. Frocard : moine, dans la langue populaire.

Page 91.

33. Du saint-vincent : du tabac des Antilles (Saint-Vincent est une île anglaise à 150 km au sud de la Martinique).

Page 92.

34. On peut comprendre qu'il s'agit de tabac à priser en poudre, ce qui explique qu'il soit conditionné en bouteilles (?).

Page 94.

35. Mérimée écrit Hély-Galand ; nous modernisons l'orthographe du nom de cette île de la mer du Nord, qui fut possession anglaise jusqu'en 1890 (on écrit aussi aujourd'hui Helgoland).

36. Un peu dans les ganaches : incapable, balourd.

37. Souvenir probable du *Virgile travesti* de Scarron (chant III) :

Car hélas ! en cette île étrange,
Même sans sel les gens on mange.

Page 95.

38. Dans l'édition originale de 1825, le résident s'appelait Amédée de Pacaret, allusion beaucoup plus directe à son modèle réel le diplomate Amédée de Pastoret (1791-1857). Voir pour plus de détail l'article de François Michel cité dans la bibliographie.

Page 99.

39. Ou plus exactement un Vattel, du nom d'un jurisconsulte neuchâtelois du XVIIIe siècle auteur d'un manuel de diplomatie intitulé *Le Droit des gens ou Principes de la loi naturelle appliqués à la conduite et aux affaires des nations et des souverains* (1758).

Page 114.

40. La victoire de Friedland est du 14 juin 1807, un peu plus d'un an avant la date où se passe la scène qu'on est en train de lire.

Page 115.

41. La capitulation du général Dupont à Baylen (dans le nord de l'Andalousie) venait d'avoir lieu le 22 juillet 1808, soit quinze jours avant la date où se déroule la présente scène. Il est normal que La Romana cite, pour exalter et justifier ses partisans, le plus récent succès de la contre-offensive patriotique des Espagnols, mais il est un peu invraisemblable qu'il le connaisse déjà.

42. L'anecdote du général anglais Palafox proclamant contre les Français la « guerre au couteau » figure dans la *Biographie nouvelle des contemporains* utilisée par Mérimée pour sa documentation (voir la note 2 de l' « Avertissement »); mais ce trait, célèbre à l'époque, est également rapporté au chant I (strophe 86) du *Pèlerinage de Childe Harold* que Mérimée, ardent lecteur de Byron, avait certainement en mémoire. Quant à Pélage, roi des Asturies au VIIIe siècle, il symbolise pour les Espagnols la résistance à la domination étrangère par sa victoire sur les Arabes à Covadonga en 718. Son nom apparaît encore p. 173.

Page 116.

43. Mérimée renvoie son lecteur aux bulletins de la Grande Armée pendant la guerre d'Espagne, et à leur violence étonnante envers les moines, des « frénétiques », des « imposteurs », « tirés de la lie du peuple, [...] ignares et crapuleux; on ne saurait leur trouver de ressemblance qu'avec des artisans employés dans les boucheries; ils en ont l'ignorance, le ton et la tournure »; le haut clergé aussi regorge d'assassins, tels que l'évêque de Santander, « homme furibond et fanatique, marchant toujours un coutelas au côté » (*Œuvres* de Napoléon Bonaparte, t. IV, Pancoucke, 1821, p. 312, 314, 321, 328, 332...).

Une femme est un diable

Page 121.

1. Dans *Le Magicien prodigieux* de Calderón (I, 3), c'est en effet le diable qui parle : « [...] je m'arrangerai pour te faire oublier l'étude, en te livrant aux séductions d'une rare beauté. »

Page 123.

2. Le dominicain Torquemada (1420-1498) fut un des plus célèbres zélateurs de l'Inquisition. L'autodafé (déformation de mots portugais signifiant « acte de foi ») était la cérémonie au cours de laquelle les hérétiques, vêtus d'une casaque pénitentielle jaune appelée sanbenito, exprimaient publiquement leur repentir. Il arrivait souvent qu'ils fussent brûlés en fin de compte, et c'est ce dernier sens d'autodafé qu'a retenu l'usage moderne. Ces mots reparaissent dans *Le Ciel et l'enfer*, p. 248.

Page 124.

3. La « succession » en cause est celle du trône d'Espagne, sur lequel était monté le petit-fils de Louis XIV, Philippe V (ancêtre du roi actuel Juan Carlos) ; la guerre dura de 1701 à 1714.

Page 132.

4. Peterborough (1658-1735) commandait les troupes anglaises envoyées en Espagne à partir de 1705 combattre les Français.

Page 133.

5. Cette rivière semble imaginaire, mais la forme « se déborder » traduit le verbe espagnol, qui est en effet pronominal.

Page 134.

6. Texte factice ; mais dans certaines ordonnances du XVIe siècle figure cette recommandation de torturer en l'absence d'aveu (voir Llorente, *Histoire critique de l'Inquisition d'Espagne*, Paris, 1817, t. II, p. 315 et suiv.).

Page 137.

7. *Damn their eyes :* littéralement, « que leurs yeux soient damnés ».

Page 139.

8. Mérimée emprunte le texte de cette ballade anglaise à Robert Burns, qui imitait lui-même une chanson d'un recueil anonyme du

XVIIe siècle. En voici la traduction française proposée par Pierre Trahard dans son édition :

JEAN GRAIN D'ORGE

Il y avait trois rois en Orient,
trois rois puissants et grands,
et ils firent un serment solennel
que Jean Grain d'Orge devait mourir.

Ils prirent une charrue et l'enfouirent dans les sillons,
lui mirent des mottes sur la tête,
et ils firent un serment solennel
que Jean Grain d'Orge était mort.

Mais le riant printemps vint plein de bonté,
et des ondées commencèrent à tomber ;
Jean Grain d'Orge se releva,
et les surprit cruellement.

Les soleils brûlants de l'été arrivèrent,
et il grandit épais et fort,
la tête bien armée de dards pointus,
afin que personne ne lui fît de mal.

Le grave automne arriva doux,
et il devint hâve et blême ;
ses membres fléchissants et sa tête penchée
montraient qu'il commençait à faiblir.

Son teint pâlit de plus en plus,
il se flétrit et devint vieux ;
et puis ses ennemis commencèrent
à montrer leur rage implacable.

Ils prirent une arme longue et pointue,
et le coupèrent par le genou ;
et le lièrent solidement sur une charrette
comme un faussaire pour ses méfaits.

Ils l'étendirent sur le dos,
et le fustigèrent bien cruellement ;
ils le suspendirent devant la tempête,
puis le tournèrent et le retournèrent.

Ils remplirent un puits obscur
avec de l'eau jusqu'au bord,
ils y jetèrent Jean Grain d'Orge,
et l'y laissèrent s'enfoncer ou nager.

Ils l'étendirent sur le plancher,
pour le faire souffrir davantage,
et encore, comme des signes de vie paraissaient,
ils le jetèrent çà et là.

Ils consumèrent, sur une flamme brûlante,
la moelle de ses os ;
mais un meunier le traita le plus mal de tous,
car il l'écrasa entre deux pierres.

Et ils prirent jusqu'au sang de son cœur
et le burent tout à la ronde ;
et plus et plus ils buvaient
plus leur joie était grande.

Jean Grain d'Orge était un héros intrépide,
d'une audace magnifique
car si seulement vous goûtez son sang,
cela stimulera votre courage.

Cela fera à un homme oublier son chagrin ;
cela grandira toute sa joie ;
cela fera chanter le cœur de la veuve,
bien que la larme soit dans son œil.

Buvons donc à la santé de Jean Grain d'Orge,
chacun le verre à la main ;
et puisse sa vaste descendance
ne jamais faire défaut dans la vieille Écosse.

Page 142.

9. Voir la « Notice sur Clara Gazul » où Mérimée prétend que la comédienne a brûlé la deuxième partie d'*Une femme est un diable* sur ordre de son confesseur (ci-dessus p. 31).

L'Amour africain

Page 143.

1. « Le fol amour décocha la flèche à deux hidalgos » *(Le Gant de doña Blanca,* II, 10.*)*

Page 145.

2. Indication apparemment fantaisiste, aucune porte de Cordoue ne semblant avoir porté ce nom.

3. Sémélalia : château de plaisance près de Cordoue, d'après les *Voyages d'Ali-Bey* (voir ci-dessous la note 6).

Page 147.

4. Plusieurs califes de Cordoue se sont appelés Abdérame, notamment le célèbre Abd Al-Rahman III qui, au Xe siècle, fit de sa ville la capitale de l'Occident musulman.

Page 148.

5. Les houris sont, dans l'Islam, ces femmes très belles dont Mahomet a peuplé son paradis pour qu'elles y deviennent les épouses célestes des bons musulmans défunts.

Page 149.

6. Mérimée renvoie le lecteur à l'une de ses principales sources pour cette pièce, les *Voyages d'Ali Bey el Abassi en Afrique et en Asie,*

de Domingo Badia y Leyblich, trois volumes publiés à Paris en 1814. L'anecdote du voyage sauvé peut se lire au tome I, p. 337-339.

Page 151.

7. Renvoi à une autre source de Mérimée, le *Voyage en Turquie et en Perse* d'Otter, publié à Paris en 1748 ; on n'y trouve pas exactement l'histoire de la fille vendue par son père, mais l'idée (voir t. I, p. 23).

Page 152.

8. Un trait semblable est en effet rapporté dans les *Lettres* de cette poétesse anglaise du XVIIIe siècle (*Lettres de milady Wortlay Montagute* [sic] *traduites de l'anglais*, Londres, 1764, t. II, p. 20).

Page 155.

9. Dongola est une ville située dans le nord du Soudan actuel, sur le Haut-Nil.

Inès Mendo ou *Le préjugé vaincu*

Page 157.

1. « Qu'elle soit madame, et qu'il advienne ce qu'il adviendra. » Mérimée indique par cette citation, et par celle qu'il place en tête d'*Inès Mendo ou le triomphe du préjugé* (voir p. 187), le point de départ commun aux deux pièces : une conversation entre Sancho Pança et sa femme sur les inconvénients qu'il peut y avoir à marier leur fille plus haut que sa condition *(Don Quichotte*, II, 5, éd. Pléiade, p. 554-560.*)*

Page 159.

2. Style *culto* : style élaboré, précieux et entortillé, propre, selon Mérimée, au vieux théâtre espagnol (voir son article dans *Le Globe* du 23 novembre 1824, reproduit dans les « Documents », p. 349).

Page 160.

3. Le Portugal, annexé par Philippe II en 1580, se souleva avec succès en 1640 ; cette révolution, qui porta sur le trône de Lisbonne le duc de Bragance sous le nom de Jean IV, est le cadre même de la seconde pièce, *Inès Mendo ou le triomphe du préjugé.* Monclar et, p. 171, Navaja semblent des noms de lieux imaginaires.

Page 162.

4. Si, en effet, la charge de bourreau était légalement héréditaire en Espagne, il ne semble pas qu'elle s'accompagnait de l'excommunica-

tion papale ; mais il est vrai que les lieux de culte et les lieux publics en général ont longtemps été fermés aux bourreaux à cause de la terreur qu'ils inspiraient.

5. Les armoiries sans barres sont le propre de la branche aînée d'un nom — les branches cadettes (ainsi que les bâtards) ne pouvant porter que l'écu barré en diagonale (ou modifié d'une autre manière). Le curé veut dire que Dieu, qui serait au couvent l' « époux » d'Inès, n'aurait nul préjugé sur ses antécédents.

Page 163.

6. Les Morisques descendaient des Maures demeurés en Espagne après la défaite des leurs en 1492, et convertis au catholicisme. Le mot réapparaît, p. 173.

7. La Fontaine, *Fables*, II, 2. La référence est anachronique, car Mendo en 1640 n'a pu lire cette fable publiée en 1668 ; mais Mérimée pourrait répondre que La Fontaine imite Esope, et que Mendo connaît Ésope...

Page 166.

8. C'est celle dont faisait partie Rodrigue, le Cid, au XIe siècle.

9. Placés au sommet de la haute noblesse espagnole, les « grands de première classe » avaient le privilège de rester toujours couverts en présence du Roi. L'ordre d'Alcantara, fondé au XIIe siècle, avait un grand prestige religieux et militaire ; il fallait pour en faire partie prouver sa noblesse par les quatre grands-parents.

10. Personnage réel. C'était le gouverneur de l'Andalousie à la date où Mérimée situe son intrigue. Rodrigo Pacheco ne semble, lui, correspondre à aucun des personnages publics nommés Pacheco au XVIIe siècle.

Page 168.

11. Allusion à un passage de la lettre XLIV à Lucilius : « Tous les hommes, ramenés à l'origine première, sont des enfants des Dieux » (trad. H. Noblot, coll. Budé, t. II, p. 7).

12. Savonnette à vilain : nom donné sous l'Ancien Régime aux charges que les roturiers achetaient pour s'anoblir. À la page précédente c'est l'avantageux mariage d'Inès avec Esteban que don Luis désignait par cette expression.

Page 169.

13. L'alcade (en espagnol *alcalde*, ou *alcayde* comme on le trouve p. 75) était autrefois une sorte de juge de paix ; ce mot désigne aujourd'hui le maire d'un village. « Être en semestre » (ligne précédente) : être en congé militaire de six mois.

Page 174.

14. Inès de Castro, qu'épousa secrètement le fils du roi de Portugal, n'était point paysanne, mais fille bâtarde d'un noble castillan ; elle fut assassinée en 1355 sur ordre de son beau-père, le roi Alphonse IV. C'est elle qui a inspiré à Montherlant sa *Reine morte*.

Page 181.

15. C'est le tout récent licencié en droit qui écrit cette page. Les mots latins cités signifient : legs à titre de peine (prescription à laquelle l'héritier ne peut se dérober).

Page 185.

16. *L'Alcade de Zalamea* est une pièce de Calderón dont Mérimée a repris, ici et dans plusieurs passages du *Théâtre de Clara Gazul*, certains thèmes et situations.

Inès Mendo ou *Le triomphe du préjugé*

Page 187.

1. Voir la note 1 de la page 157. La citation de Mérimée, qui ne reprend pas toute la phrase de Cervantes, signifie : « Si des sabots tu la fais passer aux escarpins [...] la fillette ne s'y retrouvera plus et à chaque pas elle tombera dans mille fautes » (éd. Pléiade, p. 556).

Page 188.

2. Badajoz, capitale de la province d'Estramadure, touche presque la frontière du Portugal, de l'autre côté de laquelle se trouve Elvas. Il n'y a que 20 km entre les deux villes.

Page 189.

3. Les vins de la Rioja sont récoltés dans la haute vallée de l'Èbre, autour de Logroño.

Page 190.

4. Ces voisins sont en effet de « petits hidalgos » (nobles de très petite condition) puisque le réal vaut le dixième d'une piastre (cf. les « trente mille piastres de revenu » de don Juan Diaz, p. 104.

Page 193.

5. Affiquets : petits ornements de toilette (mot du XVIIe siècle ; il est plutôt dédaigneux).

Page 194.

6. El Ferrol, port militaire de Galice, au nord de Saint-Jacques de Compostelle; Franco y étant né, son nom est devenu El Ferrol del Caudillo.

Page 195.

7. Avis ou Aviz, petite ville portugaise à environ 80 kilomètres à l'ouest d'Elvas.

8. Voir la note 3 de la page 160. Esteban espère que la révolte portugaise sera bientôt réduite.

Page 199.

9. Dans tout ce passage Mérimée est assez proche des données historiques. Il est exact que le duc de Lerma, ministre de Philippe III (« le feu roi »), fut supplanté en 1621, à l'avènement de Philippe IV, par Gaspar, comte et duc d'Olivares, qui domina le nouveau souverain en satisfaisant ses goûts sensuels; Lesage en raconte certains traits dans le livre XII de son *Gil Blas de Santillane*, un des ouvrages de chevet de Mérimée (voir, quelques lignes plus loin, un renvoi à Lesage à propos de la prison de Ségovie que ce roman évoque très souvent).

10. Confusion naïve de la pauvre Inès qui n'a pas compris que la duchesse faisait un jeu de mots mythologique en comparant Olivares avec le dieu Mercure, qui fut souvent le messager des amours de Jupiter.

Page 204.

11. Fausse incertitude, évidemment. Mérimée sait bien qu'il emprunte en effet cette affirmation à Byron *(Don Juan*, chant V, str. 106.*)*

Page 205.

12. Corrégidor : haut fonctionnaire espagnol, représentant direct du roi dans les provinces. Voir encore page 275.

Page 206.

13. Alguazils : fonctionnaires de police.

Page 207.

14. Voir la note de Mérimée, p. 178.

15. Dans *Rinconete et Cortadillo*, une des *Nouvelles exemplaires*, on trouve en effet un emploi du mot au sens de « coup de couteau (au visage), balafre » (éd. Folio, p. 198).

Page 213.

16. « *Salutem omnibus* [*do*] » ; [je donne] le bonjour à tous.

Page 215.

17. Allusion à un épisode symbolique de la révolution : Vasconcelhos (ou mieux Vasconcellos) était l'âme damnée d'Olivares au Portugal. Menezes (dont le vrai prénom était Antonio) participait à la conjuration, conduite par Pinto, et dont l'un des chefs était Rodrigo de Saa, grand-chambellan du vice-roi.

Page 216.

18. Sébastien fut tué dans une guerre, au Maroc, en 1578 ; il n'avait que vingt-quatre ans. Son cadavre n'ayant pas été retrouvé, la croyance populaire affirma longtemps qu'il n'était pas mort. Mérimée a pu lire cela dans les *Romances* publiées par Abel Hugo (voir ci-dessus p. 75 et la note 30 correspondante).

19. L'arquebuse dite « à mèche », employée depuis le début du XVIe siècle, nécessitait l'emploi d'une mèche fixée au bout d'une tige de fer appelée serpentin, et avec laquelle on allumait l'amorce placée dans le canon.

Page 217.

20. Les quines sont des écussons, en héraldique. Le drapeau du Portugal porte en son centre un écu à l'intérieur duquel se trouvent ces cinq écussons qui, selon certains auteurs, représentent les cinq plaies du Christ.

Page 223.

21. Beira : ancienne province portugaise, entre Tage et Douro. Le cornette était le porte-étendard, dans la cavalerie.

22. Statue très vénérée de la Vierge, située dans la cathédrale de Saragosse.

Page 227.

23. Alentejo : autre province portugaise, au sud du Tage, paysanne et pauvre. César veut dire que les Portugais ont massacré toute la garnison espagnole d'Aviz malgré la reddition réglementaire ordonnée par Esteban. Voir p. 229 une autre allusion (fidèle à la réalité historique) au soulèvement des paysans du Portugal du Sud.

Le Ciel et l'enfer

Page 233.

1. Double épigraphe. L'une est empruntée à *Luis Perez el Gallego* (« le Galicien ») de Calderón : « Sans jalousie, l'amour est comme un

corps sans âme ». L'autre provient d'un ouvrage anonyme mentionné dans notre préface (p. 10), *Mes réminiscences de l'Espagne* (Paris, 1823). On y lit p. 28 : « Les femmes de Valence qui, d'après le sobriquet qui leur est appliqué dans toute la Péninsule, ont l'*alma atravesada* (l'âme endiablée), portent presque toutes un poignard passé dans une de leurs jarretières [...] » ; ce dernier détail reparaît aussi dans le texte de la pièce, p. 253.

Page 236.

2. Il s'agit de médaillons bénits en forme d'agneau, fabriqués chaque année avec la cire du cierge pascal.

Page 237.

3. Pour apprécier la remontrance de doña Urraca, il faut savoir que jusqu'à l'édition de 1850 incluse don Pablo ne disait pas « Dieu me damne » mais « n... de Dieu » [*sic*].

Page 238.

4. Kempis : moine allemand du XVe siècle auquel on attribue l'*Imitation de Jésus-Christ*. Voir encore p. 246 et, dans *L'Occasion*, p. 257 et p. 265.

Page 243.

5. *Centuplum accipies :* tu en recevras le centuple. Promesse du Christ à quiconque quitte les siens et ses richesses pour le suivre (Matthieu, XIX, 29).

Page 245.

6. *Petaca :* porte-cigares. Se dit également *cigarero*, qui était le texte des premières éditions, et qu'on retrouve p. 246.

Page 246.

7. *La Fleur des saints* ou *Flos Sanctorum* est une vie des saints, ouvrage espagnol de 1624 dû au jésuite Pedro de Ribadeneyra. *L'Araucana*, long poème épique d'Ercilla, auteur du XVIe siècle, célèbre l'écrasement des Indiens du Chili par les conquistadores ; il venait d'en paraître une traduction française abrégée en 1824.

Page 250.

8. Inadvertance de Mérimée : l'Inquisition, comme le rappelle d'ailleurs doña Urraca à la réplique suivante, brûlait, mais ne pendait pas.

L'Occasion

Page 255.

1. Trois vers de *Jalousie, le plus grand des maux* de Calderón : « Cette peine, cette douleur, plus que de la tristesse c'est de la fureur et plus que de la fureur, c'est la mort » (III, 11).

Page 257.

2. Voir p. 238 et la note 4 correspondante.

Page 259.

3. Réponse du chrétien à Satan dans l'*Imitation de Jésus-Christ* (III, 6). Mérimée cite la traduction attribuée au R.P. Jérôme de Gonnelieu, et publiée pour la première fois en 1712.

Page 260.

4. « *In manus [tuas commendo spiritum meum]* » (Je remets mon âme entre tes mains) ; dernière parole du Christ, selon Luc, XXIII, 46.

Page 262.

5. « Homicide point ne seras, de fait ni volontairement » : c'est, dans le catéchisme traditionnel, le texte français du cinquième des dix commandements donnés à Moïse sur le Sinaï.

Page 265.

6. *L'Occasion* est censée se dérouler à La Havane, et Cuba est alors possession espagnole (comme d'ailleurs le Pérou, pour *Le Carrosse du Saint-Sacrement*, du moins à la date de l'intrigue). Voir encore p. 280.

Page 267.

7. Gerona (Gérone), entre Barcelone et la frontière française.

Page 271.

8. Anecdote empruntée à la *Vie d'Ali-Pacha* d'Alphonse de Beauchamp, 1822, 2e éd., p. 344.

Page 272.

9. La trame des velours de qualité supérieure comporte trois fils de soie (ou davantage) ; c'est l'origine de cette expression « brave à trois poils », déjà courante au XVIIe siècle.

10. Boulets ramés : boulets reliés par une barre ou une chaîne, ce qui permet d'en tirer plusieurs à la fois.

Page 273.

11. Sur l'ordre d'Alcantara, voir p. 166 et la note 9 correspondante. Garibay est en effet un nom basque authentique.

Page 274.

12. On a vu dans la liste des personnages, p. 256, que Francisca répond plus familièrement au diminutif de Paquita.

13. L'auditeur était un magistrat assistant les tribunaux militaires et chargé, dans les procès, de proposer des sentences conformes à la juridiction locale.

Page 277.

14. *Sic :* cette forme, maintenue par Mérimée dans toutes les éditions, reste employée jusqu'à la fin du XIXe siècle à côté de « renfrogné(e) », qui a finalement prévalu.

Page 281.

15. Passage inspiré d'une page du *Jean Sbogar* de Nodier (*Œuvres* de Charles Nodier, t. I, 1832 [et Slatkine reprints, 1968], p. 137-139).

Page 284.

16. « Regardez ces herbes... elles sont encore foulées aux pieds » (citation d'origine inconnue).

17. Inadvertance assez grossière de Mérimée : la Croix du Sud n'est visible qu'au sud de l'équateur. Mais il s'inspire ici de la strophe 78 du chant XX de l'*Araucana*, poème sur le Chili ! d'où le piège (cf. plus haut p. 246, et la note 7 correspondante).

Page 286.

18. A la Jamaïque, colonie anglaise voisine de Cuba, Francisca pense pouvoir épouser Eugenio à la faveur de la loi anglicane.

Page 288.

19. Fausse pudeur de faux traducteur ! « Et toi, quand je serai morte, tu t'ébattras avec elle dans le lit acheté avec mon argent. »

Le Carrosse du Saint-Sacrement

Page 297.

1. « Tu verras que mes galanteries t'apaiseront » (Calderón, *Quelle est la plus grande perfection ?* I, 16). Sur le sous-titre « saynète », voir la « Notice » de Mérimée p. 30 et la note 10 correspondante, et aussi p. 304.

Page 298.

2. Le vice-roi du Pérou mis en scène par Mérimée s'appelait en réalité Manuel de Amat ; il fut en poste à Lima de 1761 à 1775.

3. Le personnage principal du *Carrosse* est la comédienne Micaela Villegas (vers 1739-1819), surnommée la Perichole dès le début de sa carrière, en 1760. Le prénom de Camila semble inventé par Mérimée ; nous respectons la graphie Perichole, sans accent.

4. En 1761 ou 1762, si l'on en croit la source probablement utilisée par Mérimée (voir plus loin la note 33).

Page 299.

5. Il s'agit des trois représentants du vice-roi dans les trois ressorts du Pérou colonial d'autrefois, qui correspondent en gros aux trois États actuels du Pérou, de l'Équateur et de la Bolivie.

6. « Piastre forte », pour distinguer la piastre proprement dite (monnaie d'argent valant très approximativement cinquante de nos francs), de la demi-piastre que les gens appelaient couramment piastre.

Page 301.

7. En réalité le vice-roi avait en 1762 environ soixante ans (et la Perichole vingt-deux ou vingt-trois).

8. La conversion au catholicisme d'un cacique (chef indigène) était un événement politique célébré avec éclat par le colonisateur.

9. La boisson obtenue par l'infusion des feuilles de maté était familièrement appelée « thé du Paraguay » ou « thé des Jésuites ».

Page 302.

10. L'ordre de Santiago, le plus célèbre ordre militaire castillan, fondé au XIIe siècle.

11. La province de Chuquisaca constitue une partie de la Bolivie actuelle ; la ville même de Chuquisaca, où fut proclamée en 1825 l'indépendance de la Bolivie, s'appelle maintenant Sucre (capitale constitutionnelle).

Page 303.

12. Nous modernisons la graphie, Mérimée écrivant la plupart du temps « Ynca ». Huayna-Capac, mort en 1525, était le père des deux derniers Incas, qui furent vaincus par Pizarre.

13. Martinez évoque Manco Capac, parfois surnommé Titu Capac (le roi magnanime), fondateur semi-légendaire de la dynastie inca vers l'an 1200, et Lloque Yupanqui, le troisième Inca, qui régna au début du XIVe siècle.

Page 304.

14. Mulcter (du latin *mulcta*), c'est punir d'une peine, spécialement d'une amende. Mot rare, même au XIXe siècle.

15. Mérimée écrit correctement « *le* saynète », ce mot étant masculin en espagnol (en revanche p. 30 il l'écrit au féminin... ce que fait également Littré).

Page 306.

16. *La Gitanilla* (« La petite gitane ») est la première des *Nouvelles exemplaires* de Cervantes ; l'héroïne, Preciosa, acquiert sa célébrité en chantant des romances qu'elle danse elle-même au son du tambourin (éd. Folio, p. 31-32). Un ballet également intitulé *La Gitanilla* en avait été tiré par Zamora en 1722.

Page 307.

17. Callao est le port de Lima. On y trouvait un fort militaire nommé par abréviation « le Callao » et dont le vice-roi menace Martinez p. 311, puis p. 323.

Page 308.

18. Chef-lieu de la province du même nom (voir ci-dessus la note 5) ; Quito est aujourd'hui la capitale de l'Équateur.

Page 309.

19 Note inspirée d'une indication de l'*Histoire des Incas* de Garcilaso de La Vega (Amsterdam, 1704, t. II, p. 375). *Cholo* veut dire plutôt « indien, peau-rouge ». Il paraît que le surnom de la Perichole lui venait de l'habitude qu'avait prise le vice-roi de l'appeler, dans ses moments de colère, « *perra chola* », chienne d'Indienne (selon Ricardo Palma, *Tradiciones peruanas*, Cuba, 1964).

Page 310.

20. *La Fille de l'air (La Hija del aere)* est une comédie de Calderón, encore lui, publiée pour la première fois en 1644.

Page 311.

21. La province de Chuquisaca, dont le vice-roi affecte de ne pas retrouver le nom (cf. p. 302).

Page 315.

22. Tous ces noms sont ceux de personnages de Calderón et de Lope de Vega.

Page 317.

23. Expression analogue chez Molière *(L'Étourdi,* I, 11) : « Quand nous serons à dix, nous ferons une croix. »

24. *Ferme! :* encouragement du style classique, synonyme de « tiens bon! »

Page 318.

25. « Imagination importune sous des apparences flatteuses, quand t'ai-je donné l'occasion d'affliger de la sorte mon cœur? » (trad. P. Trahard).

26. Mérimée a hésité entre *Limaniens* (éd. de 1830) et *Liméniens,* forme meilleure, pour désigner les habitants de Lima.

Page 319.

27. Cette menace n'est pas gratuite : une colonie aussi riche que le Pérou envoyait sans cesse vers les ports espagnols des vaisseaux chargés d'or et de denrées.

28. « Historique », comme dirait Mérimée. Christophe Colomb, considéré comme responsable des échecs espagnols dans les débuts de la conquête de l'Amérique, fut ramené enchaîné en Espagne sur ordre de son successeur au poste de vice-roi des Indes. La prison de Ségovie a déjà été évoquée, p. 200.

Page 322.

29. Peransurez semble être un poète imaginaire; Mérimée peut avoir pensé à Peransules, personnage des *Mocedades del Cid* de Guilhem de Castro.

Page 323.

30. Basse-taille : voix d'homme intermédiaire entre la basse et le baryton; on dit plus couramment aujourd'hui « basse chantante ».

31. Cuzco, au sud du Pérou actuel, à plus de six cents kilomètres de Lima, est l'ancienne capitale des Incas.

Page 333.

32. Genest, comédien renommé de la fin du IIIe siècle, se serait converti au christianisme en interprétant sur scène le rôle d'un martyr.

33. Cette note, qui ne fait que répéter le texte sans l'authentifier par aucune précision, s'inspire probablement d'un ouvrage de l'Anglais Basil Hall, *Voyage au Chili, au Pérou et au Mexique pendant les années 1820, 1821 et 1822,* paru en traduction française dès 1825. Il semble bien que ce soit la source principale du *Carrosse* (voir, pour plus de détails, l'article de G. Hainsworth cité dans la bibliographie).

Page 334.

34. La Vierge de la cathédrale de Zipaquira, au nord de Bogota en Colombie, était l'objet d'un pèlerinage très couru.

Page 335.

35. Selon la Bible, le prophète Élie fut enlevé au ciel dans un char de feu (IIe Livre des Rois, II, 11).

Notes des documents

Page 344.

1. Isidoro Mayquez ou Maïquez, né en 1766, était mort à Grenade en 1820. Mérimée ne l'admire pas seulement comme disciple de Talma, mais pour des raisons politiques : emprisonné en 1814 pour ses opinions libérales, Maïquez avait terminé sa vie en relégation sur ordre de Ferdinand VII. L'opposition cultivée avait fait de lui un héros de la liberté intellectuelle.

2. Quintus Roscius, célèbre acteur romain, fut le maître de déclamation de Cicéron. Ni Robles, ni un peu plus loin Estala et Castellanos ne figurent dans les ouvrages documentaires que j'ai pu consulter. Sur Moratín, voir le quatrième article.

Page 346.

3. Allusion incertaine au poète Lopez de Ayala (1322-1407); les dictionnaires biographiques ne signalent aucun Aïala ou Ayala auteur de tragédies à l'époque moderne.

4. L'acteur tragique Pierre Lafond ou, mieux, Lafon (1773-1846) connut une gloire réelle sous l'Empire, à l'ombre du monstre sacré Talma, de dix ans son aîné.

Page 347.

5. Ignazio de Luzán, érudit et poète (1702-1754), défenseur des théories classiques françaises qu'il concourut à introduire en Espagne, est l'auteur d'une *Poétique* (1737) dont l'influence fut considérable. Le littérateur et historien Luis-José Velazquez (1722-1772) est un personnage plus secondaire.

6. Nicasio-Alvarez de Cienfuegos (1764-1809) est typique du théâtre espagnol de goût français. Animateur de la révolte du Dos de Mayo (2 mai 1808), il termina sa vie en exil et mourut à Orthez : autre ennemi de l'absolutisme, dont Mérimée n'a pas choisi de parler au hasard.

7. Les Abencérages et les Zégris sont deux tribus maures dont la rivalité hâta la chute du royaume de Grenade (1480-1492); leur

histoire partiellement légendaire a été illustrée par un opéra de Cherubini en 1813, et par les *Aventures du dernier des Abencérages* de Chateaubriand, qui paraissent en 1827.

Page 348.

8. Ou bien si Mérimée empoisonne sès personnages, leur mort ne tarde pas ! Voir doña Francisca dans *L'Occasion*, ci-dessus p. 296.

9. Luciano-Francisco Comella (1716-1779) intéresse les jeunes théoriciens réunis autour de Stendhal parce qu'il a réalisé un des objectifs proposés dans *Racine et Shakespeare* en 1823 : traiter des sujets historiques empruntés à l'histoire récente.

Page 349.

10. Mérimée suivait de près la parution régulière des traductions des *Chefs-d'œuvre des théâtres étrangers* (voir notre préface p. 10). *L'Alcade de Zalamea* cité plus haut y figure, et c'est dans cet ensemble que Mérimée a puisé la plupart des traits espagnols du *Théâtre de Clara Gazul.*

11. « La raison de la déraison qui se fait à ma raison de telle sorte affaiblit ma raison qu'avec raison je me plains de votre beauté » : phrase d'un roman de chevalerie de Felician da Silva, citée au premier chapitre de *Don Quichotte* (éd. Pléiade, p. 34).

12. La traduction du *Siège de Numance*, grande tragédie historique en vers en quatre journées (1581-1583), venait d'être publiée par Ladvocat dans le même volume que celle de *Las Mocedades del Cid* (1823).

13. Voir *Don Quichotte*, I, chap. VI (éd. Pléiade, p. 62-68).

14. Cette phrase de Montesquieu se trouve dans la Lettre LXXVIII (*Lettres persanes*, éd. Folio, p. 197).

Page 350.

15. Ce n'est pas le théâtre espagnol, mais les pièces de Shakespeare que Voltaire traite de « farces monstrueuses » (*Lettres philosophiques*, XVIII). Mais il ajoute aussitôt que « les auteurs modernes l'ont presque tous copié », ce qui peut expliquer la référence approximative de Mérimée.

16. Trois auteurs de la fin du XVIIIe siècle : Nicola-Fernandez de Moratín (1737-1780), dramaturge, introducteur avant Cienfuegos du goût français en Espagne ; Tomas de Yriarte (v. 1750-1791), surtout connu comme fabuliste satirique ; Candido-Maria Trigueros (1736-1801 ?), dont la comédie *Los Menestrales* (1784) eut son heure de vogue.

17. *Gracioso :* bouffon.

18. Cette pièce raconte la victoire de Torgau, remportée par Frédéric II sur les Autrichiens (1760).

Page 352.

19. La première traduction française de *La Mojigata* ne date en effet que de 1855 ; mais Mérimée connaissait fort bien l'espagnol (Cienfuegos, dont il a parlé précédemment, n'avait pas non plus été traduit).

20. Le Prince de la Paix : le célèbre Godoy, ministre de Charles IV (1767-1851).

21. Kempis : voir la note 4 de la page 238.

Page 353.

22. Le ton mitigé, voire méprisant, de ces propos sur Moratín le jeune (né en 1770) s'explique en partie par son comportement politique, peu susceptible d'enthousiasmer Mérimée. En effet, lors de l'intervention napoléonienne et de l'abdication forcée de Charles IV en 1808, Moratín prit parti pour l'envahisseur avec ceux qu'on appela alors les *afrancesados*. Pris dans le reflux français à partir de 1810, il faillit être fusillé, préféra s'exiler et finit par s'établir discrètement à Paris où il vivait encore au moment où cet article a été écrit ; il mourut en 1828. Toutes les pièces citées ici sont antérieures à l'invasion française : *El Viejo y la niña* a été créé en 1790, *El Barón* en 1803, *La Mojigata* en 1804, *El Si de las niñas* en 1806.

DU MÊME AUTEUR

Dans la même collection

NOUVELLES COMPLÈTES. *Édition présentée et établie par Pierre Josserand :*

I. COLOMBA et dix autres nouvelles : MATEO FALCONE, VISION DE CHARLES XI, L'ENLÈVEMENT DE LA REDOUTE, TAMANGO, LA PERLE DE TOLÈDE, LE VASE ÉTRUSQUE, LA PARTIE DE TRICTRAC, LA DOUBLE MÉPRISE, LES ÂMES DU PURGATOIRE, LA VÉNUS D'ILLE.

II. CARMEN et treize autres nouvelles : ARSÈNE GUILLOT, L'ABBÉ AUBAIN, IL VICCOLO DI MADAMA LUCREZIA, LA CHAMBRE BLEUE, LOKIS, FEDERIGO, DJOÛMANE, LETTRES ADRESSÉES D'ESPAGNE, HISTOIRE DE RONDINO, H. B.

CHRONIQUE DU RÈGNE DE CHARLES IX. *Édition présentée et établie par Pierre Josserand.*

LA VÉNUS D'ILLE, COLOMBA, MATEO FALCONE. *Édition présentée et établie par Patrick Berthier.*

CARMEN. *Édition présentée et établie par Adrien Goetz.*

Impression Bussière à Saint-Amand (Cher),
le 26 juin 2006.
Dépôt légal : juin 2006.
1er dépôt légal dans la collection : janvier 1985.
Numéro d'imprimeur : 062401/1.
ISBN 2-07-037626-5./Imprimé en France.

une oeuvre de combat ?

- noto d'oeuvre de combat" -> contre qui / quoi
-> armes ?
-> en vue de quoi

I / 1 oeuvre de combat dans le sens où elle se donne des soubassements théoriq.

1) R. et Shakespeare (1823) / articles de Mérimée
2) prologue espagnol à Bamamancha = prog. de M. et avertissements.
3) certains passages ds pièces.

II / 1 oeuvre de combat qui passe à la prat

1) choix des sujets -> rupture ac classiq
2) revendicato de naturel
3) extrême concision.

III / Toutefois n'est pas 1 oeuvre de combat ds certaines limites.

1) 1 reflexion amorcée dès 1750
2) reconnaissance ds modèles.

ccl oeuvre dt on peut saluer tentatives d'innovato -> th. CG = oeuvre de combat mais combat léger.

146338